岸本水府(昭和5年)

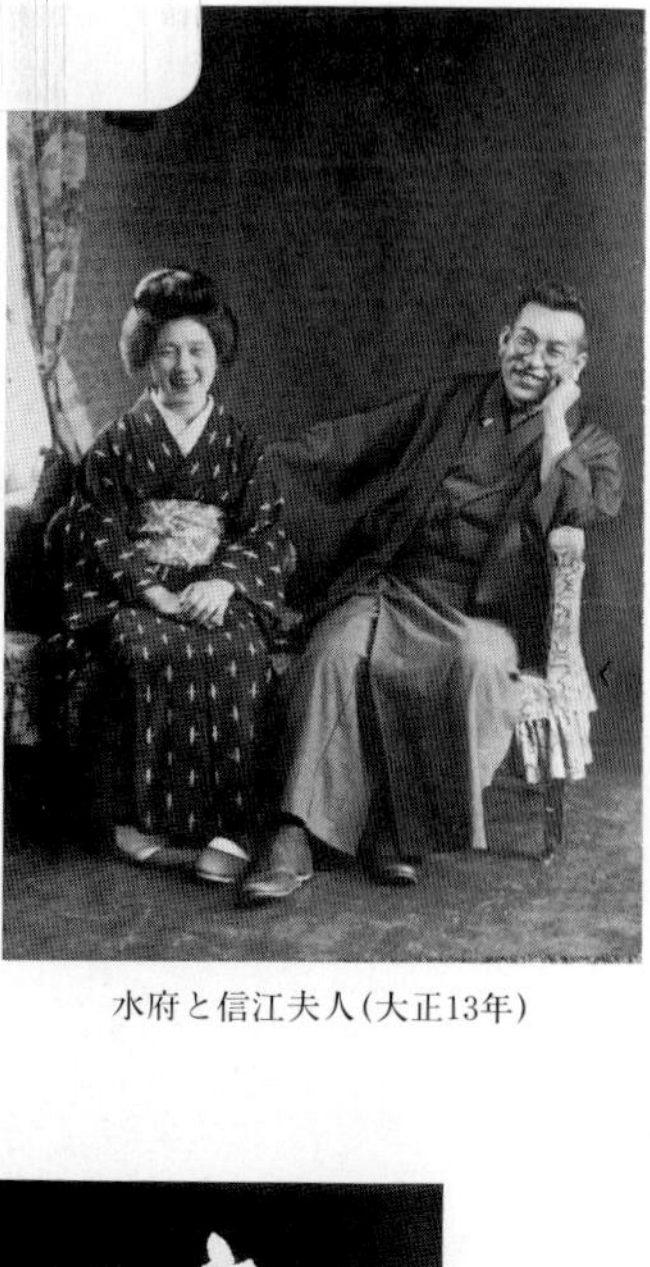

水府と信江夫人(大正13年)

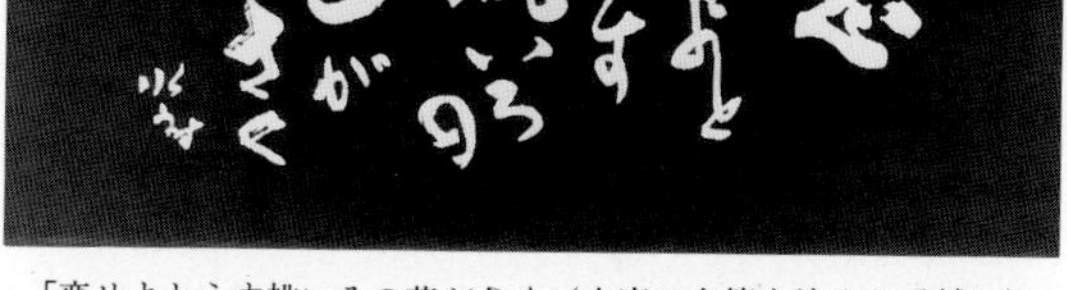

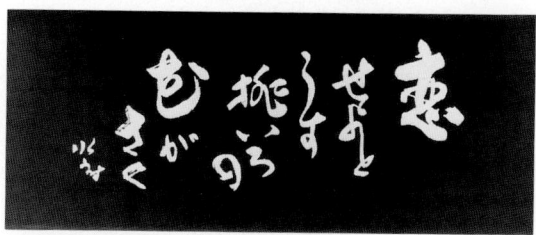

「恋せよとうす桃いろの花がさく」(水府の自筆を染めた手拭い)

西田當百

阪井久良伎

浅井五葉

食満南北

井上剣花坊

井上信子

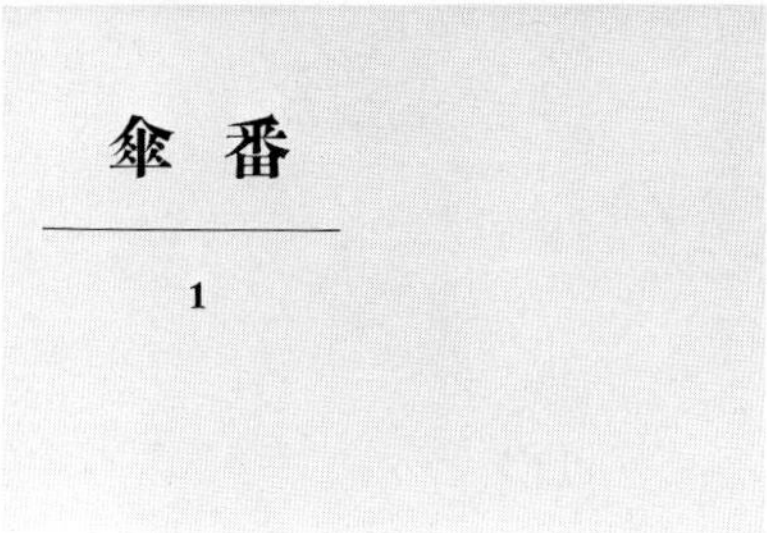

「番傘」創刊号表紙(大正２年)

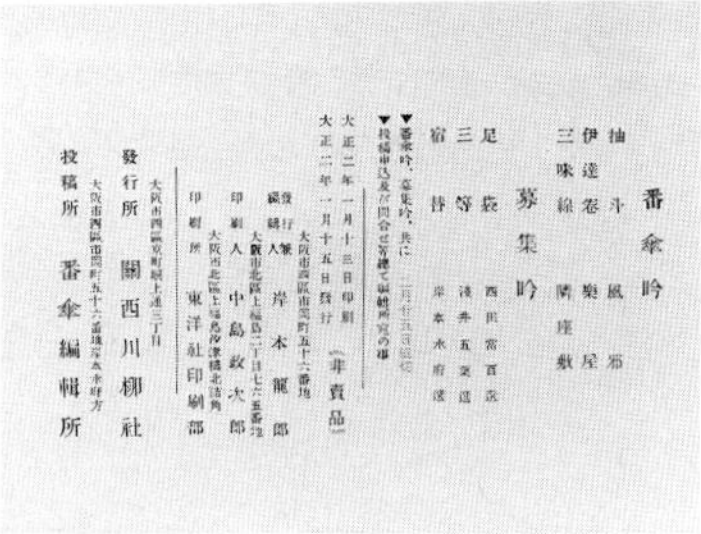

番傘吟

抽斗　風邪
伊達巻　樂屋
三味線　閑座敷

募集吟

足袋　西田當百選
三等　淺井五葉選
宿替　岸本水府選

▼番傘吟、募集吟、共に　一月廿五日締切
▼投稿申込及び問合せ等總て編輯所宛の事

大正二年一月十三日印刷
大正二年一月十五日發行　《非賣品》

發行兼編輯人　大阪市西區市岡町五十六番地　岸本龍郎
印刷人　大阪市北區上福島二丁目七六五番地　中島政次郎
印刷所　大阪市北區上福島汐津橋北詰角　東洋社印刷部

發行所　大阪市西區京町堀上通三丁目　關西川柳社
投稿所　大阪市西區市岡町五十六番地岸本水府方　番傘編輯所

創刊号の奥付

横綴時代の「番傘」表紙(大正14年)

「番傘」表紙(大正12年)

中公文庫

道頓堀の雨に別れて以来なり

川柳作家・岸本水府とその時代（上）

田辺聖子

中央公論新社

道頓堀の雨に別れて以来なり（上）目次

川柳作家・岸本水府とその時代

中巻目次

下巻目次

道頓堀の雨に別れて以来なり（上）

川柳作家・岸本水府とその時代

第一章　恋せよと薄桃色の花が咲く

——水府泡幻

〈水府《すいふ》はん〉

と、私の父などは呼び慣わしていたそうである。（私は父の口から、直接、岸本水府の名を聞いたことはなかったが）私の老母の思い出話によると、若いころ、ミナミのたべもの屋の店へ、母を連れてはいった父は、

〈ここ、水府はんの来はる店やデ〉

と嬉しげに、誇らしげに、母に教えたとのこと。

古い大阪人は、水府を川柳家の代表のように思い、水府のひきいる川柳雑誌「番傘」を、大阪の自慢としていたらしいふしがある。

作家の藤澤桓夫《たけお》さんは水府が亡くなってからその追悼文に、こんなことを書いていられる。東洋学者の内藤湖南と歌人の佐佐木信綱は若い頃から親しかったが、住む所が京都と東京だからなかなか会えず、ことに晩年はめったに会う機会がなかった。その湖南博士が、

久しぶりに信綱博士に会ったあと、弟子の石浜純太郎（藤澤さんの叔父さんである）に、笑ってこういわれたと。

「佐佐木信綱という男はおかしな男だ。あいつの顔を見ていると、不思議とわたしに歌が出来る」

つまり、信綱博士の顔の真中に〈歌〉と書いてあり、それに誘われた形で、ふだん歌など作らぬ湖南博士の頭にも、「つい一首浮んでしまうという意味の冗談」だったそうな。

藤澤さんはそれと同じく、水府の顔の真中にも、

「『川柳』と大きく書いてある感じで、川柳が水府で、水府が川柳という印象がとみに深かったのであるが、恐らくこれは私一人だけでなく、水府さんとお近づきになった川柳の門外漢たちが水府さんから与えられた共通の印象だったのではないだろうか」

といわれている。

私の父はさしたる文学趣味のあるものではなく、俳句も川柳もひねった形跡はないが、町の写真師であった。写真を葉書にしたり、ちょっと凝った芸術写真（らしきもの）を撮ったり、という市井の趣味人であった。これは私も記憶しているのだが、ある年の正月の年賀状に、徳利と盃を写真に撮り、その上に何か文字を書き入れたものを作った。家族には甚だ不評で、もう日支事変（と、その頃はいった。昭和十二年である）も始まっていたから、時局の認識がない、というような非難を買ったようだ。その徳利と盃の写真は、酒

好きの父としては、さもあろう思いつきであるが、その上にどんな文句が印刷されていたのやら、母の記憶では川柳やったかもしれへん、ということだ。

昔の大阪人は、川柳といえば水府、と反射的に出てくるから、あるいは父は、〈水府はん〉の酒の句をどこかでみつけ、大いに意に叶い、

（これや、これや）

とさっそく借用して、にんまりと年賀状に使ったのかもしれぬ。父は仕事も好きだったが、遊ぶのも好きで、テニスや水彩画を楽しみ、ミナミのカフェーへ、店の見習い技師たちとくりこんだり、していた。戦前の平和な時代には、夏など、幌《ほろ》なしタクシーなんていうものがあり（天井のない車、アメリカ映画のギャングたちが乗っていたような、一九二〇年代三〇年代ふうなもの）、それへ若い衆《しゅ》をこぼれんばかりつめこんで、ミナミへ突っ走ったものである。うちには若い叔父たちや見習い技師の青年が常に七、八人はいたから、遊ぶとなると、男たちの気がよく揃うこと、揃うこと。……

そしてゆく先は道頓堀《どうとんぼり》筋、戎橋《えびすばし》筋のカフェー、〈ユニオン〉〈赤玉〉〈丸玉〉〈美人座〉などであったろう。

〽赤い灯青い灯　道頓堀の……

という「道頓堀行進曲」や、「愛して頂戴ね」「波浮《はぶ》の港」などのハヤリ唄が道頓堀川に流れ、カフェーに待つ〈女給さん〉たちは現代《いま》と違って流し目にも情があった。もちろん、

チップの多寡で、その情も多少の増減はあったろうが……。

川一つ向いは宗右衛門町《そえもんちょう》の花街《かがい》、往来するのは美しい芸妓《げいこ》（芸者）や舞妓《まいこ》、若旦那《だん》さんやら大店の番頭はんやらおちょやん（お茶屋の走り使いの、本当《ほん》、年端もいかぬ女中衆《おなごし》さんのことをいう。お茶屋というのは大阪では芸妓をあげて遊興する家のことで、お茶の葉を売っているのではない）、それに幇間《たいこもち》、天紅《てんべに》の逢状《あいじょう》を芸妓にはこぶ男衆《おとこしゅ》、〈こんどの成駒屋《なりこまや》はん、よろしわあ〉と芝居の噂をしてゆく姐さんたち、お茶屋のたそや行燈、夜泣きうどん……さながら上方落語の世界がくりひろげられていたのだ。……

そういう時代の、大阪であり、そして水府であったのだ。

水も流れ人も流れて果《はて》太鼓

友達はよいものと知る戎橋

千日前肩を叩くと連れになり

大阪人には身に沁みる情趣の「水府はん」であったのだ。

私は〈水府はん〉の句を借用したかもしれぬ父を思い出し、『定本　岸本水府句集』をぱらぱら繰って、酒の句を拾い出してみた。

元日の酒はあつぱれこがね色

ことしはいいぞ大盃をぐつとほす

このあたりかもしれぬ、酒好きの父が悦に入りそうである。まさか、この句ではあるまいが――。

四十年かかつて酒は毒と知る

酒好きの私の父は、この毒のために胃癌で死んだが、四十五の若死にであった。水府は昭和四十年、七十三歳で死んだがやっぱり胃癌である。

私は生前の〈水府はん〉には会えなかったが、なんとなし親しみを感じ、あたたかい気持を抱きつづけていた。川柳というもの自体が人肌なつかしい文芸ジャンルであるとともに、水府が何となく生粋の大阪人のような気がしたからであろう。しかし水府は大阪生れではなく、両親は阿波生れで、水府自身は父の転任先の三重県鳥羽町で生れている。大阪に住んだのは小学生時代からであるが、終生、大阪を愛した人であった。たとえば、OSK（大阪松竹歌劇団）の春のおどりのテーマソング「さくら咲く国」の作詞者でもあるのだ。水府はこれを一回きりの歌として作詞したが、これが人々に愛されてOSKの主題歌として定着した。宝塚歌劇団のテーマ曲「すみれの花咲くころ」に匹敵する人気を今も保ちつづけている。OSKは現代も健在で（いまはOSK日本歌劇団という）、創立七十周年になる。大阪のミナミにあった大劇《だいげき》が定舞台であったが、大劇がなくなってからは、奈良のあやめが池でやっていた。奈良はちょっと遠いので、見にゆくのがおっくうであったが、近年、上六の近鉄劇場ができてからは、一年に何回か、そこで演《や》っている。私も、大阪市内なら精神的に近いので、何べんか見にいった。宝塚と同じく、音楽学校を持ち、ここで養成された少女たちが、潑剌《はつらつ》たる舞台を楽しませてくれる。OSKは昔から唄と踊りが出色であったが、近年は演技力もとみに増して、いいお芝居も見せてくれるようになった。現代でも戦前と同じく、宝塚とOSKは、女性ばかりの歌劇として人気を二分している。

戦前の大阪の女学生は、宝塚派、OSK派、と分れていたものであった。

私はその両方にゆくので、どちらにも好きなスターがいて、困ったものだった。尤もOSKのほうは、オトナの女の健康なお色気のレビュー、というので、男性ファンが多かったようだ。

しかしOSKが大阪人を嬉しがらせたのは、何といっても、ミナミの大劇の「春のおどり」であろう。

これを観ないと、〈何ちゅうたかて、春は来《け》えへん〉と、父などもいっていたものだ。

春。OSK。大劇。春のおどり。

――と、まあ、こんな具合に、大阪人の連想は働く。私たち子供も、どんなに春のおどりを心待ちしたことか。私のうちは大家族であったので、家内一度に総見、ということはできない。休みの日に何度かに分けて観にいく。私たち子供は、父や母、そのどちらかに引き連れられて観にいったものだ。テンポの早い舞台、シルクハットに黒の燕尾服の男装の麗人や美女が、たっぷり唄と踊りをくりひろげて堪能させてくれたあと、さァ、いよいよラストの「さくら咲く国」が唄われる。

出演者全員が造花の桜満開の舞台に並び、いっせいに絵日傘を閉じたり開いたりしつつ、「さくら咲く国」を大合唱、シルクハットにも美女の髪にも、華麗な衣裳や装置にも、紙の花ふぶきが舞い散る。交錯するライト、いっせいに開き閉じる絵日傘、もう爛漫《らんまん》の春そのもので、陶酔した観客は、誰からとなく、われ知らず、もろともに唄う。唄声は劇場内にこだまし、うねるのである。

桜咲く国　さくらさくら
花は西から東から
ここも散りしく　アスファルト
　桜吹雪に狂う足どり

桜咲く国　さくらさくら
花はささやく　くれないの
夢にほころぶ　シャンデリヤ
　桜吹雪の晴の舞衣

この作詞が〈水府はん〉なのである。アスファルトやシャンデリヤ、などという語が入っているのも昭和初年らしくて面白い。（戦争中は「のんびりしすぎる」歌詞だと咎められ、「桜吹雪に叫べ万歳」などと改悪させられたそうであるが、戦後は元通りになった。「戦争がすんで元に戻ってホッとした。カーキ服に降りかかる花よりも、シルクハットに吹雪する花の方が、よっぽどよいにきまっている」と、ＯＳＫ四十周年のパンフレットに水府自身、書いている）

とにかく、大阪の春は、大劇の「春のおどり」、そして「さくら咲く国」のにぎやかな、花やかな、明るい歌からはじまるのだ。大阪人はそう痛感していた。ともかく、そういう〈水府はん〉であった。

『川柳総合事典』（尾藤三柳編、昭和59、雄山閣刊）という本がある。これは古典川柳に対し、新しく近代に興った川柳に関する綜合的資料で、明治以来の川柳作家や、その拠った柳誌を網羅し、体系化している。現代川柳を理解するにはまことに絶好の企画というべく、本書が意図する、川柳の「近代以降の全体像を俯瞰《ふかん》する足がかり」として成功している。私は『川柳でんでん太鼓』（昭和60、講談社刊）という現代川柳鑑賞を書いたが、ちょうどその連載中にこの本が出たので、早速入手し、大いに裨益《ひえき》されたものであった。

ただこの本には一個所、私には腑におちない条項がある。

「水府」のくだりである。

「事典」であるべき本に、水府批判が混じっているのだ。ほかの項は、作家であれ柳誌であれ、川柳界の歴史用語であれ、句会用語であれ、事実をありのまま提供して間然するところなく説明されている。事典だから、さもあるべきことである。

ところが、なぜか「水府」の項は、私が読んで違和感をおぼえるのである。

私はべつに水府に師事した者ではなく、ことさら身贔屓《みびいき》するというのでもない。ただ水府の句の、ほのぼのしたなつかしさを慕わしく思っているだけである。芸術家に残るのは作品ばかり、そしてその作品を味わう舌を持つ読者ばかりとなる。

そういう気持で、この「水府」の項を読むと、舌にざらつくものがあるのは否定できない。その項を引いてみる。

「水府　すいふ　一八九二～一九六五　本名・岸本龍郎《たつお》。明治二五年二月二九日、三重県生れ。大阪成器商業卒。地方新聞記者をふり出しに、化粧品、衣料、洋菓子等の製造会社の商品宣伝を担当。川柳は一七歳ごろ水府丸の柳号で《大阪新報》柳壇（六厘坊選）や『矢車』に投句……」

ここから水府の柳歴がつづき、水府の主宰した柳誌「番傘」の説明となる。

「『番傘』といえば本格川柳が表看板だが、水府がこれを表明したのは昭和五年一一月号の巻頭言であった。『伝統川柳――実にイヤな言葉である。誰がこんな名をつけた。伝統川柳に近代のおもひを加へた一句をモノする一党！　それがどうして伝統だ。本格川柳――本格川柳――僕たちは本格川柳と呼ばう』。以上が〈本格川柳〉と題するその宣言文の全文であった」

ここまでは、水府の足跡の事実紹介だからそれはよい。しかしあとに、へんてこな批判を紹介している。そこへ引かれている文章は堀口塊人《かいじん》のものした水府批判、この塊人は水府門であってのち離反した作家、句作よりも評論にすぐれていた。柳界、人なきにあらず、の引き合いに必ず出されるような理論派であり、文才に富み、太刀風は中々鋭い。しかし大抵のジャンルでもそうだが、実作と評論は両立しないとみえて、句業のほうはどうであろうか、どんな川柳好きでも、塊人の作を二つ三つ挙げてみよ、といわれると口ごもるであろう。

人口に膾炙《かいしゃ》する句も、教科書に載る句も作らなかったが、ある時期の柳壇の論客であった。

ある時期、というのは、時代もあるし、塊人自身《ひとり》のみの発想、という意味もふくむ。塊人というおじさんはときの理論家ではあったが、彼の後世の人間から考えると、また違うものの見方も、感じ方もあろうというもの。

好みも感性も時代感覚も、時勢につれかわってゆくのに、公器というべき事典に、一個人の私的批判を掲げるのはいかがなものであろうか。

「水府」の条項はつづく。水府の宣言文に対して、塊人は批判し、本書はそれを引用する。

「僕たちは本格川柳と呼ばう」という水府三十八歳、昭和五年の宣言を受けて、

「『これは本格川柳理論を展開したわけではなく、単なる新名称の発表である。近代のおもいを加えた——とわずかにその内容を示しているが、その時代に生きる者がその時代のおもいを句に詠むのは当然のことであって、それに「加えた」などとまるで調味料を添加するような説明をしているのは、水府思考力の限界を示すものであろう』（堀口塊人『川柳平安』水府篇）」

これは「事典」の文章としてはフェアといえない。事典編纂の意図からも逸脱すること甚だしい。塊人はこの事典の関係者の一人であったらしい（完成をまたず亡くなっている）。されぱこの水府の項に自分の文章を入れるのを塊人は承認したのかもしれないが、右の「水府思考力の限界を示す」というのは、塊人おじさん個人の見解にすぎぬではないか。

この文章は昭和五十二年六月号の「川柳平安」二〇〇号記念号に掲載されている。全文をみればさして粒立たないこの部分が、前後を削ぎ落して、ここだけ取り上げると、字数に制限ある事典の項だけに、異常に強い不協和音を発する。塊人はこれの引用を黙認するのであれば、水府が昭和二十九年二月九日、「番傘」例会の会場で話した、

「川柳の第四運動」

についても触れるべきであった。この講演は「番傘」第四十三巻第三号に掲載されているので、誰もが見ることができたはず、水府は雑俳と軽視される川柳を文芸作品にたかめるためには、いまなお残る川柳の月並的な古い体質、つまり句会の天地人、五客、軸、それに懸賞を与えるなどという遊び風な伝統を廃さねばならぬことを、精力的に訴えている。水府はあらゆる機会を捉えて、川柳の地位向上のため、たたかい、論じつづけた。大先輩の阪井久良伎《くらき》が江戸趣味をいい立てるので、浪花にも愛すべき風趣はある、と浪花情緒の句をさかんに詠む。それは新時代の川柳として人々を啓蒙することにもなった。川柳作家という言葉から受ける世間の人々のイメージは、其角《きかく》風な宗匠というのが、戦後数十年を

閲《けみ》しても世間にはある、水府はその偏見とつねに戦ってきた人だ。徳川夢声と対談したとき（「週刊朝日」昭和30・12・18）、夢声が前白に、

「大宗匠渋い背広を召し給う

もっとも水府宗匠は、大会社の上級社員であるから、モダンな重役めいて見えるのも不思議はない」

と書いたのが水府は気に入らなかったらしい。川柳家が服を着ている、ということさえ奇異の目で見られる世の中。川柳の地位の低さも推しはかられようというものではないか。昭和二十二年に、水府は麻生路郎《あそうじろう》、中島生々庵《せいせいあん》らと三人、大阪府文化賞を受けたが、そのとき「新大阪新聞」の社説で、井上吉次郎なる人が、「今度の表彰は間違っている。この中に雑俳屋が入っている。大阪の文化面で何を苦しんで雑俳屋を入れたか」という意味のことを書いていた。水府はそれにも怒りを発している（講演「川柳の第四運動」）。

ともかく水府は川柳のイメージ刷新のため、たたかいつづけた実作者であった。実作者であると同時に、選者でもあった。選は批評の形を変えたものであり、水府はそれによって川柳論を展開しているわけである。

ついでにいうと、この夢声との対談は（くわしくは後述するが）多くの示唆をふくみ、興ふかい。夢声は「古川柳のうちから、これはうまいというのを二、三句あげ」よと水府に乞う。水府は「うれしい日母はたすきでかしこまり」をあげる。さながら水府調という

ような、やさしく品よく和やかな古句である。

　更に、「れんこんはここらを折れと生まれつき」の擬人法のいいまわしの面白み、「目ぐすりの貝も淋しきおきどころ」の感覚の冴えをあげている。いずれも水府の川柳の目ききが凡ならざるを示す。それに対して、夢声は、「吉原があかるくなればうちはやみ」をあげて、これは「どうですか」と聞くと、

「あれは狂句です。あかるいというのとヤミというのを対照させた文字の遊びですな。ああいうのを狂句だといったのは阪井久良伎さんでしてね。そういうダジャレを排撃されたんです」

　断乎たる見解である。更に夢声は、「町内で知らぬは亭主ばかりなり」という句はうまいんじゃないですか、と水を向けるが水府はとらない。

「深刻な句ともいえますけど、どうも誤解をまねきやすい。誤解されるということを川柳家はおそれるんです。そういう意味で、戦後、例の『末摘花』の公刊がゆるされたことは、わたしどもにはこまったことなんですよ。『末摘花』の句はうまいんですが、あれは春画を川柳で書いたようなもんですから、川柳が誤解されるもとになりましてな」

　という発言を、水府はしている。「誤解をまねきやすい」というのは、卑俗猥雑《わいざつ》な題材、陋劣《ろうれつ》な興味をそそるのが川柳と思われる危惧が「町内で……」の句にはある、ということであろう。一方、夢声のほうは「うまいんじゃないですか」というくらいだから、狂句と

川柳の区別もついていない。というより、卑陋な笑いを誘うものが川柳だという思いこみがなかったとはいえぬ。この談話からでも水府の川柳観がうかがわれるのである。水府論でも書こうというなら、水府の、さまざまな事蹟、作品を綿密に辿り、彼がいおうとした無言の言葉、行間に、作品の余白にただよう残り香をしっかり捉えなくてはいけない。

さてまたその事典の項目の文章にもどると、再び、塊人の評が引かれており、「塊人はまたこの稿でつぎのように水府とその作品を適評している。『水府は人生詩人ではなかった。人間苦へ深くメスを入れたり社会悪を強く批判する肌の川柳作家ではなかった。その点、きわめて常識的な、大衆によくわかる句を作る人であった。したがって大衆の喝采を得て、作家としても川柳事業家としても大成功を収めたけれども、今にしてその作品を自己批判してみれば、若干の物足りなさと一抹の寂しさを自ら感じるところがあるのではないだろうか。(中略)水府は認識的要素の多い過去の川柳に対し、情緒的要素をゆたかならしめた好作家であったと私は思う』」。水府は番傘川柳本社を主宰し、川柳誌『番傘』『瓦版』を発刊のほか『岸本水府川柳集』『川柳の書』『川柳読本』『人間手帖』など多くの著作がある。川柳生活五六年。昭和四〇年八月六日、胃癌のため死去。享年七三。永寿院龍嘯水府居士。

電柱は都へつづくなつかしさ

人間のまん中辺に帯を締め

今にしておもえば母の手内職」
――これが「水府」の項である。

ここでも少し塊人の私的見解がのさばりすぎている嫌いがある。「水府思考力の限界」というきめつけが、事典の条章として妥当を欠くのと同様、「水府は人生詩人ではなかった」という塊人おじさんの偏見を一方的におしつけられては読者はたまらない。「人間苦へ深くメスを入れたり」「社会悪を強く批判」するのが川柳の本道ととられかねない文章だが、それは個人の資質によるもの、もし川柳がそんなものばかりになったら、とても現代のように多くの人に愛される文芸とはならなかったろう。

「若干の物足りなさと一抹の寂しさ」というのも塊人の謬見《びゅうけん》である。水府は虚子の花鳥諷詠に対して、人間諷詠だといっている。

しかも水府のそれは、ふんわりした味わいのやさしみが添うていて好もしい。

更にいえば、水府はコピーライターの大先輩で、福助足袋や江崎グリコの広告では劃期的な業績をのこし、その文案のいくつかは広告界で「古典的名作」とされている。水府はこの世界では本名の岸本龍郎を用いたが、個人的に名は出さなかった。川柳人、水府の名は世に出したが。しかし、水府論を書こうとする人は、彼の広告業界の成功にも言及するのが周到な目くばりというものであろう。

「商品宣伝を担当」というだけでは、水府にも読者にも不親切である。『川柳総合事典』

はせっかくの良書ではあり、将来にわたっても利用愛読する人が多いと思われるので、この「水府」の項だけは早晩、差し換え、または書き加えてほしいと熱望する。塊人の全文を読めば必ずしも水府を攻撃しているばかりでなく、見るべきは見、認めるべきは認めている。その中に置いてみると「水府思考力の限界」も「若干の物足りなさと一抹の寂しさ」も、さほど目立たぬ。水府作品への讃辞とつきまぜて読むと、ほどよく中和されるからであろう。目立つ辛口の部分だけを抽出すると、塊人自身も予期しなかった化学変化を起し、妙にかたよった水府批判のページになってしまう。ここにあげられた句も、代表作としては選びかたがぞんざいである。水府がわが詩業に物足りなさや寂しさをなんでおぼえねばならぬのか、それはつまり塊人があらまほしいかたち、と考えている川柳と、水府のそれとは句境がちがう、というだけのことであろう。要するに、『川柳総合事典』の水府の項は、不当な部分が多い、と私は訴えたい。筆者は川柳作家で川柳評論家の東野大八氏、かねて辱知の東野氏に私は何ら含むところあるものではないが、塊人の主観をとりいれすぎている点を惜しむ。第一、東野氏は水府門下の人ではない。どちらかといえば反「番傘」系であり、水府を書くのにその人を得たといいがたい。

川柳は狂句であってはならぬ、という大鉄則のほかは、何をどう詠んでもいいのだ、と私は思っている。品格は狂句と区別されるよりどころの一つであるが。……

水府の川柳はみな品《しな》たかく、それに、ふんわりした手ざわり、加えて大阪弁でいう、〈はんなり〉した花やぎがある。駘蕩《たいとう》たる春色がみなぎっている。こういう感じは性急で狭量な視野には入りきらぬていいのものだ。ことに理論家には歯の立たぬエリアかもしれない。あるいは男性作家には不得手な傾向、というべきであろうか。

さきにあげた藤澤桓夫さんは、川柳が水府で、水府が川柳という印象を受けたことについて、

「このことは、ずいぶん古くから、水府さんが全国的に高名な川柳作家であったことの証拠であるわけだが、川柳の代名詞みたいな社会的有名人になるということは、無論これはなろうと努力して決してなれることではなく、川柳作家としての水府さんの天分が、いかに優れていたかを物語るものであると考えられる。しかも、その豊かな天分を蜿蜿半世紀以上の長きにわたって、ついに終焉の日まで枯渇させることなく、全生涯をかけて川柳だけを愛しつづけ、詠《うた》いつづけ、生き抜かれたその生命力の凄まじさは、芸術家として全く見事であったと脱帽したいのである。失礼な言い方かも知れないが、この人の川柳作家としての大きさは、五十年に一度出る人の大きさではなかったか」

といわれている。

水府の伝記はまだ現れていず、昭和三十二〜三年の「番傘」に連載した「自伝」があるが、大正十三年のくだりまでで一まず打ち切られている。現代に近づくにつれ、離合集散する柳界の状況を書くのは当り障りがあって筆が渋ったのであろう。「番傘」八十数年のあゆみは必ずしも順風満帆ひとすじではなく、波瀾も騒擾もあった。しかしそれにしても、一柳誌が八十なん年つづいたというのは、世界でも驚嘆すべき偉業ではなかろうか。

熊野灘鯨が見える母の背《せな》

水府の祖父は軽輩ながら阿波藩の武士だった。新蔵米見役、七石六斗取りという。明治維新で家禄を奉還し、両刀を捨てた祖父は、型の如く提灯屋を始めた。型の如く、というのは、士族は字が書けるので、傘・提灯屋をやる者が多かった、ということだ。

その孫の水府が、のちに「番傘」という名の吟社を持ったのは偶然の縁だと水府はいうが、何だかおかしい。

両親の結婚は明治十四年で、当時、父は徳島県の租税課の御用係をしていた。大蔵省官吏であるが、転任の多い半生を送った人である。

母はタケ、その父なる人は林春塘《しゅんとう》といって池坊《いけのぼう》の生花指南だったという。蜂須賀侯のお邸にお出入りを許されていたよし。この水府の母・タケは終生、士族出身のプライドが高かった人で、従って水府の嫁にとっては、きつい姑であったろう。――夫婦に子供が出来なかったので縁戚から女の子をもらって養女にしたところ、結婚後十一年たって待ちに待った子供が生れた。難産だったが男の子だったので父の龍太は大喜びで、産褥の産婦にかまわず、友人と芸者を呼んで飲んだそう、親類へ喜びの電報を打つのに、

〈ダンシウマル（男子生まる）ミナブジ〉

郵便局の窓口は、

〈団州丸という船ですね〉

と念を押したりした。

この父は俳句を嗜《たしな》み、都蘭《とらん》と号した。男の子が誕生したというので師匠の蘭亭が祝吟一句、

「行末は艦《ふね》も浮べむ春の水」

のちに少年の水府が川柳をつくるようになったとき、父の俳句はわからなかった母も、息子の川柳はよくわかって興じたそうである。

父のは月並俳句で、これは当時の俳壇の風習とて景品がつくというものであった。俳句会から帰った父は、

〈今日は出来が悪かった〉

といって封筒十枚一束になったものを持って帰った、という思い出話を水府はしている。

子規が伝統の旧派を改革しようと狼煙《のろし》をあげた理由は、景品つきの運座《うんざ》などという俳壇の沈滞ぶりを痛嘆したせいだが――その、父の龍太の句は「戸をしめて早く夜にせん秋の暮」(『十人百話』所収、岸本水府「私の初心時代」昭和40、毎日新聞社刊)。

これは母のタケにはむつかしくて合点いかず、少年の龍郎が「ハガキ文学」という投稿雑誌に投稿して、天に入選した句、

「元旦を女房はただ炬燵《こたつ》にて」

には、「シンから笑って」

〈あ、これはわたしのことじゃがな〉

と喜んでくれた。龍郎少年は、川柳の面白さにあらためて気付く。川柳なら母にもわかる、川柳は大衆のみなが楽しめる文芸なのだ。それに川柳は四季にとらわれない、恋、勤め、遊び、なんでもつくれる。それにもう一つ、川柳作家は少いから、自分で開拓していく楽しみが持てる。――そう、思った、と「自伝」に書いている。

尤もそれは十なん年後のこと。幼児の龍郎は両親に溺愛され、甘えん坊ではにかみやの子であったらしい。いつまでも母のふところに抱かれ、話のうまい母にお話をせがみ(この母は芝居好きであった)、体をこわすと、父に背負われて学校へいった。水府の句がふんわりとやわらかいのは、こんな幼児時代を持ったせいかもしれない。――小説も書きたい、という気を持っていた水府の筆は暢達《ちょうたつ》で明快で、なかなか、スジのいい文章である。

鬼になつて泣いて帰りし弱かりし

体が弱く、顔色青く、歯も悪い男の子で（後年の押出しの立派な、体格のいい好男子の水府からは想像もできない）、父は〈龍郎《たつお》〉と呼んだが、母は〈坊よ〉と呼び、少年は自分のことを、〈坊やん〉といっていた。いかにも甘えん坊らしいおもむきである。

父は長身で顔が長く、母は色白で丸ぽちゃ、母のタケがいつもいっていた冗談に、〈お父ッさんの顔は馬に丸行燈《あんど》を咬ませたようなもン、あたしはお多福さん、そやけんど色の白いは七難かくすというけんな〉

転任をしても母親阿波なまり

のちに昭和十四年、母の死に遭って水府は哀惜して「母百句」を作っているが、その中にこの句がある。父の転任で一家は諸国をまわったが、両親・姉の阿波なまりはぬけなかった。一家四人の生活は阿波言葉にあけくれた。

阿波弁というのは、大阪弁をゆかしく鄙《ひな》びさせたような感じで、荒くはなく、和んでやさしい。小さい龍郎はいつまでも母の乳を飲み、母の白い胸に顔をつけて、阿波なまりの子守唄を聞いて育つ。

月給十五、六円の官吏の家庭は倹約しい暮《つま》しながらに平和であった。ところが転任めまぐるしく、席のあたたまるひまもないありさま。父は結婚当時は徳島県の租税課にいたが、やがて栃木・宇都宮の検税課へ、千葉県庁へ、三重県・白子へ、同じく鳥羽直税分署へ（ここで水府が生れている）。生れて三十七日目にやはり三重県の相可《おうか》へ。一年経たぬうちに、県下の久居《ひさい》、尾鷲《おわせ》、木本《きのもと》（現・熊野市）を歴任、ついで大阪へ転任の辞令がくる。紙きれ一枚でよくもこれだけ、お役所というところは人を引っぱりまわすものである。

大阪へは小さな汽船（そのころ蒸気といった）でゆかねばならなかったが、母は汽船に乗るまでの艀《はしけ》でいきなり酔ってしまい、〈蒸気はいやじゃな〉とこぼした。

転任のつづくに母の船ぎらい

水府もその血を引いたのか、後年に至るまで船ぎらいだったそうである。のちに水府一家が阿波へ墓詣りすることになり、船ぎらいの水府も観念して天保山から船に乗ったが、タラップを上るなりあわてて降りて来、〈宇高連絡船にしよう、とにかく。いま船に乗ったら向う側の海が見えた。向う側の海が見えるような船はわしはかなわん〉といったよし。

子息の吟一氏の作に、

「船ぎらい先祖の墓は阿波にある」

父の勤務する大阪税務管理局は、北区の上福島にあった。市電・市バスというような交通手段もない時代、勤め人はみな、勤め先の近くに住む。一家は上福島に近い鷺洲《さぎす》村・海老江《えびえ》の貸家に入る。現代は殷賑《いんしん》な下町で、商店や人家が密集しているが、そのころは淋しい農村で、当時中之島にあった大阪ホテルの火事が遮るものなく見えたと。

　母の肌ぬくぬくとして火事をみる

嵐の夜、〈十三《じゅうそう》の土手が切れるぞう！〉と往来を走る声に一家はふるえあがる。

　母の顔夜中にともす豆ランプ

この当時の龍郎少年の思い出の一つに、ある真夜中、ボソボソと戸をたたく者があった。〈ちょっとおたずね申します。伯耆《ほうき》の国はどちらへ行ったらよろしいでしょうか〉と女の声。これは凄い。水府「自伝」によれば、

「父も気味が悪かったと見えて、

『こんなところで聞いてもわかるもんか』

大きくどなった。
こわかったことは忘れられない」

水府は平明であかるい句を好んだが、精神の低音部の振幅は大きく鋭敏で、どんなにかぼそい顫動《せんどう》をも捉えたらしい。

この地で水府は小学校へあがっている。上福島の神子田《みこた》尋常小学校、実をいうと私も上福島生れで、私の通ったのは上福島尋常高等小学校というのである。神子田はほん近くであり、思わぬゆかりがあったのに驚いた。

私は昭和九年入学だから、その頃は現代と同じく小学校は六年で、それで働く子もあれば、高等科二年へいく子もあった。しかし私の時代ではもうほとんどが中等学校へ進学する時代になっていた。

水府の頃は、尋常科四年、高等科四年、小学生時代は八年間だったらしい。ここでも落ちつけないでまたもや父は三重県の宇治山田（現・伊勢市）へ転任、葉煙草専売所勤務になる。ついで愛媛の松山へ。たびたびの転校を憐れんだ両親が相談したのか、または父自身が辞令一つで木の葉のように吹きやられる身の上に倦《う》んだのか、一家は大阪で商売することになった。官吏生活に終止符を打って、今までのコネから煙草屋を開こうというのであった。つましい下級官吏でも二十年以上の勤続であれば恩給もあった。

一家は再び荷ごしらえをして大阪へ向う。転任を重ねた一家の家財道具は必要最小限であるのもあわれ深い。箪笥一棹、仏壇に机のみ、父の荷造りも手なれたもので着物や大蒲団の中へ割れものの皿や茶碗を入れ、ぬかりなかった。小さい龍郎は、(うまいこと、するなあ)と父の手付きにみとれていた。

大阪で落着いたのは九条新道三丁目、のち九条第一小学校の南半丁のところへ移っている。この九条という場所は大阪市の西の新開地で、西には安治《あじ》川口の波止場、東は花園橋を越えて松島遊廓があった。松島遊廓は昭和三十三年四月の売春防止法施行以前は、東京の吉原とともに、日本の二大廓《くるわ》であったが、もともと古いものではなく、発生は明治元年(一八六八)である。

明治維新に際して一番あり余ったものは刀剣類と女だったというが、武士やその関連階級の女性がおびただしく苦界に身を沈める仕儀になった。天保の改革以来、岡場所はきびしく禁止閉鎖されたはずであるが、いつしかまた私娼営業が黙認されて、そのまま江戸から明治へなだれこんでいる。明治政府は刻下の喫緊事《きっきんじ》が大小となく山積しているから、とても売春問題まで手が廻らない。といって抛っておけば素人女の売春営業がどんどん蔓延して、社会風紀の紊乱《びんらん》を招くというので、旧遊里のほか、特定の場所に限り、許可制で営業を認めることにした。戸別税を徴集しているから、税収の増加をはかる意図もあったろう。

その一方、安治川口に外人居留地が設けられたので、外人による風紀犯罪を防ぐためとその地域の発展策として松島遊廓ができた。これは『松島新地誌』（牧村史陽・田辺一編、松島新地組合刊）によると官民の共同事業だったという。それまではこのあたりはいちめんの西瓜畑梨畑、それに墓地であった。

明治五年（一八七二）のマリア・ルース号事件を契機とする芸娼妓解放令も、彼女たちに対する厚生福祉策が準備されていないのだから混乱を引きおこすばかり、このとき大阪府が考えついたのは「席貸営業制」というアイデアである。やがて全国の旧遊廓がすべてこれにならって、合法的に営業を復活することになってしまった。

それはともかく、西瓜畑と墓地を開発して作った廓も、安治川木津川に挟まれて足の便がわるく、はじめは遊客をあつめるには至らなかった。繁栄したのは明治十年（一八七七）の西南戦争による好景気がきっかけである。大阪は運輸交通の衝に当り、軍人・御用商人たちで船着場に近い松島遊廓は賑わった。しかも他の旧遊廓と違って歴史のない松島は一《いち》見《げん》客でも揚げるので人気をよび、それはまた大阪市内の嫖《ひょうかく》　客の遊び心を刺激することになった。

「それやこれやで大いにうるほつて、明治十一年の秋頃には、さしもの新開地も、隙間なく行灯が点《とも》るやうになつた」

とは、右の『松島新地誌』にある「文芸倶楽部」——大阪と花柳界——なる記事の孫引きである。

九条新道は安治川口波止場と遊廓をつなぐ商店街で、賑やかだった。龍郎少年の父はその繁華に目をつけたのかもしれない。煙草屋開業は明治三十五年である。龍郎少年十歳、自分のことを〈坊やん〉といい、〈坊やんにもそれおくれ〉などといっていた甘エタ少年は、そういう新開地の賑わいの中で育っている。私も大阪生れゆえ、松島という名ぐらいは知っているが、〈悪所〉という印象が早くもインプットされていた上に、西の方面には親類もなければ歌劇もデパートもないのだから、私たち少女にとっては縁のない場所であった。

明治三十六年（一九〇三）には大阪で第五回内国勧業博覧会が開催された。第一回から第三回までは東京、第四回は京都で、大阪は早くから誘致計画を立てていたが、やっと実現、第一会場が茶臼山、第二会場が堺の大浜公園、博覧会は大成功を収め、入場者は五三〇万人を数えた。当時の大阪の人口は百万人ほどだから、どんなに評判になったかわかろうというもの、『近代大阪年表』（ＮＨＫ大阪放送局編、日本放送出版協会）によれば「展示品はただ珍しいだけでなく、量産できる優秀品が心がけられた」とある。十一歳の龍郎少年も心躍らす。博覧会は、

「子供心にも大阪の文化を一度に高めたような気がした。全国からワンサとおしかけた。あまり人がやかましくいうので友達三人と、会場の今宮まで歩いて行って銭がないので、

正門のあたり大きな噴水や売店だけを見て帰った……。のち、父に連れられて博覧会の規模の大きさにおどろき、噴水の水が電気じかけで色が変ったり、夜景のイルミネーションが一斉についたり、冷蔵庫でふるえ上ったりする、不思議一てんばりの一日を味わった。子供だけでなく、大人も当時としては、今の人工衛星出現ぐらいの話題を生んだ」

新時代が到来していたのだ。この博覧会と同時に大阪最初の市電が、花園橋から新しく開通した築港大道路を桟橋まで走った。単線のチンチン電車である。車輛の前後は風よけのない吹きさらしであったと。

翌三十七年には二階つきの電車が走ったが、水府は「すぐやめになった」と書いている。これは雑誌「大阪春秋」63号の鈴木啓三氏のエッセー「港区・大正区――市電をめぐる二、三の思い出」によれば、当時の大阪の家は二階が低く、夏の裸生活が電車の二階から丸見えとなった、為に沿線の人々から苦情が出、運転中止となったそうである、といわれている。

なにさま、昔の写真を見ても家々の軒は低く、そしてお上のいいがかりのような諸税を免れようとてか、家々の間口は狭い。『大阪穴探《あなさがし》』（米巒《べいらん》笑史編）という小冊は、この当時より二十年近い昔、明治十七年の刊行だが、大阪文化の沈滞を嘆じ、その風俗習慣を忌《き》憚《たん》なく批判している。維新後の大阪はもはや経済の中心地ではなく、銀目廃止、蔵屋敷の廃止、株仲間の解散、それに大名貸しで貸し倒れ多く、富豪はどんどん没落していった。

そういうところへ五代友厚がきて大阪経済の梃子《てこ》入れをするのであるが、ちょうど明治十六、七年頃から大阪に紡績業が興り、工業都市としてたち直ることになる。その直前だから、東京者らしい米巒笑史が、

「人の遊怠《ゆうたい》なる、事の不活潑なる、都会の地にして誠に驚くに堪へたり」

と嗤《わら》うのも、さもあろうことかもしれぬ。しかも、「夫《そ》れ大阪の地は市街道路の狭隘猥雑にして且つ貨物の運搬に不便あり。従前は海外との貿易もなく知識人文も未だ開けざりしにぞ、多少の不便多少の不都合はこれを忍び、これを堪《こら》へられざるにあらざりしかども(田辺註、何という拙い文章だろう——つまり今までは未開蒙昧の世の中だったから、道路が狭くて不便でもがまんできたが、今日のように海外との交渉も開け、運輸の重要性も増し……)、其の駛走《しそう》、飛禽《ひきん》もただのみならざるに至りては、迚《とて》もかかる土地柄にては活潑なる事業を執ること能はず」

彼は大阪に市中馬車の往来を見ないのは道路が狭いゆえだといっている。尤もおびただしい武家邸、広大な大名邸の跡地を恣意的に使える東京からみれば、三百年来の町家が櫛《しっ》比《ぴ》する大阪の道路が狭いのはどうしようもあるまい。

「次に家屋の構造《かまえ》を云はんに、家並びに店舗《みせ》の恰好、申し分段々あるが中にも、空気の流通を能《よ》くし陽光《あかり》を充分に取れる家、極めて尠《すくな》く、その僅かにこれあるは料理屋ならでは青楼《おちゃや》、若《も》しくは旅籠屋《はたごや》などなり。その他はあたかも消え残れる行燈ならでは、朧月夜の晩

の如くぼんやりとしたる家のみ多し。殊にかかる繁華の都会にも似ず何となく家構へのみにくきは、倹《つま》しきを旨とすれば徒《いたず》らに美を飾らぬとの意《こころ》なるべけれど海外人との交際を始めし今日にありては、是らもまた一つの瑕瑾《きず》となれり」——と、やけに海外人の思惑を気にしているのはこの作者、かなりの開明家であるのか。筆は転じて路傍の公衆便所の粗末なこと、別して婦人の立小便と車夫の腰切襦袢《こしきりじゅばん》は「真昼間の往来最中ではまことに見にくし」——最も問題なのは水質粗悪なること、井戸水は鉄気《かなけ》をふくみ濁っている。飲用には川水を大阪人は用い、明礬《みょうばん》を以て清め澄ましたものを汲んで飲み、これを上水と称《とな》えているが、いずくんぞ知らん、その川上、川下では肥取舟の船頭が遠慮もなく肥桶《たご》を洗っているではないか、とまことに痛烈な筆で大阪のワルクチを述べ立てて憚らない。

大阪市民がはじめて水道の水を飲んだのは明治二十九年（一八九六）、されば、岸本一家が大阪市民となった頃にはもう水道の水を飲んでいたであろうか。しかし、裏道へ入れば道路の狭さ、家の仄暗さ、人の心の因循《いんじゅん》姑息《こそく》は昔にかわらぬもののようであった。

のちに水府が思い出してスケッチした店の絵がある。右手に㋖の暖簾《のれん》、キは岸本で、これが商標、屋号は阿波屋、堂号は鳴門堂、場末の小さな何でも屋にしては物々しい命名だが、そのへんが士族出身の官吏あがりの、やるせないところである。父は少年時代にとった杵柄《きねづか》で、大提灯に書くように、看板の字を大きく、「たばこ、くすり」と書いた。

煙草の売台が全体の半分ぐらいの場をとり、下の方にお菓子のもろぶたを並べてある。田舎饅頭、太鼓饅頭、最中《もなか》、どんぐり、猫の糞（そんな名前の駄菓子である）、蒸菓子《むし》は三つ一銭で仕入れて一つ五厘で売る、利の薄い商い、どんどん捌《さば》ければいいが、子供は撰るのにひまがかかり、同じ子供ながら龍郎は見ていてしんきくさい、と思う。

主要商品はやはり煙草で、巻煙草はヒーロー、サンライス、ピーコック、ピンヘット、オールド、カメオなど、刻みは「虎印」「真鶴」、このころは煙管《きせる》で吸う人が多いから盛台に一山一銭、ふわふわと盛って売った。

開店の朝、一家が期待のうちにもきまりわるいような心持でいると、

〈ごめん。歯磨おくなはれ〉

と第一号の客。少年は「涙が出るほどうれしかった」といっている。ライオンの袋入り二銭のが売れて、「家内中で、よろこんだ。母は、『ありがたいもんじゃな』としんからうれしそうである」

ところがここに問題が生じた。

場末の貧しい小店にはふさわしからぬ、父の髭である。お客が逃げてしまうと母はいい、剃るようにすすめる。父は肯《が》んじない。水府によれば、父のいわく、

「『かんまん、このヒゲは剃れん』

『そんなこというて、店が売れなんだら困るでないで』

『店へ出なんだらエエ、お前が店番おし』

『そんなわけにはいかんがな』

結局、ヒゲは剃らぬことになった」

藹々《あいあい》たる阿波弁である。

父の思いつきで、切手売捌きを願い出て許可され、家の横に黒い四角いポストが立ち、切手や巻紙、筆、墨が売れるようになった。

店の朝勝気な母の塵払《ちりはらい》

売上げをよむ母親とつりランプ（「母百句」）

薬もよく売れた。土地柄、医者にかからず売薬ですます人が多かったのだろう。しかしそれでも小商いで食べかねたのか、父は土地の売買の世話にタッチするようになっていた。しっかり者の母は家計を引きしめ、その中で養女の姉を嫁に出した。近所へ嫁いだとみえて、龍郎少年はよく遊びにいっており、若夫婦もしばしば母と共に芝居を見にいったりしている（少年の日記に拠る）。母のタケは士族の出自を鼻にかけて権高《けんだか》な人だったといわれるが、小さい娘を貰って、実子ができても変らず愛顧し、良縁をととのえて送り出してやるというのは、しっかり者であると同時にバランス感覚に富んだオトナのように思える。

経済観念の発達した母は、二階が遊んでいて勿体ないといい、父の反対を押しきって、ある大工さんに二階を貸す。そうなれば人の良い父は、冬など、「降りてきて一緒に炬燵へお入りなさい」といったりした。馴れるとこの大工はひどく落語好きなことがわかった。炬燵にはいりながら、家族に、素人ばなれした落語を聞かせてくれた。あとでわかったが、この人こそのちの五代目笑福亭松鶴《しょかく》だったという。水府はあとでそのことを知り、「一度でも名乗りあいたかった」といっている（昭和二十五年七月に松鶴は死んでいる）。松鶴のほうもまさか、若い修業時代、二階借りした煙草屋のせがれが、のちの川柳大宗匠、水府先生になろうとは夢にも思わなんだであろう。双方知らぬながら知己となり、「番傘」の園遊会などへ松鶴は来てくれて、落語を口演してくれたという。

この五代目松鶴はもともと船場の大工の棟梁のせがれ、少年の頃から腕がよく、彼が削った板を二枚、ぴたっと合せると一枚になって離れなかったという話。父親も彼の成長を楽しみにしており、そのままに進めば「あっぱれ大棟梁として名を残したかも知れぬが、そうは左専道《させんどう》の不動さん」や、と露《つゆ》の五郎師匠はその編著『五代目笑福亭松鶴集』でいわれている。

（そうは左専道の不動さん、というのは、そうはうまく問屋が卸さないという、大阪弁の

地口《じぐち》で、左専道のお不動さんは城東区にある）

明治の頃ではどこの町内にも稽古屋があった。大工連にも長唄や三味線の名取りが少くなく、また職人や丁稚《でっち》は落語の席へ熱心に通った。船場の商家でも、地方出身の丁稚を躾《しつ》けるのに、落語を聞かせたという。言葉づかいや心得を笑いのうちに習得させるというのである。

棟梁のせがれ、竹内梅之助もあちこちで名人の落語を聞きおぼえ、それを人前で披露しているうちにとうとう落語の魅力にとりつかれ、昼間は大工、夜になると好きな噺《はなし》家を追いかけて噺を聞きおぼえていたという。前座で光鶴《こかく》として出演していたときも、楽屋へ大工道具をもちこんでいた。そんな噺家は、あとにも先にも、彼一人だったという。

明治の世ではごく身近に芸人がおり、またその予備軍があとからあとから生れ、芸ごと好きの濃密甘美な瘴《しょう》気《き》がたちこめていたのだろう。少年の龍郎は芝居好きの母に連れられて、じつにしばしば芝居を見ている。父は芝居を見ないが、母が見たいといえば快く出してくれた。〈うちの人はええ人で、芝居だけは自分で留守番して、気持よう出してくれる〉と母は人にほめていた。

この時分の芝居見物は昼から午後十一時くらいまでたっぷり見せてくれる。狭い平場の桝に坐り、うちでつくった弁当を食べるのも楽しみなのだった。花園橋の八千代座、もっと近い繁栄座。歌舞伎では三桝源五郎一座に新派の角藤定憲《すどうさだのり》（壮士芝居の元祖だ）。

水府の日記でいちばん古いのは明治四十一年（一九〇八）、十六歳のときのもの、これがなんと現存しているのだ。いったい水府という人はごく几帳面で、しかも筆まめだから、自分が書いたノートや日記はきちんと保存していたらしい。何冊かは僥倖《ぎょうこう》にも戦災をまぬかれて残っている。

十六歳の日記は文庫判くらいの大きさの、博文館発行のもの、はじめのページに皇族のお名前や歴代天皇の列記があるのも明治らしいが、本文は黒インキの色も褪せず、十六歳と思えぬしっかりした筆蹟で、ていねいに記帳してある。十六歳といえば龍郎少年は成器《せいき》商業に入って三年生、しかしこの筆蹟は現代でいうと堂々たる大人の字である。

そういえば『ムック文房具の世界』（昭和58・4、中央公論社刊）に銀座伊東屋の会長、伊藤義孝氏が、文適堂社長、福田博治氏と対談していられるが、たまたま伊藤氏が中学へ入ったときの日記を持参されている。明治四十二年のもの、ということだから、水府のそれと同じような年代であろう、中学入試発表の日の記事。

「四月六日、火曜日　朝より雨はげしく降りたり。今日は入学試験の発表日なれば成績いかんと、正午より学校にまちかけ、掲示待ちいたり。一時頃掲示せられたれば、見るに中ほどに一七六号と記されたるなり。なお、違いたるには非ずやと思いてみれば、まさしく一七六号なるにうち喜びて帰る。今夜は安心して眠れたり」

伊藤少年は文語文で綴っているが、龍郎少年は口語体文語体の混淆《こんこう》である。

「一月四日　消防出初《でぞめ》の半鐘の音に起されて郵便切手を買ひに行く。絵葉書購ひ鋏にて切りて箱にをさむ。時に山上君来られ粗茶粗菓でもてなした。これより前、『少年パック』の懸賞絵葉書を彩色したがスカタンで書かれない。後日にせんと納めたり。

明日弁天座の活動写真を看に行かんと山上君に誘はる」

活動写真に落語に芝居、この時代の少年は実に精力的に見歩くが、それをまた克明に記す。そのほか投稿投書に大方の時間を割く。

「明日は学校に出初むべき日なりとて朝より洋服靴下等を整へ種々の用意に忙《せ》はし。十時半頃より『少年パック』懸賞絵葉書を彩色して出す。多分一等賞として来月一日の紙上に載らむ、待ち遠し」

と虫のいいことを夢みているのは一月七日。この年、一月中に劇場へ足を運んだ回数は（正月休みのせいもあるが）、一日、松島文芸館の芝居、二日、道頓堀浪花座の活動写真、五日、紅梅亭の落語、九日、電気館の活動写真、十日、朝日座の芝居に泣く、十二日、九条朝日座に新派。

十五、六歳ともなれば、さすがに友人とゆくことも多いが、観劇のくせがついたのは母が芝居好きだからであった。

水府と親しかった長谷川幸延《こうえん》は、大阪生れの大阪育ち、水府より一廻り下の明治三十七年生れ、事情あって祖父母に育てられたが、この祖母が大の芝居好き。幸延さんは『自己

流大阪志』（昭和49、昭文社刊）に、

「祖母は、無教育な市井の一老婆にすぎなかったが、芝居と料理については、今思い出しても立派な一家の見識をもっていた」

と書いている。幸延さんは物心つくかつかぬかという年頃から道頓堀の芝居を見た。明日の弁当を詰めながら祖母は、

「明日の〝石切梶原〟で、鴈治郎《なりこまや》がどんな型で手水鉢を切るか、そこをしっかり見ないかん。あの石切りの、切り方には……」

と講釈する。ときには口跡をまねる。押入れの長持の蓋をあけると、畳紙《たとう》の中には、祖母が若い頃から買いあつめた役者の似顔絵や芝居絵が、何枚も畳みこまれて入っていた。仁左衛門が贔屓で、「大和橋」を演じたときは、幸延少年に、「松島屋っ」と声をかけなはれ、と命じた。

数え年六つの少年はとてもそんな自信はない。芝居はいつも見ているから、かけ声も耳馴れているが、自分にそんなことができようとは思えない。「それ、仁左衛門が出ましたで」と祖母にいわれても声が出ない。祖母はいたく不機嫌で、「あんた、それでも男の子かっ」と怒り、「もしやれなんだら幼稚園かて上げへんさかい。帰りに鰻《まむし》も食べさせへん」

まむしはともかく、幼稚園へいかせてもらえなければ一大事である。幸延坊やは必死で声をふりしぼった。今しも仁左衛門が馬を曳いて揚幕へ入ろうとする一足前。すでにきっ

かけは失われていたのであるが、

「松島屋っ」

「おお」

仁左衛門も驚いたろう。こんなところで声がかかるはずはない。しかも幼い声、ふと足もとを見ると五つ六つの男の子が涙を流して声をかけている。仁左衛門はにっこりとうなずいてくれたそうである。

水府の母は、道頓堀の歌舞伎ばかりでなく北の新地の福井座（阪東彦三郎一座）を好んだ。東京から団十郎も来たが、「入場料が高いので母のものではなかった」。

五つ六つの龍郎少年も、おぼろげながら「鏡山」の岩藤が憎らしく、「阿波の鳴門」のお鶴のあわれさに泣かされたという。

大阪に住むうれしさの絵看板

幸延さんにいわせると、大阪の見物は一日に三度芝居を見ることになると。木戸を入る前に看板を見る。大阪の芝居の看板は描かれた人物に役者の紋どころがついている、それによって誰が何に扮するかわかるという。鴈治郎ならイ菱、延若なら重ね井筒、梅玉ならふくら雀……それゆえ、これから見る芝居を心のうちで想像し、本ものの舞台を見、出て看板をふりかえって、（ああ、あそこで芝雀が殺されよったんや……）と、また楽しむという。

それでも芝居を愛する女たちは、ほかのことには倹約《しまつ》だった。幸延さんの祖母は芝居がはねて雨が降り出しても、俥には乗らず、傘だけ借りてとぼとぼと幸延さんを背負って帰った。当時住んでいた曾根崎まで道頓堀からは六キロもあった。俥代に金を使うくらいなら、もう一回、芝居を見たいという心意気であったのだろう。

水府の母も、海老江から北の新地の福井座まで重い重箱を提げて、まだ明けきらぬ暗い野道を歩いてゆく。「芝居見物もなかなかご苦労なことであった」と水府は書いている。帰りは真夜中である。母は幼い龍郎を背に負うて、くらがりを歩くうち石にけつまずいて転倒した。子供に怪我させるまいという一心で、負うた手に力を入れていたので、うつ伏せに倒れ、額から頬から、ひどい打ち身をした。

芝居好きな女たちの熱気が、水府や幸延という男たちの才気を育て、多感な夢を養うこと多かったのではなかろうか。いや、日本民族自体が、芝居や落語、遊芸という温度の高い地熱のごとき庶民文化に育てられ、情操の骨格を与えられた、というものかもしれない。

大阪ばかりでなく、そのころ、東京は日本橋の葭町《よしちょう》という、柳暗花明のちまたに育ちつつあった、同じような年頃の少年、川上三太郎も、芝居や講談（昔は講釈といった）、落語、浪花節に入り浸っていた。そのうちでも、もっとも三太郎が惑溺《わくでき》したのは講談だった。『川上三太郎年譜』（平成1、川柳研究社刊）によれば、講談は明治四十年頃から大正十年頃までが最盛期で、何代目に当るのか分らぬが邑井《むらい》一《はじめ》、宝井馬琴《たからいばきん》、一龍斎貞山《いちりゅうさいていざん》、小金井蘆洲《ろしゅう》、神田伯山らが群雄割拠《かっきょ》の時代、三太郎少年は煙管《きせる》職人だった親父の腰巾着で寄席へついていった。当時の職人は十人のうち六人くらいまで無筆で、耳学問すべく、親父さんは講釈場通いをはじめたというわけである。

両国の福本という席亭でよく講談をきいた。ことに印象的だったのは邑井一という老講釈師、この人は町家のお家騒動をよく語ったが、悪人が一念発起して坊主になり、三度笠をかぶって日本橋の欄干から、はるかに自分がつぶした主家のあったあたりをじっと見つめ、合掌して悔悟の涙にくれるあたり……終って外へ出ても「浜町河岸の上げ汐のはかない匂いとともに、子供心がしめつけられるようだった」。そうして三太郎少年は、「悪いことはいけないぞ、いけないぞ」とつぶやいたという。

またこれはやや長じて中学時代。一立斎文慶の「村井長庵」を聞いたのが印象的だった、と。早乗三次が一文なしのトコトンになって長庵のところへ金を借りにゆく。すると長庵はピュウピュウ風の寒い真っ昼間、冷や奴で冷酒を飲んでいる。

「三次見ろ、この始末だ」「ブルブル」、三次が思わず顫えあがる。

「冬の真昼間冷やっこで冷酒だ。寒いのである。僕等も聴いている中、冬ではなかったが身体へ粟が出来た」と三太郎は書いている。

——こういう教養が、むかしの日本人をかたちづくっている。そういえば、司馬遼太郎氏の『菜の花の沖』で高田屋嘉兵衛が浄瑠璃本をつねに読んでいたということを教えられた。一介の廻船業者ながら、情理そなわって芯の通った嘉兵衛の見識は浄瑠璃本によって涵養《かんよう》された教養であるらしい。……

庶民文化の根をもういちど探りたいような気が、私にはしている。この間私は、興深い文章を読んだことがある。日本経済新聞の文化欄に寄せられた山田風太郎氏の「深編笠の太平記読み」なる一文である（平成2・11・11）。

『太平記』は文学性や史書としての価値はともかく、後世に与えた影響はまことに大きい、といわれる。「太平記読み」なる浪人を簇出《そうしゅつ》せしめたのだ。講談の源流である。彼らは『太平記』のさわり所を朗々、哀々と読みあげる。名場面のいくつかはそうして民衆の耳へ沁みこんだ。ことに楠公討死はそのクライマックスである。古来から、どれほど日本の民衆に愛されたか。

山田氏は「かくして忠臣楠公は定着し、遠く太平洋戦争にも影響を与えたのではあるまいか」といわれるのである。

山本五十六は一度は三国同盟に反対した。しかしひとたび連合艦隊司令長官となってアメリカと戦うことがきまったあとは、「もはや異論は口にせず、躍々《やくやく》として真珠湾奇襲の作戦にとりかかった」。そこには廟議ひとたび決したあとは、武人たるもの異論を申したてるに及ばずと湊川へ駆けつけて討死した、正成の影響はなかったか、といわれるのである。——民族伝統の奥深いところにずっと蠢動《しゅんどう》している、何かがある、芝居も落語も講談もその一部であり、「川柳」という文学ジャンルもまたその根に繋がるのではないかと私は思っている。教科書で教わった文学史ではない、もう一つの世界の文学史・文化史があるように思えてならぬのは、私の臆見であろうか。

物足らぬ日曜なりしかな灯をともす　——青年・水府

これは水府十九歳、明治四十四年の作で、ついでにいうと「恋せよと……」の句も同じ時期である。若手作家の新しい川柳として当時、柳壇の注目をあつめたものであるが、この句、いま読んでも古びてはいず、切りたての青春の匂いがある。当時水府は川柳に魅せられ、才能に恵まれた先輩同輩らに刺激され、青春のまっただなかにいたのだ。

十九歳、かぞえ二十歳といえばもう学校を卒業しているが、この学生時代、成器商業在学中に川柳に手を染めはじめ、水府の柳号もすでにそのころから用いているので、話をあともどりして、学生生活を覗いてみよう。水府はその「自伝」で「〃ああ夢の世や〃の歌――成器商業へ入学できたうれしさ――」という一章を書いている。

小学校を卒業したのは明治三十九年（一九〇六）、この当時では中等学校へ進むものはきわめて稀で、ここ九条あたりでは男の子はたいてい附近の鍛冶屋に奉公させられたという。女の子は、大阪でいうモリさん――子守り――にでもやられるか、色まちのおちょやんに傭われるか。中等教育を受けるのは、この時代では大学へ進むほどのことに思われていた。

龍郎少年も内心は上の学校へゆきたかったが、家の意向では進学を許されない様子なのでおとなしくあきらめた。

卒業式に担任の先生から、

〈お父ッさんに話をきいた、お父ッさんの子や、岸本も月給とりになりたまえ、な〉

といわれ、涙が出た。しかし夜学もあるし、講義録でも勉強できると思い直し、涙をふいて、小学校の校門をあとにした。

いったい、大阪という土地柄は明治の初め頃から、商売人に学校教育は要らぬという気分が濃厚であった。江戸時代はむしろ好学の風がさかんで、懐徳堂《かいとくどう》や適塾《てきじゆく》などを育て、学問を町人ながら愛したのに、明治維新で経済的地盤が崩壊すると、なしくずしに意気阻《そ》喪《そう》し、好学の風は地を掃《はら》った。長谷川幸延少年も中学へいきたかったが、育ての親たる祖父母は、幸延を三井（三越）か下村《しもむら》（大丸）へ奉公させる夢を描いていた。
〈中学校へいったら生意気になる〉
というのが祖母の持論なのだ。幸延少年はこのころ大阪の中学の最難関である北野中学へゆきたくてたまらなかった。そして将来は文学をやりたいと漠然と思っていた。そこで、祖母に黙って受験する。美事に合格したが、
〈三井へ奉公したほうが勝負が早い。友達が大学出る時分に、こっちは別家《べっけ》してるやろ〉
という祖母に、打ちあけそびれてしまった。別家する、というのは暖簾《のれん》分けして独立することである。しょんぼりしている幸延少年を祖母は憐んだのか、大倉商業ならいってもよい、といってくれたが、幸延は商業学校なんぞゆく気はなかった。少年雑誌に投稿したり、読者文芸欄の常連と文通したり、小学校を卒業すると短歌会へ入ったりして、文学少年気取りであった。しかしいつまでも祖母に小遣いをもらって文学活動をしているわけにもいかず、三井の店員募集に応募したが強度の近視で不採用となった。新聞の求人欄で北浜の法律事務所の給仕になったが、毎朝早く出勤して社長より先に新聞に目を通すので、印象が悪かったとみえ、五、六日して、
〈君、もう、来《こ》んでもええわ〉
と馘《くび》になってしまう。次いで南本町《ほんまち》の太物《ふともの》問屋の丁稚《でっち》にさせられ、厚司《あつし》に兵児帯《へこおび》をしめて荷車を曳っぱった。そこでも辛抱ができなかった。

荷車を曳くのが辛いのでも、丁稚の集団生活がいやなのでもなかった。午前六時起床、午後九時就寝という規則も苦痛ではなかったが、九時以後消燈させられて、本を読むことも作歌することもできない。それがたまらなかったのだ。商売道を学んでゆくゆくは暖簾をかかげようという抱負はこれっぽちもなく、幸延少年はひたすら文学を夢みていた。

大阪ニンゲンはことさら文学という虚業を嫌忌する。〈石の上にも三年というやないか、辛抱せな、あかんやないか〉と少年は叱られるが、本も読めない、歌もつくれない殺伐な人生には堪えられないと思いこむ。すでに文学への情熱に魅入られてしまったのだ。

こんなゆくたてののち、口を利いてくれる人があって当時、島《しま》の内《うち》の玉屋《たまや》町《まち》一番地に住んでいた、劇作家、食満《けま》南北《なんぼく》の内弟子になって芝居道へ飛びこむことになる。ときに十五歳。

やがてその家に、毎夜のように水府はじめ、夢路《ゆめじ》、半文銭《はんもんせん》、蹄二《ていじ》などの川柳家が集り、「番傘」の編集会議が催されようとは、そのとき夢にも思わなかった。はじめて会った水府は二十七歳、洒脱《しゃだつ》温厚な「白皙明眸の若紳士」だったと幸延は『川柳全集4岸本水府』（構造社刊）で追憶しているが、それはこの章の時点より十二、三年あとのこと。

明治中頃から末期に至る文化的啓蒙期の大阪に、文学の曙光をもたらしたのは新聞の連載小説である。雑誌発行の振わない大阪だから、新聞小説は文学好きの青年子女の血を沸かせた。古くは宇田川文海《ぶんかい》のような、人生経験に富み、筆も立つ、というような人が新聞のよみもの記事、雑報のつづきものなどを書きはじめたのが、新聞小説のはじまりであろう。

文海は朝日に小説を書き、岡野半牧《はんぼく》また、それより早く朝日で歴史小説を開拓した。彼らの作品はすぐさま劇化されて、いよいよ人気をあおった。

続いては毎日に拠った菊池幽芳《ゆうほう》、朝日の渡辺霞亭《かてい》らであろう。当代の人気作家で、このあたりの名前になると、私にも聞きおぼえがある。

幽芳の代表作は『己《おの》が罪』、霞亭のそれは『渦巻』である。これらのタイトルが私になつかしいものになっているのは、昔、私が小説を書きはじめたころ、母が、〈たいそう面白かった昔の小説〉としてくり返し話したからだ。幽芳は家庭小説に長じ、霞亭はたいへんな蔵書家で歴史小説を得意としたが、『渦巻』は現代小説であった。私は先年、古書店で『己が罪』をみつけて買い、読んでみた。家庭小説ではあるが結構波瀾万丈の筋立て、何よりヒロインが誠実で心あたたかいのがいい。時代の因襲に作者自身、捉われているところもないではないが、永遠に女性的なるものの尊厳を謳《うた》いあげているところに、清新な匂いがあった。女性読者に歓迎されたはずである。幽芳の古本はわりに市場によく出廻るが(いかにおびただしいベストセラーを出したか、分ろうというもの)、当時(明治三十二年)の新聞小説の雰囲気を知るため、ちょっと引いてみよう。

己が罪　第一　菊池幽芳

「あら善《よ》くつてよ、妾《あたし》知らないわ、先生に云《いい》つけてあげるわ」と云ひ捨てつゝ、結《むす》び流したる束髪を凬に靡かし、海老色繻子《しゅす》の袴を飜へして学校の運動場を走り行く、十三四のあどけなげなる少女の後を見送りて「ほゝ、ほゝ」と笑ひを合はしたるは十六七より八九まで三四人、いづれもこの私立高等女学校の女生徒なり。「あの娘《こ》の姉さんなら妾見た事があつてよ。どこへお嫁にいくんですッて、まだ十六位よ、まァー」「ほ、水庭さんが羨ましさうな顔をなすつて、貴嬢《あなた》も早くお嫁にお出《いで》遊ばせ」「厭よ、誰がお嫁なんかに行くもんですか、厭な事よ、ねえ、綾子さん」「それでも貴嬢《あなた》文学士がお好《すき》とおつしやつたぢや有《あり》ませんか」「知りませんよ」「ほゝそんな顔遊ばさなくッても善《い》いわ、文学士がお好《すき》ならお好でいいわ、川口さん、貴嬢《あなた》何がお好《すき》」「川口さんなら医学士よ」「ほ、お門違ひですわ。医学士のお好《すき》のは箕輪《みのわ》さんよ」

箕輪環《たまき》というのがヒロインである。医学生にだまされ、懐妊したと噂されている。そこへ当の少女がやってくる。

年は十七歳前後なるべし、目鼻立殊のほか優《すぐ》れたるに、色くつきりと白く、面長の品位ある顔立に髪をば揚巻《あげまき》に結びたる、一しほ映《うつ》り善く、……

である。

そういう少女が不良学生の毒牙にかかったのであった。冒頭から読者をひきつける設定

明治十三年生れの、文学評論家にして近世文学研究家たる高須梅渓《ばいけい》も、少年時代毎朝の新聞小説を楽しみにした一人だった。郷土研究誌の「上方」（昭和6・2号）に「少年期に見た大阪文壇」を書いている。そのころ堺利彦の兄の本吉欠伸《もとよしけっしん》などが大阪朝日に書いており、「関西文壇の露伴」と称せられて人気を博したらしい。船場生れの梅渓少年は朝々の新聞小説をたのしみにしていたのだが、当時、少年を世話していた叔父は文学に対して理解がないので、拭掃除を終った少年が店頭で新聞小説を読んでいると、

〈不景気らしくていかん。新聞は寝る前でも読める〉

と叱りつけるのが常だった。そのころの大阪商人などはすべて「文学を仇敵の如く」思っており、梅渓・芳次郎少年が閑暇を利用して文章でも書いていると、冷笑を浴びせ、なまけ者の標本のようにいった。そんなわけで昼間は到底、新聞小説を読むことができない。用事で外出したとき、街頭で読むことにした。そのころ博労町《ばくろまち》心斎橋筋のへんに新聞売捌所があり、店頭にガラスばりの額のようなものに新聞を掲出していたので立ち読みしたという。

小説を読むのが好きな文学青年、少年たちはやがて創作に挑む。東京博文館の「少年文集」や、「文庫」に投書するようになる。全国の文学少年らの投書によって、それらの雑誌は成り立っていた。常連が寄り合い、文学団体を作ろうじゃないかということで出来たのが「浪華《なにわ》青年文学会」、水府よりちょっと上の世代である。高須梅渓、中村春雨《しゅんう》、小川延峰《えんぽう》らが発起者、その中に、小林天眠《てんみん》という青年がいた。天眠・小林政治はのちに與謝野晶子の終生かわらぬ誠実なパトロンとなったが、自身、小説の筆もとった、文学青年であった。のち実業家になって文筆には意を断ったが、還暦記念に自分の古い投稿小説（それらはみな入選作品で雑誌に載り、舶来の双眼鏡などの賞品をもたらしたもの）をあつめ『四十《よそ》とせ前』という本をつくって知己に配った（昭和14刊）。その中の「その頃を語る」にある。

姫路中学を出て、実業人たらんと大阪の呉服屋で丁稚修業をしたが、文学好きな少年には辛い毎日だった。ランプ掃除、雑巾がけ、風呂焚き。風呂の水は土佐堀川や横堀川へ汲みにゆく。まだ水道も電話もない時代。一つ間違えば番頭に算盤《そろばん》であたまをぶんなぐられる。もっとも驚いたのは丁稚にいったらすぐ、その店の主婦の手でクリクリ坊主にあたまを剃られ、雪駄《せった》をはいて饅頭笠をかぶせられたことである。

丁稚に入るため年齢を二つ下の十五歳と偽っていたのであるが、実は中学校を出ている身、当時の中学校は、社会的にいえばのちの昭和の代の専門学校の感じで、かなり程度が高いのだ。だから中学生といっても生意気で、酒も飲めば煙草も吸い、盛んに天下国家を論じていたもの。それが修業のためとはいえ、坊主あたまに饅頭笠をかぶり、手代《てだい》のお供で丁稚車を曳いてあるく、無給で休みは一年に五、六日というありさま。

これには少年もほとほと、志が挫けそうになった。

しかしそのあと移った西村商店は毛布問屋だから、春から夏にかけて比較的閑散で、これが嬉しかった。好きな読書が出来、勉強も出来たからである。先輩や同僚には偏屈者扱いされたが、早稲田の講義録で学びつつ、また宇田川文海の新聞小説を毎日克明に筆写して、文字や文法を覚えることもした。英語を学ぶために教会でバイブルと会話を外国婦人について教えを乞う。

そうして小林少年は働きながら小説を書き綴り、「少年文集」や「文庫」に投稿したのである。――その投稿常連者で作った「浪華青年文学会」であるが、第一回の会合は明治三十年四月三日、難波《なんば》の翁亭《おきなてい》であったという。

誰もがまだ世なれぬ純真な少年で、はじめての顔合せ、おとなしく煎餅をかじり渋茶を飲んで文学談をやったが、そのうちキリスト信者の中村春雨と、日蓮信者の小川延峰の間で、「猛烈な宗論がオッ始ま」った、と。

それからのち毎月一回、十日の夕刻から例会を開いたという。

そして第一回会合の四ヵ月後、明治三十年七月、初めて機関誌「よしあし草」を出した。

第一号のそれには中村春雨、高須梅渓が論文を、田口掬汀《きくてい》と小林天眠が小説を載せた。「よしあし草」の会員の中に堺の文学青年たちの名もみえる。そう、宅雁月《たくがんげつ》、河野鉄南、鳳《ほう》宗七（與謝野晶子の弟）――『千《ち》すじの黒髪――わが愛の與謝野晶子』を書いた私にとってはなつかしい名なのである。――そして晶子は鳳《おおとり》小舟のペンネームで、「よしあし草」三十二年二月号に新体詩「春月」を発表している。堺の文学青年たちの精神的支柱は河井酔茗であった。彼は「よしあし草」の詩の選をたのまれ、引きうけていた。

「別れてながき君とわれ
　今宵あひ見しうれしさを
　汲みてもつきぬうま酒に
　薄くれなゐの染めいでし
　君が片頬にびんの毛の
　春風ゆるくそよぐかな……」

晶子の詩がはじめて活字になったのは「よしあし草」なのだった。そして鉄幹の「人を恋ふる歌」もまた、「よしあし草」に載ったのである。

東京の「万朝報《よろずちょうほう》」や春陽堂の「新小説」が毎月懸賞小説を募集していた。賞金は十円、当時としては高額で、文学青年の夢をそそった。大阪毎日は長篇小説を募集した。中村春雨は応募して当選、賞金三百円を得たので勇躍東上して早稲田大学の文学部に入った。中村は高須と同じく、大阪の八軒屋の郵便管理局へ勤め、昼は月給十円のアルバイトをしつつ、夜は文学修業に励んでいたのである。

中村春雨が『無花果《いちじく》』で当選し、東上したことは、同人たちを刺激した。高須梅渓はちょうどそのころ、友人三人と小学教員の検定試験を受けたが、どうしたことか高須だけ落ちたので、憤然として、これも大阪を捨てて東京へ奔《はし》り、いまの新潮社の前身、新声社に投じ（佐藤橘香《きっこう》の経営）、中村と同じく早稲田大学に入った。そして晶子が鉄幹を追って上京し、第一歌集『みだれ髪』を刊行したのは明治三十四年（一九〇一）であった。

文化的には沈滞した大阪の晦《くら》い社会に、青年たちの情熱はあかあかと燃えつづけていたのだ。その一角に、あたらしい竜巻が渦を描きつつあった。――川柳という、古くして新しい文学ジャンルだ。「浪華青年文学会」の小林天眠や中村春雨が打ちこんだような小説ではなく、與謝野晶子が撰んだ短歌でもなく、いちばん短い詩型の川柳に、新時代の夢を賭けようという青年たちが生れていた。

上の学校へ入れないで意気銷沈していた龍郎少年に、友達二人が耳よりな話を持ってくる。城東商業という私立学校が、いま無試験入学で募集しているから、一緒にいかないかと誘いにきたのだ。両親は友達の手前も龍郎少年を可哀そうに思ったのか、入学してもよいといってくれた。少年は「天にものぼる心地だった」といっている。

ところが誘いにきてくれた友人は、どうしたことか入学せず、少年だけ入ることになった。三年制で校長は遠藤三吉という弁護士、授業料は二円、教科書はたくさんあって重い。ことにも嬉しいのは制服のハイカラさ、野暮な白ゲートルはなく、黒ラシャに金ボタンの制服、長ズボンである。のちに成器商業と名が変り、当時の南区馬淵町に移った。教育勅語の「徳器ヲ成就シ」から採って成器と名付けたという。授業程度が高く、いい教師がいた。世界地理には原書を用い、英会話は英人のウイルス先生。この当時の中等学校、ことに男子校がほとんどそうであるように、質実剛健が教育の基本方針である。

学校の数もその頃は少かった。中学校は市立では市岡、天王寺、北野。私立に桃山。

商業学校は市立に大阪商業、私立に明星と成器。

このころの生徒の写真をみると、いっぱしの男くさい面がまえ、冬のオーバーを着、制帽を鳥打帽に替えると、若紳士ができあがったと水府はいっている。現代とちがい、精神年齢は充実していたのであろう、現代の若者は物理的に加齢していても精神的には鬆《す》が入っているので、実際年齢は七掛けというところだろうと憫笑《びんしょう》されているが、明治の中学生は大人なのである。尤も質実剛健が校風でも、結構軟派もおり、お茶屋遊びを経験しているのもいるらしかった。彼らの中には年齢も老《ひ》ねたのがいたという。

日記で見ると龍郎少年はまだコドモコドモしており、純真である。成績はまん中より少し上といった程度、四十人位のクラスで十五、六番目、商業学校だから文学や美術に縁遠くなったのが淋しいが、英語は好きになった。

少年は一時、画家になりたいと思ったくらいで、絵も好きらしい。日記には友人に頼まれ、水彩画を描いて与えた、という記事や、しおりを作って画を描いたという記事も見える。手工芸的なことが好きらしく、後年まで日記や手帖の表紙に紙を貼って統一したり、手帖に押花を貼りつけ、あるいは行った店の箸袋、パンフレットなどを貼りこんだりしているのをみると、こまごまと手を使う作業に才能もあったことを思わせる。

しかし何といっても少年の生活は、遊ぶこと（観劇、寄席いき、夜店のひやかし。雑誌などはたいてい月遅れを夜店で買う）、俳句とも川柳ともつかぬものの試作、それを投稿すること、友達づきあい、これに尽きていた。毎日が楽しい。スポーツは庭球ぐらい、それもあまり得意ではないらしい。

おしゃれが好きで、服のズボンが太いと訴えて父母に叱られている。投稿雑誌のうち好きなのは「ハガキ文学」の川柳欄、この選者は窪田而笑《じしょう》子である。しかし川柳はなぜか日記には書きとめられていず、俳句が多い。はじめて活字になったのは川柳よりも俳句のほうらしく、「文章世界」明治四十二年三月号の俳壇に、「春雨にまはる水車のしづくかな」。

この当時、投稿をしない文学青年はいず、東京赤坂の大倉商業に通学していた川上三太郎も娯楽雑誌「文芸倶楽部」に投稿した。雑誌の発行日、胸とどろかせて書店の店頭で立ちよみすると、ベタの小さい活字で、あったあった、

「橋立はテングの鼻のやうなとこ」

ドキドキ心臓は早鐘だ、と三太郎はいっている。

大阪出《で》入《いり》橋の高等商業予科（商大の前身）に入学した麻生《あそう》路郎《じろう》は明治三十七年で十七歳。クラスでとった読売新聞の柳壇を見て、面白そうだと投稿をはじめた。選者は田能《たの》村《むら》朴念《ぼくねん》仁《じん》（のち朴山人《ぼくさんじん》）、路郎の句が新聞に載ったのはこの読売柳壇が初めてというが、どんな句かわからない。切り抜いていなかった。

　このとき路郎は千松《せんまつ》という柳号を用いている。

のちの川柳指導者たちは、それぞれスタートラインに投稿という形で並んだのである。

　水府という号について明治四十一年十二月二十九日の条に少年は書いている。

「号を水府と改む。——それは確か龍宮の事だと思つてゐる。そして又我が大阪市は水の都であるので幾分か代表してゐる。これを思ひついたのは今日よりもつと先の日であつたが、計らずも今日の新聞の専売局の煙草の広告中に『水府』といふ煙草があつた。我が店は煙草を販《ひさ》ぐ店なり。それで煙草の中の名を貰つたと思つてよい」

　それまでは「水府丸」とつけていたのだ。「丸」や「坊」の字をつけるのが慣行のように思われていたのは、おふざけが川柳だという気がのかなかったからであった。

「上方趣味」という雑誌社から井《い》葉《ば》野《の》篤三《とくぞう》という作家が、短篇集『豆狸《まめだ》』（昭和11刊）を出している。昔の本らしく木版刷の絵が挿絵にあり、中々味のある小説集だが、その中に

ふとみつけた一行、

「縁の日向で水府をふかしてゐた女房のお繁が立つてきてそれをとつた」

などとある。古い人にいわせると、

〈高価《たか》いタバコでしたデ〉

ということだ。

明治四十二年（一九〇九）三月、龍郎は成器商業を卒業する。そのころも俳句の投稿に打ちこんでいて、「中学世界」に、

「春雨や紺屋の水の流れ行く」

あまりうまくない句をせっせと作っている。

その当時の川柳について一つ、水府の記憶がある。クラスの級長森本は卒業後出世頭で、尾崎行雄や武藤山治の秘書を経て敦賀市長になったが、秘書時代、水府にあい、

〈君の学校時代につくった川柳を覚えているぞ。〝仁丹をのむとやたらに息を吸い〟——どうだ、よく覚えてるだろう〉

といった。

水府は「冷汗三斗の思いだった」というが、そのおかげで、少年時代の日記にのこされていない川柳を知ることができ、貴重な資料となった。

学校へやってもらえたのは嬉しかったが、卒業すると就職難が待っていた。副校長の亀

山先生が、道修町《どしょうまち》の薬屋へ連れていってくれた。商業学校出で、薬の効能書《がき》など書ける青年がほしい、というのだ。〈君は俳句などつくるからちょうどいいと思ってお世話することにした〉

というのは、丁稚車を曳くような肉体労働よりも、知性的な机上の仕事が向いているという判断であったろう。しかし水府は人見知りしてはにかみや、という印象の青年になっている（日記を読めばそんな感じだ）。気づかれの多い個人商店に向くのであろうかと本人も不安であったらしい。あまりかたくなっているので先生は、

〈そこの店には道修町小町といわれる姉妹そろって美しい娘さんがいる、君も辛抱したらそのうちのどっちかを貰えるかもしれない〉

と励ますが、水府青年は頬を赤らめたものの、気おくれはますますひどくなるばかりであった。

薬の匂いのする店へ入り、奥の間へ通される。むずかしそうな親旦那、さっぱりした若旦那が会ってくれた。お菓子をすすめられ、その一つを箸でとると、先生が、〈礼儀を知らんもんですから……〉と笑い、青年は顔から火が出る思いをする。やはり菓子などとるべきでなかったか。親旦那は筆蹟を見るためであろう、巻紙を水府に渡し、〈そこへあなたの所と名前を書いて下さい〉

という。硯箱の勝手もちがい、左手に持った巻紙の先は垂れてふるえる。

巻紙に書く時は右端を一寸ぐらいあけて書くものである。

水府がそうしようとすると、親旦那はおどろいたように、手をふった。

〈ああ、その端、あけずに……〉

といった。余白が勿体ないというのであろう。

しかし水府のほうはショックを受け、これでは落第だと思う。

帰りがけに、水府は親旦那にていねいなお辞儀をした。親旦那はとたんに、

〈先生にも礼をしなさい〉

とたしなめた。水府はというと、たったそれだけのことで、「世相の断面をまざまざと見せられた気がした」。世の中は甘くないのである。道修町小町が何人いようがとてもつとまらない職場だと思い、両親にそう訴えた。両親も、

〈だいじの子をそんなところへ、丁稚奉公みたいにやれるものか〉

といった。甘いところが有難い親心である。しかし水府はホッとする。商業学校三年修了のプライドと、親の過保護が、気にそまぬ丁稚づとめから守ってくれた。

瓦斯《ガス》会社や紡績会社などいろいろな口を紹介してくれる人があったが、みなことわった。

「行く春にとり残されし土筆《つくし》かな」

結局、友達に誘われて大阪郵便為替貯金管理支所の事務員募集に応募することになった。

このときも友人は落ち、水府は拾われた。日給三十五銭、髭の庶務課長が、この局は妙

齢の婦女子がたくさんいますから素行などは大いに気をつけて頂きたい、とおごそかに言い渡した。

その貯金局は天神橋にあったから九条までは二里ばかり、遠いものだから父のゆるしを受けて、千代崎橋から天神橋まで巡航船で通った。現代も復活して一部の航路を走っているが、地上の渋滞をよそに中之島の緑を見つつ船でゆくのはなかなか、快適な交通手段である。

当時もたいそう便利な乗物であった。

　傘で待つ母へ巡航船が着き

局へは父の袴をつけて通った。五月二十四日、初めての日給九日分、三円五十銭もらう。生れてはじめて働いた報酬を受ける嬉しさ。母は赤飯をたいて祝い、父は水府に盃をさす。母は給料袋を口のそばへもっていって、

〈出世しますように……〉

と真剣に短く祈った。この祈りはいつまでも、水府のあたまが白くなっても続いた。結局、水府は川柳などという現世利益を望めないものに一生を賭け、生計のやりくりをしてくれている母から、川柳のために金を引き出しつづけるのである。母が亡くなってのちは

妻からむしりとっていった。妻は〈川柳のため〉といわれれば、何もいわずに用立てる理解者であったが、母は被害を最小限に食いとめようといつも抵抗した。水府は不本意ながら、つねに母とあらがわなければならなかった。それはのちの話であるが。

母は給料袋を仏壇に供え、水府はそののちもずっとそのまま母に渡しつづけていた。家業の煙草、雑貨の売れ行きも思わしくなく、母はやりくりにあたまを悩ませていたろう。

この年、北の大火が起っている。七月三十一日のあけがた、空心町《くうしんちょう》から火が出た。水府はいつものように巡航船で雑誌をよみふけっていると、大江橋のあたりで、東が火事らしいと乗客にいわれた。この日、強風があり、加えて日照りつづきで大阪の町は乾燥しきっていた。渇水期で水の出は悪く、しかも人口が激増してただでさえ、大阪市の水道はこのところ断水しがちだったそうな。火は正午には天満堀川を越え、老松町、真砂町、小家《こいえ》の多い木造の大阪の町は火事にはなすすべもなかった。

水府は天神橋の石段をあがって局へ入ったが、みな仕事に手もつかず、騒いでいた。

私の曾祖母は福島に住んでいたからこの大火に遭遇し、話してくれることもあった。軍隊のあったころのことだから、第四師団の兵隊が出動し、高槻から工兵隊も来たという。まる一昼夜と二時間、燃えに燃え、北大阪一望三十六万坪を焼尽してしまった。大塩平八郎の乱以来、世に天満焼けといっている。曾祖母の話によると、

〈ポンプが足らんさかい、京都まで借りに行《い》て、大八車に乗して戻っても、まだ燃えとっ

た、いうわいの〉

梅田ステンショは危く延焼をまぬかれ、全国からの救援物資が続々と届いた。——水府も、罹災局員救援の金品受付がすぐはじまったといっている。水府の生きた軌跡は大阪のまちの歴史でもある。

このころの水府の写真が「自伝」にある。たっぷりした、ホームスパンらしい地の鳥打帽をいただき、将校マントを羽織っている。眉が秀で、切れ長の眼に意志的な唇、なかなかの男ぶりだが、自負と自己卑下が交互にあたまをもたげるのを、強いておさえつけているといった、どこかバランスを崩しやすい、危さのただよう表情、尤もそれは十七、八の青年にありがちのもの。どっちへでも転びそうな心をわれとわがもてあましている、という感じ。

そういうときに、はじめて関西川柳社創立句会の案内状をもらった。嬉しかったが、一回目は心臆して出られなかった。

翌月、第二回目の案内がきた。十月十日午後二時、東区瓦町の浄雲寺である。（なんで昔の句会はお寺でばっかりやってましてん、とある人が水府にきくと、昔は人の集れる大きい部屋はお寺しかなかったから、ということだった）

水府は思いきって出かけていった。お寺の飛び石伝いに恐る恐る、下駄の音をひびかせ受付に向う。帳面に署名するときは手がふるえて仕方なかった。会費十五銭。十七歳の少年は隅っこに坐って人々の談論風発の柳論を聞いていた。会する者二十三名。出席者の中に、（あれが西田當百《とうひゃく》氏か）と見当のつく人がいた。あこがれの好敵手、五葉《ごよう》も遠くから見ていた。題は五題、「凪」「靴」「元服」「迷」「道」。

「洗濯のてのひらを突く爪楊枝」

當百は若い人々に先生呼ばわりさせていなかった。みな和気藹々《あいあい》として、しかもこの会は狐うどんが出るのも大阪らしかった。

貧に処す娘に似たり冬の灯よ　――當百先生

「何時か知らぬ間に髪を分けてゐた」

と、明治四十二年、数え年十八歳の水府青年の日記にある。一人前のサラリーマンになった気分で髪をのばし、真中から分けて油をつけたのである。

このころ、サラリーマンでも勤め先によってはまだ洋服の人は少かった。貯金局でもそうであった。大かたは着物で、それも着流しではない、腰弁《こしべん》（腰に弁当をさげるという意味から出た蔑称。安月給取り、というような意味で、人々は使った）でも官吏のはしくれ、袴をつけている。水府も、もう父の袴を借りることなく、荒い縞柄のセルの袴を母に買ってもらってはいていた。

だから関西川柳社の第二回句会にもそんな恰好で行ったのであろう。たぶん、あたまには鳥打帽をいただき、会場では脱いで手に持ち、上気して四囲を見廻していたのであろう。

西田當百さんやな、あれが、と水府はすぐわかった。そのまわりにいる人々が、その呼ばれる姓によって、今井卯木《うぼく》、渡辺虹衣《こうい》、花岡百樹《ももき》、だと知った。それらはいずれも、読売新聞の川柳壇から発展した川柳雑誌「滑稽文学」（東京）の選者として有名な人々だったから、水府青年は、

「頭のさがる思いがした」（「自伝」）

こんな先生と同座した、ということは、投稿者にとってまことに感激であったが、それにしては誰も「先生」と呼ばないのが不思議であった。

當百、このときは明治四年生れの三十八歳、丁稚から身を起し、刻苦して勉学にいそしみ、貧しさの中で浮世の辛酸をさんざん嘗めた人である。その頃は毎日新聞の校正副部長であって、毎日柳壇の選者でもあった。世帯持ちではあり、水府より二十歳も年上、大先輩というところであるが、この人は謙虚で、世故長《た》けた社会人だから、尊大な風は微塵もなかった。

〈當百です〉

と、にこにこしてみずから水府に挨拶し、

〈これは西田先生、はじめまして……〉

あわてて水府が居住いをただすと、

〈いや、先生はやめまひょ。ここに先生なんか、おらへん。みな、句友や。きみが岸本くんでしたか。〝毎日柳壇〟へ熱心に投句してくれて有難う、なかなか健吟家やね、きみ〉

と気取りのない口調でいった。

〈よろしくお願いします〉

というのが水府には精一杯、選者から親しく声をかけてもらい、嬉しさを抑えようもなかった。

水府はあいかわらず俳句も川柳も作り、あちこちへ投稿していたが、中でも「ハガキ文学」という雑誌の川柳欄と、「毎日柳壇」には熱を入れていた。「ハガキ文学」は窪田而笑子の選で、彼の主宰する雑誌が「滑稽文学」であるが、この「ハガキ文学」柳壇にも「滑稽文学」にも大阪・浅井五葉という常連投稿者が活躍している。読売新聞柳壇の選者も而笑子だが、ここへも「大阪　五葉」が頻繁に発表される。

しかも、憎らしいくらい、巧い。

投稿に慣れてくるといろんな情報も入るようになる。五葉なる人は、小説も書くらしい。

「文章世界」の田山花袋選の短篇小説で、度々入選する浅井片々《へんぺん》というのは、五葉その人だということもわかった。

同じ大阪にいる人だと思うと水府は張り合わずにいられない。それとともに好敵手があらわれて武者震いするような気持で、いよいよ、川柳が好もしくなってゆく。而笑子選の「ハガキ文学」に七句載り、

「久松の顔の出さうな倉があり」

「つまづいて巡査は至極まじめなり」

「お帰りと言うてランプのシンを出し」

などという自作を誇らしく眺めたが、目を転ずれば五葉の句は感吟として入賞している、

「仕舞《しまい》風呂恍惚として首を載せ」

うまいっ。

すでに一家を成した人の貫禄である。また負けた、と思うが、つねに水府の一歩先へ先へゆく五葉の句境に、青年はいよいよファイトをかきたてられるのである。

「毎日柳壇」は水府青年には楽しかった。當百の選は水府の好む境地とぴったり一致しているような気がするのだ。自然、採られる機会も多く、いつもトップに据えられるのも嬉しかった。しかも地元の新聞だから、配達されるなり目にすることができる。

「毎日柳壇」は俳壇と交互に載った。俳壇の選者は安藤橡面坊《とちめんぼう》であった。当時は夕刊はな

く、朝刊の小説欄の下に載ることにきまっていた。

　未明の暗がりで新聞受の音がすると、母が新聞を取りにいってくれる。明治四十二年の大阪はまだランプである。枕元の豆ランプに母が火をつけてくれるのだが、マッチの軸が折れたりしてなかなか点火できない。水府はいらいらする。やっと薄明りのもとで新聞をあわただしくひらき、小説欄の下へ視線を走らせると、辛うじて、柳壇と俳壇の見わけができる、俳壇のときはがっかりして新聞を投じ、もう一寝入りしたり、した。

　この「毎日柳壇」に投句した作は、「自伝」で水府は「拙の拙なるもの」といい、句集にも入れていないが、

「行水をつくづく犬に眺められ」

「旅行先わが家のに似た犬にあひ」

　などは、ちと、當百風である。この才気ある青年は、選者もしくは雑誌のタイプにあわせ、作句する俊敏さも持ち合せていたが、當百の場合は彼の傾向と水府の素質が波長を同じくしたように思われる。もちろん時代感覚も違い、持味もちがうが。當百の句、

「伯父さんは紅葉露伴以後読まず」

「まだ見えた頃の話で肩を揉み」

「上かん屋へイ〳〵〳〵とさからはず」

　など、いかにものちの「番傘風」、もっとも水府はさらりと淡白、當百はドラマチック

な粘稠《ねんちゅう》度がたかい。

ついでに當百のことをいうと、この人はもと福井県・小浜の生れ、大阪っ子ではないが大阪に長く住んで、方言に関して一家言をもっていた。

「(方言を用いて)川柳を土臭くするのはいけないとの説があるやも知れぬ。けれども、簡単な術語で複雑な事象を言ひ現はし得るごとくに、この方言もただ一語で能くその社会の情勢を活躍せしめ、その地方の特色を会得させる一種の魔力を持つてゐる。これを巧みに応用したならば、作者の個性を発揮する場合などにも『生嚙《かじ》りの東京語』を使ふよりも遥かに優るものがある」(「番傘」大正5・3)

當百という意味は明治以後天保銭百文が八十文(八厘)にしか適用しなかったことから、ちと足らん人間、という意を寓している。こういう柳号をつけるような人が「先生」と後輩に呼ばれて、抵抗や含羞をおぼえないはずはなかろう。

川柳に手を染めたのは古くはなく、明治三十九年の春頃であった。「大阪新報」柳壇へ投句していたが、ここの選者は天才の名をほしいままにした小島六厘坊《ろくりんぼう》であった。そのほか、阪井久良伎《くらき》系の「電報新聞」柳壇にも投句、その縁で今井卯木と知り、卯木のほうが年下ではあるけれど、師事した。

卯木は古川柳研究家の第一人者で、江戸の俳諧師、菊岡沾涼《せんりょう》の『江戸砂子《すなご》』の川柳化を思い立ち、古川柳を蒐めて分類していた。もともと横浜の生糸王、原富の社員で、フランスのリヨンに派遣され、支店長になるはずのところ、経営縮小のために呼び戻されてしまった。戻ってみると自分の部下が上司になり、卯木は憤懣やるかたなく退社、大阪でフランス人の会社が設立されるという情報で、フランス語のできる卯木は妻子を携えて大阪に赴いたが、会社はできなかった。やむなく大阪市南区役所に勤めつつ、古川柳研究を怠らなかった。（のちに岐阜の田中蛙骨《あこつ》の出資を得て、その研究は『川柳江戸砂子』として日の目をみる。これは貴重な古川柳研究書でいまも我々は彼の学恩に浴しているわけだが、研究に没頭した卯木は勤めもやめてしまったので、妻子の困窮はひと通りではなかった）

水府はのちに、卯木が作句にも熱心であったといっている。古川柳研究家だけに、句も古風である。新傾向の川柳を蛇蝎《だかつ》のごとく忌み嫌ったという。

「掛取《かけとり》は意外な顔で線をひき」

「貸本を読み〳〵妾《めかけ》酌をする」

渡辺虹衣は卯木と隣同士だった。これはまだ若くてこのとき二十三、時事新報美術部記者で、東京から大阪へ転勤していた。卯木同様、久良伎社中で、古川柳や雑俳の研究者であった。花岡百樹は三十二で、このころ大阪道修町《どしょうまち》の帝国堂高麗橋《こうらいばし》支店長であった。彼も同じように久良伎社の重鎮で古川柳研究家である。當百はひとり、古川柳に関係なかったのであるが、卯木に師事して『川柳江戸砂子』の校正を引き受けた。つまり、大阪にあっては虹衣、百樹、當百が卯木を激励し、援助し、また岐阜の素封家田中蛙骨の経済的支援によって、やっと『川柳江戸砂子』が完成したのであるが、明治四十二年頃の卯木は、青年水府からみれば、「例会に世話を焼いていた」親切な幹事であった。

〈岸本くんの、「滑稽文学」に出た句はおぼえているよ。——柝《き》の音に桟敷の客はかしこまり——だったっけ〉

と水府に声をかける。東京弁だった。

〈お恥かしいです〉

〈なに。素直でいい〉

水府は卯木の眼を、

（慈眼《じげん》、いうものやなあ）

と思った。フランス出張中は羽根をのばして大いに豪遊したと伝えられ、多額の借金は帰国後も彼を悩ましたものの、広い世間を見てきたインテリらしいゆとりが、大阪の商人や腰弁しか知らぬ水府には新鮮であったろう。卯木は酒癖が悪いという噂だったが、水府にはそんな面は見せず、箕面《みのお》の吟行へみなで行ったときも、親しく話してくれた。「四先輩の中で私を全く子供のやうに扱つてゐたのは卯木さんであつたやうな気がします」（「番傘」17—3、昭和3・3）と水府は追憶している。水府がいちばん若かったからだろう。

あこがれの好敵手、五葉もいたが、それとわかったものの、このとき挨拶はせず。この人は明治十五年生れだから水府より十歳年長、大阪生れで、旧制の北野中学（尤も五葉の頃は府立第一尋常中学といった）から大阪簿記学校を卒業、浪速銀行（のちの十五銀行）へ勤めていた。五葉の勤め先の友人に文学好きな淡々という人がいた。この人に刺激を受け、川柳や小説の投稿を始めたという。はじめは了軒と号したが、それは短期間で、すぐ五葉と改め、猛烈な作句欲と精進ぶりで、たちまち、あらゆる新聞雑誌の柳壇を軒並みに劫掠《こうりゃく》、跳梁《ちょうりょう》して、投稿常連たちを震駭《しんがい》させた。

けれどもその才を深く蔵して、五葉の身の処しかたはあくまで地味で寡黙で几帳面だった。柳論をたたかわせるよりも黙々と句作にふけり、川柳作家浅井五葉と呼ばれるより、「川柳屋」の五葉と呼ばれたがった。

「芸術といはれて困る鴈治郎」

という五葉の句があるが、まるで五葉自身のことをいったようだ。川柳は芸術だと叫ぶ人を「隅でクックツ嗤《わら》っ」ているところがあった、と（「番傘」五葉追悼号、21―9、昭和7・9）。その中の弔吟の一つに、

「思ひ出は話さぬ人の懐しく」　紫朝《しちょう》

というのがあるが、もともと無口、風丰《ふうぼう》は勤直な銀行員らしく、物悲しい狷介《けんかい》な表情をただよわせて、近付きがたい（本当は宏量で暖く、人恋しい血の熱い性格だったのだが――）。五葉の句はみな、手がたい写生句だが、目のつけどころが剽《ひょう》げていて、独特であ

った。

「おお然《そ》うか今日は夕刊来ぬ日なり」以下、五葉

「妾宅の割に汚い硯箱」

「生存者どてらで五人撮《うつ》される」

　その夜の関西川柳社例会、五葉は黙々と句箋へ几帳面な楷書で書いている。洋服姿だったが、胡座《あぐら》をくみ、煙草盆に吸殻を林立させ、考えるときは左手で頭を押えた。水府も句を按ずるとき、無意識に生え際の毛を引っぱる癖があったが……。

（声をかけたいな、挨拶したいな）

　と水府は思いつつ人を近寄らせる雰囲気では、五葉はないので、ためらった。

（五葉さんとは、いつも投稿欄で隣同士にさせて頂いてます、……いうたもんやろか、それとも、五葉さん堀江でっか、ぼく、九条です、同じ西区ですねん、どうぞよろしゅう、いうたもんやろか）

　などと水府は迷いながら、ついにきっかけがなく、はるかに敬意を捧げるにとどめた。

　この日の会に木村半文銭《はんもんせん》も来ており、彼の作句ぶりにも水府は驚倒させられた。半文銭は大阪生れ、水府より三歳の年長でこのとき二十歳、この五月に死んだばかりの小島六厘坊の「葉柳《はやなぎ》」の同人だった。水府が見ていると半文銭は次々と句箋を埋めてゆく。無尽蔵に句が湧き出るとしか、思えない。

（なんて達者な人やろ、健吟家いうのはぼくやない、この人のことや）

水府はおどろきと讃嘆の眼で半文銭を眺めていた。のちに新傾向川柳へ進むことになる半文銭は、試行錯誤のあげく、ゆたかな才を抱きながら（新傾向柳人の中でも「句は半文銭」と謳われた）ついに自分自身を追いつめ、視野狭窄《きょうさく》の隘路《あいろ》で文学的自爆するのであるが、この頃はまだ浮世の苦を知らぬ白面の書生、流れるように句想が奔溢《ほんいつ》するらしかった。この人の句、

「節穴《ふしあな》を覗くと風は横に吹き」　以下、半文銭
「出した手の筋が哀れを物語り」

には老成した才気がうかがえる。

當百の披講《ひこう》で互選がはじまった。出席者はよいと思う句には、

「頂戴」

の声をかける。それは水府には面白い慣行に感じられた。先輩の花岡百樹だけは、

「頂き」

といっていた。このとき水府の句は前に書いた「洗濯のてのひらを突く爪楊枝」——

「衣服」の題である。

「道」という題では「通勤の毎朝同じ顔にあひ」このほか五、六句出た。みな、筆で書くのであった。

会のなかばで狐うどんが出た。これはのちのちまで関西川柳社の句会の名物となったが、何しろ句会の時間が長い。午後二時から九時まで七時間にわたる長丁場、途中で腹をこしらえなければ保たない。出席者の誰かが気軽にうどん屋へ走ると、出前箱もにぎやかに五十いくつの鉢がとどく。若い者が多いから一人二杯ずつ、二十何人がいっせいにつるつると搔きこむ音は何とも陽気で和やかな気分のものだ。二鉢十銭だったよし。

これで腹ごしらえをして、満足気な親しい微笑を交し合い、煙草を一服するものもあり、憚《はばか》りに立つ者もある。少憩ののち、講演、というか、講義というか、東京から揃って来住している久良伎系の古川柳の権威、虹衣や百樹の話を聞く。虹衣は「黄表紙の話」、百樹は「札差《ふださし》の話」、いずれも古川柳を玩味するには必要な知識であった。

當百の講演は「冬季俳句と川柳」であった。

水府はどの話も躰じゅうの細胞に沁みわたる気がした。川柳会の楽しさにすっかり魅惑され、何もかも意に適《かな》い、

「これはもうやめられないと思った」

と「自伝」に書いている。ことにも青年の気持を振盪《しんとう》させたのは、それまで学生気分の失せやらぬまま、川柳を趣味として面白半分に作っていたのに、社会人の年輩者たちが真剣に熱中しているのを目《ま》のあたり見たこと、組織的な会合が持たれ、席上では志を同じくする作家同士の間に、何ともいえぬ和やかな親和と友情があること、つまり、川柳の存在

の巨大さに、粛然たる感動を受けたのであった。会が果てても、人々はまだ、そこ、ここで立ち去りがてに談笑しているではないか。ことにも、當百や卯木、虹衣に百樹などという四先輩たちはいかにも楽しげに打ちつれて飲みにゆくではないか。

水府はうらやましく見送った。誘ってもらえぬのは当然で、若輩の水府ごときが割り込む場はないのであるが、そのときから二十余年後、卯木追悼会の帰り、水府は當百を酒に引っ張ってゆき、

〈むかしあんたが卯木さんなどと句会の帰りに楽しげに飲みにいく後姿をよう見たよ。いま、自分らはそれをやって、若い者からうらやましがられているんやろうな〉

といった。——當百も卯木を追悼して書いている。（「番傘」17—3、昭和3・3）

「君（田辺註、逝った卯木を指す）もう忘れたかね。それあの京町橋西詰の関東煮《かんとだき》、尤も今は無くなつてしまつたが。あの色の黒い四角な顔のクリクリ眼で無口のぶつきらぼうでそれで何処か愛嬌のある爺さん処《とこ》で、よく立飲《たちのみ》をしたね。ナアニ構ふものか、今はもう時効にかゝつて居るから饒舌《しゃべ》つても構はぬさ、味原《あじはら》（田辺註、当時卯木の住んでいた北区・下味原町）で飲んで、君が送って来て京町橋の右の爺さん処で飲んで、橋の上で話して、又上本町へてくつて、又西へ戻つて、夜の明けるまで話し続けたこともあつたね、今思ふと愉快でたまらぬよ。

こんなことをいふと、二人は途方もない飲んだくれの様だが、お互の酒量は左程でもなく、多少は人さまに御迷惑をかけた事もあらうが、根が可愛い機嫌酒だつたのさ。そしてこの酒の間に我々の川柳は生れたものだ。殊に君の川柳のこの間の所産は立派なものがあつたが、柳界の重宝『川柳江戸砂子』の如きも、実にこの時、君の手から生れた。この名著の大阪に生まれたことについて僕は一種の誇を感ずるよ。先生であるべき君と、爾《おれ》汝《おまえ》の言葉を交はし得ることに誇を感ずるが如くにさ」

――五葉は病身でもあったので、会が終るとすぐ立つ習いだった。「お開きに五葉一番先に立ち」と楽屋落ちで自分で戯れている。記念会、追悼会、そんなパーティも一切出なかった。

そんな五葉にして、句会帰りの昂揚気分を「水府様」というタイトルで書き残している。

（「番傘」15―4、大正15・4）

「句会の帰り皆さんと、玉屋町《たまやまち》を南へ（田辺註、当時、水府は玉屋町一番地の南北庵を譲り受け傘下堂《さんかどう》と称し、ここに「番傘川柳社」の表札をかかげていた）、相生橋を渡り道頓堀へ出て、朝日座の前の北べりを、時には映画の悪どい大きな看板を見ながら、この辺でお互の話が、一組二組それ〴〵趣味や何や彼やの事から断片的に進んで行くのであります。芝居果ての人通りに、斯《こ》うして話しつつ人をよけたり、突当つたりして西へ、十一時の夜を歩いてゐるのであります。振返つてみたり向うをみたり、十人程のいつもの連れの顔を見ながら行くのも懐しいものであります」

五葉は人に向えば寡黙でとっつきは悪かったが、筆をとれば饒舌で飄逸《ひょういつ》であった（彼は八公というペンネームで大阪市内のあちこちの盛り場探訪記を「番傘」に書いている。観察にユーモアがあり、叙述もゆとりがあって面白かったが、昭和に入って若手の堀口塊人たちに「番傘」編集を任されたとき、八公の探訪記を切ってしまった。若者には古臭くて冗長と思えたのであろうか。これは現代で読んでも貴重な風俗史であるから惜しかった。尤も塊人はあとでそれを後悔して、若輩には「八公」の滋味が汲み取れなかった、残念にも申訳ないことにも思っている、という）。五葉の句会帰りのそぞろ歩き、少し長くなるが、川柳結社のこまやかな交情が描かれ、またそこに揺曳する浪花情緒が、いかにも「番傘」調なので、もう少し引用してみよう。大正十五年春、夜のミナミ。

「夏にしろ冬にしろその心には別段変りはありません。中座の前や明文堂の側を通つて、何だか物足らぬ腹の虫の軽い欲求や、あたまのゆるい旋回を抑へつつ、灘万《なだまん》（料理屋）の前を、やがては戎橋の南詰の四つ角に立つのであります。十人程はこゝで別れねばならぬのであります。佳汀《かてい》氏は西へ、九郎右衛門町《くろえもんちょう》の方へ、私等はどうせ橋筋へ出なければならぬのであります。惜しい別れはどうも致方がありません。ままならぬが浮世のならひであります。これでよいのであります。これを決行せねばならぬのであります。そして川柳だけの友達としてつきあはねばなりません。友達とはいひ条《じょう》これも真剣なる舞台だと心得たいのであります。川柳では他人たらねばなりません。自分が自分に自分の川柳をよまねばなりませぬ。『さよなら』戎橋では斯《こ》う別れて了ひます。あなたがまだ四五人と立つて居られる姿も人も遮ぎられて見えぬやうになります。もう四五間を隔てて私等二三人の南行の者は多少惜しい気もしながら、も一度振り返り、斯うして橋筋の人通りの中に消えて行くのであります。鮓虎《すしとら》の鮓も買ひたいのでありますが、これは大抵の場合遠慮しているのであります。波郎《はろう》、長人《ちょうじん》、義矢満《ぎやまん》の諸氏、偶《たま》には竹人《ちくじん》、小太郎、雲雀《ひばり》の諸氏も、一緒の時があります。『上六《うえろく》』行きや『玉船橋』行きやの人であります。波郎氏だけは、南海の難波《なんば》駅迄歩かれるのであります。昨夜は都門氏も一緒でありました。『さよなら』『さよなら』

この帰り、この道頓堀の夜のわれ〳〵のあたまは茫とした意識の、しかも何所やらに切離されぬ情緒は一人では勿論気分が違ふのであります。人は芝居見の帰り、われ〳〵は川柳からの帰り、趣味が深いではありませんか。何んでこゝで仕事や生活の事を思へませうか。芝居があり、人通りがあり、灯があり、そして交番があり、橋があるのであります。あなたの最近のお作『大阪に住むうれしさの絵看板』を頂戴いたしましたのは、矢張われ〳〵のいつまでも忘れられぬ懐しさがある為であります」

五葉を何とはない酩酊に誘うのは、川柳というものの情趣であろう。川柳は短歌や俳句と違い、人生の心懐となまに直結するので、その情緒がもたらす精神的暈《かさ》は大きい。人と人のそれが重なり合い、相映発し、乱反射しあって極光のゆらめきを呈する。おそらく五葉はその芳香を嗅いだのであろう。

ここに名をあげられている人は当時の中堅の実力者たちで、証券会社員の佳汀、造船所社員の長人、弁護士の雲雀、銀行マンの小太郎、新聞記者の波郎、それぞれ名吟家であった。五葉は彼らの句を知っている。笑わされたり、ほろりとさせられたりした句をおぼえている。佳汀や長人が歩き、離れてゆくのは彼らの句が顕《た》ったり消えたり、することである。句の余情余韻が町の風情にとけこむ。道頓堀川の灯、戎橋筋の灯、人々の句、川柳好きの五葉は目をつむってそれらの句の交響《しゅうじん》する余韻をたのしむ。

「ハーモニカ貯金の出来ぬ丁稚なり」　舟　人
「花道の雪をお茶子《ちゃこ》が皺を寄せ」　小太郎
「今飲んだ蠣舟《かきぶね》橋でふり返り」　佳汀
「三味線を逆さに持つて稼ぎに出」　水府

……

さよなら、さよなら、と別れてゆく句友の姿にはそれらの句がいつまでも残響するのである。五葉はそれを愉しんでいたのであろう。

阪井久良伎はいう。

「余《よ》は最後の江戸ッ子として此踏潰《このふみつぶ》された江戸の中から正しい川柳の叫びを三十年叫び続けてゐる。ソレは川柳は社交々驩《かん》の詩で、現実を共同に享楽する明朗性の詩であるといふのである」（『川柳久良伎全集』昭和11刊）

久良伎については、剣花坊《けんかぼう》とともに章を改めたいが、久良伎は長年、江戸趣味耽溺《たんでき》の古臭い田舎爺と排斥せられ、彼の説くところはこんにち、ほとんど省みられない。しかし果して彼は古臭い田舎爺であろうか。

現代の江戸ブーム、江戸学流行の時点からもういちど久良伎の江戸趣味談義に耳を傾けてみれば、かえって新しい示唆を得られるのではなかろうか。

久良伎は「吾人《ごじん》は川柳を通じて共同に此人生を楽しまうと云ふのである」と書いている。実際、大正昭和初期の「番傘」など見ていると駘蕩たる気分になる。五葉の陶酔に共感できるのである。川柳は社交交驩の詩、という久良伎の説を思い出さずにはいられない。

かつて私は「番傘川柳社」の「岸本水府生誕百年記念」のパーティに、ちょっと顔を出したことがある。水府遺墨展を見るかたわら、水府生誕百年という感慨を味わいたいと思ったのであるが、川柳関係のパーティへ出席したのははじめてであった。これがまことに不思議な愉しさで、川柳というものの玄妙な味に感慨を持たされたのだ。以前にお目にかかったことのある方、文通させて頂いた方、さまざまの川柳作家が次々と私の前に足を運ばれ、私もまた、会場に立っていろんなお顔に会う。胸の名札、お顔を見ると、たちまちその人の句が浮ぶ。

「番傘」長老の礒野《いその》いさむ氏にお目にかかれば、私の好きな、

「小夜福子が好きでたまらぬホの十五」　いさむ

という同氏の句が閃き、女流長老の藪内千代子さんとお会いすれば、

「出世せぬ男と添うた玉子酒」　千代子

岩井三窓《さんそう》さんに会う。すぐ浮ぶ句。

「子は育つ壁はぼろぼろ落ちよるが」　三窓

森中恵美子さんと水割のグラスを打ち合せて乾盃すれば、同じ昭和生れゆえ、

「昭和生まれも昔ばなしをたんと持ち」　恵美子

——の句が思い出される。石井文子さんがいらしていた。小田夢路の娘さんで、水府の片腕といわれた川柳家の夢路が若くして四人の子を残し妻に先立たれたとき、子を一人二人親類へあずければ、といわれて、

「馬鹿な子はやれず賢い子はやれず」　夢路

水府のご子息の岸本吟一氏にもお会いする。

「青春は朱にまじわりて悔いもなし」　吟一

杉本一本杉《いっぽんすぎ》さんのお名前をみればすぐ、

「天高く月夜のカニに御座候」　一本杉

という句が思い浮び、たちまち句がひとりあるきしはじめ、あたりいちめん、光彩かがやき、句と句がこだまし合い、これはいったい、どういうことであろう、私は決して物おぼえのいい人間ではなく、もしこれが俳句なら、絶対にこれだけの人の句はおぼえていられない、それなのになぜか川柳にかぎり、わんわんとその人の句が湧き出てくるのだ。当日司会をなさっていたのは「番傘」現編集長の田頭《たがしらよしこ》良子さんであった。おお、田頭さんといえば、

「いじめ甲斐ある人を待つ胡瓜もみ」　良子

川柳はなぜか人の記憶にとどまりやすく、人の情緒をゆすぶりやすく、句と句がぶつかりあい、そこへ現実の人とからんで錯綜し、溶け合ってゆく面白さといったらない、多分、若き水府も吟社の楽しさにその予感を持ったのであろう。

帰宅して水府は父に句会のことを勢こんで話す。父は月並俳諧をやっていたが、大阪では眉山と改号していた。徳島市の山の名である。父は「頂戴」というのはいいな、と感心した。

翌日は一日中、水府は昨日の句会のことをくりかえし思い出していた。よっぽど印象が強かったのだった。しかもその翌日は、十月十二日、「滑稽文学」が送られてきたのを見れば、水府の句が天に抜かれているではないか。

「何糞と鰌《どじょう》を入れた鍋の蓋」

水府は十月の終りの感想欄のページに墨で書いた。気負った文章だ。

「いよいよ俳句をすてた。

そして新しく川柳壇に入る。去る日浄雲寺に於ける川柳会に左右されたものかもしれない。何しろ熱心にやつて川柳で豪《えら》くなりたい」

このころ本を猛烈に読む。毎日のように本や雑誌を持って出勤するので、係長からもっと仕事に熱心になつてくれと注意されるが、しかし仕事中に本を開けたことはない。ゆきかえりの巡航船の中が読書時間だった。

係長の注意した仕事というのは算盤のことでもっと算盤が巧くなれ、というのだ。ここは仕事がら、名手がたくさんいたが、水府は試験を受けて五級だった。

句会はますます面白くなり、やがて若者同士、日ならずしてうちとけ、半文銭や五葉と文通を重ねた。京町堀の當百の家をたずねて食事をふるまわれることもあり、水府は新しい世界に足を踏み入れて嬉しくてたまらなかった。

五葉からあるとき、単行本を出すから何でもいい、原稿を書け、といってきた。短詩社、とある。聞いたこともない吟社である。青明《せいめい》という名が五葉と並んでいたが、それも水府には初見の名である。青明はふしぎな句を提出していた。

「処女あまたさざめきゆくを思はぬにあらず」

五葉は、

「雲の峰人生きんとす生きんとす」

の一句を片々の名で出していた。水府は新しい川柳をめざしているのかと、心うごき、そそられた。何でも試みてみたいと思い、詩想は混沌として中々形にならないのだが、ふつふつと心に湧くままに、

「玉葱の青白きがうれし白き皿」

これは『白日』という四六判六十八ページの本になったというが、私は未見である。

〈もう古川柳の真似はええやないか、あんな古くさいもんこりごりや。ぼくら若いもんはやっぱり、新しい川柳、作らな、あかんでえ〉

そういうのは水府の家の近くに二階ぐらしをしていた青明であった。長髪をまん中から分けて眼鏡をかけ、九条あたりの下町に珍しいインテリ風、老母と二人ぐらしで何で食べているのかわからぬが、熱心な文学青年、それでも近所では〈あれ、何したはる人やろ、毎晩、若い人が集って、わいわい、いうたはる〉という噂、共産党員ではないかと警官が調べにきたりした。五葉、青明、半文銭、若い者らと集ると水府も楽しさきわまりなく、東京の雑誌の「矢車」に川柳を出した。これは森井荷十《かじゅう》、中島紫痴郎《しちろう》らが「川柳詩」を標榜して拠った句誌である。卯木が蛇蝎《だかつ》の如く嫌っていた詩性川柳に、水府は友人たちと手を組んで踏みこみはじめたのだった。

「貧に処す娘に似たり冬の灯よ」という句は「矢車」に寄せたものである。しかしあいかわらず、みなみな西田當百を父のように慕っていたから浄雲寺の例会にも顔を出し、句会をたのしんでいた。

明治四十三年の夏八月、浄雲寺へゆくと水府のとなりに、水府より三つ四つ年かさらしい、眼鏡の青年がいた。さっきからどんどん入選する。これは初心者《ただもの》ではないと思った。千松《せんまつ》といった。――のちの麻生路郎である。

二十歳《はたち》になつた淡きかなしみ　――江戸っ子・久良伎《くらき》

明治四十四年（一九一一）の春陽堂発行の当用日記、新年冒頭の感想欄に、数え二十歳の水府は、「一月二日の夜」として、この十四字詩を書きつけている。紙は黄ばみ周縁《ぐるり》は埃で汚れているが、さまで朽ちていない。ペンと墨と鉛筆、入れ混った記入であるが、筆のあとも変色はしていない。鉛筆も擦れることさえなければ、案外よく残るものである。

水府はのちに「自伝」で、「淡きかなしみ」（彼は「自伝」では淡いと改作して書いているが、原文の日記によれば淡きである）について説明している。この感覚は、

「これという出来ごとにかなしみをもつのでなくて、この年ごろは、コスモスの影にも、夕の星の光にも、ただ何となくさびしさ、わびしさといったようなものを感じるのであった。当時老川柳家たちが、若い川柳家はなぜ事ごとにさびしいさびしいというのであろうと、いっていたことを覚えているが、まことになやましい春夏秋冬のあけくれであった」

この解説で間然するところはないのだが、右の文中における老川柳家のたたずまいには微笑をさそわれるものがある。同じ明治の空気を吸いながら二十世紀の青年はすでに旧時代の作家とは住む世界を異《こと》にしていた。近代文明人の脈搏をもった青年たちが、つぎつぎに生れていたのだ。新しい時代はそこまできている。大正の幕あけであった。

ついでにこの時期の明治川柳界を俯瞰《ふかん》してみたいのだが、それにはやはり、柳祖とよばれる江戸、宝暦の初代川柳から辿らなければならないだろう。

私は一応旧制女子専門学校の国文科出ではあるが、入学が昭和十九年、卒業が二十二年という、まさに終戦を挟んだ、とんでもない時期の学生なので、到底、学業を成就したといいがたい。それに戦前の女専国文科というのは王朝文学を瞥見《べっけん》するのに精一ぱいで、江戸時代まで手がまわらないというところがあった。少くとも私の母校で、あの時点での勉学はそうであった。その上、国文科生徒というのに、女子は何だかハレモノに触るように扱われ、近松研究家の木谷蓬吟《ほうぎん》先生などは、

〈この作品は姦通ものでありまするからして、教室では講義できませせぬ〉

と謹厳にいわれ、今から思えば近松から姦通ものやいろごとものを除けば何があるのだろうということになるが、そのころは、そんなものかと思ったりした。

とにかく、ほとんど何も勉強せず社会に出てしまった。満目焦土の戦後の大阪で、焼け残った古本屋の古本を買い、それを読んでいたのである。おそまきながら古典を独学したのはそのときだ。古典の本だけ売れ残っていた。英語ばかり流行《はや》る世の中だったから、あのころほど、古典と漢文がかえりみられない時代はなかった。

そういう本のなかに『誹風柳多留《はいふうやなぎだる》』があったのだが、現代と違い、懇切な解説は一切ついていないので、意味のわからない句がいっぱい、あった。これは江戸事情に通暁《つうぎょう》していないという以上に、人生そのものに蒙昧《もうまい》な若造だったからであろう。

それでも、少しわかりかけたときの面白さといったら、ない。わかる句には○を付けていき、だんだん○が増えてゆくのは楽しみであった。川柳とは何という生産的な底深いものだろうと思った。私は若いころから小説を書いていたが、さきに挙げた水府の句と一緒で、「淡きかなしみ」というような、もやもやを美文で書き綴るのが好きだった。しかし『柳多留』につるべうちされて、私は一発も応射することができず、体じゅう蜂の巣になった気がした。戦後ハヤった椎名麟三や埴谷雄高、宮本百合子や平林たい子といった、戦後文学の旗手たちに同人雑誌の仲間たちはうちこんでいたのに、私ひとりは、

〈『柳多留』、ええしィ〉

なんてうそぶいていたのだから、厭味な女の子ではあった。

　しかし私の「しょうむない」ところは「ええしィ」ですまさず、真剣に研究をつづければよいのに、うわっつらだけを味わって足れりとしていたのだ。昭和五十年に私は『古川柳おちぼひろい』を「小説現代」に十五ヵ月にわたって連載したが、何しろ「ええしィ」だけで基礎勉強をやっていないから、えらい目にあってしまった。

　そのあとがきにも書いたが、私は古川柳を読んでしばしば創作意欲をそそられた。といっても川柳を作る能力はなく、『柳多留』中の一句から五十枚の短篇が書けそうな気がするのであった。また、創作のヒントを与えられないまでも、意気銷沈したときなど、心を取り直してくれ、安らぎを与えてくれることも発見した。昭和も五十年になると研究書や通俗入門書も刊行されていて、読みやすくなっていた。

『柳多留』は百六十七篇を数えるが、やはり面白いのは初代柄井《からい》川柳の選句にかかる二十四篇までである。柄井川柳は享保三年（一七一八）生れ、寛政二年（一七九〇）没、この川柳という人もまだ謎が多い。彼はたくさんの句を撰び、その撰びかたが巧者で時好に投じ、人気がたかくなっていったが、彼自身の作というのは伝えられない。彼の辞世といわれる、

「木枯や跡で芽を吹け川柳」

も彼の作かどうか疑わしい。

『川柳総合事典』によれば、川柳は祖父の代から浅草新堀端の天台宗龍宝寺門前の名主であったと。代々八右衛門を名乗り、宝暦七年（一七五七）前句付《づけ》点者として立机《りっき》し、川柳と号した。個人の名前が新ジャンルの文芸の名そのものになったというのは、稀有な現象である。

現代では簡明な手引書もたくさん出ているが、一般には手軽な文庫本の柳多留シリーズが入手しやすいのではなかろうか（監修・浜田義一郎、校注・浜田義一郎、鈴木倉之助、岩田秀行、八木敬一、佐藤要人、社会思想社刊）。『柳多留』のエッセンスというべき初篇から五篇までが五冊にまとめられている。挿絵も入っているから大いに理解の助けとなる。

それにしても、江戸中期の庶民のエネルギーというのはたいへんなもの、ほぼ二十万句が残されているというではないか。みな無記名ではあるけれど、地熱のようなその生々たる活力が、明治大正昭和と途切れず伝承され、時代時代の息吹をまともに浴びて、たくましく変貌しながらいまも生きつづけている、こんな文芸は世界にも類がないと思われる。

ところで、おびただしい句を集め、撰ぶのは電話もテレビもない二百年前の江戸でどうやって捌いたかというと、さきの浜田氏監修の本によれば、まずビラをつくって知らせる。盛り場の茶見世などに「川柳万句合《あわせ》取次」という看板をかけてもらう。

ビラには、前句付の題、〆切の日、入花料一句につき何文、というのが知らされる。この料金は建前としては選句に対する礼金である。明和頃までは一句につき十二文、のち十六文になったと。

この題が前句で、これに付ける句を募集するわけである。前句付という。よく例に引かれるのに、「切りたくもあり切りたくもなし」に、「盗人を捕へて見ればわが子なり」というのを付けるようなもの。

この題が五題ぐらい並べてある。

前句付の好きな連中が早速、付け句を創作して、地区ごとの取次へ、点料とともに提出する。それぞれ連があって、取次にあたる。〆切がくると投句を集めて選者のところへ持ってゆく。選者は選をして入選句を書き出し、題と取次の名をしるす。その紙が彫師・摺《すり》師《し》へ廻され、その「摺りもの」と景品が取次へ届けられる。

景品は木綿一反、もしくはお膳のような家庭用品であったと。

点者は応募句数に応じた点料が収入となる。

もちろん事務的な支出、用紙や印刷代、景品代、取次や茶店への謝礼、手間賃は必要であるが。いわば点者は「懸賞文芸業者」である、とくだんの本にある。

ところで、こんな前句付点者は川柳さん一人ではなく、広い江戸には前句付ファンの数に見合った点者もたくさん、いた。点者として好評の人、不評の人もさまざまいたろう。

川柳さんが点者になってから人気が尻上りに上っていったのはなぜだろう。投句を寄句《よりく》というが、立机五年後にはついに寄句が一万句を突破し、文字通り万句合《あわせ》となったという。これはなんといっても川柳さんその人のセンスが、当時の江戸市民の好みに適《あ》ったからであろうし、また時流を超越した、するどい文学観、人生観照の深さのせいだろう。私たちがいま読んでも面白いところをみると、川柳さん個人のマン・ウォッチャーとしての才能が冴えかえっていた、ということかもしれない。

「念の入れけり〳〵」

という前句に、

「喰ひつぶすやつに限つて歯をみがき」

のらくら者に限って念入りに歯をみがいておしゃれなのである。歯の白いのは当時最高のおしゃれなのだ。

「ぐちな事かな〳〵」

には、

「あんまりな事に一人でふせてみる」

博奕に負けつづけ、なんでこう、いい目が出ないのだと、一人で骰子《さいころ》を壺に伏せてみる。こういう面白い句が並ぶと、この摺りものは好個の読みものとして人々に歓迎されたであろう。

しかもこの庶民文芸は、庶民に楽しまれるが決して野卑でも猥雑なものでもない。人生百般を謳いつつ、皮肉も諷刺も品よく、明るい共感の笑いを誘う。だからかなりのハイクラスの人々も投句したようである。現在の研究では明和元年（一七六四）十一月十五日開キ、飯田町中坂、錦の組連の句、

「けいさんが袋に入ると燗が出来」

この前句は「よいかげんなり〳〵」。

この摺りもの、句の下に朱で「田安君殿」と書きこみがあるのが発見された。この時期の田安家当主は田安宗武、五十歳の歌人である。筆をおき、圭算《けいさん》（文鎮）を袋に収めたとき、ちょうどよい加減に燗ができて、これからやっと一日の終りのたのしい晩酌がはじまろうとする。おだやかな文人殿様の面影が浮ぶ。宗武は川柳にも手を染めていたらしい。

この万句合の摺りものは人の手から手へ移って愛されたであろう。それを見て、これを本にしたらと如才ないアイデアを思いついたのが、川柳さんの友人、呉陵軒可有《ごりょうけんあるべし》である。版元は花久《はなきゅう》、下谷竹町二丁目、花屋久治郎、可有の序文には、

「さみだれのつれ〳〵に、あそこの隅こゝの棚より、ふるとしの前句附のすりものをさかし出し、机のうへに詠《ながむ》る折ふし、書肆《しょし》何某来りて、此儘に反故になさんも本意なしといへるにまかせ、一句にて、句意のわかり安きを挙《あげ》て一帖となしぬ」

とある。

これが初篇で、川柳さん生存のあいだ毎年一篇ずつ出して二十三篇、追善の二十四篇、

そのあとも天保年中にまで及んで百六十七篇。

しかし二十四篇のあとは、寛政の改革などで万事沈滞し、それに一種の飽和状態となったのか、川柳は字句あそびに堕して、宝暦の頃の清新さを失ってゆく。

川上三太郎はその推移を簡潔に説明している。三太郎から見て、「正しく確かり摑んだものの見方」と認める、初期の『柳多留』、宝暦の頃の句は、

「雷鳴《かみなり》を真似て腹掛やっとさせ」

「緋の衣着れば浮世が惜しくなり」

「妙薬を開ければ中は小判なり」

「子を抱いて男にものが言ひやすし」

などであり、赤穂義士を詠んでも、

「純正川柳が

知れてゐるものを数へる泉岳寺

と内容的に詠んでゐるのに対し、後世の所謂狂句（川柳の名称を一時斯う呼んだ事がある）は

長持へギシギシ詰める天川屋

といふ風に単なる文字の遊戯に堕してしまったのである。さうしてこれが天保、弘化、嘉永と続き、遂に明治に侵入して三十五六年を経過した。これ等の作品の芸術的に見て如

何に無価値で、猥雑であるかは『川柳は悪口か淫りがましい事を言ってゐるものだから、親子兄弟の前では口には出来ぬ』と言はれてゐたのでも知る事が出来よう」（「日刊文章」昭和13・8）という。

天川屋のギシギシは義士にひっかけているのはいうまでもない。

川柳の名は襲名され、四世は俳風狂句と呼び、五世川柳はまた柳風狂句と唱え、六世にいたると明治に入っていたが、全国の柳風狂句連衆をまとめ完全に川柳宗家になった。しかも煩瑣な判者の規定、作句法まで規制する。創作上の規制まであっては、作品は衰微してゆくのは当然であろう。判者の選句基準には、

「天朝を尊敬し、敬神愛国を旨とし、往古の貴人、忠孝、道徳、五常の教導、技芸の名誉、奇特の句体を尊み、高番《たかばん》に居べき事」

というもの。五世は狂句を「教句」と名づけた。

「和らかくかたく持《もち》たし人ごころ」

などの句がある。この狂句一派については尾藤三柳氏の「川柳入門――歴史と鑑賞――」（雄山閣刊）にもくわしい。私は以前古書店で明治二十四年（一八九一）刊の木版の肖像画入り狂句集『柳風肖像　狂句百家仙』を見つけ、これは面白そうだと買ってきたのであるが、わかりにくい変体仮名の句を読んで一驚してしまった。

梅林院魯石《ろせき》という浴衣の青年の肖像に、

「孝子伝読み学校へからす起《おき》」

説明には柳風に入門して良材の聞えあり、とある。

古今亭一復《いっぷく》という、まだ丁髷《ちょんまげ》を残す謹厳そうな男の句は、

「武に猛《たけ》き皇国《みくに》童謡にも軍歌」

誰太楼尾連太《だれだろうおれだ》。ちょっと崩れたたたずまい、縞の袷を着て右手に筆、左手は机にあずけてざんぎりあたまの道楽者という感じだが、

「尽《つ》せ孝やがておのれも親たる身」

これには参ってしまった。とどめのようにこういうのもあった。亜羅城旭《あらきあさひ》、六世川柳の門人で柳風発揚につとめた教職あがり、

「積善の余慶《よけい》から出る所得税」

ついに納税まで督促されてしまう。あの初代川柳の潑剌たるたのしさはどこへいったのだ。百年ほどのちには無残に変質したではないか。

こんな死灰のごとき硬化した狂句か、それでなければ、猥褻淫靡《わいせついんび》なバレ句(それも駄句)ばかりに堕してしまったのであった。

ところで先述した古川柳研究家の花岡百樹がこの時代の思い出を書いている(「番傘」25―6、昭和11・6)。百樹は長野県上田市出身、明治十年生れ、十三の時に絵本柳樽を見て、これは面白いと川柳なるものに感動したのが、川柳開眼《かいげん》のはじまりだった。十七、

八歳頃、同郷出身の上田花月から「団団珍聞《まるまるちんぶん》」、俗にマルチンとよばれる新聞を見せられ、その刺激で団珍へ投句する。団珍とは何か。「明治十年三月、野村文夫によって創刊された〈団団珍聞〉（New Japanese Comic Paper）は、戯画・戯文で時事を諷した週刊紙（誌）であり、読者投書欄には、狂詩、狂歌、都々逸などとともに川柳の部が設けられた。これが〝団珍調〟と呼ばれて、既成の〝柳風調〟と対立するかたちで明治の狂句界を隆盛にみちびいた新狂句の濫觴である」（『川柳二〇〇年の実像』尾藤三柳、雄山閣刊）。

主筆は戯作者、梅亭金鵞《ばいていきんが》であった。戯作者といっても幕末の剣客上り、骨っぽいところがあった金鵞は、当局の圧迫を恐れず時事諷刺のイキのいい狂句を載せつづける。百樹の投句がどんなのであったか不明だが、それとともに百樹はいよいよ川柳に惹かれ、本格的に打ちこもうという気になる。彼はいう。

「柄井川柳の九代目があるといふ事を知つて、其の門葉でなければ真の川柳家の仲間入りは出来ないもの、様な感じがしたので、これへ手紙で入門を申入れました。処が偶然にも遠縁にあたる岡村といふ人の後妻が、川柳の女房の妹で川柳と岡村とは義兄弟に当る間柄と知れ、私は東京へ出るとよく浅草新堀端の家へ参りました。

一面、柳多留を主として川柳の古書を神田の古本屋で漁つて片端から読んで見ました処が、天明頃までのものが面白く文化以後はだんだん面白くない句ばかりで、九代目川柳の唱導して居る柳風狂句と称するものが実にくだらない物だと考へる様になつてきたのです。

其の内に川柳翁の方へも段々疎遠になり、岡村も後妻と別れて晩年上田へ帰つて仕舞つたりしたので何時とはなく柳風狂句とは全く交渉を絶つて仕舞ひました。団団珍聞も鶯亭金升（田辺註、金鶯の弟子。この人が選者になってから過激さが薄れる）が選んで居て柳風狂句と同じものなので投句も廃しましたが、扨さうなると自然天明以前の古川柳愛誦一方に傾いてその研究に興味を持つ様になりました。其頃友達と『さ、れいし』といふ雑誌を発刊して居りましたので古川柳研究を専ら雑誌へ掲げなどして居ました。世に真の川柳を作句して発表する機関もなければ、秋の屋翁（田辺註、梅本塵山《じんざん》。古川柳研究の最長老。古川柳評釈の先鞭をつけた人）が『川柳難句評釈』（明治33刊）を出された外には研究する人もないと思ふて寂しく過して居りました処が、明治三十六年の秋、阪井久良伎翁著『川柳梗概』を出されたので逸早く読んでみて『誠にこれなる哉』と叫び、夜の明けた様な気がして久良伎翁と文通を始め久良伎社の人となる様になりました。

其間に自分の手控への心算で古川柳を分類して置いたのを友達の成沢玲川《れいせん》が見て、東京の中外出版協会へ紹介してくれて出すことになつたので更に手を入れて『川柳類纂《るいさん》』と題して、明治三十八年に同会から発兌《はつだ》（田辺註、発行）することになつたのです。此の原稿料二十円也、川柳研究が初めて金になつたわけです。（中略）其の翌三十九年に大阪へ移住し、虹衣、當百、故卯木の三君と関西川柳社（番傘の前身）を創立しました」

——狂句を排し、宝暦の昔に還れとひとくちに唱えることはやさしいが、狂句百年の弊はあまりに大きい近景となって視界を塞ぎ、初代川柳の頃の、川柳本来のよきものを発掘するのは容易ではなかった。先駆者たちの辛苦は大きいがそれでも彼らは本来の古川柳という金の鉱脈を掘りあて、狂喜して報われぬ研究に生涯を捧げるのである。

百樹が感動した久良伎の『川柳梗概』は『川柳久良伎全集』にも収載されている。（大部分の抄録というべきか。本書は川柳顕彰の第一声だと久良伎は自負している）

和歌、連歌、俳諧の歴史から説きおこし、川柳史の大要を述べ、川柳と狂歌の差異を説く。滑稽味と諷刺を身上とする川柳が、久良伎は嬉しくてたまらない。川柳は「平民文学の純なるもの」で、「最も江戸っ子的」であり、無学の熊さん八さん的だから虚礼や偽善的臭味がない、「他の文学のやうに外国文学の感化を受けてゐない所に面白味がある」と久良伎は喜ぶ。その例として、與謝野晶子の、

「柔肌の熱き血潮に触れも見で淋しからずや道を説く君」

は、「世の恋愛を排斥する道徳家を罵つた大胆な歌として言ひ囃され」ているが、久良伎にいわせれば、もっと端的直截な、

「弁慶と小町は馬鹿だなあ嬶《かかあ》」

という川柳の「大胆と至理至妙なるには及ぶべくもあらず」だ、というのである。（ことわるまでもないが、古い巷間の俗説では、弁慶は豪傑だが女人に愛執せず、小町は美人のくせに男性と無縁だったということになっている）

川柳の対象は社会全般の階層に及び、人事季節を問わない。その上、久良伎の川柳分類によれば、ユーモアや穿《うが》ち、罵倒のほかに「浮世絵的写生」というのが川柳にはあるという。この分類は面白い。

「かけてきた程に娘の用はなし」

しかも久良伎は滑稽を解するにはその人の人格がきわめて謹直であるか厳格でなくては、「決して至妙な滑稽を語るに足りない」という。卑見だろう。野卑な人格が滑稽を語るから浅薄になるのだと久良伎は熱をこめて強調する。この書、本来の古川柳の真価を明確にし後進へのいちはやい指針となった。

阪井久良伎は本名辨《わかち》、明治二年横浜生れ、父は横浜税関の副長であった。元来江戸幕臣で、ペルリが下田へ来た時は下田奉行配下として下田へ出張したという。明治十二年に一家は東京へ移る。国学者渡辺重石丸《いかりまる》に国学と漢学を学び、神田の共立英語学校に通う。そのあと各所の中学や英語学校に転じたが、何しろ外国文学全盛の時代で、英語と数学が学校教育の中心、国語などは「まだ国家で認めていなかった」。

新興国の日本は旧来文化を省みるよりも舶来文化の摂取に狂奔しているのであった。終戦直後の日本に似ているではないか。国粋主義と江戸っ子意識満々の少年は、教師たちの浅薄な外国文明追従が我慢ならぬのであった。

私の見た久良伎の写真はみな晩年のもので、白髪、鼻下の口髭も白い。引きしまった意志的な顔つきで丁髷《ちょんまげ》をのせたら似合いそうな、古武士的な面立ちだが、眼もと口もとに、気の良さそうな表情もあり、情が深そうでもある。

明治二十九年には青年は報知の記者に、更に三十年には「日本」新聞の記者になっていた。社長の陸羯南《くがかつなん》は国粋主義者たちに信頼される民族的評論家だったが、久良伎が旧派和歌を弁護したため、「日本」俳壇に拠る子規と衝突する。このとき「日本」の編集長に時事川柳を毎日二十句ばかり出せといわれ、久良伎は提出するが全部没で謝礼も出ない。江戸の習慣として（久良伎の癖ですぐに江戸が出てくる）人にものを依頼した以上は多少にかかわらず礼は出すべきではないかとかけ合うが新聞はお高く止まっているようだった。子規に名を成さしめた「日本」だぞ、という気があるらしかった。

江戸っ子の久良伎から見ると「日本」の読者ほど野暮堅く漢学あたまで、江戸っ子の洒落も義理も習慣も知らない人種はない。反目しあっているところへ入社したのは井上剣花坊《けんかぼう》である。これが編集長の命ずるままに新川柳欄を作った。久良伎からみれば、ほんものの川柳ではなく、低級なくすぐりにすぎないが、しかし低調なるため人気は得ているようだ。久良伎はついに袂を分って電報新聞に転じ、そこで柳壇を設けたり、柳誌「五月鯉《さつきごい》」を刊行したりした。川柳を今日の大衆詩として復興させねばならぬという意気に燃えている久良伎は、家計を省みないから、妻の素梅女《そばいじょ》（彼女も川柳を嗜んだ。女流川柳作家の草分けである）の辛苦は大変だった。卯木といい、のちの路郎・水府といい、川柳に魅入られた男たちの妻は、痛烈な運命を強いられることになる。

ところで久良伎は古川柳を真面目に研究しようと思い立ったが、何しろ薩長政府が江戸文化を目の敵にして潰滅させてしまったので、手掛りもほとんど失われていた。古くからの住民は逐われ、昔の柳書や軟文学の書物は解体されて紙縒《こより》や、菓子屋乾物屋の袋になってしまう始末。まるで創世神のようにすべて、一からはじめねばならない。とりあえず古川柳の本を出版し、それを講義し、研究者を養成しなければならぬ。その参考書といえば『嬉遊笑覧』『江戸名所図会』『武江《ぶこう》年表』ぐらいだから中々の骨折り、加えて、「白状すると」と久良伎は敢ていっているが、江戸の年代が分らなかったそうだ。まずそこから調査してゆくのであった。

現代の我々は当然のように古川柳の精髄を手軽に味わえるが、先覚者の難行苦行は甚だしい。こんなとき久良伎が力と頼む門弟は、卯木であった。卯木もそれに応えて熱心に古川柳を研究し、やがて関西へ移ってからは百樹や虹衣とともに関西川柳社を興すが、これは東京の久良伎の示唆による。――だからのちのち「番傘」に久良伎色が濃いのも、久良伎が「番傘」に親昵《しんじつ》していたのも当然であった。

岐阜の田中蛙骨《あこつ》という素封家の青年が、川柳のために出資したいと久良伎に申しこんできた。好個のパトロンを得て久良伎は喜んで柳誌「青柳」を出させる。その発会に久良伎も招かれたが病身で行けないので、卯木を代りにやった。これが縁で、卯木の『川柳江戸砂子』は蛙骨の肩入れにより日の目を見たのだった。

それにしても川柳研究と、正しい川柳のPR、「悪川柳との戦争」（と、久良伎はいうている）のため、久良伎は心身をすりへらしてしまう。「五月鯉」のあとは「獅子頭《ししがしら》」を刊行、百画会などがあると無料揮毫を手伝って（中々雄渾《ゆうこん》な筆である）あらゆる機会を捉えて古川柳の尊むべきこと、正しい川柳のありかたなどを鼓吹《こすい》してまわった。東奔西走、酒ばかり飲んだため、晩年は胃拡張で自家中毒を起し、常に灸治、指圧法に日を暮す慢性病人となったといっている（このへん、何となく久良伎はおかしい）。そうはいっても落ちこんでばかりいるわけではなく、子規にも嚙みついている。子規は片田舎の青年生活しか経験しないから都会の共同生活美は分らない、月並俳句と川柳を同列において排斥する、子規には狂句と川柳の区別もつかなかったのではないか、すでに俳壇の一部には俳諧連歌が抬頭しはじめている。

「子規は個性芸術をのみ知つて綜合芸術を知らなかつた、連句は綜合芸術で個性芸術ではない、ソレを排斥したのは子規の横車である」

久良伎は古川柳の美と、綜合芸術であるという点を社会に認めさせようと奮迅するのであるが、世間は無理解にもそういう久良伎を指さして嗤う。久良伎はそれでも夢を捨てないで、江戸っ子を理想化して、そこにあらまほしい近代市民を思い描く。「純日本民族の大衆的存在」で、「ノーとイエスをハッキリ言ひ得る詩的市民」、それに「日本国粋の清く明るい事の好きな人間で、極めての楽天主義で」しかも「執着から解脱し得る立派なアキラメの早い人種」すべてが総合の気分に生きている性格、これは調和ということであろう。

こうしてみてくると、そのイメージは初代川柳の『柳多留』に出てくる江戸町民の気分そのものではないか。あの古川柳に炙《あぶ》り出されてくる顔々が浮ぶ。久良伎の夢は、なるほど自由民権運動に湧き立っている当時の騒擾の日本では耳傾けて聞いてくれるものは少なかったかもしれない。しかし狂句と川柳の違いだけは少しずつ川柳作家のうちに浸透していった。以上の久良伎の主張は『江戸砂子』に寄せた長い序文による。

しかしながら大阪の若い水府たちは、関西川柳社の古川柳崇拝色に倦《う》んでいた。虹衣や百樹のおかげで古川柳を知り、学べたことは収穫ではあったが、先輩たちの句風の古さについていけなくなった、というほうが正しい。尤も當百は別であった。

大阪で出ていた「煤煙」という雑誌は現代主義俳句を唱えており、水府はそこへ、

火星が閃めく、瓦斯タンクが刻一刻下る

という句を投じた。それでいて関西川柳社の会へいけば、

初風呂に二銭銅貨の音のよさ

などという句も出した。そしてまた東京の詩性川柳を標榜する「矢車」にも句を寄せており、このころ水府は才に任せ器用なところをみせている。この明治四十四年、「創作」という雑誌の四月号に若山牧水が「矢車」のことをとり上げている。

「『矢車』といふ川柳雑誌が下谷から出てゐる。川柳のことは少しも知らないが、これは極く新しい心を持つた人達の間で出来てゐる雑誌かと思はるゝ、中々面白い句がある。

二三を挙げてみれば

欠伸してさとる淋しい自己の影　五葉
煙草ばかり吸つて友達帰りけり
よし町を流れる三味のなつかしさ　眉愁
ペン止めて淋しい安治《あじ》川口の笛　水府
物足らぬ日旺なりしかな灯を点す
君はまた僕の嫌ひなゴム雪駄　青明
我が儘を言ひつのりたる後の火鉢
など、尚他に見るべきもの多い。

此等を読みながらふと考へた、土岐君の歌の睨ひ（田辺註、ねらひ？）所はこれと同じぢやないかと。読んで残つた感じは実によく似てゐる。そして却つてかういふ形式で行つた方が三十一文字ののろ〳〵した形より遥かに中の材料に適当して居り、遥かに芸術品の匂ひがしはせぬかと僕は思つた」

これに対して四月十一日の読売紙上で土岐哀果《あいか》は「若山牧水君に寄す」を書き反駁している。

しかし高名な歌人が若い川柳作家の作品に瞠目《どうもく》してくれたということだけで、水府たちは胸を熱くするほど嬉しかった。この頃の水府の日記には、「青明君を訪ふ」「路郎君と五葉氏を訪ふ」などという文字が毎日のように出てくる。そろそろこのあたりから筆蹟が乱暴になって判読不能の部分もある。しかし互いのゆき来は烈しく、誰の句か、

「われ彼をかれ吾を訪ふ日曜日」

の如く交わり繁く、日曜だけではなかった、連日逢わずにはいられなかった。

「友が住む九条の町の黒き泥」

は路郎である。水府か青明を尋ねてきたのだろう。路郎と二人、明石の句会へいく途中、路郎の姉の家へ寄った。水府はこの時、

「麻生君と同君の姉の家へいく。

下駄を割つた。神戸の下町で福原のにぎやかなのを見た」

と書いているのみだが、麻生路郎の「福田山雨楼メモ」によれば、このとき姉さんは若い二人（水府二十歳、路郎二十四歳）を前にして、〈若いのに川柳なんかやったりしたらあかん、そんなことは年寄りになってからやりなはれ〉ときつく叱ったそうである。しかし路郎は〈年寄りになったらほんとの恋はでけへん、ぼくがいま川柳やるのもそれと一緒や〉と答えて、姉の意見をきかなんだ、といっている。

水府の父はこの頃体調を崩して病んでおり、母に、〈川柳なんかやめて、病気のお父さんの相手になっておあげ、ふらふら出歩いてばかりして〉と叱られ、路郎の姉に叱られたのはこたえなんだが、母の言葉はこたえて、水府はこっそり泣いた。

第二章　ものおもひお七は白い手を重ね
――「番傘」創刊

牡蠣《かき》船《ぶね》は貸《かし》を残して国へ立ち　――熱血漢・剣花坊《けんかぼう》

これも明治四十四年、水府、数え二十歳《はたち》の頃の句である。いうまでもなく牡蠣船は大阪独特の情緒ある船料理屋である。道頓堀川、土佐堀川、堂島川河畔などにふねをもやい、広島の牡蠣をさまざまに料理して供する。川岸の船に灯のつく風情も面白く、秋冬の大阪の風物詩となっていた。現代では年中、船を据えているが、明治頃までは秋になると広島から船でやってきて、季節が終るとまた船をたたんで帰っていったという。水府のこの句は貸をそのままに船は去ったというのだが、どうせまた晩秋になれば馴染みの河岸《はま》へ船を着けて商売するのだし、貸した相手もお馴染みさんなれば、〈また寒うなったら参りますよってそのときに〉というのであろうか、おおどかなものだ。

この牡蠣船は宝永五年（一七〇八）頃から始まったというから古い。『摂津名所図会大成』には「浪華の一奇なり」とある。これも市中を縦横に貫く川あればこその商売、川は浪花の経済的大動脈なのである。儒家の広瀬旭荘《きょくそう》は浪花の舟運の殷賑《いんしん》を嗟嘆《さたん》して、「天下の貨七分は浪華にあり、浪華の貨七分は舟中にあり」といっているが、川と浪花びとのむすびつきはまた、風流な食文化を生むということであろう。

私も戦後、牡蠣船の屋形をくぐったことがあるが、川波に船が揺れるのもなかなかいい風情だった。ただ、牡蠣だけでなくその時はもう川魚料理全般になっているようであった。

この明治の頃はまた、牡蠣船の出前小女郎《でまえこめろ》というのがあったらしい。『浪花風俗図絵』（昭和44、杉本書店刊）には三世長谷川貞信の絵がある。牡蠣船の中は小さい料理屋の座敷風に仕立てられ、衝立《ついたて》で間仕切りをして牡蠣料理で飲ませるのであるが、船に来る客よりも、「牡蠣めし」の出前が多かったという。もちろん明治風俗であろう、昭和っ子の私は知らない。お煙草盆に結った十三、四の少女が白前垂《まえだれ》の高下駄ばき、黒の引っぱりに黒足袋といういでたち、貞信さんの絵によれば右手に釜（釜助《すけ》に紐を付けたもの）を下げ、左手に岡持、という姿で道をいそいでいる。出前の人数により大小の銅の釜に、炊きたてホコホコの「かきめし」、岡持にはお汁《つゆ》に焼海苔に広島菜の漬物、これを配達するそうである。水府がこの句を詠んだころには、牡蠣船の周辺を、こんな出前小女郎がせかせかと往き来していたことであろう。汚染されぬ牡蠣で炊いたホコホコかきめしはどんなに美味

この頃の水府の句は、當百の影響が強い中にも、独特のホコホコ、ふんわり調をみせは

じめている。

「免職の友を見舞へば酒臭き」

「角力なんかやめとささへる吊りランプ」

初心の頃から見れば確実に進歩しているが、やっぱり路郎・五葉は先輩だけに一日の長

があるというところであろう。

――このころ、神戸では紋太《もんた》・椙元《すぎもと》文之助が大阪で丁稚《でっち》修業して習いおぼえた菓子製造

販売をはじめていた。明治二十三年生れの紋太は水府より一足早く去年、徴兵検査であっ

たが、運よくというか不合格になり、生家のお菓子屋・甘源堂を継いだ。父を十六歳で失

っていたので、早々と独り立ちせねばならなかったのだ。その頃ふと知った川柳が好もし

くなって、たまたま同じ町内（神戸市花隈町）の「川柳ツバメ会」を人に教えられ、句会

に出席した。中村一山《いちざん》や前田青岸《せいがん》がやっている会であった。句が抜けたとき、紋太はたぶ

ん、布袋《ほてい》さんのような太いへの字眉を下げて、思わずにっこり笑みかまけたことであろう。

かねて考えていた紋太の柳号をはじめてそのとき名乗り、先輩たちから初対面なのに親類

扱いされ、有頂天になって毎日のようにたずねた。大阪は京町堀の路地奥の、當百居をお

とずれ、同年配の水府や五葉・路郎らと相識ったのもこのころ、のちの関西柳壇の俊秀が

同じような世代に生れ合せたのも興ふかい。

そういえばこれは川柳に関係ないが、同じ時期、大阪は日本橋南詰の百田《ももた》下駄店の息子、百田宗治は店番をしながら読書に余念なかった。明治二十六年生れで、十八、九のこの青年は学歴こそないが独学力行の人で、詩人を夢みていた。

ミナミの宗右衛門町《そえもんちょう》の十軒路地にはついこの春まで、明治二十四年生れの宇野浩二が母と住んでいた。天王寺中学に通っていたが（ここでは一級上に鍋井克之、同級に寺内万治郎がいた）、この年明治四十四年に上京して早稲田大学の英文科に入学する。十軒路地は花街の端にあり、狭斜の巷の情趣は少年の宇野浩二に強い影響を与えたであろう。

やがてこのあと、薄田泣菫《すすきだきゅうきん》が、水上《みなかみ》滝太郎が、吉井勇が大阪へやってきてその濃厚な浪花情緒の瘴気《しょうき》に中《あ》てられる。

天神祭で有名な天満宮は、自由潑剌の風俗詩を唱導した西山宗因の談林派の連歌所だったし、ミナミの生玉《いくたまサン》神社は、おらんだ西鶴とうたわれた前衛俳人、井原西鶴が俳諧大矢数《おおやかず》を興行したところ。更には大阪の橋の名をあげていけば、近松の『心中天網島』の「名残の橋づくし」にみな出てくる。天神橋に桜橋、大江橋、天満橋、八軒屋、近松も西鶴もこのまちのなかに溶けこんで、艶冶《えんや》な文学的気体の温気《うんき》が町を包んでいるのである。（西鶴文学に受粉して市井小説の花を咲かせた武田麟太郎はこの頃、日本橋一丁目に住む警察官の息子で七つ八つであった。）そうかと思えば緒方洪庵の適塾《てきじゅく》に福沢諭吉ら若い蘭学者たちが群れ、難波橋を「救民」の旗を押し立てて大塩平八郎ら義挙の面々が渡っていったのも、古いむかしではない。……

新しいものも古いものも、よきものも悪《あ》しきものも、すべて飲みこんで澱《よど》んだ文化が醱酵して、それが芳醇な甘美になるか、饐《す》えて鼻持ちならぬものになるかの、すれすれのところにいつも浪花情緒は引っかかっている。

こういう町から生れ出た水府や「番傘」同人たちの句が、たとえば北海道あたりの、新興川柳人たちのそれとは、全く体質が違うのは当然であろう。

大阪は寸土の地まで町人の家がひしめき、金、色恋、人情、エゴ、愛憎にまみれて耕されつくしたような、すでに言いつくされ、詠まれつくしたような風土である。そこに若者たちは更に新しい時代の鍬を入れる余地を捜そうとする。

私の好きな水府の句の一つに、昭和五年、

「人絹《じんけん》のすた〳〵歩く女なり」

というのがあり、これは『岸本水府川柳集』にも採られていないが、なかなか面白い句と思う。人絹はいまの化繊である。いまは化繊も多種多様、質も向上して天然繊維を凌ぐほどになったが、戦前の人絹は安物の代名詞で、質も悪かった。ぺらぺらしてつるつる滑り、発色もどぎつく、人絹の着物など着るのは派手であればいいとする水商売、それ者《しゃ》というか玄人筋と思われていた。

この句の女、そういう安モンの派手派手しい着物を着て、毫《ごう》もそれをきまりわるがらずに人ごみの中をすたすたゆくのである。不逞な彼女の面魂《つらだましい》に、作者は圧倒され、思わず
「女なり」と、
「……なり」
に脱帽気分をあらわしている。なにさま、大阪の町の体臭も、女の安香水の匂いもただよってきそうな句だ。古川柳に似て、古川柳にない昭和初期の時代色が出ている。

　これに対し、同じような時代、北海道も川柳のさかんな地方であるが、大正十一年（一九二二）創刊の柳誌「氷原」に拠った田中五呂八《ごろはち》は芸術至上主義を執り、この人は一代の論客であったから、さかんに川柳論をものして硬派の論陣を張った。特に彼が冷笑と悪罵の十字砲火を浴びせたのは、伝統川柳を体現せる水府と「番傘」である。五呂八についてはのちの昭和時代に入ってまた触れる時があると思うが、彼は川柳の芸術的高低を唱《い》うのに「奈良丸からロマン・ロオランまで」と例を引き（「大正川柳」大正14・1〝水府氏を通じて語る〟）、「浪花節や八木節と同座して落語屋に重宝がられる（伝統）川柳」というのを、どうやら低いところにおいているらしい。

　しかし現代の私からみると、奈良丸必ずしも低ならず、ロマン・ロオラン必ずしも高ならず、相共に高低なること環《みみがね》の端無きが如しで、彼の伝統川柳攻撃も首肯できるが返答に窮する、というところがある。

（五呂八はプロレタリア文芸も批判しており、排斥するのはべつに伝統川柳だけではなかったが）

それよりも私の思うのは川柳と風土、ということである。五呂八の句、

「吹雪く夜となりぬ俗眼とはなりぬ」

「足があるから人間に嘘がある」

などを見ると、歴史のない茫漠の北海道の大地に生きる人の、きびしい生を思わないではいられない。伝統の束縛のない場所で川柳と対決してつきつめれば、川柳から詩もユーモアも蒸発して哲学が残ってしまう。しかし五呂八の川柳もまた、川柳であるに違いなく、一句ずつ玩味してゆけば面白いものも多い。そうして前人未到の雪の野を吹雪にさからいつつ進む五呂八のイメージが顕《た》ってきて、衿を正す思いになる。

そこへくると、すでに肥沃な、よく耕されきった上方情緒という土壌の上に、伝統川柳を継いでゆく幸福と、より大きい試練が水府のグループにはつきまとう。安易と妥協をどうやって脱ぎすててゆくかという問題である。

「どこからか心斎橋で下《お》りまつせ」

富士野鞍馬《くらま》の句だったと思うが、古い「番傘」でみつけた句、おそらく混んだ市電であろう（市電とは句の中に出てこぬが）、乗客の誰かが奥のほうから「下りまっせ」と叫んでいる。その言葉と「心斎橋」という地名が、おのずと大阪モンの口元に微笑をもたらす。

周知のように心斎橋は大阪ミナミの盛り場、そこで下りるというのを聞けば人々は、〈あいつ、飲みにいきよんのやろか、けなるいな（羨ましい）。それとも心ブラで買物《かいもん》か〉と思ったり、また心斎橋は多くの人を呑吐《どんと》する停留所、ぎょうさん（たくさん）下りるはずやのにわざと声張っていうのは、こいつあんまり盛り場で下りたことない田舎モンやな、などと思う人もあったに違いない。そういうもろもろの連想を誘い出す句で私は好きなんである。

しかし大阪の気分がわかっている人の間でだけ珍重される句、と攻撃される危うさも、この句は持っている。持ってはいるが、しかしそれはある種の時事吟と同じで、時事を超越した川柳の魅力、というほかない。

川柳の宿命として現代に材を採るから、ほとんどの句は時事的要素を帯びる。しかしその時事性は即物的なものであらまほしい。

さきの水府の句の人絹、この句の市電、いまは現実から失われた。しかし人絹を着る女のふてぶてしさへの瞠目、市電の中で「心斎橋で下りまっせ」の声への何とはないおかしみ、これはときや空間を超えて、人間の生の営みへの共感なのだ。地域の特異性を離れ、時事性を離れて、面白い川柳、と私は思っているのであるが……。

さて、阪井久良伎《くらき》（久良伎ははじめ久良岐で、昭和五年頃に久良伎と改めたが、ここでは便宜上、久良伎で統一する）を紹介したので、次に川柳中興の祖という栄誉を久良伎と二分する、もう一方の雄、井上剣花坊にも触れなければならない。

剣花坊は本名幸一、明治三年（一八七〇）山口県萩生れ、父母はともに毛利藩士の家の出で、明倫館小学校を出てから苦学して小学校の代用教員となり、神代大介の漢学塾で学んだ。剣花坊の詩才は母方の一族から享けたもののようである。母方の祖父は美濃派の宗匠で、伯父伯母、みな俳人であった。母は作句はしなかったが、古川柳の名句をよく諳《そら》んじていて、おそくにできた一粒種の剣花坊の幼い耳に、おとぎばなしのついでによく聞かせたという。教訓めいた狂句であるが。――

「師の恩を裸でおくる角力とり」

「朝起きの家に寐《ね》ている暮《くれ》の金」

剣花坊は二十二歳のとき山口で新聞記者になった。小さい時から利かん気のあばれん坊であったが、自由党に身を置き自由主義の新聞に筆をとって同郷の先輩を攻撃する。ところがその自由党が長州先輩と肝胆相照らして官僚主義となったので剣花坊は脱党する。血の気の多い硬派ジャーナリストとしてその人生を出発している。

写真で見るとただならぬ面相で厚く大きい唇をへの字にしてぐっと引きしめ、眼に力があり、しかも英明であたたかな感じである。のち「大正川柳」「川柳人」なる柳誌に拠って、多くの川柳家を育てた。見栄っぱりなところは全くなく、純朴で豪放で、権力に反骨があった。——と、弟子たち、吉川雉子郎《きじろう》（のちの吉川英治）や鶴彬《つるあきら》はいっている。魅力的な人柄だったようだ。

剣花坊（論文では秋剣の名を使った）は山口時代に最初の妻トメと結婚し三児を得たがトメが亡くなったあと、遠縁にあたる信子と再婚した。二十九歳だった。この信子はのちに剣花坊に感化されて川柳作家となり、彼亡きのち「川柳人」を守りたててみごとに衣鉢《いはつ》を継ぐのであるが、そのころは明治に珍しい自立した女性で、看護婦という職業をもっていた。看護婦として従軍し日露戦役では勲八等宝冠章をもらっている。剣花坊は終生、それには頭があがらなかったそうだ。何しろ、剣花坊は、

「上《かみ》、御一人を除くの外《ほか》は、貴賤の差別はない」「新川柳をどこまでも徹底して民衆芸術にしよう」

という自由主義平民主義を以て（「大正川柳」大正9・11）

というのであるが、「上御一人」には逆らえない人間である。その「上御一人」が下さった勲八等宝冠章であるから、剣花坊には信子がまぶしく見えたことであろう。

坂本幸四郎氏の『井上剣花坊・鶴彬——川柳革新の旗手たち』（平成2、リブロポート刊）によれば、剣花坊・信子、どちらも再婚同士であったと。信子は剣花坊の縁戚に当るところから、三人の遺児と老母を抱えて困っている剣花坊の家を手伝いにいっていた。当時信子は山口赤十字病院の看護婦をしていて、剣花坊より一つ年上の三十歳だった。

私はこの信子に、少からぬ興味を寄せている。彼女も武家出身で、家格からいえば剣花

坊より上の階級だったそうである。はじめ、同郷の軍人と結婚したが、この人は温和——というより退嬰《たいえい》的な性格の人だったらしい。時は明治政府の草創期、若者は血をたぎらせて東京へ東京へと奔《はし》ってゆく時代であった。信子も女ながらに何かしたくてたまらず、無為に日を送るのにあきたらなかったらしい。そこへ日清戦争がはじまった。信子は狭い萩の町で人の噂に気兼ねしながら暮している生活に堪えられず、ついに離婚して東京へ出、勉強して赤十字看護婦になった。東京へ出るとき夫だった人が見送りにきた、というのだから何となくおかしく、憎み合って別れたというのではないらしい。時代は沸騰していた。女ながらに稟質《ひんしつ》に恵まれた信子は、鬱勃《うつぼつ》たる野心を抑えかねたのであろう。

私が見た写真の井上信子は後年のもので、慈容にきりっとした表情をただよわせ、いかにも武家出身の婦人という感じであるが、すっきりした美人である（『新興川柳選集』渡辺尺蠖・一叩人監修編、昭和53、たいまつ社刊）。

剣花坊は信子の手助けを感謝し、またいつか信子に心惹かれていったらしい。しかし信子はその求婚をいったん断った。もう結婚はこりごりという気持だった。三人の子供に姑つき、という結婚の苦労がまざまざ目に見えるような世帯に入るよりは、東京遊学して得た看護婦という職業で以て自立するほうが、信子の意欲と向上心に適《かな》ったのであろう。

ところが剣花坊はいよいよ熱をあげてしまう。長州人の熱っぽさで、信子を口説きに口説く。剣花坊のほうはまた、そのころの女に珍しい信子の自立心、聡明さ、それでいて心の暖かな、てきぱきした取りまわしに感じ入っていたのであろう。信子のほうも次第に剣花坊の飾りけのない、見えを張らない男の可愛げ、文才に関心をもちはじめたのかもしれぬ。

このとき坂本氏の推測によれば、信子は結婚を承知する代りに、剣花坊に政治と手を切るように条件を出したのではないかといわれる。

剣花坊は筆禍で投獄されたこともあり、常に政治のキナ臭さが彼の近辺に渦巻いていた。反権力のジャーナリストとして将来の波瀾万丈も予想できた。信子は政治屋になずんで運命に奔弄《ほんろう》されるのを避けようとしたのだろう。結婚の翌年、彼らは東京へ出る。剣花坊は筆の立つところから、雑誌社や新聞社の記者となり、明治三十六年（一九〇三）日本新聞に入社する。このころ机を並べた同僚の長谷川如是閑《にょぜかん》にいわせると、剣花坊（その頃はまだ秋剣である）はまことに一異彩だったらしい。大柄な体軀、両肩をいかめしくふりたて、片手で片褄とり、足でバタバタ床を叩くように歩いた。とどろきわたる雷声、如是閑は、

「あの音は秋剣きたると覚えたり」

と戯れた。漢文風の文章が巧みで、日露戦争に従軍する記者の送ってくる文章を片っぱしから秋剣ばりの漢文調に書き直し、世間からはさすが「日本」の記者はみな名文家ぞろいだと賞讃されたが、実は剣花坊一人、昼も夜もなく大奮闘していたのである。

そのころ「日本」の編集長は、犬養毅の懐刀といわれた古島一雄だった。新聞でまとも

に政府攻撃をやるとすぐ発行停止をくらうので、婉曲な政治批判はできぬものかと考えているところへ、憲法発布の日、文部大臣森有礼が殺されたとき、

「有礼が無礼の者にしてやられ」

「廃刀論者　出刃庖丁を腹にさし」

という狂句を示すものがあった。森は有名な廃刀論者だったのだ。これは面白いと古島は政治狂句を思いついたが、作者にこれというのがない。風俗はよめても政治が分らない者が多い。阪井久良伎は川柳の師匠だというので頼んでみたが、これも江戸風俗ばかりよみ、政治のことを知らない。

捜しあぐねていると井上剣花坊が自分の著書を持って入社したいとやってきた。読んでみると中に狂句があり、これはいけるかもしれぬと入社させ、古島は異相の長州人、剣花坊にハッパをかける。

〈オイ、この新聞は、子規が新俳句を興した新聞だぜ、君には川柳をやる素質がある、やらないか〉

そう呼びかけて、古島みずから多年蓄えていた古川柳の珍書を「沢山貸してくれた」――と、剣花坊はいう（「改造」昭和5・2〝新川柳に現れた社会の顔〟）。

それまで剣花坊は古川柳などあまり知らなかったが、読むうちにだんだん惹かれていった。明治三十六年七月三日、「日本」紙上にはじめて「新題柳樽」という欄が設けられる。

まさに新時代の川柳事《こと》はじめになったわけである。剣花坊は、

「当時の僕の句を拾ひだすと、背からも、腋からも冷い汗が出るが、話の順序だから、挙げねばならぬ」として、

「ハイカラはうなづくたびに腮《あご》をつき」

「相場師の女房売られる容色なり」

狂句臭の脱せぬ句を毎日載せていたが、中々乗ってくる読者はいない。それでも二ヵ月ばかり辛抱して日々欠かさず掲載しているとやっとぼつぼつ、句を寄せる者が現れた。

そのころ他の新聞・雑誌にも川柳欄が開かれるようになった。中でも法学博士岡田朝太郎は三面子の柳号で、

「我が馬鹿を三円に売る投票紙」

「角帽を見てくれるかと気を配《く》ばり」

「令嬢の琴も英語も孕《はら》むまで」

社会諷刺の利いた川柳である。剣花坊は、

「さすがに、実社会と川柳との関係を知つて居た」と書いている。

剣花坊は次第に旧派の狂句の排すべき、新川柳の興すべきことに覚醒してゆく。そういうときに日露戦争が勃発する。

「この日露戦争の勃発は、僕の新川柳興隆には、絶好の機会だつた」

国民は、日本軍の必勝を信じつつも戦況に一喜一憂し、上下あげて憂国の志士となってしまう。挙国一致、という言葉があるが、この時代ほど日本民族が血を熱くして「打って一丸」となった時代はなかろう。もちろん、「万朝報」の黒岩涙香《るいこう》、内村鑑三、幸徳秋水、堺利彦らは人道主義、社会主義、キリスト教の立場から非戦論を唱えたが、のち黒岩は大勢に抗しきれず主戦論にまわる。内村らは社を辞し、堺と幸徳は「平民新聞」を創刊して、非戦をあくまで人民に呼びかける。そういえば「日本」紙上に「新題柳樽」欄が創設された明治三十六年七月はまた、幸徳秋水の『社会主義神髄』が発行された月で、発売たちまち七版を重ねている。

そういう動きはあったが、日露戦争は国民を熱狂させた。その興奮ぶりは大阪でも同じであった。木村半文銭は「忘れ得ぬ事ども」(「川柳雑誌」大正15・7)の中に書いている。

明治三十七、八年の日露戦争当時、「大阪日報」という、新聞一頁を二枚折りにした小型な新聞が発行されていたが、社長の吉弘白眼《はくがん》が中々の手腕家で、「赤新聞としての特異な威力を放つてゐた」。ここに毎日「浪花樽《なにわだる》」と称する時事狂句が二十句位ずつ掲載された。敵国ロシアにたいする敵愾《てきがい》心が国民の感情をかきたて、はけ口を求めていたのであろう、人々はこぞって激越な戦争句を投ずるようになった。木村少年も、

「国民の一人として(よし少年にすぎないにしても)恨み重なるロスケ奴《め》に、少しでも胸の鬱憤を晴らしてやらうと、偶《ふ》と其の『浪花樽』へ投句してみた。ハガキへ四五句書いた

と思ふが、翌々朝みると『浪花樽』の中央部に一句、私の句がのつてゐた。それは『ネボケトフ撃沈されて眼をさまし』といふ、当時ネボケトフ将軍を皮肉つた狂句であつた。私は、投書の味は知つてゐたが、斯《こ》うまで手つ取りはやく活字にされることの、一種の魅惑を感じた。活字になるといふことは、寔《まこと》に涙ぐましいまでに、少年の胸を躍らせるものだ」

ネボケトフはロシア第三艦隊の司令長官、ネボガドフのことで第二艦隊バルチック艦隊とともに日本海海戦で敗北し、降伏している。

剣花坊の「新題柳樽」も同じで、

「可薩克《こざっく》は曲馬の一手やつて逃げ」

「占領の仕方ばなしも片手にて」

「大事おまへんと京都兵出征し」

などという句が氾濫している。それでも、

「水雷を河童怖わ〴〵いぢつて見」

「水雷の下手が怖いと鯨云ひ」

などというおかしい狂句がまじり、どんづまりの切《きり》狂言、日本海海戦での花々しい大勝利には、

「八百万《よろず》押すな〳〵と御観戦」

この句は剣花坊である。戦争は終りポーツマス条約は結ばれた。国民はこれを屈辱外交と呼んで激昂する。剣花坊の句に、

「太郎寿太郎源太郎大馬鹿三太郎」

首相の桂太郎、外相の小村寿太郎、総参謀長の児玉源太郎を揶揄《やゆ》したものだが、これは世の中にウケた。

その一方で剣花坊の面白いところは、その熱情が粗笨《そほん》な壮士ぶりに終らず、ひろく人の世の裏、隅々までそそがれていることである。

「陰膳《かげぜん》の主《ぬし》は草むす屍《かばね》なり」

「義手義足名誉の不具へ接木をし」

陰膳とは戦に出征した者の無事を祈って留守宅の家族が毎日供える食膳である。

戦争の陰で悲運に哭《な》く民衆への共感と同情を忘れることはなかった。

明治三十八年十一月に剣花坊は柳樽寺社《りゅうそんじしゃ》を結成し、機関誌「川柳」を創刊している。五月に阪井久良伎が久良伎社を作り、「五月鯉《さつきごい》」を創刊したのに刺激されたのであった。新しい川柳が生れようとしていた。

「吾人は、川柳の名を用う。しかも必ずしも古川柳の形式、内容をことごとく学ばんとするに非ず。ただ、長所をして益々助け長ぜしめ、明治文壇に新式短詩を打ちたてんとするにほかならず。真個《しんこ》、滑稽趣味を申分なく注入せんとするにほかならず。

その大精神においては、吾人のいはゆる滑稽趣味を有するものならざるは勿論とす。善美の資格を具備して文学の要素を欠かず、快楽を人生に賦与《ふよ》して文学の目的を誤らざるを期す」

「川柳は、大に楽観する文学なり。大いに笑ふ文学なり」

卓絶した川柳論である。これは機関誌「川柳」第一巻第一号に載った剣花坊のはじめての川柳論であるが、私はこの雑誌は未見なので前記坂本氏の『井上剣花坊・鶴彬』に拠って紹介した。

剣花坊が古島一雄編集長に肩を叩かれて励まされ、柳壇をつくったのは明治三十六年七月、それから二年少しで、剣花坊はこんな柳論を書けるまで成長している。初期の頃は古川柳に殆んど不案内で、その無知を見すかして旧派の狂句作者たちが古川柳の句をさかんに投稿し、剣花坊が知らずにそれを採ると彼らは手を拍って嗤ったりした。その後の剣花坊の勉強ぶりはすさまじい。古川柳を学び、時事吟狂句の熱狂の嵐をくぐりぬけ、「善美の資格を具備して文学の要素を欠かず、快楽を人生に賦与して文学の目的を誤らざるを期す」川柳の原点を発見する。

このとき一方の雄、阪井久良伎もまた、拠る「五月鯉」の綱領に、

「吾社の柳句は、明治の新文芸たる滑稽短詩として、主に紳士学生及び家庭の伴侶たらんとするにあり、故に其形式内容一に優雅を主とすれども、必ずしも古調に泥《なず》まず、更に一

の新式と、幾多の新趣味とを捕捉せんとす、かるが故に柳句必ずしも前垂党《まえだれとう》の専有物に非ず、紳士学者も作るべく、夫人令嬢も亦作るべし、以て高潔なる文芸上の新風俗詩並《ならび》に滑稽短詩を社会に寄与するを得ば、吾社の目的爰《ここ》に達せる者と云ふべし」（「五月鯉」明治38・8）と掲げた。

久良伎の主張もまた、従来の狂句――教訓臭のあるもの、淫猥軟風俗、卑陋《ひろう》なくすぐり――などを排除することに熱心であり、川柳の市民権を得ようとする烈々たる情熱があった。久良伎の代表作の一つといわれる、

「午後三時永田町から花が降《ふ》り」

を、彼は自分で解説している。この句がわからぬという人がいたらしい。（尤も現代ではわからぬ人も多いであろうが、明治のその頃なら、たいていの人は首肯できたはず）

「句の巧拙は暫く置きまして、是は華族女学校の退校時間を私は曾て見たことがある。華族女学校の門の所から東及び西に分れて、俥に乗つて華族の令嬢方が帰ッて行かれる所の有様を花が降ると感じたのであります。之を単に判じ物と云ふのは、私のまだ合点することの出来ない点であります。是は固より十七字の短い韻文の中に複雑な思想を言はんと欲すれば、已むを得ず判じ物の傾向に陥るのであります。（中略）花と云へば美人と云ふ聯想が浮んで来るは申すまでもないと思ふ。既に午後三時と言へば学校の退校時間と云ふ事が頭に浮ぶ。永田町の学校と言へば即ち華族女学校である。華族女学校の花は何であるか

と云へば華族の令嬢方であると云ふことが分る。『午後三時永田町から花が降り』と言へば、華族の令嬢方の花の如く麗はしき方々が俥に乗つて退出すると云ふ有様が目に浮ぶだらうと思ふ。又この降りの二字に説がある。ソレは校門から俥で出られる令嬢方が左右へ別れ別れに勢いよく出て来られる、ソレが花が風につれて吹散るやうな気持がする、ソレは上から散るのでなくて横様《よこざま》に降《ふ》るのであるが、何しろ『降り』と云はねばその様《さま》が浮ばない。（中略）是が分らないとか判じ物であると云ふやうな人は、未だ川柳と云ふものの韻文に付《つい》て、ソレだけの素養の無い人であると云はなければなりませぬ」（同）

デリカシイのある解説で「やはらかくかたく持ちたし人ごころ」などからみると、はるかに近代的な句趣を獲得している。

剣花坊にはやはり同じような、

「海老茶美《えびちゃ》に背景のあるお茶の水」

がある。海老茶は当時の女学生のはいた袴の色、お茶の水はお茶の水女学校である。この句も女学生を見る眼が暖く、句柄がいい。

「有名の人を罵る二階借《がり》」以下、剣花坊

「三井寺の余韻湖水へうなり込み」

「老車夫の喘ぐ後《うしろ》に昼の月」

剣花坊の新味は柳樽寺調、剣花坊調と呼ばれ、その門を叩く者がふえた。川上三太郎は明治四十年、十六歳で「川柳」に初入選している。三太郎は日本橋葭町《よしちょう》の生れ、生粋の江戸っ子だから、かえって江戸江戸と江戸趣味を唱《い》う鏡花や久良伎を好まなかったといっている。横浜から大望を抱いて上京し、浅草で象嵌《ぞうがん》の下絵描きの徒弟となっていた雉子郎・吉川英治も「川柳」に加わって剣花坊の門下生となり、のち天賦の稟質を剣花坊に愛される。

剣花坊はいう、「明治三十六年興隆のそもそもから、僕の門人にして、最も役に立ち、或は立たうとした川柳人が四人居る。大阪の六厘坊、岡山の藤原弘美、東京の白石維想楼《いそうろう》、斎藤正次である」

六厘坊は早熟の天才で市岡中学時代から子規の俳句を好み、「日本」新聞に投句し、剣花坊に愛顧せられたのであるが、剣花坊以上に熱血漢で、おのれの才をたのむこと篤く、才気潑剌の若者であった。しかも強引で高圧的だ。かねて懸賞短文などに当選して馴染んでいた「大阪新報」へ、大胆にもみずから売りこんで柳壇を設けさせ、選者となった。

この小島六厘坊の名を、川柳を始めたばかりの頃の水府はまだ知らなかったという。明治四十三年、五葉や青明や路郎が、去年、二十一の若さで死んだ六厘坊の一周忌やと騒いでいたのを、

（六厘坊て、誰でんねん）

とも訊けず、

（ほんまにぼくは、おくれとるなあ……）

と思いながら水府は小さくなっていた。六厘坊の訃報は各新聞社に小さくではあるが報道されたというのに。……

奈良七重ひねもす鐘の鳴るところ　――天才少年・六厘坊《ろくりんぼう》

これは大正二年（一九一三）水府が二十一歳の時の作で、「番傘」創刊号に載せている。この句は芭蕉の「奈良七重七堂伽藍八重ざくら」を響かせているのであろう。（そしてまた芭蕉の句は『詞花集』に見える伊勢大輔《いせのたいふ》の「いにしへの奈良の都の八重桜けふ九重に匂ひぬるかな」を光背に負うているのであろう。）たいへん上品で雅やかな句で、水府自身好きだったらしく、後年の自選百一句の中にも入れ、また『肉筆水府句集・番傘抄』（昭和22、番傘川柳本社刊）にも書いている。漢字と平仮名の混り具合が絶妙で、この句はさぞ色紙や短冊に書いても映えたことであろう。そういえば色紙や短冊に句を揮毫《きごう》するのは俳人や柳人の日常的営為であるが、あるとき水府は文化的な集会の席上、座の人に、〈川柳と俳句とでは揮毫短冊の値はどれくらい違うのか〉

〈川柳は短冊へ書けるものなのか〉という二つの質問を受け、「くやし涙がこみ上げました」といっている（「番傘」昭和33・1〝岸本水府に聞く〟）。川柳への蔑視・無理解に憤りを発したのではあるが、本来水府自身、短冊に書けないような句は嫌ったらしい。いわゆる「末摘花」的なバレ句や下《しも》ネタ、不潔感を催させるような表現は、選をしながら〈汚い。あかん。ペケッ！〉とはねたと、後年、水府に師事して、したしくその句選ぶりを目睹《もくと》された森中恵美子氏が証言していられる。

〈汚いのはペケ〉なのであった。一読、頤《おとがい》を解かせつつも品よいもの、或いは美しいだけでもいけない、作者の肉声がきこえる真実があるもの、――水府は川柳の理想をそこに置いていたらしい。

二十一歳の水府に、奈良の駘蕩《たいとう》たる風物は印象的だったのであろう。殷々《いんいん》と鳴り交す遠近の古寺の鐘、旅愁は身に沁む。そういうとき、「ひねもす」という雅びな古語でなければおさまりがつかないのであった。

そういえば、これも水府自身好んだらしい句に、（昭和二十一年の作だが）

大原女《おはらめ》の柴より下に東山

というのがあり、これも温雅でいい。こういう玲瓏《れいろう》たる持味は若年から水府の素質の一部であったと覚しい。

——さて、話をすこし戻して、大阪で川柳を起した「天才六厘坊」について語らなければならない。水府はついに六厘坊に会うことなく終ったというのはさきに述べた。

浅井五葉に、「六厘坊」と題して、

「大阪に育ち五分刈　本が好き」

という面白い句がある。五葉は洞察力と描写力のある作家だから、この一句で六厘坊をいい尽くしている気がする。

小島六厘坊、明治二十一年（一八八八）大阪生れ、本名小島善右衛門。通称善之助。生家は心斎橋北詰の小島洋服陳列場であるが、もちろん陳列するだけではなく、販売したのであろう。しかし柳人仲間では「陳列場」で通っていたらしく、六厘坊亡きのち、五回忌に「懐ひ出す六厘坊君」として、

「陳列へ来いと句会の知らせ也《なり》」

という青明の句がある。市電のなかった明治三十年代末、小島洋服陳列場は道頓堀や心斎橋をぶらつく川柳家のたまり場で、土蔵の二階や店先で作句し談笑し、「この梁山泊は常に繁昌を極めた」と西田當百はのちに思い出を語っている（「番傘」創刊十五周年記念号）。

市岡中学時代から早熟の天才だった。おそるべき読書家で古川柳から黄表紙から江戸の文学作品は申すに及ばず、漱石も晶子も露伴も一葉も片端から読む。川上日車《ひぐるま》は同じ市岡中学で家も近かった。文学好きな少年二人はたちまち意気投合し、勉強はそっちのけで朝夕通学の道すがら、夢中になって文学談に興ずる。購読する文学雑誌や新聞も互いに交換して読む。日車少年が「新声」をとれば、六厘坊は「文庫」を購って交換する。六厘坊が東京朝日を購読すれば日車は「日本」を読むという具合。

しかし文学に関しては、六厘坊は日車より一日の長があった、と日車は述懐している。露伴の「五重塔」も六厘坊にすすめられた、と（「三味線草《さみせんぐさ》」昭和11・9〝私の明治時代〟）。

この六厘坊の読書ぶりについては麻生路郎も触れている。明治三十七年（一九〇四）に中之島に大阪図書館ができた（現・大阪府立中之島図書館）。これは大阪の富豪住友吉左衛門の寄附（二十五万円だった）を得て成ったものであるが、この年、路郎は高商予科へ入学し、川柳にはじめて手を染めたころである。船場の淡路町に住んでいたから中之島までは徒歩で出かけ、閲覧料二銭を払って涼しい部屋で存分に本が読めたといっている。特別閲覧料というのは五銭で、これは個室のような部屋らしい。夏休みがきても当時の金持のドラ息子たちのように満州旅行などできない路郎は、図書館で終日籠って過し、地下の食堂でパンなどかじっていたという。俳書を読み、芭蕉の『花屋日記《はなや》』など読んでいた。

小島六厘坊も、新築成ったこの壮大な図書館を見逃すはずはなく、心斎橋の店から人力車を駆って日参し、そのときは閲覧料をふくめて十銭銀貨を握って出かけたという。のち路郎は六厘坊と知り合ってから、彼に漱石の『二百十日』や『坊つちゃん』をすすめられたといっている。――私も若いころ、ギリシャ神殿を思わせる堂々たる威容の中之島図書館へ通ったことがある。『花狩』という小説を書くため、明治のメリヤス業界を調べたり、当時の新聞を閲覧するためであった。地下の食堂で、きまって安い狐うどんを食べた。あの正面玄関の階段を路郎が上り、六厘坊が上ったかと思うとなつかしい。学生時代の水府も、ひょっとすると来たかもしれぬ。――

それはさておき、川上日車の懐旧談の中に、露伴の「雁坂越《かりさかごえ》」を、六厘坊と話題にしたという話がある。これは雑誌「新小説」（臨時増刊「夏木立」明治36・5）に載ったもので、現在『露伴全集』第三巻に収められている。少年向きに書かれたのではないが、主人公が少年であり、清冽《せいれつ》な気分の作品であるためか、少年のための純文学選にも収められているようである。

六厘坊少年はこの小説にいたく感動し、日車に激賞したという。「雁坂越」をかいつまんで紹介すると、雁坂峠というのは武州と甲州を分ける峠で、笛吹川の上流である。その小さな村に両親を亡くして叔母に引き取られている十三の源三という少年がいる。源三に優しかった叔母が亡くなったあと、叔父は素性の知れない女を後妻に引き入れた。叔父はかわらず源三を可愛がってくれるものの、義理の叔母になった女が、手ひどく源三少年をいじめるのであった。源三は笛吹川に添うて下り甲府へ出て奉公したいと思うようになった。しかし村の中にも少年に同情する人はいる。村の資産家《ものもち》の一人娘お浪とお浪の母である。お浪の母は少年の亡くなった叔母と仲がよかったので、少年の身のふりかたに心を痛めていた。甲府で奉公するといってもあてはなし、もう少し辛抱しておくれ、そのうちには叔父さんに話をして、お前のために悪いようにしないから、と親切にお浪母子はいって聞かせるのであった。

しかし源三は、いまは甲府よりも、雁坂越をして東京へ出ることを夢みている。雁坂峠は山また山の難所、いまは道も失われ、重畳たる山脈に阻まれている。おそろしいところと聞くが、源三はいつの日か、峠を踏破して東京へ向い、身を立てようという謀反ごころを育てていた。可愛い少女お浪の純情や、その母のやさしさは嬉しいが、

「おいらあ男の児だもの、矢張《やっぱり》一人で出世したいや」

と少年は剛情なのである。お浪は源三の心強さがうらめしく、また彼にへだてがましく思われているのが悲しく、

「ぢあ吾家《うち》の母《おっかさん》様の世話にもなるまいといふつもりかエ。まあ怖《おそろ》しい心持におなりだネエ。そんなに強《きつ》くならないでも宜《よ》さゝうなものを。そんな汝《おまえ》ぢあ甲府の方へは出すまいと妾達《わたしたち》が仕て居ても、雁坂を越えて東京へも行きかねは仕無《しな》い、吃驚《びっくり》するほどの意地つ張りにおなりだから」

お浪は何心もなくいったのであるが、源三は本心をいい当てられて、ぎょっとする。実は以前にも叔母に煙管で打擲《ちょうちゃく》された翌日、思い切って笛吹川に沿って川上にのぼっていったことがある。ひそかに団飯《むすび》を用意し、叔父にもらった小遣いを貯めていたのをのこらず持ち、足ごしらえを厳重にして踏み出したのであった。いよいよ笛吹川もこれで見おさめかと岩の上にしばし休んでいると、上の方から話声が近づいてくる。山挊《かせ》ぎの叔父と、その手下の、甲助という村人である。叔父はこんなことをいっているのであった。

「なあ甲助、どうせ養子をするほども無い財産《しんだい》だから、嚊《かかあ》が勧める嚊の甥なんぞの気心も知れねえ奴を入れるよりは、利悧《りこう》で天賦《たち》の良い彼《あ》の源三に乃公《おら》が有《も》つたものは不残《みんな》遣るつもりだ。左様《そう》したら彼奴《あいつ》の事だから、まさか乃公《おら》が亡くなつたつて乃公の墓を草ん中に転《ころ》げさせて仕舞ひも為《す》めえと思ふのさ。前の嚊《かかあ》にこそ血筋は引け、乃公《おら》には縁の何も無いが、乃公《おら》あ源三が可愛くつて、家へ帰ると彼奴《あいつ》めが叔父さん〳〵と云ひやがつて、草鞋《わらじ》を解いて呉れたり足の泥を洗つて呉れたり何《か》や彼やと世話を焼いて呉れるのが嬉しくてならない。子といふ者あ持つたことも無いが、まあ子も同様に思つてゐるのさ。そこで乃公《おら》あ、今は既《もう》、挊《かせ》がないでも食つて行かれるだけのことは有るが、まだ仕合《しあわせ》に足腰も達者だから、五十と声がかゝつちあ身体《からだ》は太義《たいぎ》だが、斯様《こう》して挊いで山林方《やまがた》を働いて居る、これも皆少《すこし》でも延ばして置《おい》て、源三めに与《や》つて喜ばせやうと思ふからさ。どれ〳〵今日は三四日ぶりで家へ帰つて、叔父さん〳〵て彼奴《あいつ》が莞爾顔《にこつく》を見やう。さあ、もう一服やつたら出掛けやうぜ」

と高話をして去ってゆく。源三はしくしく泣き出したが、やがてきっと面をあげて白い雲のかかっている雁坂の山を睨んで、つかつかと歩きかける。しかし一足は一足とのろくなり、石にうかうかつまずき、バタリと倒れた。上半身を起して見るとわが村は目前にあった。少年はすすり泣き、泣いて泣いて泣きつくしたあげく、背中に負っていた団飯《むすび》を抛り捨てて吾が家へ帰ったのである。しかしついに源三の決心の日は来る。あるとき叔母にいわれていつものように酒と塩魚を買いにいったが、いつものがなく、違う樽の酒、それに塩鯖をすすめられて買って帰った。叔母は形相恐しく怒って、竹の皮で包んだ塩鯖で少年を散々に打つ（このへん、やけにリアリティのある描写である）。何でぶたれても、ぶたれていいというものがあるはずはないが、ことにも塩鯖の悪腥《わるなまぐさ》いのを竹の皮に包んだもので、力まかせに眼といわず鼻といわず打たれるのはたまったものではない。竹の皮は幾筋にも割れ裂けるので、松葉でも散らしたようにかすり傷が顔じゅうにつく、そこへ塩気がつく、腥《なまぐさ》っ気《け》がつく、魚肉がはぜて額へへばりつく、狂気のようないじめかた。少年ははじめは仕方ないと思ってぶたれ、情けなくもあったが、やがておさえられぬ怒りが勃然として起った。その夜はまどろむ間もなく朝早く起き、団飯《むすび》から足ごしらえをして、ふいと家を出る。二、三町いった所で脚絆を締め、手拭一筋は頬かぶり、団飯の風呂敷包みとはきかえ用の草鞋を背負い、内ぶところにはかつて少女お浪にもらった木綿財布に、いろいろの交《まじ》り銭の一円少し余りを入れたのをしかとおさめ、両手をまるあきにしておいて、さて柴刈鎌の柄の、小長い奴を、左手に持ったり右手に持ったりしつつ、川上へのぼってゆく。以前、叔父の話を聞いた大岩のところまで来た。やや久しく岩を眺めていたが突然、「我は官軍、我が敵は」と歌いつつ進む。

山また山をわけ入り、ついに雁坂峠の絶頂へ出て、はるかに武蔵の国を足下に望む。天風が頬かぶりした手拭に当り、躍り上って少年は喜ぶ。しかしまた捨ててきた笛吹川のあたりの地をかえりみると心が暗くなる。お浪のうたう桑摘み唄、「桑を摘め〳〵、爪紅さした　みやこ女郎衆も、桑を摘め」という清い澄み徹るような声が聞える気がする。もとより、聞えるはずはないのであるが……。

——というところで小説は終っている。六厘坊の好みや関心のありどころを知るためにやや長く引用したが、短篇といっていい作品である。

日車は、六厘坊がこの短篇に傾倒したのは、露伴の名文にもよろうが（露伴は饒舌ではなく、その口吻には漢文調がよく消化《こな》れた好ましい簡潔さがある）、実は六厘坊は継子だったので、ことさら身に沁みたのであろうという。無論、六厘坊は富裕な商家の息子であり、源三のような扱いは受けていなかったが。

とにかくこの小説は六厘坊や日車といった文学少年にかなりの刺激を与えた。少女お浪との仄かな心の通わせかた、志をたてて郷関《きょうかん》を出る少年の姿の悲壮美、明治の少年たちにはまことに胸迫るものがあったにちがいない。その情動がしのばれるというものだ。

多感で才気縦横の文学少年はやがてみずから筆をとって投稿にいそしむ。六厘坊や日車は「日本」を購読していたので、その俳句欄に投稿するようになった。いうまでもなく「日本俳句」の選者は正岡子規、厳選の聞え高かった。六厘坊は渓水の号で、日車は虹村と唱えていた。十六と十七の時だった。しかし明治三十五年九月に子規が死んでからは俳句欄の投稿にも張合がなくなったが、たまたま「日本」の社会面に「新川柳」欄が設けられた。大阪の少年たちは剣花坊が何者なるかを知らないが〈選者だから偉い人なのだろうと思っていた〉と日車はいう。いつとはなく俳句をやめて川柳に移っていた。試みに十句投じると五句が新聞に出る。俳句では五十句出して二句出れば上の部だったから、少年たちは川柳に血を滾《たぎ》らさずにいられない。剣花坊によると、小島六厘坊がはじめて作った句は、十五歳の時の、

「手《て》長《なが》島　四五間《けん》さきに膳を据ゑ」

だったというが（「改造」昭和5・2〝新川柳に現れた社会の顔〟）、すでに六厘坊はその頃から大阪柳壇を引っかきまわしていたのである。木村半文銭少年が戦争時事吟を投稿した「大阪日報」の「浪花樽《なにわだる》」に悪戯好きの六厘坊は古川柳を拉して投句、盗句をもじって藤九坊としたのがほとんどそのまま掲載され、六厘坊は手を打って大笑いした。この時の選者は東夷《とうい》だというが、これは半文銭によれば佐藤紅緑の別号という噂があったらしい。

わが才を自負する六厘坊は年上であろうが先輩であろうが、容赦なく慢罵する癖があったが、この東夷にも、

「東夷トンチキ変人ヘッポコ
　テケレッツノパァ」

と攻撃の狂句を「浪花樽」へ投じたりした。

すでに六厘坊は「大阪新報」に柳壇を開き、選者となりおおせていたのである。（当時は投句家の中の実力者が選者のポストに坐ることも多かった。読売新聞の読売柳壇選者は田《た》能《の》村《むら》朴念仁《ぼくねんじん》であったが、朴念仁が選を辞してからは窪田而《じ》笑《しょう》子《し》に代った。而笑子は読売柳壇で活躍していた投句作家だった。麻生路郎も読売柳壇の常連の一人であったが、而笑子選にあきたらず、投句をやめてしまった、といっている――「川柳雑誌」昭和18・11〝苦闘四十年〟）

明治三十九年の初夏の頃、投句柳壇「浪花樽」の常連たちが新聞社の談話室で会合したことがあった。これは読売柳壇系の中村喜月《きげつ》の世話であった。半文銭の記憶によると、篠村力好《りっこう》（堀江の繁栄橋南詰のせとや旅館の主人）、小西屈突坊《くっとつぼう》、霧《む》帆《ほ》、卜城《ぼくじょう》、常坊《つねぼう》らであったと。このグループに六厘坊は目をつけ、中村喜月を介して自分のところの「大阪新報」の「新報柳壇」と合併するよう、強要した。そうして「たう〱六厘坊の威圧力は全ての人々を惹きつけて了つた」と半文銭は「忘れ得ぬ事ども」（「川柳雑誌」大正15・7）の中

でいっている。

その合併記念会が御霊神社の東側、五二《サン》館楼上であった。これこそ、大阪の川柳ことはじめとなった。すべての新聞柳壇、日本・読売・大阪新報・大阪日報の投句家がはじめて一堂に会したのである。半文銭はそのときはじめて六厘坊周辺の作家（日車はじめ、松《しょう》窓《そう》・ひさご等）と会ったといっている。印象的であったのは会場中央の席を占めていた西田當百の洋服姿であった、と。

その當百は当時、大阪毎日新聞の校正部にいたから大阪はもとより、東京の新聞をもみる便を得て、各紙柳壇に興をそそられていた。大阪新報へはじめて投句を試みたのが明治三十九年（一九〇六）、すでに三十五歳だったから遅い出発であった。新報柳壇に二、三回投句した頃、句会の通知を貰ってはじめて出席した。会場は新町の緒方病院の南の光禅寺で、新聞社からの帰途、宵闇の暗い寺の敷石を踏んではいると、その靴音を聞いて、青年が出てきた。

〈當百君ですか〉

それは七厘坊だった。川上日車である。六厘坊より一つ年上だというので、そのころ七厘坊と名乗っていたのだ。会場へ入れば十人ほどの人がいたが、その中の一人が太い声で、

〈ぼくが六厘坊です。ようこそ〉

と挨拶した。眉の濃い鼻の大きい、荒削りな顔の若者で、當百が見渡したところ、みな

みな二十歳前後の青年ばかり（六厘坊はこのとき、ようやく十八歳である）、當百は柳壇で活躍するこの人々を、

「老人連とは元より思つてゐなかつたが、さりとは大分予想を裏切られた」（「番傘」16—1〝大阪での明治新川柳〟）

といっている。當百ばかりでなく、その後も会場を訪れた人が、宗匠はどこですか、六厘坊先生はどなたで、と聞いて、五分刈あたまに荒い柄の浴衣の十八歳の若者を見、唖然として帰ったりした。

剣花坊は六厘坊が大阪柳界をまとめたのを喜び、西柳樽寺と名付けたいようであったが、鼻っ柱の強い六厘坊は東京に追随するもんかと一蹴して、明治三十九年六月「葉柳《はやなぎ》」を出した。六厘坊の個人雑誌で、大阪の川柳誌の嚆矢《こうし》というわけである（厳密にいえば六厘坊はその以前にも「新編やなぎだる」というのを、三冊出している）。「葉柳」に拠るのはたいてい部屋住みのぼんぼんばかり、六厘坊の意気はたかいが、雑誌の内容はいたって軽いというところであろう。そこでちょうど大阪に転勤していた久良伎社の花岡百樹《ももき》に取り入って仲間に引き入れ、「葉柳」に執筆してもらい、雑誌に箔をつけた。當百は、温厚な百樹氏なればこそ、六厘坊の生意気さに苦笑しながらも、さすがにその才をみとめて、いうままに執筆してくれたのであろう。おかげで「葉柳」の重みを増して有難かった、とこ

の人らしい情理《わけ》知りの心づかいで百樹をたてている。

実際、六厘坊グループの中で、世故たけた大人は當百一人であった。生意気小僧の六厘坊は、手応えのある當百を、〈こいつ、ちょっと話せる〉と喜んだそうである。

六厘坊と、七厘坊こと日車は仲がよすぎてよく喧嘩をし、まるで夫婦喧嘩みたいやな、と當百はいいながら仲裁したりした。「葉柳」の句会には浅井五葉（当時、了軒と号していた）や麻生路郎（当時は天涯）も来た。半文銭はそこで二人にはじめて会い、五葉の、

「顔中を撫でて飯粒やつと取り」

を忘れず記憶していた。路郎は金ボタンの学生服姿だった。少しあとに藤村青明《せいめい》（当時は覿面坊《てきめんぼう》と号した）もあらわれた。まことに年少気鋭の青春グループである。彼らの句をのぞいてみよう。

「三世相《さんぜそう》十七八となりにけり」　以下、六厘坊

「後朝《きぬぎぬ》の笑顔見せ合ふ煙草の火」

「さる程に秋の扇となりにけり」

「傾城の鏡に夕日落ちんとす」

これが十八、九の青年の句だろうか。久良伎や剣花坊が川柳革新の火の手をあげても、なお世上には剣花坊のいう「天保弘化の所謂狂句者流、なほ全滅せず」という風潮だったのである。剣花坊は東国地方のある宗匠の立机《りっき》披露の川柳大会に十世川柳と共に招かれ句

選を依頼されて一驚したという。その数の多いのにも驚いたがその内容の雑駁たることには驚倒した。古川柳あり古狂句あり、現代川柳作家の句をそのまま、甚だしいに至っては芭蕉・其角の句あり「殆ど選者を盲目にしたる話なり」と剣花坊は憤慨している。蓋《けだ》しこれは狂句者流にはありがちのことだったらしく、入花料さえつければ他人の句でも自分の句になるという虫のよい「団子理屈」が罷り通っていた旧時代の悪弊をそのまま引きずっているらしい。剣花坊は、〈われら一派の新川柳の世界なら、剽窃《ひょうせつ》者、不徳義漢として大騒ぎになるところ、主催者も選者も面目玉をふみつぶされるというものだ〉と罵倒している。これは大正六年（一九一七）の「大正川柳」にあるのだから、六厘坊の「葉柳」よりずっとのちのこと、してみると六厘坊の活躍した時代は、右のような弊風の残滓《ざんし》がまだまだ川柳界の底部にこびりついていたに違いない。剽窃でなくても、

「嬉しさはお気にお召の初袷」だの、

「山吹をちらし実のなき落選者」

だのが川柳と思われていたのだ。その時代に六厘坊ははやくも個性と詩心を川柳の生命と見きわめていたらしい。

「後添は足袋の嫌ひな女なり」　以下、六厘坊

「淋しさは交番一つ寺一つ」

「いい役者でしたと話す絵草紙屋」

老巧に加え、窓を開けて風が吹き通ったような新時代の香りがただよっている。他には、
「鬼灯《ほおずき》を鳴らせば恋も説き易く」　七厘坊
「昔男ありけり丹次郎となん云へる」　百樹
さすがに古川柳や江戸の研究家らしい句。
「女護島《にょごがしま》はどう行きますと白粉屋」　柳　珍堂《りゅうちんどう》
「花曇うらみつらみの文がつき」　當百
「花吹雪その日その日の春は逝く」　半文銭
みな清新でなかなかいい。このとき青明のみは一人、更に飛躍して新しい境地をめざしていたらしく、
「恋はあせたり宿直のよべ」　以下、青明
「恋かあらず廿五の春」
「闇の大幕世を覆ひゆく」
六厘坊は「十四字ばかり作る青明」と洒落た。五葉がはじめて青明に会ったのは明治四十一年一月三日の心斎橋小島洋服陳列場での新年句会だった。六厘坊が五葉に、黒い木綿の紋付羽織を着た二十歳ばかりの青年を紹介し、
〈五葉くん。これ、神戸の青明くんや。以前の覿面坊くん。今度、大阪へ引越された〉
五葉は几帳面なこの人らしく端正に挨拶したが、青明は黙って頭を下げたきりだった。

二人が親しくなったのは、「葉柳」句会で「鐘」の句の応募があったときからだった。青明は、

「撞《つ》き捨てて己《おのれ》の影を踏んで下《お》り」　青明

　この句でグループに注目され、いわばこの句が青明のデビュー作といっていいであろう。このとき五葉は青明の句を称揚し、青明はまた、「除夜の鐘蕎麦屋で一人酔ひつぶれ」という五葉の句をひどく褒めた。六厘坊は青明と五葉の才を買っていたらしく、青明を連れて五葉の家へ遊びにいった。三人があつまるとたちまち川柳論になるが、六厘坊がおもにしゃべった。川柳の未来を六厘坊は自我と詩性に見ており、五葉は写生にあるとゆずらなかった。

〈きみ、それは古いで。写生に固執するとやがてゆき詰る。飛躍せな、川柳の未来はないのや〉

　と六厘坊がいえば、青明もそれを支持した。

〈いや、川柳は写生したから今まで命脈を保ったんや。写生不朽論をぼくは唱えてるんや。写生にこそ永遠の共感がある思うんや〉

　と五葉はがんばったが、六厘坊の達弁と気負いにはつねに位負《くらいま》けしてしまう。しかし五葉は腹の底では写生不朽論を一歩もゆずる気はなかった。五葉の癖としてしねくねと不得要領な顔つきながら、内心は、（しかし正道は写生や）と思っている。それでも「短詩

社」の会には欠かさず出た。これは「葉柳」の例会とは別であったと五葉はいっている（「番傘」大正4・10）。してみると、六厘坊は「葉柳」を経営しつつ、更なる新分野への挑戦に意欲的であったらしい。

ところで右のような「葉柳」の句が披講された句会の様子はどうであろうか。句会では松窓、日車（七厘坊）、ふくべ、ひさご、半文銭などは無口で、六厘坊ひとり咆哮《ほうこう》してしゃべり散らしていた。豪傑肌の人で情に厚く、すぐに大声をあげて憤るが、またすぐに和解し釈然とした、と半文銭はいう。人にのしかかる癖があり、それを忌避する人もあったろうが、「心のどん底に涙ぐましい共感を抱かせた」と。感情豊かだが意志力強く、反骨と激情が綯《な》い交《ま》ぜになって容易に敵をつくった。野生児で蛮風満々、既成のものを素手で撲《は》り倒して、おれが天下を取るという意気に燃えていた。静かな句会、緊張して句作に励んでいる同人たちの頭上に、いつも六厘坊のおしゃべりと豪傑笑いがひびいた。また、六厘坊は大きな声だったので、会場の外へも聞える位であった。

句会の様子は現在と大同小異だったと半文銭はいう。会合者は平均十七、八名程度、一題の句作制限時間は十分、十二、三句くらい出る。六厘坊は自分の銀時計を持ち出し、時間を睨んでいる。提出される句数が少いとか、一同が〈むつかしい題やなあ〉と嘆息を洩らすときは五分くらいおまけがつく。こうして一題ずつつくっていって、一晩に五、六題進めたという。兼題は句会通知状に必ず印刷された。会費は十銭、茶菓が出て、散会前に狐うどんの一、二杯が出された。のちの関西川柳社名物の狐うどんは、この六厘坊の「葉柳」句会が濫觴《らんしょう》らしい。酒は出ない。年少者の多い会合ではあり、また句会は修業の道場でもあるから、そのへんのけじめはきっぱりしていたのであろう。

選は「頂戴選」であった。披講される句、佳句と思うと、筆名を冒頭において、〈六厘坊頂戴〉〈半文銭頂戴〉などという。(これはのちに今井卯木《うぼく》あたりの発議で、ただの頂戴になって筆名を省いたらしい)

六厘坊の声が大きいので、会場の外を通る子供たちが〈ロクリンボー、チョーダイ！〉などと真似ていったりし、六厘坊は相好をくずし、のけぞって大笑いした。

のち六厘坊の五回忌に青明と五葉は悼句を捧げたが（「番傘」大正2・8〝憶ひ出す六厘坊君〟）、

「南無葵《あおい》俗名小島善右衛門」　以下、青明

葵は六厘坊の紋であった。

「甚平《じんべい》でこれから披講いたします」

甚平というのは大阪では夏の袖なし羽織のようなもの、私の子供時分にも祖父はステテコに甚平を着ていたりし、町内くらいならこれにカンカン帽をかぶって他出したが、そんな装《なり》で市電に乗るおっさんもいた。

「六厘の体笑ふとバネ仕掛《じかけ》」

「短冊を持つと六厘その早さ」

「葉柳」のグループはたいてい速吟家揃いだったというが、とくに六厘坊は多作速吟、到る処に吟懐《ぎんかい》をほしいままにした。半文銭は六厘坊川柳の本質は大まかなところで、その点が剣花坊に推賞せられた所以《ゆえん》であろうといっている。青明はまた苦吟遅吟の人であったから六厘坊の速吟にかぶとをぬいだのであろう。のちに水府が「関西川柳社」で半文銭にはじめて会い、その速吟多吟に度肝を抜かれたのも、「葉柳」の句会の空気を知らなんだか
らであろう。

「小島君浴衣の柄がチト荒し」　以下、五葉

いかにも六厘坊の風躰が目にみえるようだ。

「小島君小芋のやうな頭也《なり》」

「食ふ事に於ても小島群を抜き」

というのは早食いのことをさすのか、大食いをいうのか。半文銭の思い出によれば、あるとき、うどん屋の手落ちで箸を忘れて来たが、それを待っていると、うどんがさめるとて、二杯の狐うどんを、六厘坊は箸なしで食べてみせる曲食いをして、人々を抱腹させたという。しばしば人の意表を衝いて剽軽《ひょうきん》を演じ、天空海闊《てんくうかいかつ》な六厘坊であったが、若い盛りではあるし、しばしば、大食らいの早食いであったのだろう。

「小島君ソソッかしくも用に立ち」　以下、五葉

「小島君帳場の筆が癖になり」

「六厘が褒めりやとこぎり褒めるなり」

とこぎりはとことんよりもっと強い大阪弁、思いきり、根こそぎ、あくまで、徹底的に、というような意味だと『大阪ことば事典』（牧村史陽、昭和54、講談社刊）にあるが、いまは死語で、もっぱらとことんで代用されている。六厘坊の選は厳選で、「葉柳」へもめったに採ってくれなかったと半文銭の回顧談、六、七百句の中でほんの五、六句だった。その暴力を恨めしくも思ったものだが、これは一人、半文銭だけでなく誰にもきびしい鞭をあてていたのであって、おかげで同人たちは錬磨できたのである。六厘坊のおかしいところは、手きびしい酷評を加えながら「ノコノコと夜分に訪ねて来て」半文銭の機嫌直しを試みたりした。誰も彼も、河豚《ふぐ》のような顔の六厘坊の豪傑笑いを愛さずにいられなかった。同時に六厘坊の句選に全幅の信頼を寄せずにいられない。会場を圧する六厘坊の存在感に、本人みずから唱《い》うごとく「天才六厘坊」の思いを深くしたことであろう。

　六厘坊は剣花坊派で、反久良伎派であった。久良伎が西下したとき、百樹の紹介でたずねていったが、その会見はほとんど喧嘩だったらしい。何が江戸だ、何が吉原だ、古句の模倣ばかりやってどうなるんだ、川柳はもっと幅広いもんだぞと、年長の久良伎を痛罵したというのだから、その鼻っ柱の強さ思うべし。

　六厘坊はしかし、にわかに斃《たお》れた。明治四十二年五月十六日である。あの元気横溢の六厘坊は肺患に冒されていたのであった。しばらく魚崎で養生していたというが、これは現・神戸市東灘区の住吉川沿いの魚崎であろう。明治三十八年に大阪最初の郊外電車（阪神電鉄）が梅田・三宮間を開通してから、海沿いの景勝の地魚崎は大阪市民に喧伝せられていた。

一時は少し快くなり、句会も開いたほどであったが、明治四十二年の四月には医者が面会を禁止するまでに病勢は進んだ。

形影相離れぬというか、明治男の気分でいえば莫逆《ばくぎゃく》の友である日車は簡単な手紙をつねに彼にやっていたが、彼からは一通も来なかった。日車二十二、六厘坊二十一の初夏。毎日のように会っていた六厘坊とひと月会えぬという事態にたちいたって、はじめて日車は深い寂寥と恐怖を感ぜずにはいられなかった。あの元気な六厘坊がまさか、……と思いつつも不安でたまらなかった。

五月十四日になって六厘坊から心細い手蹟で一度来てくれないかという葉書がきた。日車は快方に向ったのかと淡い喜びを抱いて会いにいったが、そのとき変り果てた六厘坊の姿に愕然とする。顔色は透き通るほど白く、漆黒で弾力に乏しい髪の毛は彼の首筋に長くまといつき、頬《こ》は削け、腕は痩せ衰えている。それでいて、まなざしは先の先まで見透すように澄んでいた。それを見たとき、日車は直感的に、彼がもう永くないことを悟ったが、

〈どうや、小島。ちっとは快《え》えか〉

と当りさわりなくいった。

〈まあ、今月中は保《も》つやろけどな〉

と六厘坊は平静だった。日車のあたまには、少し前の「葉柳」の六厘坊の句が浮ぶ。

「散薬のこぼれて白し秋の色」　六厘坊

「行く秋をさらばさらばと花が散る」　〃

六厘坊は日車に言いたいことが山積しているようだったが、もうあまりしゃべる力もないようであった。そうしていった。

〈なあ、川上。おれは昔から死ということが非常に怖かったけど、今はもう、どないしたら死を考えずに死に臨めるかと考えてるねや〉

言いも果てず六厘坊は痰がこみあげてきたらしく、枕元の紙をとってくれと日車に頼んだ。日車はすぐそばにあった半紙を四つ切りにして彼の口もとへあてがい、痰を拭い取った。六厘坊は〈ちょっと見せろ〉といい、日車が示した紙の真っ赤な血をみると、苦笑して〈捨てろ〉といった。日車はその悠然とした態度が憎らしいほどうらやましかった。死に臨んでも六厘坊は剛愎《ごうふく》さを失っていない。

こえて二日目の十六日、日車は危篤の報を受けて、飛ぶように彼の病室へ駆けつけたが、すでに六厘坊は瞑目《めいもく》したあとだった。

〈善之助は死ぬ間際まで、川上、川上、いうて、あんたはんの名ァ呼んでましたで〉

六厘坊の父と母が泣きながら日車にいった。最後まで彼の看病をしていたばあやが、涙にむせびながらも、日車を慰めてくれるのであった。〈あんさんもお淋しィことでっしゃろ〉

六厘坊は大望を抱きながらついに彼の〈雁坂越〉を果せずに夭折したのであった。日車は小島家の人々の言葉をせめてもの形見として暮れてゆく空を眺めながら、悲しみの家を辞した（「番傘」大正3・8〝六厘坊の死ぬ二日前〟）。六厘坊の辞世は、

「この道やよしや黄泉《よみじ》に通ふとも」

であった。地元の新聞は「天才六厘坊死去。享年二十二」と載せた。「葉柳」は十七冊で廃刊になった。日車にとっては六厘坊とともに川柳は過去のものとなった。それは半文銭も同様だった。日車は安宅産業の名古屋支店勤務となって名古屋へ去り、半文銭も商売に身を入れ、いさぎよく川柳を捨てた。日車からは、半文銭に〈不生産な川柳を捨て、お互いにもっと商売を勉強しよう〉という意味の葉書がきた。（だが、後年、二人とも柳界に復活する。川柳の蠱惑《こわく》は悪女の如く男たちを捉えて離さないのである）

一方でなお川柳に踏みとどまり愛した當百や五葉が関西川柳社をつくる。そこへおずおずと加わったのが水府であるから、全く水府は新しい時代の新人だったわけだ。あとから六厘坊や日車の句を読み、ういういしく、びっくりしていた。大阪の川柳の基礎は六厘坊やったんやな、とようやく気付いたのであった。

逢引のサーチライトに照らされて　――柳友交歓・路郎《じろう》らを知る

明治四十三年（一九一〇）九月号の柳誌「獅子頭《ししがしら》」に、この水府の句が載っている。水府、数え十九歳である。関西川柳社という結社をつくったけれども、拠るべき機関誌のない同人たちは、岐阜の田中蛙骨《あこつ》の刊行する「青柳」や、阪井久良伎主宰の「獅子頭」（「五月鯉」廃刊のあと興したもの）に例会報告や、句会の句を寄せていた。「青柳」「獅子頭」とも久良伎の息のかかったものである。

（水府は明治四十三年二月八日の日記で、

「『獅子頭』購読を乞ふと来た。何だか読む気のせぬ雑誌だ」と書いている）

「五月鯉」といい「獅子頭」といい、江戸趣味の久良伎らしいネーミングであるが、新時代の青年にはもはや古めかしくて、新しいイメージを喚起する力はなかったのであろう。しかしいま見ると「獅子頭」は川柳綜合誌という構想で編集されていることを思わせる。こころみに手もとにある明治四十三年九月号の「獅子頭」を開くと、口絵に、勝川春潮描く、二美人の隅田川遊覧の色刷浮世絵があり、川柳評論として、「錦粧軒雑説」（久良伎）、

「渡辺崋山と古川柳」（花岡百樹）、「川柳と黄表紙との研究」（渡辺虹衣）などお馴染みの古川柳研究家が筆を揃え、その他、柳人のエッセー、応募句の選（選者は久良伎、虹衣、卯木、文象《ぶんしょう》ら）、各地の句報雑録などを収載している。古川柳研究にややウエイトがかかりすぎているが、主な投句者たちの写真のページもあって、なかなか堂々たる川柳誌である。編集発行人は、日本橋区村松町三番地の安田周吾（私はこの人についてつまびらかにしない）、定価は「郵税共拾参銭」とある。四十ページの雑誌でこの値段というのは高価《たか》くない気がする。

ところで、この号には「関西川柳社八月例会」が卯木の報告で載っている。ついでにその前月の箕面《みのお》公園遠足会の記念写真もあり、そのページには薄紙に各人の名が記されてある。読者にとっては誌上で親しい作家たちの写真が紹介されるわけで、久良伎が関西川柳社に寄せる肩入れのほどもしのばれようというものだ。

その写真には、当然というか、ゆくりなくというか、数え十九の水府青年も写っているではないか。これは水府の日記にも、

「写真見る。よく写つてゐる」

と書かれている、それとおぼしい。明治四十三年七月十七日の日曜日、関西川柳社の箕面吟行である。「自伝」では六月とあるが、日記によれば七月である。その年の五月例会は六厘坊の一周忌追悼句会であった。水府はわずかの歳月の差で六厘坊には会えなかった

けれども柳友からしばしば、その天才ぶりを聞かされていた。去年、六厘坊の死を黒枠で報じた毎日新聞の記事を改めて思い出し、

（そうか。川柳家でもあんな扱いを受けるんやな。川柳家も尊敬される名士なんや）

その発見は青年水府に新しい地平を拓いたといってもいい。

一周忌の追悼句会は二十二名の出席があった。正面に六厘坊の写真を飾り、手向けの句を供え、しめやかに作句した。當百は故人と故人の作った柳誌「葉柳」の思い出話をしたりした。席上の椿事は、六厘坊の店、小島洋服陳列場の手代という者が酔いを帯びて出席し、お手伝いにきましたといいながら、故人作という落語を一席しゃべり、やがて大いびきで寝てしまい、満座の顰蹙《ひんしゅく》を買ったことであった。

しかし句会はとどこおりなく運ばれ、水府は六厘坊の偉大さに今さらのように胸打たれた。このころの水府は誰の句をみても自分より巧くみえた。五月二十九日の日記には、

「半文銭君を二時頃訪ふ。留守であつた。今宮駅で汽車を待つてゐると半文銭君が追つかけて来られた。共に天王寺博覧会へ行く、矢車を借りた。自分の句も抜いてあつた。この雑誌の川柳を見ると自分の等《など》はいやになる。半文銭君も僕も改号しようと云ふて色々と号の話をした、五葉君へ改号の相談を出した」

とある。「矢車」とは、以前にも紹介した、森井荷十《かじゅう》、中島紫痴郎《しちろう》らが詩性川柳を標榜して出した柳誌である。もともと、これも久良伎の息がかかっていたが、のちすっかり久

良伎色を一掃して、久良伎・剣花坊が川柳革新の第一波とすれば、第二波は「矢車」だった。荷十はもともと読売川柳壇の出身であったが、選者の窪田而笑子の軽みと写生一辺倒にあきたりなくなったのである。浅井五葉も読売系の人だからその縁で荷十と「矢車」に近しく（「矢車」は明治四十二年四月の創刊）、五葉の手引で、路郎や青明、のちに水府も句を寄せるようになったのだ。しかしはじめて見た「矢車」は、いかにも斬新にみえた。句題まで一々がハイカラであった。

「歔欷《すすりな》く灯」「逢はぬ夕の雪」「七月まひる」「官能のとろみ」「乳のおもみ」「銀の斧」「弱き男の秋」「夕の輪なげ」……

その句は——

「何となく明るい町へ行きたき日」　紫痴郎
「眼のない魚となり海の底へもと思ふ」　〃
「恋得たと誇りたる日をなつかしみ」　荷十
「マッチすつて僅かに闇を慰めぬ」　青明

紫痴郎は柳論で叫ぶ。

「川柳を詩にしたい。詩は時代の要求である」（「矢車」創刊号）

荷十は咆哮する。

「吾々は川柳の旗幟《きし》を文壇の一角に樹立したいが為めに、常に川柳界に猛省を促してゐたが、川柳家の多くが、あまり幼稚で、また吾等の希望が大きい為めか、未だに大勢は依然として川柳を向上させやうとする様子も見えない。然るに吾々は漸く怒号に疲労を覚えて来た。依《よつ》て今後の吾等は柳界に重きを措かず、吾等の目的に突進しやうと思ふ。去る者は追はない。吾等と歩調を共にせんと欲する士は来れ、喜んで卿《けい》等を迎へやう」（「矢車」明治44・5）

若い水府や半文銭が、自分たちの柳号まで古くさく思えて、たじたじとなったのがわかるような気焰ではないか。（もっともこのあと五葉からは、改号する必要はない、水府のままでいいじゃないか、という返事をもらい、半文銭もまた、旧号を守ってゆくことになった）

この半文銭は六厘坊の死後、きっぱり川柳と縁を断って、商売の道にはいったということは前に述べた。元来、商賈《しょうこ》の子で文学趣味には縁なき育ちであった、と思い出の中でいっている（「川柳雑誌」大正15・7〝忘れ得ぬ事ども〟）。砂糖仲買人という職に就いたが、明治四十二年九月の関西川柳社結成には創立同人の一人となって、舞い戻るべくして川柳に舞い戻ったのであった。高等教育を受けた形跡はないが、その文学的教養は独学で得たものであり、詩才は天賦のものであった。水府より三歳年長、川柳に於ても先輩で、水府は関西川柳社の句会で半文銭を知ってからは、親昵《しんじつ》して兄事していた（当時はどこへいっても水府は最年少の後輩であったのだ）六厘坊の「葉柳」も半文銭に借りて読んだのである。このとき六厘坊の句にも感心したが、水府の資質にもっとも合ってなつかしく思ったのは川上日車《ひぐるま》の句であった。

「淋しいか　ウン淋しいと相黙《あい》す」　日車

「サアこれで米を買ひなと五円紙幣《さつ》」〃（「葉柳」明治42・4）

（これやっ）とハタチの水府はページを叩いた。これが川柳や、と昂奮した。

「生活を断《こ》うまで、人生を断うまで表はしてくれたものはない、と、はたちの私は心からよろこんだものでした」（「番傘」大正14・2〃サアこれで米を買ひなと五円さつ〃）

「君僕の財布合せて五十銭」　日車

深刻な状況を、こんなに滑稽にしてしまう、これこそ川柳の神髄やないか、と水府は頬を紅潮させた。水府はそのころ、日車という人を知らなかった。半文銭に聞くと、市岡中学を落第して父に川柳を厳禁されたため、七厘坊を改めて日車にしたという。名古屋へ去《い》に、まだ大阪へは戻っていなかった。生家は道頓堀川の下流《しも》の富裕な商家であったらしく、母や祖母は大の芝居好きで、幼い頃から芝居見物といえば、芝居茶屋まで船で漕ぎ出したと（「川柳人」一二一五号、昭和6・7）。道頓堀の浪花座で菊五郎の「四ッ谷怪談」も見た、梅田に歌舞伎座ができたときは東京から来演した団十郎も見た、という。（同じく芝居好きだった水府の母が、木戸銭が高価《たか》くて見られないと嘆いた団十郎である）

日車の年代（明治二十年生れ）の者で団菊を見たかと問えば、殆んど知る人はなかったと日車はいっている。日車の両親は芝居好き、ことに父は文楽好き、日車はたびたび伴われた。しかも彼の生家では、雛祭や端午の節句、七草に盆、などという年中行事が派手に行われた。日車はそうした生育歴から、自分は伝統主義者になり、「いまだに保守思想から抜け切れない」といっている。芝居でも新派といった写実主義のものより、むしろ能がかった所作ごとを好み、「さやう然らば」の旧派の芝居がいい、という。

西洋舞踊でも「瀕死の白鳥」などは好もしいが、「ただ沢山な乙女が、意味もないのに、舞台一面を踊り狂ふ『レヴュー』になると、とうてい私の畑のものではない」ということになる。これは昭和初年、一世を風靡した宝塚少女歌劇やＯＳＫ（大阪松竹歌劇団）の舞台を指しているのであろう。

そういう日車が、ではなぜのちに川柳革新運動の一人と目されるようになったのか、日車自身によれば「私は現実そのものから飽いてしまったのだ」ということになる。「現実の冷たい醜いものばかりが、私の眼に残つて、美しい新しいものすら、私の眼にはもう映じないのかもしれぬ。すくなくとも、現実に活きてゐる私には、どうしても非現実な第二の世界が必要なのだ。それには過去を択ぶか、未来に游離するより仕方がない。私はそれを永く川柳に求めてゐた」（同〝階級意識の胎動を感じつつ〟）

こうして日車は川柳の純芸術化から社会主義リアリズムに進むが、水府が傾倒したころの日車の句は、伝統川柳に則《のっと》りながら、新鮮味があって、當百ほど巧緻のあとがみえず、素直であたたかい。

「明日といふ日を夫婦して拵《こしら》へる」　日車

「顔を打つ雨も暫《しば》しは心地よし」　〃

（水府は終生日車を敬慕し、彼が革新川柳へ奔ってのちも、その情はかわることなかった）

水府の川柳天地は新しい句を知り、人を知り、どんどん拡がってゆく。その年六月一日に當百の家ではじめて青明にも会った。「當百氏から御馳走になる」と日記に書いているが當百もその夫人も、若い川柳作家たちに限りなく優しかった。夫人はつねに快く若者たちに酒食を供し、談論風発を妨げることない心くばりを示してくれるのであった。もとより明治の世のこととて、酒食といっても質素な、つましいものであったろうけれども。私は大阪の柳界の発展に、當百の才や人柄もさりながら、當百夫人の影の心づくしがあずかって力あるのを、思わないではいられない。そういえば、のちの食満南北《けまなんぼく》夫人、水府夫人、それから麻生路郎夫人の葭乃《よしの》、剣花坊夫人の信子、彼女らは川柳作家だから当然としても、川柳家の妻たちは目にみえぬところで、夫を扶け、ひいては川柳に尽くしているのであった。

水府がはじめて見た青明はどんな印象であったか、しるしていないが、五葉にいわせると陰気で威圧感があり、眼のぎょろっとした男だったという。青明もあり余る才を抱きながら若くして散るのであるが、半文銭にいわせれば、青明に寿命があったら必ずや六厘坊のちのあとを襲ったであろうと。路郎は線が細く、松窓（斎藤松窓。「葉柳」で活躍し、のち京都川柳界をリードする）は無口で、日車は人間としての親しみがありすぎ、座を牽引する威力に乏しく、五葉また温厚の人格者で、六厘坊の衣鉢を承《う》けるには派が違うおもむき、惜しいのは青明だ。彼にはたしかに会場を圧する力が潜んでいた、といっている（〝忘れ得ぬ事ども〟）。

たまたまこの青明が、水府の家の近くで二階ぐらしをしていたことは以前《まえ》に述べた。彼は九条郵便局へ勤めていたらしい。青明と知り合ってから俄然、日記には「青明君を訪ふ」という言葉が頻出する。「路郎君も来た」というのも多い。揃って五葉を訪うたりして、この四人の交情はいよいよ濃やかである。そういうときの、箕面吟行会である。

記述がいきつ戻りつして、明治四十三年、四年に低徊《ていかい》久しくするのをお許し願いたいと思う。この一両年は青年水府にとって川柳の基礎時代を作った時期であり、川柳界にも新傾向の波が押し寄せたころなので、少し拘わりたいのである。短歌では清新な牧水・夕暮が歌壇の花形として反響を呼んでおり、俳句では碧梧桐《へきごとう》・井泉水《せいせんすい》らが伝統俳句に反抗して新気運のうねりをもたらしていた。川柳に拠る青年作家たちの間にも、革新の欲望がたかまる予感があった。すでに一足早く、六厘坊や青明は機敏にその一端を捉えていたのである。

もっともこのとき水府にはまだそんな自覚はなく、ただもう、川柳界の仲間とワイワイやっているのが嬉しくてならぬばかりである。大阪柳界といっても、何しろ関西川柳社というのがただ一つの団体で、出席者は二十何人という、これだけの集り、みな親しくなって、「つないだ手のあたたかいのは当然のことだった」(水府「自伝」)

毎日のように訪い訪われ、時によると果しもない柳論に徹宵し、深夜、気持のたかぶりを押えかねて皆で松島(遊廓)まで歩きまわり、

〈ワイフのあるもんや病人やったら家に居ても心足るやろけど、ぼくらみたいに八時間も働いて帰ると家がいややなあ〉

と水府青年は告白したりした。

明治四十三年一月二十三日の新年句会は会費五十銭で酒が出て大にぎわいだった。水府はまだ酒に慣れぬ。飲んだ日はことごとしく、日記に、「酒を飲んだ」と書いているくらいである。出席者は當百・卯木・虹衣・百樹・半文銭・芦村《ろそん》・柳珍堂ら十五、六名である。句角力《くずもう》があり、水府は百樹や半文銭らに勝っている。水府はまだ自分の力は分らないのだが、関西川柳社の中ではめきめき腕をあげているのであった。

余興に福引があったり、「忠臣蔵」の見立投票があった。百樹の由良之助、半文銭の判官、卯木の勘平、あたりは無事としても、虹衣の猪、當百の九太夫は〈そんな殺生な〉と爆笑があがった。

水府は力弥《りきや》であった。最年少とはいいながら、一同から水府がいかにも紅顔可憐の少年に見えていたことを示すものだ。

「今からは役者になれぬ若旦那」　五葉

というところであろう。

五葉といえば、こういう酒の席へは彼は決して出席しない。肺患に冒された、壊れやすい軀を自覚して、五葉は細心の注意で身を守っていた。五葉は肌なつかしい、いかにも大阪風に暖い写生句の達人であったが、新傾向の句のときは、心情を吐露した、〈私川柳〉とでもいうべき句をつくった。

「誰、渠《かれ》の顔を思ひて沈み居ぬ」　以下、五葉

「人と云ふ淋しき字をば思ひ居る」

「弱きわが病軀を蠅が弄ぶ」

「休んでは又働きて生きて居り」

「何時《いつ》癒るとも知らず飲む水薬」

これらはみな「矢車」に載ったもので、みなやるせない、にがい口吻である。ところが、同じ病苦を歌っても「番傘」へ出すときは、

「本箱の掃除はじめる病み上り」　以下、五葉

「代診は薬をかへてくれぬなり」

「言ひ切らぬうちに聴診器あてられる」

とかるい足どりになり、まさに緩急自在の才人である。そのくせ、うわべはむっつりと気むずかしくみえ、仲間うちの楽屋ばなしに、

「淋しく笑つて熱なき所、恰《あたか》も芋虫の如し」（「番傘」大正2・8〝番傘の人々〟）などといわれている。

この五葉も病患のため長生きできなかった。「番傘」の長い歴史をぱらぱらとひもとくと、肺患で亡くなった人はじつに多い。有為の人材がじつにおびただしく結核で失われている。

「喀血の口へ蓋する原稿紙」　卯木
は、それら夭逝した作家らへの鎮魂歌であろうか。六厘坊、五葉、はては川柳人ではないが、子規、啄木、一葉……。

『銀のボンボニエール』（平成3、主婦の友社刊）という秩父宮勢津子妃の書かれた本で見ると、秩父宮のご病因も結核であられたが、軍籍に身を置いていられたから職務の繁劇に加え、毎日執務される参謀本部作戦課の建物は日当り悪く、まことに不健康であったという。皇族ですら避けられぬ病患なのであった。結核予防法は大正八年（一九一九）に出来ていたが、その頃から国の予算は国防費軍事費に割かれること甚だしかったから、結核対策まで手が廻らず、病菌の跳梁に任せるありさまだった。戦後にストレプトマイシンな

どの化学療法が普及されるまでは、結核は日本の宿痾《しゅくあ》といってよかった。しかし水府は幸い健康に恵まれていた。それに酒もそう飲める体質ではなかった。若いときは酒より甘味のほうだった。『番傘』創刊号の「楽屋落」に、

「作れぬ〳〵と水府菓子を食ひ」

とからかわれている。元気なせいか、腰かるく、よく動いた。この水府の腰軽さについては皆が認めている。水府は自分でも「自嘲」として、よんでいる。

散髪の時だけじつとする男（昭和22）

箕面への吟行は明治四十三年の七月十七日の日曜日。こういうことの企画も案内の発信もみな當百がやっていたらしく、葉書がきた。

「降りみ降らずみの五月空も最早《もはや》旬日ならずして霽《は》れ上るべく、左《さ》すれば暑気は一時に増《まさ》り来り、さだめて堪へ難き苦熱を感ずることと被存《ぞんぜられ》候」

という書き出しで、「午前九時、一の橋楼へ、会費七十銭、電車賃往復二十九銭自弁」とある。団体で郊外へ出かけるなんて、学校の遠足以来だ。水府はわくわくしてその日を待った。當百、青明が誘いにきて五葉ともども箕面へ出かけた。会場の宿、一の橋楼にはまだ誰も来ていない。青明と五葉と水府は滝まで登ってみたが大雷雨にあってボトボトに

なり、宿へかけこんだ。宿ではみんなに浴衣を貸してくれた。

当日会するもの十三人。當百、卯木、百樹、指月《しげつ》、三楽《さんらく》、芦村《ろそん》、墨湖《ぼっこ》、柳洗《りゅうせん》らの年配者に、青明、ひさご、半文銭、五葉（別号片々《へんぺん》を使っていたらしい）、水府の若手。

新緑の座敷で盃を手にしながら、

〈それでは席題は、さっきの雷雨にちなんで「雷」としましょう〉

ということになる。例会のときは、みな、むっつりとむつかしい顔で作句しているが、ここでは静かに酒をふくみながら、なごやかな顔を見交し合って、ときに盃を筆に持ちかえ、句箋にしたためてゆく。

（ああ……これも、何ともいえん楽しい心持のもんやなあ）

と水府は嬉しく、川柳の法悦境をまた一つ教えられた気がした。披講は卯木であった。句を読み上げはじめると、襖一つ隔てた隣座敷から、酔っぱらいの野次が飛ぶ。かなりの人数がいるとみえてやかましくてならない。披講の声も透らない。卯木は業を煮やして、ありもせぬ空《から》の句をよんで、たしなめる。

〈〃雷のような隣ののんだくれ〃っ〉

あとへついて一座の三楽が一段大きい声でくりかえしてどなる、〈〃雷のような隣ののんだくれ〃っ〉――これを挑発と取ったのか、隣室の酔っぱらいは騒然となり、なに吐《ぬ》かしゃがんねん、と襖を蹴って二、三人、なだれこんできたが、向うにもややまともな人間がいたらしく、まあまあ……と仲間を引きとめ、やっとことはおさまり、襖はまた閉められた。

一時はどうなることかと思い、臆病者の水府など真っ青になったくらいだった。

そのうち雨があがったので、一同庭に出て記念撮影をすることになった。写真を撮ったのは社友の山田丸人《まると》であるらしく、この日は写真師として来たのである。水府は日記に「何だか気の毒な気がした」と書いているが、この写真が「獅子頭」に載ったそれで、水府は自分でもいう通り、「よく写つてゐる」。

雨後のせいか屋根瓦が光っている。低い土塀の内に植わった木を背にして、老若十三人の男は並ぶ。大半は宿の浴衣姿、前列の卯木ら五人は腕を組んでしゃがみ、後列は立つ。水府は向って右端で、句稿らしきものを後手に持って立っている。ほっそりして背がたかく、顔がりりしくみえ、まさに「力弥」のおもかげがある。その隣に額の禿げあがった、背の高い、じっくりした表情の男が河盛芦村《かわもりろそん》。この人はやや古めかしい、おだやかな句をつくる人だが、私はその写真に注意せずにいられなかった。この人こそ、のちに麻生路郎夫人となった女流川柳家の葭乃の父なのである。

當百は後列だが、隣の青明とともに椅子にかけているらしい。年にしては若々しい。卯木はひとり髭をたくわえ、お紙幣《さつ》に刷られてもいいような、いかにも明治男という顔で、レンズに向かず、斜めに顔をそむけている。この人は酒癖悪いという噂があり、さきの酔漢たちの無礼にかっとなったのも、さもあろうことだ。おかしいのは五葉のポーズで、前列にしゃがみ、腕組して、一人、顔をうつむきかげんにそむけ、あらぬほうへ向いて、拗ねたような恰好である。

その号における、「関西川柳社八月例会」の記事に注目したい。卯木が筆をとって書き、句会の入選句もしるしている。この日の会は以前にも書いた、水府がはじめて路郎（当時は千松）と会った日である。もっともこのときは言葉を交さず、そのあと十月の例会で、終ってから一緒に蕎麦を食べにいって口を利くようになったと。それからは一瀉千里《いっしゃせんり》に親しみを増したが。

「（明治四十三年）八月十四日例に依り東区瓦町二丁目浄雲寺に於て例会を開きぬ、会するもの、百樹、虹衣、力好、ひさご、青明、指月、蚊象《かぞう》、笑声子、静堂、柳洗丸、流石子、玉清、喜三二、五葉、千松、芦村、墨湖、水府、桂堂、三楽、當百、卯木等二十二名、午後一時より十時に至る、永き間を毫も倦怠の色なく、或は競吟に或は角力《すもう》吟に興を催し、時の移るのも知らざりし。われは吾が柳壇に、緑陰生なる者の存在を認めざるも、自己を標準として皮相の観察を為し、誤りたる報道を『矢車』に伝へたる同氏の心理を憫《あわ》れむと共に、此の場の光景を一見せしめたき感を起しぬ」

この「緑陰生」については注釈が要る。東京の「矢車」に「緑陰生」なるペンネームで何者かが、関西川柳社の古川柳崇拝のマンネリを弾劾し、卯木、百樹、虹衣らの東京柳界

仕込みの懐古趣味を擯斥《ひんせき》して、當百だけを讃め、

「當百は冷静なる人、そして博識、よく自己を批判し得る人、真の川柳家は大阪に唯此人《ただこの》あるのみ」

なる批判文を投じていたのである。

卯木は憤慨してその駁論をどこかの柳誌に載せていたが（何しろ関西川柳社は機関誌を持たないので）、その投書の主が何者であるかは知らないようであった。しかし水府はその文章の癖から、ひそかに五葉だろうと見当をつけていた。無論、口外はしなかったが。「緑陰生」の投書がきっかけになったのかどうか、以後、関西川柳社の句会からいつとなく、古川柳や浮世絵の講話は姿を消し、作句だけの会となった。

明けて明治四十四年（一九一一）には、水府はもう路郎と肝胆相照らす仲になっている。路郎ばかりではない、青明、五葉、半文銭らとの「交際も絶頂に達したといってよかろう。このグループは互いに往き来して、ほとんど毎日のように青明君の宅にあつまった」と水府は「自伝」でいっている。

「川柳塔」（昭和41・1）に珍しい記事が紹介されている。同人の河相す、む氏の「水府・千松の百句会」である（私はこれを川柳作家で川柳研究家でもあられる東野大八氏に教示されたのである）。「青柳」の明治四十四年三月号にあると。三月十九日、水府と路郎は千松庵（といっても床屋の二階借であったが）で「足」という題で二人百句会を開き、

互選の結果五十句を捨て、五十句を採った。二人は十五銭の肉鍋を一つずつ取って、炬燵で楽しく句作した。五十句くらいから苦しくなった。数えはたちの水府と二十四の路郎の、ウマの合った二人句会。路郎はここではまだ千松である。

「足の音皆とりどりの淋しさよ」　以下、水府

「急ぎ行く足にからまる広告紙」

「夜桜を帰れば足袋の砂埃」

「尺八の足投げ出して一くさり」　以下、千松

「男嫌ひで通る紺足袋」

「膝枕無心を云へば寝たふりの」

どちらも初心時代ではあるものの、この「足」五十句を読むと、水府は急速に先輩に追いついているようである。午後三時頃から作りはじめ、辞したのは午前一時、水府は帰途、巡査に誰何《すいか》されてしまった。

詩業だけではなく、水府自身、いつか思春期に入ろうとしていた。

初恋の頃の春陽堂日記（昭和23）

初恋の頃の袂《たもと》の五十銭（昭和30）

ああして逢うたはたちの四条河原町（昭和23）

古日記十九の恋は通るだけ（昭和27）

はたちの水府のメモには、F・B・Nという三つのサインが所々にある。FはFaceで顔のイニシャル、BはBeautyで美人を意味する。NはMoneyで、これだけは頭文字をとらずにまん中のNをとり、金銭のことである。Fはおしゃれがしたかったので、そのシンボルにフェイスを掲げているのであった。

おしゃれをして、美しいガールフレンドがほしい。そして金がほしい。むきつけに日記やノートにそう書けないので、BとかFとか書き入れていた。

水府は当時としては珍しいヘアスタイルである長髪にしていた。のちのオールバック、そして油をつけてピカピカさせていたと「自伝」にいう。ちょっとした近眼、当時のおしゃれである金縁眼鏡は九金だった。日本剃刀で三日おきぐらいに顔を剃り、時々傷をつけた。化粧水は店で売っている商売物のヘチマコロンを使った。

そして美人の女友達が欲しかった。職場の貯金局にはそれとなく思いを寄せた女もいたが、物堅い雰囲気で話をするチャンスさえなかった。

同じ九条の町に薬屋があり、評判の美人姉妹がいたが、ファンの男が多勢出入りして、気の弱い水府など、その店の前を通るのも恥かしく、それだけで赤面してしまう始末であった。母が風呂屋で、その薬屋の姉妹のどちらかに会い、

〈背中を流してくれて、お前によろしく、いうとったで〉

と意外なことをいう。水府は一瞬、胸がおどった。

築港へ涼みにいった帰りの電車で、派手な浴衣の芸者に手を握られて、ボウとしてしまったことがあった。そのままあっけなく車中で別れ、なやましさと放心は二、三日つづいた。

そしてN。金が欲しかった。貯金局のサラリーは封のまま母に渡している。家業の雑貨屋もはかばかしくなかった。家計はいつまでたっても貧しかった。そのくせ、だんだん世馴れてきたので、水府も目が肥え、銘仙と羽二重のちがい、桐の柾目《まさめ》の下駄と柳の下駄のちがいがわかり、いい恰好、おしゃれがしたくてたまらなかった。母を責めて、いいものを買ってくれとふくれたりした。

この明治四十四年一月は大逆事件の判決が下った月であり、判決から遠くない一月二十四日には十二名が早々と死刑を執行されている。一月二十六日の新聞は一せいにそれを報じた。

日露戦争後、庶民の生活は苦しく、ストライキは頻発し、足尾銅山では大暴動があった。

兵士のストライキや集団脱走もあり、政府は危険思想への恐怖から社会主義運動に過敏になっている。神田錦輝館の赤旗事件《せっき》（社会主義者山口義三の出獄歓迎会の際「無政府共産」と書いた赤旗を押し立てただけで、堺枯川《こせん》（利彦）や大杉栄ら十三人の社会主義者らが拘引されたのである）は、明治四十一年六月であった。すでに大逆事件の伏線は張られていたといえる。

そういう緊迫の世相、一月二十六日の新聞は、貯金局に勤める川柳好きの平凡な青年、水府の目に触れていないはずはないのであるが、その日の日記には、

「母と常盤館に行く。

〝執念の蛇〟〝雪の日物語〟は、曾って見たのだが、面白く見られた。

帰つてからふとしたことから一家内争つた」

大逆事件より家庭の争いのほうが、水府には関心事だったようだ。

ねじつけて酌をするのは男同士《どし》——短詩か川柳か

大逆事件についての川柳があるのかどうか、私は明治期の柳誌をすべて見たわけではな

いので、寡聞にして知らない。他の大方の善良なる国民と同じく、川柳家も〈無政府党らの天皇暗殺未遂事件〉という前代未聞の戦慄すべき陰謀にただ震撼《しんかん》していたのであろうか。新川柳派も伝統川柳派も、声を失っていたのだろうか。——剣花坊は自分たち一派の句風を、有閑芸術の後塵を追わず、「時代と交渉を持つことを忘れな」いもの、「時代相の映射」ということにピントをあてているが（「改造」昭和5・2〝新川柳に現れた社会の顔〟）、大逆事件のスケールの大きさ、奔馬の如きスピードで十二名もの容疑者が処刑された非常事態に（判決では死刑二十四名となっていたが、翌日十二名が無期懲役に減刑される）、ようやく国家強権の恐るべき正体を見て緘黙《かんもく》したのかもしれない。

同じころにちょうどあった夏目漱石の博士号返上事件については、

「我輩は猫であるから謝絶する」　破魔人《はまじん》

というのがある。漱石は文学博士を授与するという当局に対して、書面で、

「小生は今日迄たゞの夏目なにがしとして、世を渡つて参りました。是れから先も矢張りたゞの夏目なにがしで暮らしたい希望を持つて居ります。従つて私は博士の学位を頂きたくないのであります」

とて、辞退している。

また明治四十五年正月の東京の市電車掌・運転手の大ストライキで、年賀客の面くらうのを、

「春の街電車の道の人通り」　剣花坊

などと見られるが、当時でも血腥いフレーム・アップの印象ある大逆事件は、川柳家の手にあまる素材だったのかもしれぬ。

このころ水府と同じような年頃の青年たちはこの事件で何を思っていたであろうか。すぐ思い出されるのは石川啄木である。東京にいて朝日新聞の校正係をしていた二十五歳の啄木は、このニュースに激しいショックを受ける。一月十八日、幸徳秋水らの特別裁判判決の日の日記に、

「今日程予の頭の昂奮してゐた日はなかつた。さうして今日程昂奮の後の疲労を感じた日はなかつた。二時半過ぎた頃でもあつたらうか。『二人だけ生きる〳〵』『あとは皆死刑だ』『あゝ二十四人!』さういふ声が耳に入つた。『判決が下つてから万歳を叫んだ者がありまず』と松崎君が渋川氏へ報告してゐた。予はそのまゝ何も考へなかつた。たゞすぐ家へ帰つて寝たいと思つた。それでも定刻に帰つた。帰つて話をしたら母の眼に涙があつた。『日本はダメだ』そんな事を漠然と考へ乍ら丸谷君を訪ねて十時頃まで話した。夕刊の新聞には幸徳が法廷で微笑した顔を『悪魔の顔』とかいてあつた」

とにかく一般国民は何も知らされていない。第二次桂内閣は社会主義者の根こそぎの撲滅を期していたので、この事件は好機であった。こんにちでは、この事件はでっちあげであることが広く知られるが、当時の国民にとって情報を得る手段はなかった。裁判は「公

安維持の必要上」という理由で非公開だった。しかし啄木の友人平出修《ひらいでしゅう》はこの事件の弁護士であった。(この平出は「明星」の同人だった人で、與謝野晶子、山川登美子、茅野《ちの》雅子三人合著の歌集『恋衣』が、そのころ登美子らが在学していた日本女子大当局の忌諱《きい》に触れ、停学処分を受けようとしたのを、大学側と折衝して、事なきを得しめたこともある。大逆事件の公判廷に於ける彼の弁論は、「同席したすべての人々に、誰の弁論よりも強烈な感動を与えた」〈『伝記・反逆と情熱』〝平出修について〟瀬戸内晴美、河出書房刊〉

啄木は平出から関係書類を借り出して写し取り、「日本無政府主義者陰謀事件及び附帯現象」を書いた。後の世のために真相を書き残しておくべきだ、と決心したのだった。彼は事件の内容を知って、官憲の弾圧にいよいよ痛憤する。彼に残されている人生はあとわずかだったのだが、この事件を契機として社会主義にめざめる。五ヵ月後、彼は「はてしなき議論の後」ほか数篇の詩を書いた。結核と慢性腹膜炎で高熱に喘ぎながら、それらの詩を収録した第二詩集「呼子と口笛」を出そうともくろんでいた。

ココアのひと匙

一九一一・六・一五・TOKYO

われは知る、テロリストの
かなしき心を——

言葉とおこなひとを分ちがたき
ただひとつの心を、
奪はれたる言葉のかはりに
おこなひをもて語らむとする心を、
われとわがからだを敵に擲《な》げつくる心を――
しかして、そは真面目《まじめ》にして熱心なる人の
常に有《も》つかなしみなり。

はてしなき議論の後の
冷《さ》めたるココアのひと匙《さじ》を啜《すす》りて、
そのうすにがき舌触りに、
われは知る、テロリストの
かなしき、かなしき心を。

このとき若きインテリたちはどういう反応を示したろうか。たまたま徳富蘆花のもとへ一高生（旧制の第一高等学校）二人が講演を依頼してきた。弁論部の委員でその一人はのちの社会党委員長になった河上丈太郎だった。

蘆花もまた大逆事件の判決に衝撃を受けた一人だった。蘆花は政府の思想弾圧、不正裁判に憤激し、被告らに弾力ある共感を寄せていたから急遽《きゅうきょ》、明治天皇あての助命嘆願公開状を朝日新聞に送った。折も折の一高生の講演依頼だったから快諾し、題を問われて火鉢の灰に「謀叛《むほん》論」と書いた。被告らの助命に一臂《いっぴ》の力を貸すことができれば、と思ったのだ。ところが午後の新聞で、早くも幸徳らが処刑されたことを知る。蘆花は大声で妻を呼び、

「オ、イもう殺しちまつたよ。みんな死んだよ」

と、流れる涙をとめることができなかった。そうして一高での演説の草稿に全力を傾注した。

蘆花は現代では『不如帰《ほととぎす》』や『自然と人生』の作者として、ことにも『不如帰』で大衆小説のベストセラー作家として記憶されるだけだが、その当時の若者には一世の良心的指針と目される存在だった。『思出の記』など青年たちに広く読まれた。私も若いころ『思出の記』を面白く読んだおぼえがある。明快で向上的な人生観に加え、若者に受け入れられやすい正義派の熱っぽさが、反骨の背骨となっていたように思う。いわば文学以前の、生きかたの指標が若者にアッピールしたのであろう。それにしても大逆事件に際し、蘆花のように熱と硬骨を以て当局を糾弾するという勇気ある行動は、他のどんな文士にもとり得ないことであった。この一高の演説については「大日本帝国の試煉」(『日本の歴史22』

隅谷三喜男、中央公論社刊）から紹介しよう。蘆花は四年前、同じく一高生に講演したことがあった。日露戦争後の空しい勝利に酔う日本に、己れ自身を知れ、と警鐘を鳴らし、若い学生に大きい感銘を与えていた。

再び蘆花来るというので演説会は超人気で聴衆は演壇まで埋まった。和服に黒紋付、黒眼鏡の蘆花は、「謀叛論」を諄々と説きはじめた。明治維新の回天の大事業を成し遂げたのは、先覚の志士たちである。新思想を導いた蘭学者、局面打開に身を挺した勤王攘夷の処士、時の権力からいえばみな謀叛人であった。

「『旧組織が崩れ出したら案外速《すみやか》にばたばたいってしまうものだ。だが地下に火が廻る時日は長い。人知れず働く犠牲の数が要る。然し犠牲の種類も一つではない。自ら進んで自己を進歩の祭壇に提供する犠牲もある。僕は斯《こ》う思いながら常に井伊直弼《なおすけ》の墓のある豪徳寺と松陰神社と谷一つ隔てて並んでいる世田谷を過ぎていた。思っていたが、実に思いがけなく今明治四十四年の劈頭《へきとう》に於て、我々は早くも茲《ここ》に十二名の謀叛人を殺すことになった。たった一週間前のことである。

諸君、僕は幸徳君等《ら》と多少立場を異にする者である。僕は臆病者で血を流すのは嫌《きらい》である。幸徳君等に悉く大逆をやる意志があったか無かったか、僕は知らぬ。彼等の一人大石誠之助君が云ったと云う如く、今度のことは嘘から出た真《まこと》で、はずみにのせられ、足もとを見る遑《いとま》もなく陥穽《おとしあな》に落ちたのか如何《どう》か、僕は知らぬ。舌は縛られる、筆は折られる、手も足も出ぬ苦しまぎれに死者狂《ぐるい》になって、天皇陛下と無理心中を企てたのか、否か。僕は知らぬ』

会場の空気は極度に緊張し、拍手もなければ、咳払いするものもない。

『大逆罪の企《くわだて》に万不同意《ばん》であると同時に、彼等十二名も殺したくなかった。生かして置きたかった。彼等は乱臣賊子の名を受けてもただの賊ではない、志士である。自由平等の新天新地を夢み身を献《ささ》げて人類の為に尽さんとする志士である。其《その》行為は仮令《たとい》狂に近いとも、其志は憐むべきではないか。

国家百年の大計から云えば眼前十二名の無政府主義者を殺して将来永く無数の無政府主義者を生むべき種子《たね》を播《ま》いて了うた。忠義立《だて》して謀叛人十二名を殺した閣臣こそ実は不忠不義の臣である。

諸君、幸徳君等は時の政府の謀叛人と見做《みな》されて殺された。が謀叛を恐れてはならぬ。自ら謀叛人となるを恐れてはならぬ。新しいものは常に謀叛である』

蘆花が静かに降壇すると、われに返った聴衆の万雷の拍手に、講堂は割れんばかりであった」

この不敵な政府批判はさすがにそのままですまず、文部省は校長新渡戸稲造と教授畔《くろ》柳《やなぎ》政太郎を譴責《けんせき》処分に付した。

永井荷風は書いている。(『麻布雑記』大正13刊)

「明治四十四年慶応義塾に通勤する頃、わたしはその道すがら折々四谷の通《とおり》で囚人馬車が五六台も引続いて日比谷の裁判所の方へ走つて行くのを見た。わたしはこれ迄見聞した世上の事件の中で、この折程云ふに云はれない厭な心持のした事はなかつた。わたしは文学者たる以上この思想問題について黙してゐてはならない。小説家ゾラはドレフュー事件について正義を叫んだ為め国外に逃亡したではないか。然しわたしは世の文学者と共に何も言はなかつた。私は何となく良心の苦痛に堪へられぬやうな気がした。わたしは自ら文学者たる事について甚しき羞恥を感じた。以来わたしは自分の芸術の品位を江戸作者のなした程度まで引下げるに如《し》くはないと思案した。その頃からわたしは煙草入をさげ浮世絵を集め三味線をひきはじめた」

和歌山・新宮の医者、大石誠之助も逆徒の一味として処刑されたが、彼は與謝野鉄幹の友人であった。鉄幹は悼詩を献じたが、それはもはや晶子の「君死にたまふことなかれ」のような無邪気な言挙《ことあ》げができる時代ではなかった。悲憤の思いを反語と諷喩《ふうゆ》にかくした、それでも思わず洩れる嗚咽《おえつ》のような詩となった。

誠之助の死　　　　與謝野鉄幹

大石誠之助は死にました、

いい気味な、
機械に挟まれて死にました。
人の名前に誠之助は沢山ある、
然し、然し、
わたしの友達の誠之助は唯一人。
わたしはもうその誠之助に逢はれない、
なんの、構ふもんか、
機械に挟まれて死ぬやうな、
馬鹿な、大馬鹿な、わたしの一人の友達の
誠之助。

それでも誠之助は死にました。
おお、死にました。

日本人で無かつた誠之助、
立派な気ちがひの誠之助、
有ることか、無いことか、

神様を最初に無視した誠之助、
大逆無道《ぶどう》の誠之助。

ほんにまあ、皆さん、いい気味な、
その誠之助は死にました。

誠之助と誠之助の一味が死んだので、
忠良な日本人は之《これ》から気楽に寝られます。
おめでたう。

堺枯川（利彦）は収監中の大石誠之助に面会にゆき、誠之助が「今度の事件は嘘から出た真《まこと》である。人生は要するにこんなものであらうと思ふ」と語った言葉を新聞記者に伝えた。枯川が、新宮の妻子を呼ぼうか、宗教に関する書物を差入れようか、というと誠之助は、「妻子に逢つた所で仕方がない。宗教の本は読まずとも、自分の方が先生である、然し先日差入れて貰つた川柳の本は面白かつた、今度は一茶の書籍を何か差入れて下さい」（東朝、明治44・1・26）といったと。枯川の感想によれば「米国で医師となり個人としても修養のある人なれば、死に際しても悟達妙《ごだつみょう》の境に入り居りしが如き風《ふう》見えたり」。

この、大石が差入れて貰った川柳の本、というのが誰のかわかればいいのであるが、堺枯川と剣花坊の線はつながっている可能性がある。剣花坊は枯川を「大いにみとめていた」と吉川英治は『忘れ残りの記』（講談社刊）でいっている。吉川は柳名雉《き》子《じ》郎《ろう》、剣門の人である。そういえば剣花坊の良きアシスタントであった白石維《い》想楼《そうろう》も大杉栄と親しく、関東大震災のどさくさでは拘引されたりしている。新興川柳派と革命家たちに通底する精神構造については、いずれ先に触れることになろうけれど、このとき大石が見た川柳の本は剣花坊一派の川柳の雑誌だったかもしれない。

ところで実をいうと、このころ水府も「革命」を志しているのであった。もっともこちらは川柳の革命だった。青明は六厘坊の遺志を継いで「短詩社」の標札を大事に持っており（現実には二階借りであるけれども、それを掲げていた。巡査が、社会主義者の結社ではないかと調べに来たのも、その標札のせいである）、その名称に実《じつ》あらしめるため、新傾向の雑誌発刊を準備していた。五葉、半文銭、路郎、水府も誘われた。以前の『白日』は五葉個人の出資らしかったが、新雑誌は同人の負担としよう、同人費は一ヵ月二円、

〈これは川柳とは違うんや、そこをハッキリ区別しようやないか〉

と青明が長い髪をかき上げていえば、

〈そや、いずれは短詩社も事務所を一軒持って、事務とる人が毎日出勤するようにせな、

あかんなあ〉と路郎。

〈毎日出勤するほど、用があるのんか〉と水府。

〈当り前やないか、雑誌は毎月出さんならんし、同人も増えてゆくし事務はなんぼでもあるやろ、行事や句会も大掛りになるやろし、電話も引き、机もぎょうさん並べんならん〉と路郎。〈へえ、まるで会社なみやなあ〉と誰かがいい、みな、あはあはと笑ったが、数十年後には番傘社でそれが実現したのを、このときの誰が予知し得よう。

〈この雑誌は川柳革新運動の火の手を上げるんやから、同人の号も変えな、いかんなあ〉

と青明はいった。

〈印象的なんがええなあ〉

〈いっそ印象でええやないか、青明くん〉

路郎がひやかす。

〈五葉くんは黙人なんかどや。いつも黙ってるよって〉

黙っているが五葉は不機嫌で黙っているのではなく、口もとに酸っぱそうな笑いを溜めて満悦しているのである。ふ、ふふと五葉は、

〈ぼくは人嫌いで黙ってるのやない、人間好《ず》きや、思《おも》てるねんけど。人を抱擁する、抱人なんていうほうがええな〉

〈ぼくやったら抱女がええわ〉

青明の言葉に青年たちは笑い崩れ、この頃はいつも笑うことが多い。号はいっそ本名でいこやないか、ということになり、青明は一《はじめ》、千松改め路郎、半文銭も本名の三郎、水府も龍郎になり、五葉だけはやっぱり五葉にした。題も一捻《ひね》りした方がよかろうと、「酔つた後の心持ち」「女といふもの」「黄昏がきた」「大阪の町」「嫁に行つた姉」などなど。

この頃青明の宅か路郎の宅へ水府は役所から帰れば詰めていた。青明を訪うて留守だったので仕方なく帰宅し、夜店へでもいこうかと思っていると、そこへ「スグコイアサウタクセイメイ」と電報がくる。水府が転げるように駆けつけたのはいうまでもない。川柳論をたたかわせ空腹になれば町へ出て安い店で「ねじつけて酌をするのは男同士」の面白さ、

〈雑誌の題は「轍《わだち》」がどうやろ、漢字にするか「わだち」とするか〉

〈「わだち」がええなあ、ぼくらの、軌跡を残してゆく……わだちのあと、ええやないか〉

〈新しい句を作らな、あかんデ〉

〈ハイカラな雑誌《ほん》にしよや〉

と空想はとめどもなかった。路郎の千松庵は階下が床屋なので、留守のときは待つ間に散髪したりして、同人たちの頭髪はこの頃、頓《とみ》にさっぱりするようになった。新雑誌発行の期待に夢中の水府は日も夜も路郎や青明を訪う。この頃、青明は三軒屋局に変っていたがなぜか、よく一日中在宅し、夜は路郎の家に泊った。蕎麦とビールが好きな青明は独り者同士の気安さで、しばしば路郎と床を並べて寝たが、路郎は枕をはずして熟睡している

青明の丸刈のあたまの大きさに、いつも感服した。このあたまから、
「ぱら〱と骨は崩れて火屋《ひや》の昼」青明
「骨壺《こつ》も朧々の夜なりけり」〃
なんかの句が生れよるのか、と思ったりした。
水府は談論に夜が更けても親と共棲みしているからやがては帰らねばならぬ。そっと家へ帰ると、いくら近所だといっても一時二時、
〈いま戻《も》んたんかえ、なんで真夜中に帰るんじょ。巡査さんに怪しまれるでないで。どんな怖い目に会うかもしれんのに〉
と母に叱られた。このころ父はまた体調を崩しており、よくなったり悪くなったりだった。水府が川柳に熱中しすぎると思ったのか、病床の父は、気短かに、
〈もう川柳なんか止めてしまえ〉
といったりし、水府は返事もせず机の前に坐って日記帳を開いたが、そこには連日の如き、柳友たちとの交歓が躍るような字でしるされている。句帖には友人たちに見せてあといわせてやろうと思う句のいろいろがある、自分の句の載った東京の「矢車」、岐阜の「青柳」の句誌がある、そういうのに囲まれていると、もう到底、この世界から抜け出すことはできまい、と思い、涙がにじんだ。通勤の巡航船で作った句、局の机で伝票の裏に書き留めた句、店番しながら書いた句、投稿に文通に、店の切手をよく使った。

〈二銭切手が早う減るのはお前が使うんじゃろ、切手は三分二厘五毛より口銭がないんじゃから、あまりお使いなよ。家のもんでもやっぱり買うようにしておくれ〉
と母に叱られた。
「夕時雨もう灯台に灯が点り」　以下、水府
「病身とうたはれし身の浜に行き」
「深爪に夏となる日のたよりなさ」
家にいれば家族とも団欒せず、机の前で万年筆を動かし、帰宅は毎日遅い、両親も淋しかろうと水府は思いやるが、役所の年中変り映えせぬ仕事が終ると、放たれた鳥のように青明か路郎の顔を見にいかずにはいられなかった。路郎宅に泊った青明は、翌日の夜、水府が訪うとまだ、居つづけていたりする。路郎も学校を卒業して就職先を捜しているときだったが、「わだち」創刊のほうに気を取られているようだった。
「わだち」には関西川柳社の緑天《ろくてん》や蚊象《かぞう》も同人に加えることにした。句が追々に集ってきていた。東京の荷十からも寄せてきた。
「ほとばしる血を見れば心なごまんか」　荷十
「ふり向けど〳〵みな知らぬ人」　由三（緑天）
「前の人の前に人あり腹だたし」　路郎
「おそろしきこの静けさをひとりねる」　龍郎（水府）

「たゞなるに任す心の淋しさよ」　三郎（半文銭）
「生くべくはもつと確《たしか》に物をいへ」　五葉
「恋すべき頃とは成れり夏は来ぬ」　一（青明）

一ページに十句という贅沢な組み方をすることにした。水府は自分の句が活字になるのにもう慣れていたが、〈われわれの雑誌〉というのは生れてはじめてなので、想像しただけで有頂天になった。しかも川柳ではなく、〈短詩〉という名称で、柳界に打って出よう、というのだ。

しかし五葉だけはじっと考えこみ、
〈しかしな、皆に聞くけど、この新川柳、面白《おもしろ》いか、いや、短詩が、や〉
といった。えっと青年たちは虚を衝《つ》かれた。
〈新しいもん新しいもん、と探ってると、だんだん行き詰るんやないか、とぼくはこの頃、先行きに危惧を感じてんのや。もちろん伝統の模倣はいかんけど、というて、新しいものばっかり追い求めてては、かえって見失うもんがあれへんか、という気が、どうもこの間うちから退《の》かんのや〉
〈きみは前々からぼくにそないいうてたけど〉
と青明はぎょろりとした眼を五葉に走らせ、
〈しかしきみが示す句はぼくらの主張に叶《かの》うた短詩や、思《おも》てた。「誰、渠《かれ》の顔を思ひて沈み居ぬ」「人と云ふ淋しき字をば思ひ居る」なんか、ぼくは大いに買《こ》うてるんや。これこそ短詩社の芸術や、思てるのに、いまそんなこというてもろたらこまるやないか、これからは川柳の時代やない、短詩の時代がくるんや、いや、ぼくらがそうしてみせる、その自信がなかったらあかんやないか〉

語気するどく言い伏せる。水府は五葉の言葉にも、自分の無意識な疑問を言い中《あ》てられたように狼狽し、いままた青明の反駁にもまた、そうだそうだと思い直し、われながら性根《しょうね》が定まらぬ思いでいた。

〈その自信は理論的確信から来るのやろけど、……〉

と五葉はこの男の癖で、高圧的な雰囲気にも気圧《けお》されたり、めげたりすることはまったくなく、おなかに力の入らぬような、ぽよぽよした声ながら、いうことは犀利《さいり》だった。

〈たとえば青明くん、きみの「撞《つ》き捨てて己《おのれ》の影を踏んで下《お》り」いう句と、こんど出す、いうてる「恋すべき頃とは成れり夏は来ぬ」いうのんなんかと、どっちが芸術的やねん、きみは昔から変った句、新しい句、――いや、短詩いうのんか、そっちに色気があった、そしてついに、「不安、恐怖、悪寒、恋だ、恋だ」なんて句をつくって、さすがの六厘坊も苦笑して、こら、かなわんな、いうてたやないか、ぼくはあのころのきみの句を思うと、いまこの短詩社の句もそっちへなだれていきそうな気がして、それこそ不安、恐怖を感じるねん。「撞き捨てて……」のほうが、なんぼか芸術的や思う、そこには人生がある、永

遠がある、悲哀や人間が出てる、芸術はこれや、思うな。あたら、きみほどの才を持ちながら新しもん好き、いうのは惜しいな〉

〈「撞き捨てて……」はぼくも嫌いな出来やない、しかしいつまでもそこにおったんでは、古人のカスを嘗めるばっかりや。俗川柳の垢にまみれてしまう。ここらで一線を劃して、新境地を開拓せな、ずるずるに「柳樽」の昔にまた、戻ってしまう。きみ、このまえの読売柳壇の而笑子《じしょうし》の句、みたか。「若後家の肩で呼吸《いき》する不届きさ」——まだこんな句つくる選者がおるんやで。この時代に。こんな連中の眼ェむかしたらな、あかん。俳句は子規が出て革新の火の手をあげたけど、川柳はまだや。剣花坊も久良伎もぼくにいわせたら中途半端や、この短詩社の「わだち」こそ、柳界の子規になる、思《おも》てるんや〉

青明はしゃべっているうちに自分で自分の言葉に昂奮してきたらしく、

〈こないして、せっかく皆が気ィ合わして新しいことやろう、思てるときに、きみがそんなことをいうんなら、ぶちこわしやないか、止めるんやったらきみ一人、止めたらええやないか〉

と怒気を含んで言い放ち、五葉は、

〈止める、ぼくはおりる。川柳はそんな窮屈なもんとちがう、苦しむだけの道をいくなんて損や、そんなこともわからへんのか〉

〈何やて〉

〈まあまあ、きみら、落ち着けよ〉

路郎があわてて仲裁に入る。水府はおろおろして涙ぐんでいるばかりだった。

それでもそこは若い仲間のこと、あくる日青明居へ行ってみれば、すでに五葉も路郎も顔を揃えていて、〈おそいやないか〉と五葉にいわれる始末、一同はまたあはあはと「わだち」の編集にとり掛るのであった。しかし五葉の本音は自説を撤回して同調することなく、短詩は短詩、川柳は川柳、と思うているのであった。

ある夜、いつものように水府がわが家のごとく青明居の二階へ上ってみると、思いがけなく女がいた。美人ではないが、表情が豊かで、気性がさっぱりしているらしく、気さくに、

〈いやあ、お越しやす〉

と水府を迎えてまるで昔から、青明の家にいるみたいだった。

〈これ、ウチの女房《よめはん》や〉

と青明はすましていい、水府は面食らってしまった。ふだんの水府なら、初対面の女に向うとどぎまぎしてたちまち赤面し、口も利けないのであるが、そうならなかったのは、その女が如才なく、取り廻しがよかったからである。いかにも男を扱い慣れているというさまで、物腰が玄人っぽかった。青明は、

〈菅とよ子、いうてな、和歌《うた》つくってたんや。いまは短詩つくってるよ〉

〈えっ、短詩を〉

女流川柳家なのかと水府は胸とどろかせ、いっぺんに隔ても気おくれも消えてしまい、

〈お作を見せてもらえませんか〉

〈いやゃわ、恥かし〉

といったが、とよ子は青明の机の上の句箋を取ってきて水府に見せた。

〈笑わんといとくれやっしゃ〉

と滑脱《かつだつ》でちょっと甘えた口ぶり、これは癖らしかった。

水府が見ると、女らしいくにゃくにゃした字、青明のものらしい万年筆で以て、

「君ひとり笛吹く昼のうら悲し」　とよ子

「何となく妻といふ字のはづかしく」〃

水府にはこそばゆい句であったが、ともかく句らしきものをひねくる女には、はじめて会った、という思いで猛然と好奇心に駆られ、青明が細君を迎えたということに、今更のごとくショックを受けた。べつに水府がショックを受けることはなさそうなものであるのに……。青明が口をはさみ、

〈「わだち」の同人に加わってもらお、思てるんや。「わだち」の句ももうつくってる。「白粉とく手のやはらかさをなつかしむ」――これ、ちょっとマシや、思わへんか〉

青明はとよ子を見やり、とよ子は青明に笑い、そのたたずまいは二人がすでに長いつき

あいであることを思わせる。何とはないもやもやした思いで水府は頰が火照《ほて》るような気がしたが、それは甘酸っぱい嫉妬であったかもしれぬ。水府は混乱しながら、

〈うわあ、才媛やなあ。藤村、こんなすごい女史、どこからみつけてきてん〉

〈ぼくがみつけられたんや、ひっかけられたんや〉と青明。

〈何いうたはりまんねん、わてこそ、だっせ。――「君ゆゑに世をあやまりしこの少女《おとめ》」いうとこだっせ〉ととよ子。

〈ひやあ、一葉や、いや晶子や、短詩の晶子やなあ、すごいすごい〉

水府はいよいよ昂奮する。青明は笑い、

〈へっ。少女《おとめ》やて。ええトシして〉

〈芸術にトシは関係おまへんやろ、なあ、水府はん〉

ととよ子はなれなれしく、水府は女から親しげに呼ばれて嬉しさと物珍しさに逆上《のぼ》せてしまった。

〈ほんまや、というても、女史のトシはぼく、知りませんけど〉

〈あててみとくんなはれ〉

と甘えたように首をかしげてにっこり笑う。

〈ぼく、女のトシは分らへん〉

〈手相に出てるデ。手ェ握ってみ〉

と青明がからかい、とよ子はふざけて水府に右手を出す。あかんあかんと水府は赤くなって手を振り、女の手はまだ握ったこともないのであった。初心《うぶ》な人やと青明らは大笑い、それでも水府は、とよ子が片方の眼を充血させ、紅絹《もみ》のきれで折々拭っているのも、右足の足首に繃帯しているのも、ちゃんと観察していた。新婚世帯というのに、この日も水府は夢中になって二時まで話し込んでしまった。

話のうちにとよ子はもと大阪近郊の芸者で、青明が堀江郵便局員だったころ馴染んで出来た仲だということもわかった。

その後まもなく路郎、五葉、半文銭らも、とよ子と知り合いになり、つきあううちにとよ子は一茶句集も読んでいて、ちょっと話せる仲間、ということを発見し、「わだち」同人に迎えることに、みな異議なし、だった。それに芸者あがりらしい男あしらいの巧みさが、若者たちを気楽にさせたのであろう。女というものは折につけて美貌よりも、男あしらいの巧《うま》さとか、人なつこさがチャーミングな武器になるものだが、何よりも、女に文才のあることが男たちを魅了したのであろう。(といっても、実をいうと私は「とよ子」のサインのある句、何割かは青明の口吻が感じられ、青明がとよ子の名を借りて作句したのではないかという疑問を捨てきれないが、これは関係者がみな世を去っているので、たしかめるすべもない)

古川柳に、

「通りもの猫の仕舞《しまい》をつれてくる」

というのがあるが（『柳多留』十篇）、猫はむろん芸者の異名、仕舞というのは芸者を廃業した者をいう。それも、年増になって廃業せざるを得なくなったものを指す気味がある。而《しこ》うして、通りものというのは、遊び人《にん》、道楽もの、粋な生き方が身についてそれ故にまっとうな市民でいられなくなった遊民、さては博徒まで包含するような風合いの言葉らしい。——つまり、私の思うに青明は、芸術的志向としては古川柳の『柳多留』風を擯斥したけれども、自分の人生、生き方としてはどうも、『柳多留』の頃の「通り者」風であったようだ。

明治四十四年（一九一一）七月一日付でついに「わだち」創刊号が出た。四十八ページ、定価十五銭、同人費だけでは無論賄えないが、水府の若さは、（誰か何とか考えてくれるやろ）という虫のいい楽天的気分、それよりも、はじめてわれわれの雑誌が出たという嬉しさのほうが強かった。反響も多く、ことに東京では「矢車」と呼応して関西にも革新派が起《た》った、という迎えられかた、若者たちに新川柳起る、という感動を与えた。

當百は〈ええことやないか、若いもんが集って、元気のええとこ、みせたほうがええ〉と包容力ある理解をみせ、自分は加わらないが応援の姿勢だった。

ただひと頃よりは関西川柳社へ集る川柳家も少くなっていた。それぞれ家業も忙しく、人生的経歴を重ねるにつれ、趣味が人生を占める度合いが少くなっていくのはやむを得なかった。それでも句会は堅実に続けられており、吟行もあった。宝塚の吟行は殊にも楽しかった。まだ少女歌劇も出来ていない時代で、小さい温泉の宿があるばかり、若者たちはそこの汁粉屋へ入って、〈端から順に食べくらべして、勝ったほうが払おやないか〉といったのは青明だった。ぜんざい、汁粉、雑煮、お萩、と食べ進んで青明も水府も、八杯目で〈もうあかん〉といい出し、笑い出してしまった。そこの柱掛けの短冊に二人は句を書いた。

「あはれにも哀しきは爪弾《つまび》きの人の心」　青明

「流連《いつづけ》の襟に淋しい爪楊枝《つまようじ》」　水府

宝山楼という旅館の一室で武庫川を眺めながら、作句したり寄せ書きしたり、関西川柳社の会は、それはそれでまた楽しいものだった。

「わだち」をくり返し見て水府は飽きなかった。青明・五葉・路郎と四人して毎夜のように午前一時二時まで句選をし、編集したこと、印刷を頼んだ梅田の精華社へ、青明と二人で校正にいったこと（大阪市電も走りはじめており、水府はボギー式の電車に乗って帰った）、雑誌が出来上り、路郎とあちこちへ発送したこと、道頓堀の本屋へ、四人揃って「わだち」が並んでいるのを見にいき、〈あ、並んでる〉と喜び合ったこと……。

すぐ二号にかからなければならない。一方で関西川柳社の句会の句も按じなければならぬ。また京都の祇園祭《ぎおんサン》を見て句会しようか、という誘いがくれば、これも祇園祭を未見の水府はぜひ見たかった。川柳家はなんでも見、なんでも経験せねばならぬと思っていた。鉾を見て先斗町《ぽんと》の、川に臨んだ料亭で、蚊象や緑天ら、ほか五、六人と、かしわでビールを飲み、作句した。それから京阪電車で九条の自宅へ帰ると夜中の三時だった。六時には起きて貯金局へ出勤せねばならぬ。若い水府だがさすがに辛くて、職場では眠くてしかたがない。それなら早く帰宅すればいいようなものであるが、またもや仕事から解放されるなり、青明の宅へかけつける。「わだち」二号へ出す句を青明に選んでもらおう、というのであった。たちまち五葉がくる、路郎が階段をあがってくる、半文銭がくる、とよ子がいるので座はいっそう活気づき、芝居や落語の話も出る。ここでも水府は驚かされた。みなみな、芝居や落語の通で、それぞれに蘊蓄《うんちく》を傾けて熱中するのだ。まだまだ水府の人生的蓄積は浅いようであった。その代り詩集歌集は皆に劣らず読んでいる。北原白秋の『思ひ出』（明治44・6）はつい先頃出たばかりだがもう読んだ、川路柳虹の『路傍の花』（明治43）などの詩集、それに石川啄木の『一握の砂』（明治43・12）、前田夕暮《ゆうぐれ》の『収穫』（明治43・3）、若山牧水の『別離』（明治43・4）などの歌集もねんごろに読み返している。おどろくべきことに、皆も負けず劣らず、これらをむさぼり読んでいた。詩集歌集はお互いの手から手へ、貸し借りされ、論じ尽くされた。馬鹿話もしたが、熱心に勉強もした。

青明ととよ子と水府の三人で、近くの牛肉屋へすき焼きを食べにいったこともある。

〈わてが払うたげまっさ、しっかり飲みなはれ〉

ととよ子がけしかけ（あるいは彼女はアルバイトで仲居かやとなをしていたのかもしれぬが）、三人、酒がまわると、とよ子は昔とった杵柄《きねづか》、というふうに店から三味線を借りてきて、

〈さあ、唄いなはれ〉

水府は人前で歌う唄も知らなかった。とよ子は酔いがまわると光る眼で水府に、

〈あんさんなあ、浴衣着たときは素足にしなはれや。紺足袋なんか、はかんもんだっせ〉

水府はまたもや赤くなる。浴衣には素足のほうが粋なのはわきまえているが、お堅い役所勤め、つい足袋をはく癖が身についていた。

〈ほんま、水府はん役者にしたらええような男前やのに、これで、もうちっと、垢抜けはったら、もてまっせ、おなごはんに〉

とよ子は砕けていい、水府はいよいよ酔いがまわった。外へ出るとひどい降りだった。二本の傘、一本は青明が持ち、もう一本に、細身の水府ととよ子が入った。傘の柄を握る水府の手の上から、とよ子は手を重ね、水府の高下駄の足もとが乱れるのは酔いのためばかりではなかった。とよ子を濡れさせるまい、それでいて躰に触れるまいと気づかいする水府は、したたか雨に濡れてしまい、酔った青明のほうも、回らぬ呂律《ろれつ》で大きいひとりご

と、

〈酒飲んだら酔う、女見たらくどく、筆持ったら詩かく、なあ、人生はこれだけやで〉

　酔つぱらひ真理を一ついつてのけ

ようよう家へたどりついた。

　水府は職場につくづく倦《う》んでいた。

「出勤簿　僅かな金にその日その日」水府

果しもない伝票と算盤、仕事は無味乾燥で、薄給のわりに規則はきびしく、上司への気兼ね、凡々たる朋輩、埃臭い黒い事務服にも飽きはてた。自分の将来も見えてしまう気がする。通信事務員の上に主事があり、その上に係長、課長。あの課長は十何年勤続でやっとあそこまで成った、それであの月給やと思うと将来《さき》の楽しみは何もない気がした。水府は見限ってしまった。もっと何か、生き甲斐のある仕事はないもんやろか。出直すのやったら、いまのうちや。そう思うと背中を叩かれたようなショックで、両親に、貯金局をやめたいと思いきって打ち明けた。

〈そないにいやなもんなら、やめたらええでないで。おやめ〉

と両親はやっぱり限りなく甘かった。

成器商業時代からの親友に、松浦というのがいた（余談だが水府の母校成器商業は、この翌年春から、働きながらなお向学心に燃える少年たちのため、全国に魁《さきが》けて夜間商業学校を併設する。夜間商業生徒の帽子には白線一本を巻いて、わが国最初の、という意を示した。商売の都の大阪だが、向学の志ある若者は跡を断たぬのであった）。「松浦くん」というのは水府の日記にもちょくちょく出てくる。堀江の米屋の息子で早稲田大学に通っており、夏休み帰省中に水府はちょいちょい会った。松浦は、〈ぼくの親父が今度出来た大阪朝報いう新聞社の株主になってん。編集長が若いよって評判もええ〉と何気なく話していた。

松浦はちゃらんぽらんな所もあるので水府はいい加減に聞いていたのだが、その新聞社は文芸新聞にして、大新聞とは別な行き方をするねらいや、などというのを聞いているうち、心が動いて頼んでみた。

〈そこの新聞記者にしてくれへんやろか〉

〈よっしゃ、いうてみたろ〉

松浦は頼み甲斐ない男だが、ともかくそういってくれたので、あてにせず待っていると、一週間目に採用がきまった。あまりの早さ、あっけなさに驚いたが、文芸に重点をおくという新聞社であれば、自分の資質の開発にも好結果を生むかもしれぬ、これは渡りに舟というもんやないか、と弾みながら、一方で水府は自分のような引っ込み思案の羞《はにか》みやに、新聞記者が勤まるのやろかと心細くもあった。

明治四十四年の八月三日に水府は南堀江・木綿橋にあった大阪朝報社の、小さな古びた門をくぐった。編集長多田生三氏が会ってくれた。水府は履歴書を持っていっていたのだが、あまり大きなことを吹いて書きすぎたかと心臆し、逡巡していると、多田氏はそれを求めもせず、

〈あしたから来て下さい。この社は出来たばかりで人も少いんだ。大新聞でもはじめは校正係から仕事してもらうことになっているんだ。きみもそのつもりで〉

と気安い人だった。面長な色黒の顔に度のきつい近眼鏡をかけ、千筋の木綿の単衣に兵《へ》児帯《こおび》を無造作に締めている。小さな木造二階建の新聞社で、編集室は二階、二十人ばかりの人数で、電話はハンドルでまわす式のが一つ、壁にとりつけられていた。ガッチャン、ガッチャンと印刷機の音（輪転機ではなかった）、大声で話し合う声、鳴りひびく電話のベル——謹直で静粛な貯金局とは比べものにならぬ喧騒、水府は、こんなトコで働けるのやろか、とやや怯《ひる》んでしまった。しかしもう一歩を踏み出したのだ。これこそ実社会だという気もした。

路郎もまたこの年、就職して東上することになった。脚気に悩んだりして働けなかったが、ようやく学校友達の生家である東京の樋口金屏風店に就職することになったのだった。

八月の十三日、堀江の一六庵《いちろくあん》という蕎麦屋でビールと蕎麦で路郎を送る会をした。水府、青明、緑天、蚊象ら（五葉はかけちがって来ていない）。麻生君を送る、という句をつくったが、このときの水府の句は残っておらず、路郎が水府に与えた留別の句、

「いつまでも若かれ長髪刈らであれ」　路郎

この短冊は今も持っていると水府はいう（「川柳雑誌」昭和32・7〃一日逢わねば……明治時代からの柳友として〃）。

路郎はこのとき水府にささやいた。

〈きみなあ、境川橋を越えたとこに氷屋があるねん、そこに可愛い女の子おるわ、十六、七かな。この子ォが紀州の漢方医に奉公してるとき、薬になる蝮《まむし》、捕りにいった話をしてくれるんや、面白いで。遊びにいってみたまえ〉

路郎は八月十四日の夜、十一時三十何分かの汽車で東京へ発《た》った。水府はそれを送りに梅田へ行ったが、その前に「わだち」を印刷した精華社へ呼ばれていたので顔を出した。印刷代の督促だった。主幹に話してくれ、と青明にことよせて逃げると、印刷屋の口ぶりでは青明はぬらくらして、勤めも持っていないから頼りにならぬ、というようなことらしい（青明は郵便局もやめて遊んでおり、水府はまだ貯金局に籍があると思われていたから、精華社は水府を交渉相手にしたのか。しかしどっちにしても水府には経済的な事情は分っていなかった）。そんなこんなで駅のホームへ入るのが遅れ、路郎を見送ることはできな

かった。

このあと、青明もまた、夜店で古本屋をやったり、とよ子と別れたりしたらしく、老母とともに神戸に移った。五葉のもとへ、

「恋を捨て詩を捨て母を養はんと思ふ」　青明

という絵葉書に書いた句をよこした。そのうち五葉も、

「われ行かず彼来ず業務多忙なり」　五葉

水府は慣れぬ記者稼業に対応してゆくのが精いっぱいの毎日だった。

「ちりぢりに友は大人となりにけり」　五葉

あるやうでないやうで不平あるのなり　——水府・新聞記者時代

大阪朝報社は水府が入社して間もなく、四つ橋南詰の電車道南側に移転する。南堀江から北堀江に移ったわけである。「新社屋に移転、新鋭輪転機購入」と派手な社告が一面に載った。社長は小田垣といい、水府によれば若い記者にあまりものをいうような人ではな

く、この当時よくある、こわもての、「ゴツイ記者タイプ」だったと。

もと大阪新報社の経済記者だったが、大阪市政界の一派をバックにのしあがり、一社を築いたらしい。四ページの朝刊新聞、勢力範囲に新町、堀江の両廓があって、花柳界や芸能界にも受けのよい、やわらかな新聞だった。一面は社説や文芸や小説、二面が政治経済、三面は社会、終ページが広告、この頃の四ページ新聞はみなこのスタイルで、朝日も毎日もまだ夕刊はない頃だった。

編集部には粗末な机が十四、五、つまり記者は十四、五人いたが、ほとんど日中は出払ってしまう。編集長兼社会部長の多田はん（その頃はみなそう呼んでいたので、水府もそれにならう）が、袴を少し腰にずらし、時には兵児帯のまま、夏になるとシャツと猿股一つで、縦横の健筆をふるっていた。毒筆、麗筆、ほしいままに書きなぐって一人で新聞をつくっているという観があった。下駄を高く鳴らして駆けずりまわり、元気そのもの、まだ三十になっていないが、人格識見もすぐれ、大阪朝報にその人ありと知られていた。後年の水府の〈多田はん〉評は、

「西鉄が持つ稲尾のような存在」

というものである。

多田はんの存在が水府にとっては大きい魅力で、この人に教わることが嬉しく、安い月給に甘んじて記者生活に喜びを見出したのも、すべて多田はんのおかげだった。多田はん

いるからだった。

〈岸本、いっぺん川柳論を一面へ書けよ〉

といったりした。水府が「わだち」に、川柳ならぬ短詩を発表していることも知られているからだった。

気取らぬ小新聞なので大阪の文人たちも気軽によく立ち寄ったが、朝報社の嘱託として俳人の芦田秋窓《しゅうそう》が入社していた。青木月斗《げっと》派の重鎮で俳画もよくした人だったから、小説の挿絵も器用に描いた。秋窓の関係から同じく俳人の梅沢墨水《ぼくすい》も嘱託として入社した。この人は子規派の巨匠である。そうなると、いよいよ俳人たちの出入りが激しくなり、月斗、素石《そせき》、草迷宮《そうめいきゅう》らも絶えず顔を見せ、水府も親しくなった。大陸の旅から立ち寄った碧梧桐の歓迎会もあったが、これには水府は川柳家として立ち会ったのではなく、取材記者として加わったのである。

水府の「自伝」に明治四十四年ある日の大阪朝報編集室での写真が掲げられている。十数名の和服洋服とりどりの男たちが写っているが、中央に三つ揃いの洋服、白いハイカラーの、扇子を持った恰幅《かっぷく》のいい男がいる、これが梅沢墨水で、チョビ髭の大々《だいだい》たる顔、傍を圧する巨漢である。他の男たちの名がないのはみな記者たちか、水府がわずかに右端に顔を覗かせているが、堂々有髯《ゆうぜん》男子の並んだなかでは、いかにも吹けば飛ぶような若僧にみえる。俳人たちはたまたまみな、立派な体格だったと水府はいっている。

朝報社と俳人の縁が深いので、文芸欄には俳論や俳壇ゴシップがよく出た。負けるものかと水府も川柳論や柳界の噂話をさかんに書いた。そのころ水府はまだ、青明の川柳革新論を信奉していたが、墨水や秋窓らは「わだち」の句を見て、

〈これが川柳なのか。近頃の若い人の川柳というのは、こんなのかね〉

と心外そうにいった。

「海に飽き浜ひるがほに心吸はる」

「何か斯《こ》う失ひし心地ひとり居る」

そんな「わだち」の句が並んでいるページをひるがえしながら墨水は、

〈ううむ……ふうむ〉

と甚だ気に入らぬらしい嘆声を洩らす。

〈きみ、これ、川柳のつもりなのかね？〉

再度念を押されて水府は、

〈へエ……〉

うなずいたものの、我ながら自信のない、うしろめたい気がした。

たしかにそれは仲間たちと新しい川柳、新時代の川柳を興そうとして作った句であった。

しかし水府自身、愛着と矜恃は、もう一つの傾向の句にあったのだ。関西川柳社の句である。水府はおずおずと句帖を出して、

〈こういうのも、ぼく、作ってます〉

と墨水に示した。

「不景気な夜店消炭吹いてゐる」以下、水府
「朝顔のつぼみは国旗巻いたやう」

「僕のではないがと百円札を見せ」

〈むふう〉

墨水は一瞥するなり、

〈これだ、岸本くん、これこそ川柳だよ、これでなくちゃいかんのだ〉

大々とした赭《あか》ら顔《がお》を輝かせ、老練の俳人は膝をすすめて、水府に好もしそうな笑いをみせた。静岡生れ、東京で学んだ墨水は東京弁だった。水府は複雑な気分である。川柳人以外の文芸畑の人には、短詩社風な句のほうが、詩情豊かだと褒められるのではないかという期待があったのだ。詩的感覚が文芸の共通語として理解されると思っていた。しかし墨水はそれを排し、関西川柳社風の、〈川柳らしい川柳〉を称揚歓迎するではないか。

（けど、何というても墨水さんは子規時代の人やから新しいもんに理解がないかもしれん）

水府より十七歳の年長である墨水はそのころ日本スレート会社大阪支店長で、実業界で活躍するかたわら、青木月斗とともに関西俳壇に力をつくし、「大阪朝報」の俳壇を担当

していた。ところが、墨水よりずっと若い俳人の草迷宮も、詩性川柳を排して、「やはり野に置けれんげ草だ。川柳には川柳独特のよさがある。何を苦しんで脱線していくのか」と、朝報紙上へ革新川柳反対論を書いた。

——やはり野に置けれんげ草……。

水府はその、いい古されたことわざが身に沁みた。

同時に、

（文壇の人の視線に曝されると思って、川柳はよそゆきの顔をしていたのではなかろうか）

とも気付いた。よそゆきの顔は借りものの顔でもある。詩性川柳を創作したように思いあがっていたものの、真実は牧水や哀果、夕暮や勇らの短歌の糟粕《そうはく》を嘗《な》めているにすぎなかったのではないか。（当時、水府たち若き川柳作家は近縁の俳句よりも「短歌の動きに研究をおこたら」なかった、とのちに水府は『川柳の書』〈昭和27、番傘川柳社刊〉でいっている）

（よそゆきの顔をすることなく、いつもの顔でいればええのや、川柳は）

水府はそう気付く（「番傘」昭和15・11〝よそゆきの顔〟）。そしてその発見は、以後彼の川柳観の核となる。

水府はハイカラな川柳をつくる若手、というので社内の注目を惹き、かつ長髪なので（といっても写真でみると現代の男性のヘアスタイルと変らないが、明治末大正初期の新聞記者たちは五分刈か、そうでなくても短く刈りこんでいる。少くとも写真でみる限り、大阪朝報の記者たちはそうである。短髪は当時の流行だったらしく、明治四十五年「白樺」同人新年会の写真〈『大正文学アルバム』昭和61、新潮社刊〉を見ても青年たちの髪型は現代よりずっと短い）――水府はうなじは短く刈っているものの、頭上の髪はふさふさしているので、何となく規格はずれの詩人めいた印象を与えたとみえ、〈あいつデカダンやで〉ということになった。

フランス語のデカダンスであるが、明治末にこの言葉が日本に入り、フランス詩壇の芸術至上主義の象徴詩人を呼んだ語は、日本では放縦無頼の文士くずれをイメージする言葉になった。水府はデカダンと違《ちゃ》うかと思われ（その実、水府はまことに小心律儀で、曲ったことがきらいで、無頼の気分などに全く無関係な真面目人間であったが）、社長などは、

「デカ」

という愛称を水府に与えた。

社員たちは「デカはん」と「はん」づけにしてくれた。

こうしていつの間にかデカはんこと水府は、駆け出しの社会部記者になった。

警察まわりが主な仕事で先輩に連れられてあちこちの市内の警察を廻る。警察本部を除

き、東・西・南・北・玉造《たまつくり》・難波《なんば》・九条などの各署をのぞくのである。昼前ごろに各社の記者が揃うと、司法主任の警部が事件を発表してくれる。それまでは刑事室で待ったり、無駄ばなしをして帰ったりする。

刑事室は畳敷きである。着物を着た刑事が五、六人、壁ぎわの小さい机の前に坐っていたりする。

刑事は部屋にいない時のほうが、ほんとは仕事をしているわけだが、時には犯人や容疑者を留置場から引き出してきて調べたりする。

「じょうふ！」

という声があがる。何だろうと思ったら、縄夫で、留置場の番人を指す語であった。留置人を引き出してこい、という命令なのである。太い綱で曳かれた者が連れられてくる。時々この綱が本人の頭上にピシリと振り下ろされ、そばで見ていられないようなときもある。

そうかと思えば、刑事が敷島一本を抜いて容疑者にすすめることもある。あれも落す手の一つやな、と追々に水府にも会得されて来、何を見ても物珍しかった。

本格的に受持をきめられたのは南署と難波署、先輩の話によると南署は大阪一の商店街心斎橋と、南地五花街、道頓堀、千日前の、芝居町を控えているだけに、ネタはいっぱいある、事件も多い、社会部記者としてどこの社でも選り抜きに担当させてるのや、ということで、水府は煽《おだ》てられていると知りながら悪い気はしなかった。

そういえば、各社の記者たちは錚々《そうそう》たる連中だった。朝日からは、作家としても名を成している大森痴雪、国枝史郎（尤もこの人が朝日へ入ったのは、水府の朝報入社より遅い）、毎日には評論家として著名な奥村梅皐《ばいこう》、南署詰め記者団では古参の早大出、上田正二郎、赤新聞の大阪日報からはのちに文藝春秋社へいった鈴木氏亨《しこう》、ベテランが十人ばかりつめかけている中へ、新米の水府は心細い顔をしてまぎれこみ、警部の発表してくれる通りをメモして帰る。帰社して雑用紙に鉛筆を走らせるのだが、新聞独特の文体に慣れるまでが大変だった。当時の新聞はことさら難しい漢字や熟語で飾り立て、舞文《ぶぶん》を弄する。まだ文語体の時代で、だまりこんで、といえばよいのに「口を緘して」、逃げた、というところを「逃走せり」、何々したから、といえばよいものを「したりしかば」というような筆法。

しかも明治書生の口吻が残るような字使い、「さもあらばあれ」を「遮莫」と書き、「それはさておき」を「閑話休題」と書く。もちろんルビつきなので大衆にも読めるのだが、文字を知っているぞという新聞記者の屈折したエリート意識がぷんぷん臭うような文体である。当時の新聞記者はエリートの吹き溜りのような観があるので、晦渋《かいじゅう》難解な文言を操ることを特権のように心得ていたのかもしれない。（いまでもそれは形を変えてありそうな気がする。私は新聞を好んで読む新聞ファンの一人であるが、近来、若者が新聞離れしてゆくのに多大な関心を寄せている。新聞の文体は週刊誌より可変性少く、硬直してい

るように感じられるが、如何であろうか）

編集長兼社会部長の多田はんは文章が巧みな上に、見出しのつけ方が老巧だった。名文家必ずしも見出し上手といえない。記事は見出しで読ませるのだから、どの社も一方なら ず苦心する。多田はんはするどい閃きによってあっというような見出しを楽々と書いた。

その頃の三面記事は、現代の週刊誌のある種の読物のように、事件を報道するだけでなく、興味本位の文章で引っぱってゆくことも多かった。あるとき女の万引が捕まった。それだけのことを多田はんは、刑事室で調べられて、うつむいている女の、蝶々髷のほつれ毛まで書き、そのときつけた多田はんの見出しは、

「銀の簪《かんざし》」

であった。

新米記者の水府は、仕事に慣れるまで句作どころではなかったが、すこし慣れると、さかんに社会部記者らしい句をつくっている。

「刑事室一人残つて蠅をとり」（大正10）

「蕎麦たべて出たが刑事とあとで知れ」（昭和8）

「呼んでおきながら刑事は不在なり」（大正2）

「粉たばこが人相書の上に落ち」（大正4）

「にせ札を所長も使ふ真似をする」（〃）
「面会は賭場《とば》の見張りをした女」（大正3）
「夜逃げする畳の上を下駄で踏み」（大正7）
しかし水府はすぐ記者生活に慣れたわけではもちろんなく、一ばんはじめにやらされた仕事は神戸で行われた模型飛行機大会の取材だった。多田はんは自分の阪神電鉄の優待乗車券を貸してくれた。
水府は、こんな大会へは正装でゆくものだと思って、父の紋付袴を借りていった。まだ数えはたちの若僧が正装して優待乗車券、何だかちぐはぐな違和感を与えたのであろう、梅田の改札は怪しんで〈ちょっとこちらへ〉。水府はひきとめられ、調べられてしまった。記事は何とか書いたものの、水府は初仕事で出鼻を挫かれてめげてしまったりした。
警察の発表で〈出火の原因はセルロイドに引火のため……〉と読み上げられると水府はつい、
〈セルロイドは燃えやすいものですか〉
と聞いて、皆に顔を見られた。
当直の夜には面白い電話もかかる。
〈千栄松《ちえまつ》さん泊りやはるよって、着替え持って来とくなはれ〉
〈あんたどこへ掛けてなはんねん〉

〈丸三はんとちがいまっか〉

〈ここは新聞社ですよ〉

〈ヒャー〉

芸者置屋と番号が似ているらしく、この手の電話がよくかかった。

〈もしもし朝報はんでっか、こっちはご近所の散髪屋でっけど、ちょっとおたずねします〉

という電話、水府が聞くと、

〈あの、いまお客さんと議論してまんねけど、天皇陛下《はん》はでんな、宮中で、ご自分のことを、朕《ちん》といやはるゝでっしゃろか。いう、いう人と、いわん、いう人と、いまモメてまんねけど、一つ教えたっとくなはれ〉

〈へえ……天皇陛下《はん》が、でっか、ご自分のことを朕と……そうですなあ〉

水府が考えていると、突然、先輩記者に突きとばされた。先輩が電話口にとってかわり、話を聞くなり即座に、

〈それはまことに恐れ多いことですから、お返事いたしかねます〉

あとで、〈阿呆、あんな話に返事すな、一つもつれたらどないな面倒起きるやわからへんやないか〉と叱られたのはいうまでもない。明治の世は不敬罪があって皇室関係はさまざま煩わしい。

ある晩はまた、洋食屋の出前がきた。

〈ライスカレー、こちらでっか〉

〈ちがう〉

編集の当直は水府一人だったから、注文した覚えはないので断った。しばらくすると、印刷工場の職長の大男が顔色を変えてやって来、いきなり水府を電話の下の壁に押しつけ、大きな拳《こぶし》で水府の頬に一発かまし、

〈オイ、ライスカレーは編集だけが食うもんか、機械場はよう食べへんと思《おも》てけつかるんかっ〉

もういっぺん、拳固をくらった。

待っても待っても来ぬカレーを催促すると、編集が断ったと聞いて、かっとしたらしい。

水府は人に殴られたのは、これがはじめてであった。後年、長い人生には殴られる以上の苦しみを味わったことはたびたびあるが、

「人に殴られるということはまことに恐ろしく悲しいことである」

と「自伝」でいっている。(私も学生の体罰に疑問を持っている。体罰より学生の必修科目として川柳を習わせたいものだ)

もっと凄かったこともあった。当直の夜、面会を求められた。応接間で会うと、人相の悪い遊び人風の、四十四、五歳の男が、筒袖の着物に右手をふところへ入れたまま、お前、何や、と聞く。当直です、というと、

〈お前ンとこの今日の新聞に出た記事《こと》が気に食わん。おれはもう世間に顔出しできん。さア、鉛と銀の替えことにきた。書いた者《もん》と編集長と社長出せえっ〉

とどなる。水府は震えあがり、うろたえて、

〈ご迷惑さんです〉

これもおかしいが、咄嗟《とっさ》に平静をよそおい、

〈ぼくではわかりませんから、明日、このことを編集長に伝えまして……〉

〈頼りない奴ちゃ。おれはこンだけいいにきただけでも、罪になるはずや。わかってるか。これですごすご帰られるかい。輪転機は砂撒いたら、つぶれることまで知ってるぞ〉

男の右手はいよいよふところにくいこむ、匕首《あいくち》はいまにも向けられそうであった。営業部、発送部の連中が二人三人と逃げてゆくようだ。水府は逃げられない。心細いが対《むか》い合ってるほかはない。体の震えはとまらない。

〈オイ、若僧〉

〈は、はい……〉

〈わからんか、子分を待たしたァるんやぞ。仕方ない、明日くる、わかるようにしとけ〉

凄い眼付きで、社の表に待たせてあった人力車に乗って引きあげた。ある事件のことでこの男のことが悪く出たので、しかるべき決意で乗りこんだらしいが、青い顔の頼りない水府を見て、これでは話にならぬと、その場は匙を投げたらしい。

これは結局、水府から話を聞いた編集長がある顔役に頼みこんで陳謝の意を表し、手打式もあって、まずは無事におさまった。しかし水府はそのときの恐怖がよほど骨身にこたえたとみえ、それから二、三ヵ月は暗いところを歩いていると今にも子分がドスを抜いてかかって来そうな妄想に苦しめられた。今でいうノイローゼに陥ってしまったのであった。

記者生活になじみはじめて、その楽しさを知った水府であったが、（苦楽こもごも、というところやなあ）と思った。

楽しさといっても、それこそ、ほんの駆け出しだから何を見ても、アッと驚くことばかりだった。

南署記者団では大毎の上田正二郎が古参株で、前夜散歩に出たままの浴衣がけにステッキという姿でおそく顔を出し、他の記者に、

〈きみ、聞かしてくれ〉

と事件の発表を聞いたりする。あるとき、髪結いの梳《す》き子が五十銭を盗んで親方からひどく叱られ、くやしさに長堀橋から身を投げた事件があった。これは各社とも、単なる自殺として、いつものように六号活字の五、六行で片づけた。水府に「頼母子」という題で、

「不正講六号活字五六行」（大正2）

という句がある。

しかし大毎では違った。初号活字（当時は凸版の引伸し大文字は使わなかったという）

四段ぬきか何ぞで、社会面全頁を費して、街の話題から社会問題へ発展させた扱い、上田正二郎は得々として、

〈どや、見てくれたか、材料はあのように扱うもんやデ〉

と自讃した。

また、芝居裏の色町で、娼妓と馴染み客の劇薬心中があった。水府たち記者がかけつけると、女はまだ息があった。花やかな蒲団の中で白い肌がうごめいている。

「惨劇の家に坐らぬ人ばかり」（大正4）

新聞記者の嗜《たしな》みは、現場を見たからといってそれに心を動かされてはいけない。常に冷静でいなくてはならぬ。この事件はさすがに、梳き子の自殺よりは大きく、各社三十行ぐらいの心中モノとして扱いはしたが、いずれも平板な書きぶり、〈原因は男が金に詰ったため〉という調子だった。

ひとり朝日だけは行数にかわりはないものの、書きだしから人目を惹いた。

〈芦辺《あしべ》踊《おどり》の紅提燈に、欄干の赤毛氈《もうせん》が映える廓の春の夜……〉

書いた記者は大森痴雪、

〈どや、これで平凡な心中に、ぐっと色気が加わるやないか〉

と自慢した。上田正二郎のネタの扱いかた、大森痴雪の舞文弄筆は、ほかの記者にはあまり受けなかったようだが、水府はひそかに教えられ、新聞記事を書く仕事に頓《とみ》に興味を

もった。ただやはり、気の弱い、はにかみ屋の若輩たる水府は、ここぞというときになかなか言葉が出ない。

〈特種《とくだね》を取ってこいよ、みな。発表のもんを書いただけでは仕様がないやないか〉

と編集長に叱咤激励されるが、特種、つまり警察ネタのすっぱ抜きなどやると、他社の先輩記者たちが署長へねじこんだりして厄介である。といって、それ以外の取材もできない、花外楼に後藤新平大臣が来た、東海道旅行を終えたスタール博士を湊町駅へ迎える、そういうときの記者会見でも言葉が出ない。他社記者の質問にまかせて、うしろでメモをとる始末、それでもそれなりに、締切間際の原稿を一枚ずつ筆を入れてもらっては文字場へもって走るやりくりにも慣れ、電話で通報してくるのへ、聞きながら綴り、時によると見出しまでつけていく作業にも慣れた。当時は壁に設置された電話で、雑用紙を置く台は斜めに傾いて、ともすれば滑り落ちる。それを押さえながら記事にしてゆく。

水府の字が読みにくいと人にいわれるのは、この記者時代の乱筆のせいだ、と水府は自身でいっている。（といっても、読みにくいとはいえ、きちんと素性正しい草書体であり、我流の崩し字ではない）

水府の早めしものちに名物といわれたが、それも記者時代の生活習慣の名残りである。原稿を書いていると出前のうどんがくる、食べては書き、書いては食べ、ということをしているうちに、おのずと箸使いが早くなってしまった。「お見ぐるしい点どうかおゆるしを願いたい」と「自伝」にある。

　そういう怱忙《そうぼう》のうちにも水府は川柳のことを忘れていない。大阪朝報の文芸欄に「川柳縦横」として川柳のことを書けといわれ、勇んでその準備にかかる。明治四十四年十月十二日の日記には、

「夜二時頃まで床の中で川柳論の材料を抜萃した」

　とある。當百を訪れ、「五月鯉」その他の図書雑誌を借り出し、苦心して川柳論を書く。（その原稿が残っていないのは残念であるが、墨水らに指摘されて、水府は「短詩」ではない「川柳」を論じたもののようにも思われる）

　ついでに日記をみると十一月八日の項に、

「寝てゐると五葉君来る。川上君が大阪へ来られたと」

　というのがある。

「二人で訪ふ。天王寺を見て公園へ行き道頓堀千日前《せんにちまえ》へ行く。社の時間が気にかかる。戎橋で別れた」

　この川上君は三太郎である。のちに昭和十一年一月号の「番傘」で、川上三太郎はこのときのことを「情熱の完全燃焼――明治川柳おぼえ書《がき》　浅井五葉のこと」として書いている。そのきっかけは荷十である。柳誌「矢車」で新しい川柳の地平を拓いた森井荷十、彼は「矢車」が廃刊となると同時にみずからも川柳から足を洗ったが、川上三太郎とは交り

を断っていなかった。旧臘（というから昭和十年暮である）三太郎のところへ突然手紙をよこし、〃今日帰宅すると「番傘」が届いていたが、巻頭に五葉の葉書がのせてあった、それに〈矢車はまだ着きません云々〉の文字があった、遠い昔を思い、君を思い五葉を思い（田辺註、五葉は昭和七年に逝った）、感慨措く能わず、ついに五葉の古い手紙や葉書を取り出して見ていると、君のことが書いてあった、書き写して送るから、忙しいひまに読んで五葉のことを思い出してやってくれ給え〃——三太郎はいう。

「古い友達の手紙はもうこれだけでよく解る。僕はこゝで鳥渡《ちょっと》手紙を伏せて、当時を沁々《しみじみ》想起したのである。僕を映す鏡よ。お前はハイド氏のやうに老いさらばへた僕が、この時博士ジェキルのやうになつた事を見たであらう」

昭和十一年から省みれば、明治四十四年は早二十五年の昔である。五葉逝き、三太郎も水府も中年になっている。それが三人揃って白面の青年であった明治四十四年十一月八日の日付で五葉が荷十に宛てた手紙。

「昨夜川上が来た。今朝岸本を誘うて川上の宿へ行つた。三人で天王寺をぶらついた。岸本は戎橋で別れて新聞社へ出勤した。道頓堀は川上にいゝ慰藉だつた。藤村（田辺註、青明）は転宅して家が解らないので放つて置いた。川上は心臓が悪いとかで酒を飲まないのには少々困つた。食つてばかり居た。今晩神戸へ行つて翌日出帆の筈。二人にて合作した作物《さくぶつ》あり、何れ今日のブラツキと共に是非共十二月号に発表を乞ふ。

割に菓子の好《すき》な男だ。その暢気な男と四ッ橋で淡白に別れた――」

この手紙を読んで、昭和十一年、四十五歳の川上三太郎は、手紙の「言々の端々に潜む若さの燃焼」に感嘆している。あの淡々として韜晦《とうかい》しすました如き五葉にもこんな青春の躍動があったのか、と。

ところが川上はこのときの大阪観光の記憶が全くないという。ただ手紙の年月で考えると、三太郎の父は明治四十四年十月十六日に亡くなっている。前年、大倉商業を卒業し、大倉組へ入社した三太郎は、四十四年八月に北支那の天津《テンシン》支店へ赴任していた。父の死で急遽帰国し、仏事をすませて再び天津へ戻る途中、立ち寄ったのであろう。三太郎は五葉とは二度ばかり会っており、水府とも文通はある。水府の日記に折々「眉愁君へ手紙」「眉愁君より来信」とあるのは三太郎の「矢車」誌上での柳名である。若い川柳家たちは誌上の作品で旧知の仲となっていたのである。それにしても、酒を飲まぬとか菓子が好き、というところ、「僕もここんところまで読んで来て笑ひ出しちまつたのである」と三太郎はいう。酒豪の彼を知っている人なら、吹き出すであろう。

ところでそのときの五葉の文章は、結局「矢車」が廃刊したため載せられなかった。かくて、森井荷十の筐底《きょうてい》ふかく蔵された遺稿は、はからずも二十五年経って昭和十一年四月号の「番傘」に載せられることになった。三太郎はそれを喜んでいう、

「浅井五葉の『天王寺から道頓堀へ』は正に五葉ファン並《ならび》に五葉研究者に取つては空前

の珍品である。二十六年も之が古い籠の底で、時の流れのまに〳〵鬱屈としてゐたかと思ふと感慨に堪へぬ。況や文中現はれる浅井、岸本、僕の三人は、正しく明治末期の若者を髣髴せしめてゐて、僕自身すら僕とは思へぬのである。父が死んだので急遽東京へ帰つた青年が、尺余の人形を抱いて再び勤務先支那天津へ帰る——あゝ誰かこれが今日蓬髪《ほうはつ》長面、瘦身抜巖《ばつがん》のやうな僕だと思ふだらうか。森井君三度《みたび》僕に書を寄せて『筆者五葉は最早あの世の人となつたが、君と岸本君は実在の人だ。よろしく二人で当時の事を想起したまへ』とあつた。『天王寺から道頓堀へ』に依つて岸本君が、紅顔白皙の美少年水府として、当時を懐古して呉れれば僕は二重、三重、否々四重の喜びである。

春や春、花ひらく——時に五葉の情熱よ、蒼白き情熱よ」

と三太郎は高潮している。（実をいうとこの号の「番傘」の編集日記「番傘日誌」には二月二十六日のくだりに「東京事件、各方面からの持寄《もちより》ニュースで、雪もよひの終日を落ち付かず。二月二十七日。印刷屋の二階で、校正のペンを走らせてはゐても、遠くの号外のリンに耳をそばだてる」とあり、そのあとの「あれから」に「東京は戒厳令中、各句会とも中止されてゐるさうです」とある。筆者は当時編集実務に携っていた正木幸子さん。いうまでもなく二・二六事件である）

それでは若き水府と三太郎、五葉の半日の行楽のあとを辿ってみよう。五葉の「天王寺から道頓堀へ」の前書にいう。

「ゆふべ川上が突然僕のうちへ来た。例の通り二階へ招じた。川上は心臓が悪いので、酒を飲まなかつた。『飲まぬといつたら飲まぬ』と強硬に言つた。だから僕ばかり飲んだ。親仁を死なしたのに、矢張りいつもの川上だつた。矢張三味線中心の表情と声調とマインドとで話した」

その翌朝、五葉は水府を誘う。このへんの文章の呼吸は、彼が八公というペンネームで大阪の盛り場を探訪していたものと同じで、妙なユーモアをかもし出す。

「朝八時に起きて、飯を食つて、着物を着更へて、羽織を着更へて、角帯を締めて、中折《なかおれ》（帽子）を冠つて、電車のパスと手帳を懐にして門を出た。岸本を誘ふと、まだ台所で寝て居た、お母ァさんに起されて岸本は起きた。『突然ですが』と前置をして、川上が昨夜来た事を話して、これから一緒に出かけやうと言つた」

五葉は一足早く青明を誘いにいったが転宅して分らず、戻る道で水府のやってくるのに会う。

「岸本は矢ッ張好男子だと思つた。鼻が高いし、眼鏡もよく似合ふし、物を思はぬ処が第一現代離れして気持がいゝ」

褒めているのか貶しているのか分らぬが、このへんの呼吸が五葉独特の偏屈のおかしみ。

二人は市電で今橋《いまばし》まで行き、高麗橋《こうらい》の星野旅館に投宿している三太郎に会う。

「川上は悠然と懐手で出てきた。二階へ上つて暫く話をした。川上は此間東京で買つて来たと云ふ二尺三寸の最愛の人形を箱から出して見せて呉れた。『泣くか』と聞くと『ウン』と言つた。併し泣かせるのは可哀相だと言つて泣かせなかつた。水色の友染縮緬に赤い縮緬の帯を締めて居た。親仁を死なして、『君も変つた男だね』と言ふと淋しく笑ひながら頷いた。

『サア出掛けやうか』

と言つて、三人は尻を上げた」

天王寺を選んだのは五葉であった。大阪城の豪壮よりも秋にふさわしいのは天王寺だと主張したのだ。高麗橋から天満橋の停留所まで思い思いに勝手な話をしながら歩く。川上は素肌自慢だったが、これでも洋服を着るとハイカラだと自慢した。天津のハイカラもおかしいや、と五葉は内心思う。川上は「下駄を引き摺つて東京式に憚らず主観的に歩く」、三人の青年は着物姿であるらしい。

「桜草摑めば摑めさうな風」の三太郎。

「脇息と一緒に倒《こ》けて時を聞き」の五葉。

「潔《いさぎよ》き悲しみ落葉また落葉」からいつか、

「流連《いつづけ》が流連らしいのに出会ひ」の句境へ移りつつあった水府。

三人の若い作家は天王寺行の市電に乗る。

川上を真中に挟んで、五葉と水府は両側に腰かけたが、川上は水府にばかり話しかけた。

そうして袂へ手を入れてはアンズの砂糖煮を旨そうに舐《ねぶ》っていた。

天王寺の西門へ入る。川上は何を見ても平気で驚かない。空気の清浄、静寂な風景には「いいね」といったが。ただ引導鐘のひびきと線香の匂いには閉口したらしい。「線香の香を嗅ぐと親仁を思ひ出す」といい、これには五葉も水府も同情せざるを得ない。五重塔へ上ろうかといっても川上は「くだらないや」という。川上はすぐ「くだらないや」という。広々とした天王寺公園へ出ると川上は「淋しいね。淋しい風だね」といい、「単調だね」、そこでは油絵を描いている男がいたがその場を離れるが早いか、川上は絵についての蘊蓄《うんちく》を滔々《とうとう》とのべはじめた。五葉も水府も相槌を打つより仕方なかった。実をいうと水府も五葉も絵が好きで水彩ぐらいはものするのであるが、川上の情熱に一歩を譲ったかたちで、五葉は川上を「凡人ではないと思つた」、またしかし「非凡人でもなからうと思つても見た」——若者らしい気負いである。

三人でぶらぶらしているが、ここでおかしいのは三人とも時計を持っていないのである。日時計である。影の長さでおしはかり、一時頃だろうということで、水府が出社する時間が迫っていた。それで市電で難波まで乗り、道頓堀へいくことにした。川上は満員の市電の吊革にぶらさがり元気だった。千日前へ出た。天王寺の静寂と事かわり、その日は水曜であったが、いつものように千日前は雑踏している。すし屋、すきやき屋、せり売り屋、田舎者を嚇すような活動写真の楽隊の太鼓や笛、立看板の非現実的な毒々しさ。

川上は俄然活気づき、

「こら好い」

とほめ、通りすぎる芸者の羽織、目ざめるような縮緬の、青い荒い縞の羽織をふり返り、

「馬鹿にい、羽織を来て居やァがる」

とまた感心した。五葉は、「僕の言ふ事には一寸も感心しないで、川上はこんなものを見ると大《おお》いに感心する」といっている。川上は、鴈治郎の芝居を見たがったが時間が許さなかったので、大いに残念がった。

出勤する水府と川上三太郎は戎橋で「ご機嫌よう」を交換し、五葉と川上は空腹をおぼえて「飯を食ひに行く事にした」それで終り、「明治四十四年十一月八日」とある。

これを「昭和十一年二月二日　荷十写《うつす》」となっている。貴重な記録が「番傘」へ収載されたことで、第二次大戦の戦火にも消失せずに残った。（それでいえば荷十もまた、よく関東大震災から古原稿を守ったことである）

年があけて明治四十五年。この春水府には憂鬱な義務が待ち受けていた。徴兵検査である。水府はこの二月で満二十歳であった。検査の通知を父は沈黙で迎え、母は、

〈とうとう来たな〉力ない声でいった。

父の手を借りた行李が廓《さと》へ着き――「番傘」旗挙げす

明治六年（一八七三）に徴兵令が布告され、七年には大阪第八連隊が設置される。この「八連隊」には、大阪ニンゲンは特別な感慨があるのである。兵隊に取られて戦争にいった八連隊の男の中には、

〈大阪の兵隊はな、戦地の敵サンの村へいって徴発なんぞ、せえへん。みな、金払うてきたんやデ〉

と自慢するのがいた。大阪人はケンカが嫌い、よって戦争も嫌い、足腰弱く口ばかり達者、しかし商ン人《あきど》であるゆえ、モノをただ持ってくる、ということは何としても天然自然の理に違《たが》う、という気が厳としてある、故に徴発や奪取ということはできない、少しでも代金を払う、というのである。私の小学生時代は日中戦争（その頃は日支事変といっており、正確にいえば私の小学四年生時代に勃発した）の頃であったが、大阪ニンゲンはそんな話を日常の挨拶によく交して笑い合った。

また、こういうのもあった。大阪出身の兵隊で組織されている部隊が、中国大陸のさる場所で、中国軍と対戦中、敵軍《むこう》からふと、

〈おおい、もう撃ち合い、やめまひょやあ〉
という声が揚がったそうである。日本兵、というより、大阪ニンゲンの兵隊が驚いて、
〈オマエ、日本語、うまいなあ〉
と叫び返すと、
〈へえ、大阪の○○の散髪屋で耳掃除してましてん〉
という返事、ようわんわ、といったかどうか、この噂は銃後の大阪人をいたく喜ばせたものであった。子供の私は、大人たちがこれを倦まず人から人へ語り伝えるのを耳にした。○○の地名は天王寺であったり、桃谷《ももだに》であったり、天満《てんま》であったり、今宮《いまみや》であったりするのだが、ひょっとすると大人たちは、あらまほしい地名をそこへ当て嵌めたのかもしれぬ。戦争に対するひそかなレジスタンス、というと大げさだが、戦前の大阪の下町には中国人も多く、仲よく住んでいたから、庶民は対中国戦争に複雑な気持を抱いていた。南京陥落万歳万歳と提灯行列をしながら一方で、大阪の兵隊は物をタダ取りせえへんのや、と妙な自慢をし大阪の散髪屋（ここは大阪弁風にサンパッチャと発音されたい）の耳掃除のおっさんが、敵の兵隊になっとってなあ、こんなこといいよったらしい、と喜悦し、聞いたほうも、ほんなら、〈ハイカラ軒〉のあのおっさん違《ちゃ》うか、器用で巧かったけどなあ、故国《くに》へかえって兵隊にとられよってんやろか、などと嬉しがっていたのである。
ともかくそういう土地柄の、〈第八連隊〉である。勇猛果敢であるはずはない。（いや、

和多田《わただ》勝《まさる》氏の『大阪三六五日事典』少年社刊によれば、「本当は弱いどころか随分と強かったという説もあるが……」という〈一説に曰く〉も紹介すべきであろう）

それにしても、私が幼女のころは手毬唄に、

〽またも負けたか八連隊
　それでは勲章くれんたい

というのがあり、私も花柄のゴム毬をつきつつ、友達とそう唄って遊んだものであった。聞いている大人たちも、当然のことのように聞き流し、べつに咎め立てもせず、八連隊は大阪の兵隊やよって、弱いのやと恥じもせなんだ。（九連隊は京都である）

商いの都市《まち》では、〈負ける〉ことはごく日常的営為であって、〈よっしゃ、負けときまっさ、大負けに負けて出血サービスや〉とか、〈いや、これは負けました、しゃァないな〉などと口癖になっているから、負けるという言葉に対する拒否反応や刺激は全くない、戦争も商いもいつか、ごっちゃになっているので、郷土の八連隊が負けたとて、毫も痛痒《つうよう》を感じない。情けないとも不名誉とも思うておらぬのであった。

（これはわたくしごとになるが、鹿児島育ちの私の夫は、〈またも負けたか八連隊　それでは勲章くれんたい〉の唄で手毬をついて遊んだという私の話に驚倒していた。彼は郷里の軍隊の精強勇猛をふかく誇りにするような土地に育ったため、郷土の兵の惰弱《だじゃく》を嗤《わら》うような精神風土は全く、理解の外であると慨嘆久しくしていた）

さて、水府が徴兵検査に応じたのは明治四十五年（一九一二）であるが、やっぱりこの頃からすでに、大阪ニンゲンの兵隊ぎらい、徴兵拒否はあったとみえて、この翌年、大正二年六月末に発表された徴兵忌避者数は、大阪が全国一位という、あまり自慢にならぬ状態である（『大阪ものしり事典』創元社刊）。忌避の方法としては、強度の近視をよそおう者がいちばん多かったという。

巷間の噂では醬油を多量に飲んで不調を言い立てる方法もあったが、古くは徴兵よけ稲荷におまいりする人も絶えなかったそうだ。大阪市内の六万体町《ろくまんたいちょう》など四ヵ所に徴兵よけ稲荷があったらしい。そのお守りを身につけて大阪の若者は徴兵検査に出た。憲兵のほうでもぬかりなく徴兵よけ稲荷の祈禱帳で氏名を調べている。たちまち見破られてしまうのである。

水府の両親も、一人息子を何年も兵役に取られるのはかなわないと思うが、国民の義務だし、お上に楯つけるわけのものでもない。

〈いらんことをいうたら、いかんのじゃ。つらいな〉

と母はうつむいてしまった。

検査の前日、大阪朝報社で机を並べている同僚が、水府に、

〈陰気な顔すな、ぼくがええ人紹介するさかい、一杯飲みにいこ〉

と誘ってくれた。川口でたった一軒の西洋料理屋（レストランという言葉はまだない）

のぼんち（大阪では坊ちゃんのことをぼんぼんというが、ぼんちは客観的な呼称で、その人に面と向ってはぼんちと呼ばない。ぼん、または、ぼんぼんである。陰でいうとき、三人称で指すとき、ぼんち、という）が、遊びのお供に加えてくれようというのであった。

ぼんちは金にお厭いない身と若さ、遊びざかりで、その頃の花柳界にも、さる芸者との艶名をうたわれていた。連れ歩く取り巻が一人ふえようが二人ふえようが、どうということないという極道の骨頂、何とも花やかな時代の放蕩息子である。水府はそのお供にもぐりこませてもらったのであった。

宗右衛門町《そえもんちょう》のお茶屋の二階へあがった。芸者がわっときて取り巻く。こんな席は、水府も新聞記者になってから経験していた。記者は自身のふところは淋しいが、誘われたり招かれたり、で、〈なだ万〉や〈鶴家〉で口も肥え、芸者に隣へ坐られるのも初めてではない。しかし、馴れるところまではいかない。芝居で見るお殿さまのような脇息が、水府にもあてがわれる。

脇息ををかしく思ふ十八九　（大正15）

かき餅のあられがままごとのように皿に出てくる。三味線は三つに切れているのを客の前でつなぐ。見るものみな、水府には珍しい。

見たやうな方だと三味をつぎながら　（大正2）

〈お若いのやな、お髪《ぐし》が黒々してはる〉

と仲居が水府にいう、

女から髪ほめられる十八九　（大正15）

〈今夜はな、岸本くんに充分飲ましたげてや。あした、徴兵検査やそうな〉

ぼんちの言葉で、へーえ、と芸者衆や仲居、おかみまで声をあげ、水府をみつめるので、水府は酒の酔いも手伝い、いよいよ赤く火照ってしまう。

〈そら、おめでとうさん〉

といいながら、芸者たちは口々に、

〈こんなんいうたらいけまへんけど、兵隊にとられんようにしなはれや〉

〈くじのがれになりなはれ〉

〈わてが拝んだげます、どうぞ生駒の聖天《しょうてん》さん、あんばい、くじのがれ出来《でけ》ますように〉

〈兵隊のがれのまじない、あて、知ってまっせ、天保銭、身につけときはったら、よろし

ねや〉

いっぺんにいうので、誰が何をしゃべっているのかわからず、それでも酒の酔いにことよせながら、みな本気だった。

酒がまわり出して、あまり飲めない水府は苦しくなった。ぼんちは提案する。

〈自動車に乗ろか、呼んでんか、築港へ走ろやないか〉

水府はこのときはじめて自動車なるものに乗った。当時、自動車に乗るというのは大変な贅沢で、大阪には三台しかない。府庁の知事用のが一台、あと二台は最高級のお遊びに使われ、もっぱらお大尽が芸者を乗せて大阪市中を走ったよし、一時間走って五円だったという。水府の月給はその頃十七円だったというから、約三分の一が一時間の遊びに消えてしまうわけ、無論、このときは、ぼんちが持ってくれるのであるが。

このときの車種はわからないが、いうまでもなく輸入の外車、いまでいうクラシックカーであったろう。シボレーかフォードか、オープンカーであったというけれど、昔の車だから造作《つくり》のこまやかな、贅沢なものであったろう。庶民には持つことは勿論、乗ることもできない、大正五年（一九一六）ごろ自動車所有経費は月三百円程度かかったというから、華族や富豪や政治家のものであった。

その自動車に、ぼんち、朝報社の同僚、水府、それに芸者二人が乗った。五月の風の中を築港に向って走る爽快さはいわんかたなく、水府はしばし、憂鬱を忘れてしまった。再

びお茶屋へ戻るともう深夜になっていたが、

〈さあ飲み直しや〉

ぼんちの言葉で、席を変えて、また新しい芸者が来てとうとう、飲み明かしてしまった。両親にも無断で外泊したのは水府は、はじめてだった。帰宅すると叱られたが、それよりも、母はほっとした顔をしていた。検査が厭でどこかへ姿を隠したのではないかと案じていたのだ。

母は準備をととのえてくれていた。かねて通知の心得書きにある通り、新品《さら》の晒し木綿の褌《ふんどし》も仕立てられていた。

西区役所の検査場には、筋骨たくましい壮丁《そうてい》たちがひしめいている。若者たちにまじって水府も命じられた通り、褌一つになる。セルの袴、着物を脱ぐとき、板の間にコトンと音がした。銭入れも持たぬのに何だろうと着物に触れると、衽《おくみ》の先に固いものがある。天保銭だ。水府ははっとする。そういえば昨夜、一座の誰かが、天保銭を身につけときはったら兵隊のがれのまじないになる、といっていたっけ。お茶屋の風呂に入ったとき、誰かが縫い付けてくれたのだ。しかし自分は知らない、もし咎められても、自分は徴兵忌避の罪を犯していない、弁明できるだけはしよう、水府はそう思いきめた。実際、水府は義務をすっぽかす、とか、詭計をめぐらす、とかできる体質ではないのであった。

身長、体重と型の如く検査は進み、次の検査官の前に掛けると、

〈みな、わかってるんだ〉

とあたまからかまされ、水府は動揺して、

〈何でしょうか〉

〈その眼鏡、忌避だろう〉

天保銭のことではなかったので、水府はほっとした。学生時代からの近視と報告すると、

〈よし〉

何か判を押してくれた。結果は「第二乙」、忌避にも扱われず、まずよかった。

「第二乙種歩兵第三九六番、岸本龍郎、右陸軍補充兵ニ編入ス」

（翌年、点呼が一回あっただけで、鉄砲は持たずにすんだ、と水府はいっている）

国民の義務を果したというので、母は赤飯をたいて待っていた。水府は父と飲んだ。しかしこのころ、父の病状はかなり進んでいた。

同じ頃、同年の吉川英治も東京浅草区役所で検査を受けている。彼は体重十二貫、丙種であった。徴兵司令官というのか、いかめしい人が、つらつら吉川青年の裸身と検査表を見くらべて、

〈今日《こんにち》の有為な青年が、そんな弱さで、きみどうするんか。体重といい身長といい、何たるヘッポコか。しっかり鍛えい〉

と大勢の中で、吉川を見本にして一場の説教を垂れた。吉川は大いに赤面したが、しかし内心、自分の体を弱虫ともヘッポコとも思えなかった。

「働くにも、遊ぶにも、何の不便不足はないからである」

と『忘れ残りの記』でいっている。

それにしても、この当時の町っ子の青年たちはとても〈壮丁〉といえない、劣弱な体格の持主が多かったのではないか。のちに「番傘」幹事の一人だった丹《に》羽《わ》紫朝《しちょう》、この人は和服の仕立屋の親方だったが、徴兵検査にいったら受付の小使が紫朝をみて「フフン」と冷笑したそうである。紫朝は平素から矮軀《わいく》に劣等感を持っているのに、所もあろうに衆人環視の中で侮蔑されたと思って腹が立ったという。検査の結果は短尺丙種合格、水府の第二乙より下と判定され、ホッとしたような満たされぬような……。しかしあの小使の冷笑は今思っても腹が立つ、というようなことを紫朝は書いている（「番傘」昭和3・7）。

こういう羸弱《るいじゃく》・小兵《こひょう》の浪花っ子を集めた軍隊だから、〽またも負けたか八連隊……と手毬唄に唄われても、大阪人は全く気にせなんだのであろう。（ついでにいうと路郎も近視のせいで兵役をまぬがれている）

この年はいうまでもなく、夏に明治天皇の崩御のことがあった。

しかしそれより以前から、水府たち関西川柳社のあいだで、あらたな気運が盛り上っていたのに注目しなければいけない。

路郎につづいて青明まで東上し、関西川柳社に残された者はわずか、六、七名にすぎなかった。四年間会場として使ってきた瓦町《かわらまち》の浄雲寺も、この頃では広すぎて、とどのつまりは當百庵が会場となった。當百夫人の心づくしの佳肴で、五、六人が句会のあと一ぱい飲《や》る、ということが多かった。

このころには岐阜の「青柳」も東京の「矢車」も廃刊しており、東京にいた路郎は淋しかったのであろう、ときどき大阪へ舞い戻っては當百庵をのぞいていたらしい。當百庵、つまり関西川柳社にいつも顔を出す常連、水府や半文銭、五葉、杉村蚊象、篠村力好、中村喜月らのほかに、河盛芦村《かわもりろそん》が時折、顔を見せていたとおぼしい（箕面の吟行へも同行した）。このとき四十六歳、ちょっとこの、芦村の話をしたい。芦村、本名は河盛彦三郎、堺の豪商河盛仁平、通称河仁《かわに》の孫になる。

河盛仁平は『堺市史』の「人物誌」にも載っているほどのお大尽《だいじん》で、初代河仁を継いで二代目、屋号は河内屋、木綿問屋であるが三十何艘の船を抱え海運業に活躍した。河仁の桁はずれの豪富ぶりはさまざま伝えられているが、明治維新の廃仏毀釈《きしゃく》に際し、開口《あぐち》社のなかの念仏寺三重の塔を河仁が時価で買い取り、それを神社に寄附したという。「其《その》払下げの厄を免れ、旧態のまゝに、依然として社頭に偉観を呈して居るのは仁平の尽力によるところであつた」と市史にある。

明治十年の明治天皇の大和、河内、堺、大阪御巡幸の折は、中之町の仁平の別邸が行在《あんざい》所《しょ》となった。浜寺から松を引き庭をつくり、美事な行在所を建てた。のち堺市民に公開され、見にきた人には折詰の土産を出したという。好角家で、邸には相撲とりが出入りし、法事か宴会かがあると堺の綺麗どころが揃いの前掛で何人も手伝いにきたとか、邸内に日本舞踊の舞台があり、娘たちは「石橋《しゃっきょう》」などの許しものを稽古したとか、倉が七つあり、その一つは薬師倉といって色々の仏像や金の灯籠や仏具が納められていたとか、豪奢な話が伝えられている。「川柳雑誌」（昭和50・3）の「麻生路郎物語」（東野大八）によれば芦村の娘、葭乃《よしの》、つまり河仁の曾孫である葭乃さんのいうように、右のようなお大尽遊びをするのは河仁の二代目に違いない、と。紀文にしても淀屋辰五郎にしても、「一代で豪商になるような人物は、金の値打をよく知っていますから、そんな馬鹿な金は使わない筈です」といっている。

しかし、河仁はたしかに二代目であるが、この二代目が市史によれば巨富を築き、またそれをよく散じたのである。葭乃さんはいう、堺にとらや銀行というのが出来、その責任者にまつりあげられたため取りたてを食う破目になったと。「どの世界でも二代目、三代目は初代の苦労を知らなさすぎます」というが、この二代目河仁はまたよく社会事業に資産を投ずる人でもあった。神仏崇敬の念篤く、社寺に寄進した財物はおびただしい。取引先だった青森や弘前地方にも土木事業を助け、架橋したりしている。安政の大地震には供養料に本願寺に一千両寄進し、明治元年の大和川洪水にも救助船を出して人命を救助し、八百両を会計官基金として政府に献上した。

そういう河仁であるが、日常は倹素で粗食に甘んじ、縞の木綿に小倉の帯、「これが名高い河仁の旦那と想はれぬほどの風采であつた」と市史にしるす。

「然も晩年は家業蹉跌《さてつ》を重ねて遂に亦起つこと能はず、歿する年の正月に、『自分は裸で出て来て、裸で帰るのだ』と述懐してゐたといはれて居る」（友淵楠麿氏報告）――無味乾燥な叙述がつづく市史ではあるが、このあたり若干の感情移入の投影が察しられるようで、〝河仁〟を悼む雰囲気が揺曳する。

「明治十八年四月十日京都本派本願寺にあつて病臥し、同寺の看護を受けつゝ、同月二十日享年五十三歳を以て歿した」

それゆえ、道楽のあげくに家産を蕩尽して窮死したという葭乃夫人の話とは、ややニュアンスの違う生涯のようである。

それというのも、葭乃さんは、ほとんど曾祖父について知識がなく、堺の人たちの噂ばなしを聞くのみ、という。父の芦村（彦三郎）はきわめて無口な人で、自分の父祖のことは一切、娘に語らなかった。

それは堺を捨て、家を捨てたからである。初代の河仁には跡とり息子と娘がいた。この娘に婿をとって分家させ、そこへ生れた息子が彦三郎である。姉が一人いたが不縁になって戻ってきた。彦三郎は妻を迎えていたが、母と姉と妻のトラブルに堪えかね、家督を抛棄、妻と娘を携えて堺をあとにした。彦三郎にとって堺はいやなイメージしか、ないのである。郷里のことは口にしなかったという。

葭乃が六歳のとき妻は死に、彦三郎はまだ三十前後の若さで独身を通し、男手ひとつで娘を育てた。大阪に住んでからは、師範を出ていたので教鞭をとり、数学の教官となって、貧しいながら娘と二人の生活は楽しかった。

彦三郎は文学趣味があり、渡辺霞亭《かてい》の門に入って河盛蕉亭《しょうてい》として小説を書いたこともあった。霞亭の代作で時代小説を書いたこともあるらしい。芦村はそのときの号だという。しかし野心も気負いもなく、ただ趣味のままに遊ぶ、といった風のようである。俳句も川柳も「ほんの暇つぶしのなぐさみもの」と葭乃さんがいうようなもの。

ただ旧家に人となった割には自由で開明的な気質だったらしい。娘にも八つのときから英語を習わせたりした。

名聞に捉われず、金銭に恬淡《てんたん》であれば、清貧の生活も心ゆたかにのどかだった。芦村は再婚の話には耳も傾けなかった。その都度、娘の葭乃さんは「それ見たことか」と心中、凱歌をあげて、縁談をもたらした人を見返したという。自分一人の父であることを心から誇りにしていた。父の寂しさに同情のないエゴイストだった。若い娘にはあり勝ちのこととはいいながら……。その代り、葭乃さんは世間知らずの、無垢な、人を疑うことを知らぬ、浮世離れた清純少女に育った。父の大きな愛と庇護のもとで。

芦村はひまひまに小説を書いたり、俳句や川柳に手を染めたり、その仲間とつき合ったり、月二回は娘を連れて芝居見物にいったりした。小学生の葭乃さんの登校に髪を結うのも父だった。成人してから二人で出あるくと兄妹のようにみえた。

「法善寺二度まで抜けて芝居裏」　芦村

「近道を来て名物を食ひはぐれ」　〃

芦村の句はおだやかだが、もうひとつ切れ味はよくない。しかし芦村の趣味になんとなく同調して、みずからも川柳にふみこんでいった娘の葭乃は、みるみる手をあげていく。いったいこの父娘《おやこ》は好みもよく似ていた。芦村は全くの自由主義で娘を育てたが、歌舞伎好き、文芸趣味も父の感化であった。西鶴や近松を暗誦できるほど葭乃は読みふけった。

そのくせ彼女はミッションスクール出である。大阪の私立相愛高等女学校、これは船場のいとはんの多いお嬢さん学校であるが、そこを出てから、川口町のプール女学校の英語専修科に学ぶ。五、六名の生徒にカナダやイギリスの外人教師が教壇に立ち、毎朝三十分は礼拝、三十分はバイブルの暗誦であった。シェークスピアの戯曲や、テニソンやロングフェローを研究していた。『徒然草』や『土佐日記』『十六夜日記』などは父から教わったという。父娘は夜々、同じ電灯の下で机を向い合せ、父のほうは正宗白鳥や田山花袋を読んでいた。

やがて芦村は、プール女学校在学中の娘を携えて、當百庵の句会に出席しはじめる。

麻生路郎は芦村にはじめて会ったのは大正二年頃だというが（娘に会ったのも同じときらしい）、當百庵へは二人はもっと早く、大正元年には姿を見せていたらしい。

葭乃は数え二十歳《はたち》、まだ肩揚げもとれていない可憐さだった。お下げ髪だったり、桃割《ももわれ》に結ったりしていたが、みるからにミッション風の地味な娘だった。写真で見ると当時の葭乃は色白で目の黒々と大きい、口もとのきりっと引きしまった、優等生風な美少女である。

水府がはじめて葭乃に会ったときの印象は、（どこかに書いているかもしれないが）私には未見である。しかし、當百庵に集る若者たちは、大阪唯一といっていい若き女流川柳家の葭乃に、どんなに悩ましい思いを抱いたことであろう。だが、父の芦村が傍につきっきり、なんともならなかった、ということである。

ところでまだ大正に改元されぬ明治四十五年の六月頃から、関西川柳社の同人たちの間に、おのずとある気運が醸成されつつあった。今までのようにいちいち通知を出して集るというのでなく、毎月定期的に集る、自然の趨勢《すうせい》として機関誌を持つべきではないか、という動議。これにつき、「自伝」には、當百から半文銭にあてた葉書が載せられている。日付は明治四十五年六月二十七日。

「二十一日の会は近頃にない愉快な会であつた。後に人の減つてからの方が却つて気がノンビリして、作句に脂が乗つたらしい。他人交らず水入らずの仲といふやうだつたからか。

これに勢を得て毎月小集をやらうとの提議は賛成です。マア大抵は僕の宅でやってよろしいが、兎《と》に角留守が多いので且つ一々通知も出来ぬから、イッソ定期に日をきめてをけば、僕は前以て都合をつけることにする。五、十の日は都合が悪い。水府、五葉、蚊象、喜月などの随意出席など如何、行く行くは水府を大達者に推して（イヤ自然に左様運《そう》ぶだらう）関西柳壇の覇者《はしゃ》たらしめんと思ふが、元来才気で持つてゐる男、却つて才に負けて誤っては不可《いけ》ない。君の介添を頼む。作品の点においては大阪は日本一と自信してゐる。君と同感也」

この便りはもちろん水府の知るところではなかったが（半文銭が「番傘」創刊十周年記念号に創刊事情を明らかにするため載せた）、當百の心づもりとしては、「水府を大達者に推して」（というのはグループの金看板にするということか）関西柳壇の覇者たらしめ、その介添に半文銭を以て固めれば、という青写真があったのだろう。當百は表へ出ず帷幕《いばく》の謀将というところで、同人たちの和と団結をはかっていたようである。しかし要《かなめ》はもちろん當百で、彼なくしては関西川柳社は機能せず、當百こそ新機関誌（まだ誌名はこの時点ではきまっていない）の主宰者であるとは、みな、内々で思っていた。ただ謙虚で篤実な當百の気性から、皆に先生と呼ばせず、「當百さん」と呼ばせていたのだ。

水府は新聞社にいた関係で、編集を引き受けた。この点をのちに強調して、水府ははじめから「番傘」主宰者ではない、単なる編集実務を手伝っていたのにすぎない、という説もあり、それはそうに違いないのであるが、當百の秘めた意図は、やはりそのうちに水府を「関西柳壇の覇者たらしめん」というところにあったようだ。ただいまのスタートラインでは同人たちはみなちょぼちょぼ、実力は相伯仲しているかにみえるが、當百には余人のみえないものがみえ、摑めないものを把握していたのであろうか。半文銭がのちに袂を分ったのは當百の期待に反したが、水府はやはり、「番傘」を柳界最大の結社に育てあげ、「番傘」だけではなく川柳界の金看板になった。

月がかわって七月二十日、突如、聖上御不例の号外が飛んだ。明治天皇は糖尿病から尿毒症を発しられたのであった。

両国の川開きは中止され、株式市場に「恐怖相場」が出現した。濠端線日比谷を中心に宮城に接近する線路の電車は宮中への騒音をおもんぱかって徐行し、宮城前には昼となく夜となく、ご快癒を熱禱する人々の姿が見られた。

七月二十九日の号外は御容態の発表を六回報じた、と水府は「自伝」に記している。そうして七月三十日に至り「天皇崩御」の号外、「今三十日午前零時四十三分、心臓麻痺により御崩御遊ばさる、洵《まこと》に恐懼《きょうく》の至りに堪へず」

——この文字を見たとき水府は、

「全く暗雲にとざされ、あり得べきことでないことが起った思いで、私は日本もこれまでだとさえ思った」

と「自伝」にしるす。明治天皇は当時の日本人の心のよりどころのような存在であられたので、国民の喪失感は強かった。

しかし水府ら新聞記者はしめやかな怱忙にまきこまれていた。号外は大新聞の朝日、毎日、時事新報、大阪新報だけが出し、その他の小新聞は翌朝の新聞に伝えたのだったが、哀悼の辞を書き終えた編集長の多田はんは、ただちに記者全員に、寂々として声無い大阪市民の悲嘆、弔旗重く垂れた町のすがたをキャッチせよと督励して追い立てた。

新帝がただちに践祚《せんそ》され、大正と改元された。明治は終ったのだ。

そのころ、水府の父も、明治帝と同じく尿毒症で病床にあり、天皇の御不例に気を揉んでいたが、崩御の号外を見てからいたく気落ちしていた。二週間後の大正元年八月十四日に、父は亡くなった。水府は二重にショックを受けた。父の行年五十六、官吏から小商人となったが、その一生は「清貧と苦闘そのもの」だった。誠実に働きつづけてきたのに結局借財がのこり、煙草屋は差押えを食った。

父の葬儀に、水府は白装束に編み笠、草履ばきで位牌《いはい》を捧げて棺のあとにつづいた。

母は気丈だった。今までの店の横丁の、小さいうちへ移り、そこで子供相手の駄菓子屋を開いた。体裁がわるいからやめてくれ、という世間知らずで見栄っぱりな水府であった。

父の死後黙つた母にはげまされ（「母百句」）

母の所帯にまかせきつたる原稿紙（〃）

水府に「母百句」はあるが「父百句」はない。

愁ひの子を知らざる父と酒をのむ（明治44）

というのがあるが、母親っ子の水府は、母がいるので父を亡った悲しみはまだ救われるのであった。

宿替の荷は淋しいが母があり（「母百句」）

明治天皇の御大葬は九月十三日だった。乃木希典《のぎまれすけ》とその妻静子は、東京赤坂の自邸で、明治天皇のあとを慕って殉死した。

「桃山の方へ人魂二つ飛び」は久良伎。

しかし二十歳の若者の心は抑えてもまた奔騰する。水府の視線は未来に向けられている。その月、九月二十四日に平野町の料亭〈まん月〉で観月会をしたが、これはもうはっきり、機関誌発行の下相談だった。

次の相談会は月を越えて十月の二日、木津大国町《きづだいこくちょう》の半文銭の家である。誌名は持ち寄りで考えよう、ということになっていたのに、正直に考えていったのは水府一人。葉書に朱で寄せ書き風に書き、前以て半文銭あてに出しておいたのだ。

大阪色を出したいと思い、考えたのが、

船場。島の内。千日。

町人の都、大阪のシンボルとして、

番傘。紺暖簾。材木。（これは長堀あたりの町をイメージした）

ほかに柳誌らしいネーミングを、と、

朱筆。砂塵。水溜《たまり》。酒倉。

〈番傘がええやないか〉

誰いうとなく、満場一致で、

〈そやそや〉

と声が揚がった。

〈いかにも大阪的やないか、庶民風やないか、これこそ川柳の心意気だっせ〉

〈そや。高級な洋傘や、粋な蛇の目と違うんや〉

番傘は、ばりばりと開くと、大きい字で商店名が書かれてある、その頃は雨降りには番傘が町をあまた闊歩していたものだ。

それに番傘というネーミングが皆に気に入られたのは、ちょうど中心になる同人、五人で出発しようということにきめていたからだ。白浪五人男ではないが、

〈番傘五人男、はどうや〉

とみな機嫌よく笑い合った。當百、半文銭、五葉、蚊象、水府、……水府はしかし一つだけ気になった。

〈関西川柳社をつくった百樹さんや、虹衣さん、卯木さんは入《はい》ってもらわんでもよろしいんですか〉

と當百に聞いた。

〈入《い》れいでもよろし、みな、川柳やめたり、大阪にいてへんのやから〉

當百はきっぱり、いった。卯木は横浜に去り、百樹は俳句にすすみ、虹衣は新聞記者の仕事に忙しく、川柳から遠ざかっていたのである。それに當百としてはこの際、若い世代と結束して旗挙げしようと期していたのであろう、と水府はいう。

このときの会合ほど希望にみちたたのしい会はなかった。五葉は早速、半文銭に手紙を

出している。その中で、

「番傘を忘れて帰る桜筋」　以下、五葉
「番傘は波止場に立つは用がなし」

「番傘を五人男は伊達にさし」

二百部で十二円を要するというので、一同一思案している。

水府はこの頃、芝居にも文楽にもよく親しみ、記者の職掌がら、あちこちへ足も向け、いろんなことを知り、世界がひろくなった気がしていた。花街事情にも精通するようになっていた。


売られたは三味線に手のとどく頃（大正6）

文楽は血色のいい腹を切り（大正10）

寒さうな顔を芸者に叱られる（大正6）

第三章　大阪はよいところなり橋の雨

——大正の青春

桐まさでみな若かつた法善寺　――大阪において大《おお》いに大阪を咏《うた》はんとす

水府はまたもや引っ越した。「自伝」に「全く埴生《はにゅう》の宿、いぶせきいおりだった」という、大阪の西はずれの市岡《いちおか》、おそらく家賃の安いところを捜したのであろう、以前から飼っていた水府の愛犬「ピン」もともに移った。ピンは白黒の毛の長い犬だった。市岡へ移ってからも迷って居らなくなったのを、水府が佐野屋橋で見つけて連れて帰ったことがある。つかまって箱車に入れられ、すんでのことに命を落すところを、水府が警察へ哀願して、やっと身柄を貰ってきたりした。(この犬のことを水府は「番傘」大正十四年九月に書いている。水府に犬の句は多くないが、犬好きであったらしい)

犬がゐて犬がきらひな母ひとり　(「母百句」)

は、市岡時代を詠んだ句である。

この市岡の家が、「番傘」創刊号の発行所となった。水府あての手紙がしきりに舞いこむ。


二銭貼つて来るは息子の物ばかり　（大正2）

「番傘」創刊事情を物語る半文銭《はんもんせん》所蔵の葉書を「自伝」から——。

當百《とうひやく》より半文銭宛、大正元年十二月四日付。

「忘年会は集つた上で飲むことにしよう。『番傘』は文展以上のものを出さう。『番傘』に出た句は川柳家の名誉とするやうにして見せませう」

文展というのは明治四十年創設の文部省美術展覧会のことであろう、當百の気焔を見るべきである。

これも當百から半文銭宛、同十二月十七日付。

「昨夜水府来訪、番傘原稿査収、例によつて不在（田辺註、當百自身のことであろう）、今日は休んで親類に行かねばならぬ用事あり、明日印刷に廻すことと可致候《いたすべく》」

同じ當百より半文銭へ。同十二月二十七日付。

「いよいよ押詰つて御多用の事と御察し申上候、扨《さ》て『番傘』の印刷都合悪しく結局明春十日頃に完全なるものを発行することと致し候」

當百のファイトと熱情がうかがえる便りで、當百が若い半文銭や水府をたよりに、いかに「番傘」に入れこんでいたかがわかるようだ。それに創刊号は大正元年に出すつもりであったことも。年があけて、とのことで、皆がっかりしたが、何しろ一同本業を抱えている身、(當百と水府は新聞社、半文銭は砂糖仲買人、蚊象《かぞう》は洋反物屋の店員、五葉《ごよう》は銀行員――この五葉は仕事に忠実な銀行マンではあったけれど、「番傘」創刊相談会はよほど嬉しかったとみえて、その翌日、早速半文銭に手紙を書き、「算盤《そろばん》をおく時も、帳面を記《つ》ける間も、チラとゆうべの印象が」思い出され並んだ一座の顔が浮んできた、と書いている。さきの「番傘を五人男は伊達にさし」という五葉の句はその手紙にある。半文銭は「番傘の名がきまるなりすぐ句にしたのは、さすが五葉だ」と喜んだ)――それぞれ忙しい中を、年末年初、とあわただしい時期であるから、発刊が新春《はる》にずれこんだのは無理もなかった。

水府の仕事は、たいへん手間のかかることを割り振られた。およそ半期間にわたる句会の句箋から、入選句を書きぬくことだ。「大阪朝報」の原稿用紙に毛筆で清書し、それを、當百・五葉・半文銭、そして水府と、四人共選にすべく廻覧したのである。すべて一千四十七句。

半文銭から水府宛の手紙。日付は「自伝」から落ちているが、内容から見て、同じく大正元年の十二月半ばまでのものであろう、十八日に句稿は印刷屋へ廻されているようだから。

「句稿を帰つてから調べた。丁度《ちょうど》二時間かかつて、寝たのが二時、実にすばらしい元気だろ。

あれを筆記した君の精力に感心する。句が佳いので厳選するのに大分弱らされた。採点したのが七百からある。三十頁ぐらゐではとても駄目だ。もつとも五葉や當百によつて縮少せられるだらうが、際立つた句をとると四十ぐらゐで、あとは押すな突くなの句が多い。といつて平凡なものばかりでもないし、一寸《ちょっと》採点には誰も頭脳を痛めるだらうと思ふ。おかげで今日は頭が痛い」

——水府は、この創刊号句稿を、今も大切に保存していると、「自伝」にいう。この項は「番傘」（昭和34・7）にあり、水府六十七歳である。ちょうど四十六年前の句稿が、そのとき水府の手もとに愛蔵されていたのだ。（水府の死後、それが散佚《さんいつ》したのは惜しい。水府という人は実に几帳面な人で、資料は断簡零墨にいたるまできちんと保存しており、自身で整理もしていた。大戦中も疎開していたとおぼしいから、消失するはずはないが、物のまぎれということもあるから、いつかはまた出てくるかもしれない。それでも「自伝」に書きとどめておいてくれたおかげで、そのあらましを察することができるのは有難い）

水府の清書した一千四十七句を、四人は選ぶだけでなく、句の下におのおのの手で短評を書き入れてあったという。

少し砕けたひやかしの言葉があったりして、見ているだけでもたのしかったと。

選者の自句は、自信があれば入れてもいいことになっていた。しかし五葉だけはそれをしなかった。それどころか自分の句に「抹消」としてところどころ棒を引いているのも、自分にきびしい五葉らしい。

當百の、

「上かん屋ヘイ〳〵とさからはず」には四点入っていたというから、他の三人の入点はもちろん、當百自身も自信のある句だったらしい。句の下に作者自身が、

「ヘイ〳〵は及第かね」

と書き入れてあったというから、當百の満悦ぶりがしのばれ、まことにほほえましい。

周知のようにこの句は「番傘」創刊号の巻頭を飾る句で、「番傘」調の宣言ともなり、「番傘」風代表作ともなった。（水府「自伝」連載中の昭和三十四年一月、この句碑が大阪ミナミの法善寺の料亭、正弁丹吾《しょうべんたんご》亭前に建立された。若き日の水府や五葉や當百がぞめきあるいた、なつかしのミナミに建てられたわけである）

年を越えて大正二年（一九一三）一月十五日、同人たちが待望した柳誌「番傘」がついに出た。四六半截横判、本文ザラ紙、三十二頁。横綴というのは珍しいが、二段に組まず、

句の下へ作者の号を入れると、ちょうどいい按配におさまって、川柳句集としてはまことに読みやすい。このアイデアは、当時、博文館から出た今井柏浦の俳句集を見習ったもの、と水府はいっている。

収載句数は四百三十一句。礎稿一千四十七句から互選三点以上の句を選んだ。五十年近くたったあとで水府は、作品の傾向がずいぶんその後変遷したと感じているが、私個人の感想でいえば、明治末大正初年の「番傘」調の、人肌熱いなつかしさ、まったりした人情風俗はじつに好もしい。「番傘」調が好きな所以《ゆえん》である。

句の鑑賞はあとにするとして、体裁からいうと、てのひらを横にしたくらいの大きさの横綴じ、薄っぺらな上に、白い表紙には初号活字の黒字で、ただ、

「番傘　1」

とあるだけ。水府は簡素といっているが、そっけないだけのもの、裏表紙も名刺を横にしたような枠の中に、

こんなも
のを出す
ことにし
た。
卜百

と人を喰ったようにとぼけた創刊の辞。

うしろの「規」なる会則には、

「▽『番傘』は二ヶ月に一度出すやら一ヶ月に二度出すやら其処《そこ》はハッキリせず。気の向いた時に出す。

▽『番傘』は川柳家に進呈する雑誌也。其《その》代り郵税（二銭）だけは御負担あれ。

▽『番傘』に寄附金でもしてやらうとの特志家があれば喜んでお受けをする」

売る雑誌ではないので、規定のさらりとした無遠慮さが、川柳仲間には案外受けた、と水府はいっている。発行所は「大阪市西区京町堀上通三丁目　関西川柳社」――いうまでもなく、西田當百の自宅である。投稿所は「大阪市西区市岡町五十六番地　岸本水府方番傘編輯所」となっている。

表紙を開くと、口絵が貼りつけてある。絵は同じ大阪朝報社の同僚、住田良三、水府と同い年で新劇好きの洋画家であった。この青年がちょっと夢二ふうな、橋にたたずむ着物の女を描いた。木の橋の向うに商家の土蔵と柳、女は袖をかき合せ、ショールにあごを埋め、高下駄を穿いているのは、折から雪道の暗示であろうか。大きさは、かるたほどの唐紙に黒一色の版画、これは水府が刷ったもの、大阪朝報の活字部で、校正刷を刷る、俗にハンドという機械で刷ったといっている。二百枚刷った。刊行部数は二百部であった。

課題は「上燗屋」を筆頭に、「奈良」「流連《いつづけ》」「お開き」「守護札《おまもり》」「独り者」「東西屋」

「将棊」「酌」「紙屑」「洗髪」「裏梯子」「差向ひ」「肩入《かたいれ》」「蓄音機」「花道」「糠袋《ぬかぶくろ》」「身売《みうり》」「後朝《きぬぎぬ》」「河豚《ふぐ》」「廊下」「鉢巻」「南地」「馴落」「頼母子」「桟敷」「床屋」「双児」「近道」「前垂」「俵」「雑」の三十二題。いま書き写して思ったが、このうち三分の一は現代では死語である（流連、東西屋、肩入、蓄音機、後朝など……）。それから、死語とならぬまでも現代風俗には失われたものも多い（前垂、糠袋、身売など）。今昔の感うたた、というところであるが、それはちょうど歌麿や北斎の絵を見るように、明治末大正初年のなつかしい風俗として定着しており、佳句も多い。

作者の顔ぶれをみてみよう。同人五人のほかに、河盛芦村《ろそん》、馬場緑天《ろくてん》（のち大阪朝報の校正係になる。このときまだ十九歳）、篠村力好《りっこう》（堀江のせとや旅館主。実力作家）、中村喜月《きげつ》（読売系の古い川柳作家）、とく松、奇萌、三日峰（この人たちの生業は不明）、大谷茶十（水府の同僚記者か）、今場常坊《つねぼう》（堀江・阿弥陀池の有名精進料理屋〈すまんだ〉主人。古い作家で、品のいいおっとりした句をつくる）ら十四人。

麻生路郎《じろう》がいないのは、東京へ行っているからで、青明《せいめい》も同じ。日車《ひぐるま》はまだこの時点で大阪へ帰っていないが、このあと三人とも、さながら「番傘」が呼びよせたごとく大阪へ舞い戻り、精力的に作句して力作を「番傘」へ寄せ、活気づけることになる。

創刊号にはエッセーもある。當百の「偶感」――東京人と大阪人の気風の差は気候の相違からきていると當百はいう。東京の気候は変りやすく気がいらいらする、「東京人の気短かに怒りつぽく、而かも執拗《しつこ》くは怒らず淡泊な処、所謂《いわゆる》宵越しの銭は使はぬ江戸気質は、此変化の甚しい気候が能《よ》く似て居る」

大阪はというと気候が温和で寒暖の序は正しく、全体に雨が少くて気持の良い晴天が続く、當百にいわせると、

「大阪の人間の、贅六《ぜいろく》と云はれて歯ぎりのしないのは、この変化の激しくない落付いた気候と丁度同じやうだ、この落付は大阪人の恒心を養ひ、その恒心は軈《やが》て恒産を作つて居る」

——ここからして東西の川柳の違いもくると當百は考える。東京は何がな新しく新しく、と焦る、絶えず句は変化動揺する、大阪は停滞ともみえるぐらい平静である。

「大阪の句は恒心のある執着心の強い句で、決して他の誘惑にも迷はぬ。軽々しくは動揺もしない地味な態度が淋しく見えようとも、進歩の度がヨシ遅々たるものであらうとも、一歩一歩基礎を固めて進みつつある今日の遣り方は、我《わが》大阪の気風に合致した最良の方法であると、斯《か》くして我々は大阪において大《おおい》に大阪を咏《うた》はんとするのである」

當百このとき四十二歳、写真で見れば半白の髪をほとんど五分刈のように短く刈り、きりっとした面ざしは、この人が趣味とした謡《うたい》がいかにも似合いそうであるが、表情は慈容とでもいうか、素性ただしいやさしさと寛容にみちている。(『川柳の書』〈岸本水府還暦記念出版〉に写真がある)

しかし當百は燃えている。自分の年齢の半分ほどの青年たちと共に「大阪において大に

大阪を咏はんとする」川柳に賭けていた。當百は大言壮語する人ではないかわり、その期するところは深く激しかったにちがいない。當百の句をみると、古川柳追随では決してなく、古川柳から出でて、古川柳の藍より青からしめんというところがあった。といって、一時、水府らの若手が凝ったような、詩性川柳、「短詩」などのゆきかたとまたちがうものをめざしている。

詩性川柳といえば、水府は「番傘」ではすっかりその足を洗っている。これについては「自伝」でちょっと触れているエピソードを紹介しなければいけない。

さきに『白日』という本が短詩社から出たということはのべた。五葉、青明、水府らが新傾向の短詩に打ちこんでいた頃である。（水府は「玉葱の青白きがうれし白き皿」という句を寄せ、五葉は「雲の峰人生きんとす生きんとす」、青明は「処女あまたさざめき行くを思はぬにあらず」などをこの本に発表している）――そのとき、奇体な投稿が寄せられた。

「逸名氏」としてタイトルは「われ一人」という五十句ほどの作品群、これが目を剝くばかり斬新なのだ。

〈誰かわからへんけど、こんな郵便がとどいたんや〉

青明が昂奮していう。

〈いやあ、なかなかのもんや、新傾向の川柳家はみな、愧死《きし》すべきやな〉

水府はいそいで作品に目を通し、

（む？　これは）

と頓《とみ》に居ずまいを正した。

（すごい、今まで見たこともない。誰やろ、作者は。おそろしい感覚の新しさや）

殴打されたようなショックを受けた。おそろしくも美しい作品群であった。少くともこんな新傾向の川柳は今まで見たこともなかった。

「紅塵の中に一人の君住めり」

「世の常の女と君はなりにけり」

「音もなく人等死にゆく音もなく」

「いま一度うなづきて我に見せよかし」

何度も誦しているうち、水府はどこか、ひっかかるものを感じた。既視感のある字づらなのだ。若い水府は記憶力もみずみずしい。

（待てよ。もしかすると）

水府は前田夕暮《ゆうぐれ》の歌集『収穫』をひっぱり出し、いそいで繰る。やっぱりだった。

「紅塵の中に一人の君住めり」は下の句の「都の春の日の暮れおそき」を省いたものだった。

「世の常の女と君はなりにけり」は、「世の常の女と君はなりしかや来し方をのみよく責むるなり」の上の句を些か改変したもの。

「いま一度うなづきて我に見せよかし」は「言葉すくなきさびしき女」の下の句を捨てたもの。更に、水府が、特に佳いなあと思った「音もなく人等死にゆく音もなく」は、「大あめつちに夏は来にけり」の上の句なのだった。これは牧水である。

事情がわかって青明は、〈なあんや、けしからんなあ、逸名氏て、誰や〉と笑い出したが、短詩社の運動に水をさそうという誰かの悪戯《わるさ》だろうぐらいに思ったらしく、川柳革新の意欲は少しもめげた様子はなかった。

しかし水府はうちのめされた。『白日』という晴れ舞台に誘われたことを、名誉にも手柄にも思っていたのに、それを嗤《わら》われたように感じたのだ。しかも、冗談に翻弄されて、傑作だとおそろしくなった自分の不明も情けなかった。そのとき水府はかすかな疑問を、新傾向川柳、革新川柳に抱いてしまった。言語感覚の目あたらしさのみを追い求めていった果ての、行く末は、短歌の糟粕を嘗めることになるのではないか。詩性川柳が、近代詩の搾《し》め滓《かす》になる危険性はきわめて大きい、といわなければならぬ……。

水府が當百とともに関西川柳社で、いかにも川柳らしい川柳をつくる、いわば二足の草鞋をはいていたのは、詩性川柳や短詩に、わりきれぬ思いを抱いていたからであろう。

「番傘」が出て、いよいよ水府は、川柳らしい川柳、それでいて古川柳の真似でない川柳という標的を定めたかに思われる。當百には水府のそのへんの心の動きが読めたのであろう、それはまた、五葉も同じである。當百は五葉、水府、半文銭ら若い世代を擁して、大阪で旗挙げするのに自信があったのであろう。

「番傘」創刊号の句の中で私の好きな句を拾ってみたい。旗挙げの句といっていい當百の、

「上かん屋ヘイ〳〵〳〵とさからはず」

は、以前に私が出した『川柳でんでん太鼓』にも取りあげた。上燗屋はおでん燗酒の一ぱい飲み屋である。キタにもミナミにもそんな店はあるが、現代ではおでんやもチェーン店などになっていて、きびきびした姐さんたちがニコリともしないで、効率的に客をさばいている。これはそんな店ではない。都会なれば場末の、あるいは郊外の駅裏の盛り場などを出はずれたところ、昔ながらの古い店、大鍋にぐつぐつと関東煮《かんとだき》（大阪ではおでんのことを、かんとだき、という）、蒟蒻《こんにゃく》、厚揚、豆腐に卵、親父さんは酔っぱらいを相手にしなれているから、何をいわれても、ヘイヘイヘイ、だ。

「悪口は聞き馴れて居る上燗屋」　當百

ヘイヘイヘイは卑屈や迎合ではない、客の気分への暖い心くばりである。

「上燗屋惚気《のろけ》笑つて聞いて居る」　〃

親父さんは店じゅうの客の気分を一瞥で見て取り、うまい肴と熱い酒で客がくつろげるような雰囲気にもってゆく。その対応がヘイヘイヘイである。こういうのが、へおやっさ

ん〉（店の親父）または〈おっさん〉の教養の度合である。私はそういう教養を〈プロ意識とよく釣り合った人間の貫目《かんめ》〉と呼びたいのである。

ところで大阪の古いかんとだき屋、今でもあるミナミの〈たこ梅〉は「番傘」創刊号にも詠まれているが、当時は蒟蒻一つが二銭、蛸の足一串十銭だったよし、しかし現代はおいしさは変らぬものの、すでにヘイヘイヘイのおっさんは居ず、てきぱきしたワーキングウーマンの姐さんたちがいる。

「たこ梅で片手を入れた儘《まま》で飲み」　半文銭

「上燗屋酔ふた〳〵を聞き飽きる」　水府

水府はヘイヘイヘイの句を、「軽味の上乗なもの」である上に、「當百が上燗屋になりきったかのように、温情がにじみ出ている」と「自伝」にいっている。この評もいい。

「鹿の餌を売る婆さんはもう死んだ」　半文銭

半文銭は折々、警句めいた好句をものする。まるで、じゃんけんで片端から勝つような、胸のすく思いを与えられる、面白い句である。しらべもいい。多吟家らしいスピード感に溢れている。

「大仏の鐘杉を抜け〳〵」　五葉

杉を抜け杉を抜け、という畳句の使いかたがいかにも、〈ごうおおおんんん〰〰〉

という殷々たる余韻が耳底にひびく思いにさせるではないか。五葉の技術にはいつも足をすくわれる。

「差向ひ男の眉は薄いなり」　五葉
「後朝《きぬぎぬ》に朱鞘《しゆざや》が当る床柱」　〃

五葉はやっぱり巧者な作家である。男の眉は薄い、などという写生は、ただ者でない身のこなし。後朝と朱鞘の取り合せも、やや月並みではあるけれど、すっきりしている。

独り者という題では、

「独り者燐寸《マッチ》をたんと使ふなり」　力好
「独り者薄暗がりは馴れて居る」　〃

もいいし、

「独り者矢ッ張り家に帰るなり」　水府

も悪くないが、

「独り者帽子乗ッけて出て了《しま》ひ」　五葉
「気紛れに五重の塔へ独り者」　〃

の、そこはかとない侘《わび》しさには及ばない。

五葉の句はこのあたりから、いよいよ登り坂に向うようである。

水府の出句は最も多い。全体の四分の一近い。

灯が点《つ》いたなアと流連《いつづけ》思ふなり
晩酌の処へ帰る二階借り
差向ひ又金の要る話なり
むつかしい儘に『青鞜』娘読み
階級もなく敷島は売れて行き

當百の温順と一味似通うが、當百が一抹、どうしても古川柳臭から解放されぬ感があるのとちがい、もっと自在な浮揚力を得て、読み手の唇に微笑を誘《いざな》う。（仲間内では水府は「小當百」といわれていた）

そういえばこの号の「床屋」という題で、

「表から覗いて通る耳掃除」　半文銭

の句は、前述した散髪屋の状況をよく説明するていのものであろう。

この創刊号の反響は大きかった。関東柳壇からはとかくの批判もあったが、「大阪において大に大阪を咏はんとする」名乗りが全国の川柳作家を刺激したことは事実であった。(それにしては「流連」だの「駈落」だのという題の、遊里情緒纏綿《てんめん》という点が現代からみれば違和感をおぼえるが、明治の風俗人情をまだ色濃くのこしているためであろう、これが初期「番傘」の一つの特色になっている。この数年のち、「番傘」へ入った若い作家たちが、「番傘」に揺曳する遊蕩気分に拒否反応を起し、何度も集団脱退をくり返す。そのたび水府は旧套《きゅうとう》分子と新進分子との仲に立って苦しんでいる)

ところで東京の路郎から早速、葉書がきた。

「番傘が何処からか舞ひ込む。お前のやうな人間には到底解りもすまいが一寸見せびらかしてやるといつた風に。詩人の私には番傘よりも晩方の方がどれ位感じがいゝ、だらう。今に梅雨が来れば番傘は破けてしまふ。さつと破けてしまふ。ドス黒い色になつてサ。番傘の奴ら俺を島流しに合《あわ》したな。覚えてゐろ、覚えてゐろよ。今更あやまつたつて誰れがきくものか遅い遅い。ウン當百か、當百だつて當千だって許さねえぞ。ナニ五葉だと。貴様のやうに頼りない奴に用はねい。気まぐれ半文だつて。妻を貰ふのがか。いい災難ぢやねいか。水府か、え、お前が、お前の清い清い心は何時の間に無くなつたのぢや。何時とはなしに皆ゝな吸ひ取られましたと。フ、ン、芸者にかい、ざまァ見ろ」

東京へ島流しになっている間に、皆、勝手なことしおって、と八つあたりの気味の便りである。「番傘」を見て帰り風が立ったわけではあるまいが、大正二年の一月末には路郎は帰阪してくる。「番傘」二号は五月に出ているが、それにはもう路郎の句が見える。三号は八月に出た。これにはすでに葭乃《よしの》が出句していて、青明の句もみえる。青明も大阪へ帰ってきたのである。

日車の句がみえるのは大正三年五月の五号から。いよいよ、役者が揃い、「番傘」は開花期を迎える。

そのまえ、大正二年、路郎が帰阪したのは洋行する志があったためだという。しかし路郎の姉が病気になったのでその看病をしつつ川柳の作句に励むあけくれだった。路郎は早く母を亡くし、姉に可愛がられたらしく、姉の病気に心をいためていたようだ。しかしやっぱり大阪へ戻れば昔のままの路郎で、「番傘」二号には「一月の末に帰阪した路郎、或晩水府と一緒に當百の留守宅を襲うて奥さんに御馳走をして貰ふ。孰《いず》れ劣らぬ牛飲馬食党の両人、當百の晩餐を名残りなく侵害して引下つた」と「楽屋落」に書かれている。また別の日には當百が社から帰宅してみると、「驚いたことに路郎が来て居て、何日《いつ》もの僕の席に傲然と食卓を控えて、僕の妻と子供を対手にグビリグビリと始めて居る」とこれは當百自身の手記。

當百はその日、謡の稽古日で（當百の謡は玄人はだしで、晩年は謡を教えて悠々自適し

た）すぐ出かけるつもりだったが仕方ない、

「僕も大分腹が空いて居るから兎に角路郎に隣して食卓に就き、盃を受けると其処に此《この》集が来て居た。（田辺註、「番傘」の句稿を回覧していたらしい。）盃は漸く重なつて、二人は早や、耳熱し、頬、紅を潮《ちょう》して来た……」これは路郎と柳論をたたかわせ、時の移るのも忘れてしまったのであろう。

路郎がなんのために海外渡航を企てたのか、今となってはわからないが、「番傘」三号でひやかされている。

「ダブルカラーに替チョッキ、而して五匁のゴールド・チェーンは新たに購求せられたるなり。三分の粗髯《そぜん》を試みに一時間写真に撮る。聞説《きくならく》、近く洋行の準備なり。旅行免状は正に君の胸間に収められてあり」

しかしこの頃、路郎は「番傘」の会で会った河盛葭乃とつきあい出していたらしい。高商出の路郎は、英語の学力では葭乃より一日の長がある。当時の女性としては珍しく英語の素養があった葭乃であるが、学校で英語の古典ばかりやっていたため、「アップツーデートの英語や思想的な文学は私に教わる立場にいた」と、のちに路郎は書いている（「川柳雑誌」昭和39・4～6〝妻を語る〟）。

尤も路郎は、はじめのうち彼女のことをわりに川柳のうまい文学少女だ、ぐらいに思い、「この娘が後に私の妻になろうとは夢にも思わなかった」と。

肩上《かたあげ》のとれない（着物の両肩をつまみ縫いして短くしているのは、まだ少女のしるしである）、無口な娘、怜悧そうな、大きい黒い眼をぱっちりと対手に向け、世の常の女のように愛想笑いを浮べたり、笑うとき口元に手をあてたりしない、ちょっとふしぎな雰囲気の少女、この葭乃さんは後年いっている。はじめて会ったときの路郎は「おじさま」のようにみえたと。年より相当老けてみえたそうである。このとき路郎は満二十四歳（七月生れなので、大正二年の一月か二月が、葭乃との初対面であれば）、葭乃は水府より一歳下で、二十歳だった。

「新調に肩上をする土曜の夜」　よしの

「番傘」三号の葭乃の句、この頃は「よしの」と名乗っている。しかしまもなく肩上をとって一人前の娘になったらしく、同号に、

「肩上をとれば優しい地蔵肩」　よしの

路郎の句、やはり「肩上」という題で、

「肩上もよし立矢《たてや》の字更によし」　路郎

どうやら葭乃のことではないかと思われ、ほほえましい。立矢は「や」の字を竪《たて》にした帯の結びかたで種彦の『偐紫田舎源氏《にせ》』の挿絵にもあるぐらい古くから愛好されたが、少女の帯の結びかたとして明治大正まで長い命を保っていた。うら若い葭乃さんは、着物は地味でも、帯は朱い繻珍《しゅちん》かなんぞで、立矢に結んでいたのであろうか。

そういう少女と路郎は、ロシヤ文学の英訳本を一緒に研究したりしたという。葭乃はまだプール女学校の英語専修科に在学中であった。(卒業したのは翌大正三年の三月である)

〈きみ、将来はどないするねん〉

と路郎は勉強の合間に葭乃に聞いた。

〈わたしは伝道に生涯を捧げます〉

と葭乃は間髪を入れず、きっぱり、答える。男手で育てられたこの少女は、少年のようなところがあって、うじうじと口ごもったり、羞んでうつむいたり、しないのであった。

〈へーえ。やっぱり、ミッション系やなあ。結婚せえへんのんか〉

〈考えていません〉

〈きみ、芝居や道頓堀や心斎橋好きやろ、そんなん好きな不良少女が伝道師になれるかい〉

と路郎がひやかすと、葭乃は、はっはっはと少年のように笑った。無口だが、芯は快活な少女なのだ。

この葭乃に「みなみ」と題する短文がある。(「番傘」五号)

「忙しい〳〵と口癖のやうに云ふてゐながら、毎晩のやうに出掛けて行くのは道頓堀である。と云つても別に役者にヒイキがあるのでもなく、出雲屋の匂ひが殊更に好きだからと云ふのでもない。とにかくあの辺をブラ〳〵お練《ね》りのやうに行きかへりすることが好きである。

バーの白壁に高くか、つてる赤銅のランターンや、前茶屋《まえぢゃや》の板敷の大火鉢や、それを囲んだ舞妓の美しい、白い衿足や、黒ずんだ道頓堀川にうつるやはらかい灯の色などを見てゐると帰ることがいやになる。もし私が男だつたら紙治ではないが、魂ぬけてとぼ〱と我家ながら高い敷居を越えたでせう。私は南向けに寝なければ、おそはれる程、宗右衛門《そえもん》町《ちょう》あたりや道頓堀の憧憬者である。

道頓堀と千日前《せんにちまえ》は目と鼻の近きにあるけれど、私は玩具《おもちゃ》箱のやうな千日《せんにち》前を歩くことを好まない、又あの活動写真小屋の無数の電燈は恰《あたか》も安物の後櫛に鏤めた新ダイヤのやうだ。そして千日《せんにち》前と云へば掏摸《すり》を聯想する。花宗の薬玉の簪《かんざし》や水に濡れた法善寺の敷石道をひきずる下駄の音などは流石《さすが》に忘れられぬが、私にはそれ以上千日《せんにち》前を鑑賞する力がない。

私はみなみへ行くと必ず橋屋で臍《へそ》饅頭を買ふ、私の十二三の時は一個五厘だつたが近頃一銭になつた。値段のわりに味がよい。煙草屋の別嬪さんよりも有難い囮《おとり》であると私は思つた」

ミナミの風趣を愛したのは葭乃だけではない。浪花の青年子女の多情多感なるはあげて、ミナミが好きだつた。殊にも川柳好きにはこの頃のミナミほどゆたかな題材を提供してくれるところはなかった。

「千日を後《あと》戻りする懐手《ふところで》」　路郎

「ワッといふだけにしようと法善寺」　水府
「法善寺露地一杯に酔つた奴」　半文銭
「スーさんと見たは僻目《ひがめ》か戎橋」　青明
「宝恵《ほえ》駕《かご》に雪がちらつく戎橋」　よしの
「道頓堀帰るに惜しい時間なり」　力好
　灯の色も川の水も、店々のにぎわい、色町の物音、すべて若い心には蠱惑《こわく》的だった。五葉は「番傘」創刊の頃は数え三十一、日車は二十六、路郎がやはり数え二十五、青明・半文銭は同年で二十五である。水府も数えでいえば二十二、みな若かった、一日一度は道頓堀に架かる戎橋を渡らずにはいられなかった。（尤もこれはまだ鉄橋だった頃だ。今のような石橋になったのは大正十四年である）
「逢ひたさを堪《こら》へて渡る戎橋」　日車
「戎橋北へ北へと十一時」　水府
　路郎は、美少女葭乃がのちに彼の妻になろうとは夢にも思わなかったように、「紅顔の美少年」水府が、
「後年『番傘』を背負うて立つとは夢にも思わなかった」
といっている（〃妻を語る〃）。路郎にいわせれば、「その時分の水府は今の重役タイプと違って、紅顔の美少年だった」（同）と。

ところで、巷間のデマでは、このころ、路郎と水府が葭乃を張り合って、結局、路郎が恋の勝利者となった、というのがあり、案外、今でもその俗説を信じている人が多いようである。中には、〈路郎先生は高商出やし、水府先生は成器商業やから負けはったんや〉と見てきたようなことをいう人もいておかしいが、これは現代の学歴偏重の思惑が投影した当て推量であって、川柳仲間のつきあいでは学歴なんか吹っとんでしまい、互いの才や人柄への敬愛と親和だけがあったのだ。後年の二人こそ、対立もし、間隙も生じたが、それはおのおの一党一派を率いて主義主張を異にすれば、立場上仕方のないことであった。しかし若い頃は川柳仲間としてみな、肝胆相照らすという風情で交歓していたのだ。のちに水府はくりかえし、この時代のことを書いて古い句友への敬愛を熱っぽく語っている。路郎や日車への若き日の親炙《しんしゃ》を告白している。〈葭乃さんの取り合いが遠因で、お二人、仲悪うなりはった〉という解釈は、額田王《ぬかたのおおきみ》を挟んで天智・天武両帝が壬申の乱をおこしたという以上に、見当はずれであろう。

もちろん水府とて若いから、大阪に珍しい女性川柳家の葭乃に好意は抱いたであろうけれど、弱冠二十一、二の年頃では結婚を具体的に考える余裕などなかったのではないか。川柳仲間、中年の當百や、一家を構えた大人の力好・常坊などが妻子持ちなのは当然として、若者はみな独り者であった。五葉は妻があり、半文銭も新妻を迎えたばかりだが、路郎、水府、日車、蚊象、緑天、みな独身だった。水府の人生は記者生活と川柳、この二つで満杯となっており、恋愛なら考えられるが、結婚なんてまだまだ先の生活設計、というところであったろう。第一、月給十七円ではいくら物価の安いこの時代でも、妻と母を養うことなんかできそうにない、いや、母一人子一人の世帯でも食いかねるのであった。

今にして思へば母の手内職　（昭和11）

桐まさの下駄（柾目の入った一木の下駄）がはきたいが柳の下駄しか買えない、襦袢の衿は母の黒繻子をつけ、アルミの弁当を持って新聞社へ通う。貧乏なくせに記者生活は派手で、連れていってもらう〈なだ万〉や〈鶴家〉などという一流料亭で口が肥え、母が煮《た》くレンコ鯛に文句をいう。母の苦労もよくわかるくせに、無理をいってしまう、若い水府であった。編集長の多田はんに芝居へ連れていってもらった帰り、四つ橋の吉野屋橋の欄干で、思い切って水府は訴えてみた。

〈お願いですから月給上げてほしいんですが〉

〈気ィついてんねんけどな、気の毒やが皆と均衡とらんならんしな〉

多田はんにそういわれてしまう。

母の愚痴にいよいよ金がほしくなり　（「母百句」）

偉い母足らぬ月給いただいて（〃）

人と会う商売だから水府は着るものもいいものを着たかった。当時の人々は着物に目が肥えているから、長襦袢の裾や袖口まで見抜かれる。紺のあせぬ足袋をはくのも男の心意気とされた時代だ。それでも若い好男子の水府は女に好意を寄せられたとみえ、取材でまわった先の、新町《しんまち》の芸者に、

〈岸本はん、一ぺん出し合いで、どこかへいきまひょか〉

と真剣にもちかけられ、〃出し合い〃というのは若く貧しい水府のふところに同情して割勘で、ということで、水府はその割勘さえ払えない状態、これでは男の面目も立たないせつない。

路郎はといえば、そのころ肺尖を病んで薬餌に親しんでいた上、遊んでいる身だった。遊んでいてよく七曜がわかるねと人にいわれたと路郎は書いている（「番傘」五号）。そういう身でも、葭乃とつきあううち、愛するようになり、思いこむと猪突《ちょとつ》型の路郎だから、すぐさま父の芦村に結婚を申しこんだのであった。何しろ、路郎は霹靂火《へきれきか》という別号をもっているような男である。

「行末はどうあらうとも火の如し」　路郎

そして、天から舞いおりたような、世間ばなれしたふしぎな少女、葭乃も、いつか路郎を愛していた。彼が現在、一銭の収入もなく病身であることにも恬淡《てんたん》とした葭乃は気にもとめず、また路郎がときどき落すカミナリも、

「夕立は小気味よし君が叱咤も」　葭乃

といなして、黒眼がちの瞳をぱっちりみひらき、ほほえんで路郎を見上げていた。

水府のほうはこの年初頭、仕事でえらい目にあっている。桂内閣総辞職の折の焼打ち事件である。前年の暮、西園寺内閣は陸軍が強硬に主張する二箇師団増設に反対し、総辞職に追いこまれた。日露の役《えき》以後の軍備大拡張で財政は破綻し、民衆は増税と物価騰貴に堪えられなくなっている。西園寺内閣は財政たてなおしを施政の中心においたのであるが、増師を反対された陸軍は元老の山県有朋の策謀で陸相が辞任、後任が得られず、ついに西園寺内閣は倒れたのであった。山県は政党や議会の勢力が伸展するのを怖れて、長州閥の軍人で陸軍の中枢権力を掌握し、自派の藩閥官僚で固めようとする。後継首相は、内大臣であった桂太郎で、〈宮中と府中（政府）の別を乱す〉という世論の非難を抑えるため、特別に詔勅を出させて第三次桂内閣は出現した。増師反対、元老山県らの閥族《ばつぞく》政治の根絶、憲政擁護を叫んで民衆や学者、政治家、資本家の一部まで立ち上った。政友会の尾崎行雄、国民党の犬養毅《つよし》は憲政擁護の一大民衆運動の陣頭に立たされ、〈護憲の神様〉と呼ばれた。

〈閥族打破、憲政擁護〉

というのが旗印となった。大正元年十二月十九日の第一回憲政擁護大会は東京の歌舞伎座で開かれたが、来会者は「新進実業家・書生・町人・有志家を主として無慮三千余名」「門前にあふれた民衆は電車をとめた」(『日本の歴史23』今井清一、中央公論社刊)

生活難と重税に喘ぐ人々は、政府の不明朗な策謀に日頃の不満を触発され、寄ると触ると政治談義を戦わすようになっていた。ポーツマス講和条約反対の日比谷焼打ち事件以来、「民衆の政治運動が無視できなくなった」(同) 政府は議会の停会をくり返し、停会明けの二月十日、数万の民衆は議会をかこんで、二千五百の警官と五十騎の騎馬憲兵に対峙した。憤激した民衆は政府系の国民新聞や都新聞などを焼打ちし、桂もついに総辞職を決定した。

大阪は一月十一日、長堀の岩松館で憲政擁護大会が開かれたが、二月十一日、土佐堀の青年会館で、大阪青年倶楽部発会式および憲法発布二十五周年記念式があった。発会式に続いて演説会となり、国民党前代議士が桂内閣の政策批判をはじめるとただちに臨席の警察官が演説中止を命じた。

中止命令に聴衆は激昂し、「警察官めがけてはきものを投げつけたり、激しい攻撃の言葉をかけたりした」(『近代大阪年表』ＮＨＫ大阪放送局編、日本放送出版協会刊)

そのあと多数の聴衆が場外へ繰り出し、桂内閣支持の新聞社や、桂派新党(立憲同志会)の代議士宅を襲った。一部は暴徒となって報知新聞支局に投石をはじめる。

水府はこの騒ぎを取材するため、編集長の多田はんと群衆の中にいた。大阪朝報も襲撃されるのではないかと懸念していると、群衆の中から誰いうとなく声が揚り、

〈次は四つ橋の朝報や、行け！〉

と叫んでいる。水府と多田はんはすぐ電車に飛び乗った。群衆はワッショイワッショイと駆足で来る。幾分かは電車の方が早かろう、早く注進せねば、と気がせかれるのであった。

社へ戻ると、非常事態を予期して、官服私服の警官がおびただしく詰めている。消防手もいた。私服は表へ出て、野次馬の中へ加わる予定である。白墨を手にしていた。これは投石者の背中にシルシをつけ、隙を見て社内へ引っぱりこもうという作戦である。

やがて群衆は海嘯《つなみ》のごとく襲ってきた。バラバラと石礫《いしつぶて》、喊声《かんせい》がまきあがり、ガラスの割れる音がする。一人二人、三人と暴徒がつかまって、輪転機の横の柱に押しつけられている。警官は抜剣し、消防手がホースの水を二階から表の群衆に浴びせる。（これは東京の新聞社もやっている）

多田はんは平然と椅子に坐って筆を走らせている。何度もあがる鯨波《とき》の声、水府は次第に落ち着かなくなってきた。生れてはじめての体験だ。どんな危険が迫ってくるか知れない。今にも暴徒の足に踏みにじられそうな気がする。社員はあらかた逃げたらしい。怖くなってきた水府はそっと裏口へ出た。新聞社の隣は「春日野」というすき焼き屋、そこの

裏口の板場を通り抜けさせてもらい、表へ出させてもらった。群衆から一刻も早く離れたかった。御池通りから西へ走った。この日、第五憲兵隊本部から憲兵が派遣されていたが、群衆の騒擾《そうじょう》は十二日午前一時すぎまで収まらなかった。

翌日、何事もなかったようなうららかな天気、水府は社に出て、わが社の新聞を見る。

「洗礼の石礫《いしつぶて》、甘んじて受けん」

というトップ記事、いうまでもなく喊声の中を豪胆に筆を振るった多田編集長の文章。号外の上に石を三つ四つ載せた写真が入っていた。

〈岸本、お前、逃げて帰ったな〉

多田はんにいわれ、水府は、

(まだまだ、新聞記者の資格はないなあ)

と愧《は》じた。

「憲政の神様かついで投《ほ》られまい」　當百

――「大阪パック」の時事絵川柳、広瀬勝平のマンガは、尾崎行雄が胴上げされている。尾崎行雄の有名な内閣不信任案提出の演説はこのときのもの。桂内閣が天皇の詔勅を濫発して、政局の収拾をはかろうとする、むかし風にいえば、袞竜《こんりょう》の袖にかくれて難局を凌ごうとする卑劣を弾劾《だんがい》して、

「彼等は玉座を以て胸壁となし、詔勅を以て弾丸に代えて政敵を倒さんとするものではな

いか」

と獅子吼《しし く》して桂太郎を指さし、面詰すると桂の顔色が変ったという。あとを襲った山本権兵衛《ごんのひょうえ》内閣は、〝シーメンス事件〟海軍高官の収賄暴露という醜行で、何しろ山本自身が海軍の大御所的存在だから身内のスキャンダルとあってはひとたまりもなく瓦解する。

「権《ごん》へうゑ不意に急所を突かれたり」當百

これも「大阪パック」。当時「大阪パック」の時事絵川柳壇は當百が受け持っていた(のち水府に代る)。當百も水府も、時事吟は得手ではないが、川柳の一分野として重んじていたようである。

政局は混沌としているが、大正文化の幕が上ろうとしていた。東京日比谷の一角、皇居のお濠端に、日本最初の近代的大劇場、白堊の洋風建築、帝国劇場が開場したのは明治四十四年(一九一一)の三月、やがてここで「ジュリアス・シーザー」や「復活」が上演され、「復活」の舞台で松井須磨子の歌う、

〽カチューシャ可愛いや　別れの辛さ……

の歌は全国をまたたく間に席捲する。

あの時の恋はよかつた角砂糖　――氷屋の娘

「番傘」二号は大正二年の五月に出た。早くもこの号に路郎は句を見せている。これで創刊号の顔ぶれ、當百・半文銭・五葉・蚊象・水府に加え、路郎の六人が中心となったわけである。互選の上で各自七、八十句ずつ載って、にぎやかにも力ある集となっている。互選だから句稿を回覧したらしく、回覧集を受けとったとき、同人はどうしていたかというアンケートが二号に載っている。當百はさきに述べたように、社（毎日新聞社校正部）から帰ってみると、路郎が来ていて「何日《いつ》もの僕の席に傲然と」坐り、當百夫人と娘さんを対手に「グビリグビリと始めて」いたというわけである。そこへこの回覧集が郵送され、當百と路郎、盃をあげてしきりに柳論をたたかわしたというのは、先述の通り。

――しかしここでつくづく思うのは、（私も主婦のはしくれであるから、よけい感じ入るのであるが）當百夫人のやさしさと雅量である。夫人自身は川柳に近付かなかったが、亭主の好きな赤烏帽子、で、川柳と川柳家に理解を示し、夫のもとに慕い寄る若い川柳家を厚遇すること、ひとかたではなかった。これはなかなか、できることではない。この夫人についてはのち「番傘」十周年記念号（大正11・4）で路郎が言及して感謝している。

「番傘」十年史への感懐は、あまりに多く反って何も書けぬが、

「タッタ一つ書いて置きたいのは、番傘が生れたのは當百君の力であること、、これを今

日まで続けて来られたのは水府君の努力に俟《ま》つところが多いと云ふことです。この外に私の忘れることの出来ない人があります。それは當百君の妻君です。

川柳そのものに少しも興味を持つてゐなかつた當百君の妻君が別段いやな顔もせずに、多くの川柳家の面倒を見てゐられたことです。如何に夫の趣味とは云へ普通の妻君のよく為し得るところではありません。

此の際『番傘』から何ンとかする必要があらうと思ひます」

——「番傘」が「何ンとか」したかどうかは書かれていないから分らないが、こうして誌上で敢て謝恩を表明したことが、當百とその夫人への後輩の謝辞となろう。路郎はやっぱり人間味ゆたかな人であった。いや、路郎の言は、後輩の若手川柳家たちすべての気持を代表するものであったろうし、彼らの、人の情けに感応する心の弾力性を知ればこそ、當百夫人も、にこにこと青年たちの世話をしたのであろう。勿論、家庭内で當百の、夫としての評価も高かったせいであろうが。……

木村半文銭は回覧集が来たとき他出していた。聖天様へお詣りしたあと、新世界の大山館で「生《な》さぬ仲」という活動《かつどう》写真を見、少々急ぎ足で今宮の街道を真っ直に西へ帰って来た。大分寒いなァと懐手をしつつ店へはいると、売場の横の酒樽の上に、句稿の回覧集と、〈政友会の硬派の勝利〉という毎日新聞の号外が一緒に置かれてあった、と。

五葉は銀行から帰って、〈帰りました〉といつものようにいうと、母が〈へえお帰り〉

と元気に答えた。疲れた五葉には、母の元気な声が嬉しい。もう回覧がそろそろ来るころだと思うと、それにも心が弾む。〈郵便は来なかったか〉と妻に聞く。妻は日本手拭をあねさんかぶりにして掃除していたが〈ヘエ、何や一つ来てます〉という。五葉はいそいそと二階の書斎へあがる。——

水府は編集局で記事を書いている最中だった。給仕が郵便物を届けにきたとき、水府はゴタゴタした編集局の中で、

「日本橋の小火　十五日午前二時半頃南区日本橋筋三丁目市会議員杉山小兵衛氏方漬物部屋より出火　大事に至らずして直に消止む　原因損害取調中」

などと鉛筆を走らせていたのである。

こういう同人たちのアンケートや「楽屋落」が面白い。

一月二十四日新年会がすんでから當百他四、五人で道頓堀のカフェー（喫茶店ではない）へいった、と。酔った當百は、テーブルの上の草花の鉢に砂糖をつまんでふりかけ、雪景色に見たてて「絶景絶景」と悦に入ったとか、例の大阪朝報の石つぶて事件の日、蚊象と半文銭は、朝報社へ面白半分に見物にいき、水府はどないしとんねんやろと面白がって噂していたとか、半文銭が木津大国町に宿替し、「新世帯物足らぬ様な飯を食ひ」と吟じたこと。水府がある芸者の三味線に、「俥賃払はしてから差向ひ」の句を書いてやったら、芸者曰く、〈エライ水臭い歌だんナァ〉……

仕事で花街を取材することの多い水府は、このころから芸者の存在にやや慣れ初めている。といっても無論、自費で遊興できるわけのものではなく(いつかは人力車を威勢よくお茶屋へ横付けするような身になりたい、と青年らしい夢を描いてはいたが)、小さい新聞社で、芸能界をよく取りあげるという新聞の性質上、芸者衆と接触が多いのであった。「番傘」一号に、水府は「顔」というタイトルで、四、五行ばかりのエッセーを書いている。

「三ッ寺筋の稽古屋を出た若い芸者、手に撥を持つて荒い大島絣の前垂の、まあ、よく似合ふこと。

一寸《ちよつと》顔を見てやる、向ふも此方《こつち》を見る。

俺の知らぬ芸者だつた」

いかにも若僧の稚気満々、俺はたくさんの芸者を知っているぞ、といわんばかりではないか。(路郎が東京からの葉書に、「水府か、え、お前が、お前の清い清い心は何時の間に無くなつたのぢや。何時とはなしに皆ンな吸ひ取られましたと。フ、ン、芸者にかい、ざまァ見ろ」と書いたのは、この短文を読んだからであろう)

それはともかく、「番傘」二号から、「心中未遂」という題で。

「死に損ね疵が癒つて店を張り」　當百

「心中は出来ず勘定して帰り」　水府

「刑事室」という題では、

「刑事室何処からとなく日が当り」　半文銭

がいい。

「記者一人刑事総出の後へ来る」　水府

は、水府が間抜けな自分自身を詠んでいるようでおかしい。水府の初期の好句、

「安治《あじ》川を巡航船が逃げて行く」

もこの号に載っている。

三号は三ヵ月おいて八月（大正二年）に出た。「紙屋治兵衛」という題の一つに因んだのか、口絵に竹久夢二の、紙治の写真版がある。「河庄」の行灯を背に、手拭で頬かぶりの治兵衛、れいの「魂ぬけてとぼとぼと」という風情、尤も、

頬冠りの中に日本一の顔

という、句碑にもなった有名な水府の句はもっとあとの大正十三年、このときのは、

「格子から見える小春は灯にそむき」　水府

「蜆《しじみ》橋治兵衛は傘を吹き折られ」　當百

この号に「よしの」が、父の芦村とともに出ている。そればかりでなく、路郎と仲良く

並んでいるのもなつかしい感じである。「懐手《ふところで》」という題で、

「鬼灯《ほおずき》を鳴らす雛妓《おしやく》の懐手」　よしの

「懐手橋から遠い火事を見る」　芦村

「挨拶に頷くばかり懐手」　路郎

——この号の好句を少し。

「自分宛の手紙だけよる若旦那」　路郎

「電話室若旦さんは戸を締める」　五葉

「腰弁の鞄は莫迦《ばか》に膨れて居」　青明

おどろくべし、青明が、——かの青明が久しぶりに句を提出しているではないか。六厘坊《ろくりんぼう》の衣鉢《いはつ》をついで「短詩社」の名を自分が引き取り、新しい川柳を興す抱負に燃えていた青明。標札に「短詩社」と掲げ、川柳を短詩とよび、やがてその作品は晦渋難解な調べを帯びていった。そのころ五葉は、このままでは短詩はゆきつまってしまう、と疑問を投げかけたことがあった。新傾向の「わだち」は二号で終り、東京の、同じく革新系の「矢車」も廃刊し、青明は生活的にも疲れていたらしい。東京へ行ったがそれも路郎の斡旋だったようである。川上日車に「青明の事ども」として、「東上を送る」という句がある。（「雪」創刊号、大正4・8）

「疾《と》く起きて汁一椀の別れなり」　日車

やがて青明は東京から神戸へ帰り、そこで新聞記者（大阪朝報神戸支局）をやっていたようである。神戸の川柳結社「ツバメ」に出入りし、川柳をはじめた。彼が短詩を棄て、川柳に再び近付いたことについて、青明自身の心象の表明はどこにも書き残されていない。五葉は「青明君と僕」というかなり長いエッセー、及び青明論の中で（「番傘」大正4・10）、

「青明君は遂に川柳を作るべく余儀なくされたのだ。同じ波に漂ふたが、うんともすんとも云つて来なかつた」

そのうち青明は「番傘」の例会へ出席するようになった。神戸に母と住んでいたので、わざわざ大阪まで来たのである。市岡の五葉宅へ寄り、五葉は一別以来の青明と顔を合せたが「別に変つても居ないし、又変つたことも言はなかつた」と。名刺へ住所を書いてくれたりなんかして、例会に一緒に出かけた。

青明は変っていない、と知ると同時に、五葉は、青明はもともと、そうなんだ、という思いを強くしたらしい。決してかたくなではなく、浪に任せ風潮に伴い、世間に倣う素質があったのだろう。鋭敏で犀利《さいり》な青明は、己れの句、「骨壺《こつ》も朧々の夜なりけり」などの句風の先行きに危惧を感じたというより、「撞《つ》き捨てて己《おのれ》の影を踏んで下《お》り」の世界をもっと究めたくなったのかもしれぬ。「番傘」へ〈帰り新参〉となった青明は、五葉にも水府にもいわぬことを、のちに當百に打ちあけている。

〈この頃、ぼくはようよう川柳の味がわかって来ましてん。川柳はやっぱり「番傘」式がええ、ぼくはいま川柳があらためて好きになりましたんや〉

當百は嬉しかった、といっている。青明ほどの才ある若手が短詩のほうへいってしまったのを深く惜しんでいた當百は、甚だ青明のその言葉が嬉しかった、と。

この「番傘」三号で、青明は帰参後早くも鋭鋒をあらわす。

「保護願《ねがい》内へ帰れば売られます」以下、青明

――「家出」の題。この青明の句は天に抜かれている。ドラマチックだが調べは滑脱。

「しかしなと又引返す立話」

「赤靴の序《ついで》にチョッキも見てお呉れ」

青明の転調を評価しているのは川上日車である。

「青明君は今日迄幾多の暗礁にぶつかつて度々懐疑の境に臨んだ事のある人である。その結果今日の極楽を認め得たとすればもう大丈夫だ。仮令《たとえ》ば

夜学校の横で〝真黒け〟を唄ひ

スーさんと見たは僻目《ひがめ》か戎橋

の句抔《など》青明君の解脱《げだつ》した態度がよく現れてゐるのでは無いか。之等《これら》の句は青明君が決して面白半分で作つた句で無く、相当の研究と苦心を経た産物であると小生は認めてゐる」

(「番傘」大正2・3号)

水府はこの頃も楽々と多作している。ついでにこのあとの号の佳句も抜いてみよう。

立話つい知らぬ間に日が当り

家出して或る日三文判を買ひ

文展にてと裸の上へ書き

きれてからチト用のある恐ろしさ

ところで二号の戯文「『番傘』の人々」（筆者はJKLとある）に、水府の項では、「某曰く君《くん》に女難の災なからん事を祈ると。或は然り。英君柳壇の為に自ら重んぜよ」と揶揄されている。

しかし女難も何も、若き水府のふところは常に淋しい。十銭銀貨一枚が着物の袂に沈んでいることも珍しくない。（大正二、三年頃の新聞記者はまだ着物である。たまたま同僚にいい洋服を着ている奴《の》がおり、うらやましいなと水府は思っていたが、月末になると集金が来て、「月賦が払えないなら、貰って帰る」と、着ている洋服をはぎ取って帰ったと

いう。昔も今も世智辛い世である）

うどんは一銭五厘、氷は一銭ぐらいだったが、優待乗車券で自由に市中を往き来できるのだけが新聞記者の特権で、せめてものたよりだった。

　それゆえ、芸者を自費で呼べる力も機会もないのは無論だが、取材で芸者に取り巻かれることはある。演芸会や温習会、信貴山《しぎさん》まいり（大和・河内の国境にある信貴山上のお寺。毘沙門天《びしゃもんサン》が本尊で、生駒《いこま》の聖天《しょうてん》サンと共に花街の信仰が篤い）、あれやこれやで芸者の名と顔をおぼえた。そうして、素人娘を知らない水府は、一足飛びに芸者の魅力に眩惑されてしまったのであった。

　ごくふつうの若い娘とは交際するチャンスも手だてもない時代であった。差し向いで話をすることもできず、文通だけが仄かな触れ合い、言伝《ことづて》で、〈よろしく、いうてはった〉などと娘の言葉を伝えられただけで、青年の胸は高鳴るという、何ともはかない、じれったいような思い出ばかりの青春であった。そんなときに職務とはいえ、美しい芸者たちと知り合ったのだ。水府が舞い上ったのは無理もないのである。

　ただちょっと現代の我々が注意しないといけないのは、当時と現代とでは芸者のイメージが違うことだろう。これは江戸時代からの社会慣習であろうか、芸者と遊女は次元が違うらしい。寺門静軒《てらかどせいけん》の『江戸繁昌記』を援用すれば、「吉原は即ち色を重しと為《な》す。威厳を貴しと為す。繡衣画裳《しゅういがしょう》、粧色《しょうしょく》濃からんと欲す。深川は則ち芸を重しと為す。洒落《しゃらく》を貴しと為す。浅脂薄粉《せんしはくふん》、飾様淡《しょくようあわ》からんと欲す」というところ（いうまでもなく吉原は遊女、深川は芸者である）、遊女は色を売り、芸者は芸を売る。（江戸時代の小説や、静軒の文章によれば、芸者にはその両方を売る二枚証文というのもあったようだが、その間の消息は、私ごとき野暮天には冥々模糊として、未知の世界である）

ともかく大正はじめの頃の芸者衆の社会的地位はかなり高かったとしなければならない。絵葉書屋の店頭にある美人写真ブロマイドは全部芸者のそれであった。大阪の八千代、東京の万龍は全国的なスターだった。芸者の意気地や気持の張りは芸に関する自信から来ている。その修業のきびしさは一通りのものではない上に、彼女らは社交のプロであらねばならない。客には無論、朋輩・先輩、師匠からお茶屋の内儀・仲居・女中に至るまで受けがよくなくては、この商売は張ってはいけず、といって功利打算や冷酷の本性を嘘で固めてよくみせようとしても、人間関係だけで成立しているような色まちでは、瞞着しきれぬものがある。そういう時代に、ぬきんでて評判のいい芸者になろうとすれば容色や芸は当然として、心根が一流、というものでなければ、人に認められなかったろう。ことにも素人の女たちが芸者に太刀打ちできなかったのは、きびしい芸の修業に鍛えられた立居振舞の美しさ、人をそらさぬ如才なさ、打てばひびく応酬などであったろう。女性全般の知的水準は徐々にあがり、教育も普及していたが、それは良妻賢母育成のためであって、当時の日本社会では女性の素《す》のままの魅力（肉体的にも精神的にも）を引き出すような教育ではなかった。たいていの女たちは、おのが才能や魅力を磨かないままに終ってしまう。天与の美質を磨く機会をもてた女たちはごく少数であった。一般の女たちは野暮で迷妄にみち、教えられた規矩にしたがい、道を外すまじということだけにすがって生きていた。そういう社会で、磨きに磨きぬかれたある種の女たちは、男にとってどんなにめざましくみえたか、多情多感の若い水府の目には、

「日本女性の中で、これ以上の美と愛情の結晶はあるまいとまで」見えたのである。

この愛情というのは説明が要る。芸者たちはみな、男にやさしかったのだ。

新聞社の元日風景は、まず社員そろって土瓶の熱燗でおめでとう、とはじまる。編集室は珍しく整頓されていて、いつもの紙屑もなければ、新聞の綴じ込みも散乱していない。机を寄せて、その上には蜜柑とするめ、茶のみ茶碗になみなみとつがれる酒、祝盃はご随意に、というめでたさ、そこへ瑞気をひとしおふりまく如く、新町廓の芸者衆が二十人ばかりもどっとやってくる。白衿黒紋付の裾模様姿、脂粉をただよわせて、白い指でお酌をしてくれる。にっこりして、

(お目出度《めっと》うさんだす、今年もよろしぃに。土瓶でお酌、いうのも縁起《げん》がよろしおまっしゃろ)

などと、知らない芸者(大阪では厳密にいうと、芸妓《げいこ》である)が、まるで十年の知り合いのように、水府に話しかけてくれる。

水府は夢のような気がする。

この元日の宴で、水府は芸者衆からじろじろと顔を見られた気がした。何年かたってからわかったのだが、長髪にテカテカ油をつけて、

（のっぺりした男はんや）

と見られたのだろう、と「自伝」に書いている。芸者たちはきっと水府のことを、

（若いのに髪長うしたり、あないに油つけたりせんと、さっぱりと短こうしたほうが、男らしィてええのに）

と思っていたのであろう。のちに人に連れられていったお座敷で、水府はそれとなく芸者たちに示唆される。なるべく男はんはさっぱりと、つくろわぬほうがすがすがしくて好ましく、のっぺりした二枚目風はよくない、お芝居でいうたら伊井蓉峰《ほうよう》の役どころよりも、高田実のような役どこがよい、というのである。伊井蓉峰は明治大正の新派の頭目だが、容姿にすぐれた役者で、色立役が得意であった。「不如帰《ほととぎす》」の武男などが当り役であった。高田実も明治大正の新派役者だが、「不如帰」の片岡中将、「金色夜叉」の荒尾譲介といった役どころ、肚芸ができて男らしい役に評判が高かった。玄人女の嗜好はそれなのであるらしい。

芸者衆の美学を暗示されて、世馴れぬ水府も、追々に渋皮がむけてゆく、というのか、おのずとオトナの男の理想像（芸者衆に好かれるタイプ）のイメージが出来あがりつつあ

ったらしい。

彼女らは少し馴染みになると、客の好ましくない点、いけないところなども、それとなくお座敷の会話の中で、間接にたしなめてくれたりする。水府は「こうして男らしいさっぱりした気性が次第に築かれてゆく」といっている。そんな芸者社会の気風も仕組みも水府は追々わかってきた。前にあげた「寒さうな顔を芸者に叱られる」もその気分であろうし、

「仲居からたしなめられた二十四五」

「裏を着たゆかたぴつしやり叩かれる」

も同じ、客は芸者を育て、芸者は客を育てるというふうであるらしい。そういうのを水府は「愛情」といっているのであった。

水府は毎日、母に詰めてもらうアルミの弁当を持って通った。帰りは空《から》の箱に新聞を詰めて音がしないようにし、軽いから着物の懐へ入れることにしていた。ある日の帰りがけ、社の嘱託の俳人、梅沢墨水が遊びに誘ってくれた。この人は遊び慣れた実業家だから、ぽんと新町九軒の吉田屋へ連れていったものだ。

吉田屋はいうまでもなく、夕霧伊左衛門のゆかりの茶屋である。一流中の一流のお茶屋、大きな段梯子、広間の金襖、すべて由緒ある風情のしつらい、そこへ一流の名妓が呼ばれて並ぶ。

水府はもじもじしないではいられない。懐の空の弁当箱が気になってならぬ。それなのに芸者の一人がいわでもの親切、
〈あんた、懐のもん、こっちへ出しなはれな〉
水府はゾッとする。あわてて自分で立って隅の乱れ箱へ置きにいったが、新聞紙包みのそれは誰が見てもわかる弁当箱、赤っ恥をかいた思いで水府は、消えも入りたかった。せっかく、一流の場所へ招《よ》んでもらったのに……しかしそれも浮世の修業のうちなのであろう。

それ以後、水府は断然、弁当持参をやめてしまった。

水府がこんな一流どこを知ったのも、一流の名妓を知ったのも、曲がりなりに新聞記者だったおかげである。当時の名妓のピカ一は宗右衛門町、富田屋の八千代であった。ブロマイドの売れ行き日本一といわれ、日本の恋人と呼ばれた。容色が艶美なだけではない、品がよくて気立てがよい、その上に山村流の舞の名手であった。

いまに残る古い写真で見ると、八千代はうりざね顔の日本風美女で、表情ははんなりと花やぎながらもやさしく、権高《けんだか》な点は微塵もない。

彼女の気立のよさについてはいろんな話が残されている。八千代は床の間を背にした客よりも、末席の客を大切にするといわれた。水府も末席の客となって八千代にはじめて会

い、その美しさに見惚れながら名刺を渡した。八千代は居ずまいを正し、名刺を頂いた。水府は（ここだな）と思い、このときのことは忘れられない、という。

八千代だけさんづけにした遊びぶり

ちょっとのちになるが、水府は難波橋《なにわ》の開通式のときにも八千代に感心したことがある。大阪の市電、堺筋線は大正二年（一九一三）に完成し、そこにかかる新しい難波橋は大正四年（一九一五）に完成した。

当時では市民を瞠目《どうもく》させるモダンな橋であった。パリのヌフ橋を模した設計で鉄と石を組み合せ、幅二十四メートル、長さ二百メートル、壮麗な日本一の名橋である。その上、やはりセーヌ河に架かるアレキサンダー三世橋の、彫刻のライオンにヒントを得たのか、南詰と北詰の橋頭に、天岡均一作のライオンの石像を据えた。四つの石像の台座には「なにはばし」と刻まれている。

この開通式は大正四年五月だったという。劇作家・香村菊雄氏は大阪船場伏見町のお生れであるが、当時、今橋の集英尋常小学校の一年生であられた、と（『船場ものがたり』昭和51、神戸新聞出版センター刊）。いちばん地元の集英校と、北側西天満の小学校の学童は、手に手に日の丸と市章みおつくしの小旗を持ち、渡りぞめ式に旗行列をしたという。

先頭には、めでたくも親、子、孫、三代の夫婦の揃っている今橋の株屋はん、竹原友三郎家の三夫婦が渡りぞめをした。府・市の偉いさん、船場・天満の有力者に加え、北や南の綺麗どころも参加し、市の音楽隊がプカプカドンドンと鳴らして、それは賑やかなものであった、ということである。

水府のいうには、この難波橋開通式の日、大阪の一流どころの、それもよりぬきの美妓連が赤前垂でサービスしたという。水府はその中の、南地の一流芸者、秀勇、春蝶、八千代らに、難波橋のライオンの下で写真をとりたいと申し込み、頼んだが、秀勇や春蝶らは、サービスをたのまれている、式場のテント張りの下の名士の接待が肝心だと思ったのであろう、いくら待っても来てくれなかった。

それが八千代だけは、式場からかなり離れているライオンの前へ立ってくれた。おかげで水府は、よその新聞より変った写真を掲げることができた。どんな若僧でも八千代は、約束した以上、来てくれたのである。

この八千代は、のちに日本画家、菅楯彦《すがたてひこ》と結婚した。菅もとびきりの美男子だったので、噂を聞いた市民は、寄ると触ると、この話で持ち切りだったという（『大阪三六五日事典』和多田勝、昭和59、少年社刊）。新聞社にまで、二人はいつ式を挙げますねんと問い合せしきりだったという。八千代は男ばかりでなく、絵葉書で、女たちにも人気があったのである。これは内緒で挙式しなければ収まりがつかないと、大正六年（一九一七）二月三日に内々祝言をし、翌四日、世間に披露した。

お化けではない丸髷《まげ》を八千代結ひ

は「大阪パック」の水府の句。節分（二月三、四日）には大阪の旧習として、老女は若い島田髷などに結い、若い娘は老ねた妻女のへアスタイルである丸髷などに結って縁起を祝う。これをお化けというのである。

（ついでにいうと、この才色兼備、そしてやさしくしおらしかった八千代は大正十三年、三十八歳で世を去った。まことに美人薄命であった）

川上日車は水府にいった。（大正二年、日車はすでに名古屋の安宅産業をやめて名古屋を引きあげ、大阪に戻り、三五商会という貿易会社を経営している。富裕な商家の子だった彼は、長じてやはり花街で大金を散じ、酒を飲む、きれいな遊蕩ぶりだった）

〈水府君のおよめさんは、芸者やないと気に入らんとみた。しかしちょっと荷が重いな。まァ、大茶屋の仲居さんで、銘仙で暮しますというような心意気の人、捜すんやな。どや、水府君〉

まことにそのものずばりで、水府は返事もできなかった。

水府は初恋といっているが――この頃か、もう少し前であろうか、路郎が東上する前、水府にささやいた話――〈境川橋を越えたとこに氷屋があるねん、そこに可愛い女の子おるわ、十六、七かな、この子ォが紀州の漢方医に奉公してるとき、薬になる蝮《まむし》、捕りにいった話をしてくれるんや、面白いで〉

水府は正直に行ってみた。路郎のいう通り、その店はあった。そして可憐な娘がいた。その物語を、水府はフィクションを加え、のちに「川柳小説」として「番傘」（昭和28）に発表した。『水府句集』にも「指」と題して載せている。七十七句から成る、川柳で以て綴った小説である。水府は、創作、としているが、「自伝」には「私の二十二の恋を告白する」とあるので、まんざらフィクション一辺倒でもなさそうである。

水府が境川橋の氷屋へいってみると、ほんとうに桃割に髪を結った十七ぐらいの娘がいた。その家は本職は畳屋だが、夏だけの氷屋とおぼしく、片隅にガラスの玉すだれを吊って、裸電球が一つという貧しい店構え、桃割の少女は、可憐にも美しい子だった。たすきも甲斐甲斐しかった。

灯がついてからも市岡《いちおか》暗い町

おずおずと氷屋さがすそれも恋

桃割が存分ゆれて氷かく

第一夜みぞれ一つにものいわず

水府は思いきって声をかけてみた。きみ、蝮捕《まむしと》ったんやて？〈へえ、漢方医のおうちに奉公してましたよって〉少女は素直に口をひらき、問われるまま生いたちから語る。

貰われてきたのがわかる十五六

奉公に出たのも父のいうがまま

家伝薬をつくるために蛇捕りに出された、と。蛇は紺の匂いを嫌うから、紺絣を着、手甲脚絆も紺ずくめといういでたちで——。

三尺の竹に蛇捕り暮をまつ

肌白く手甲脚絆紺ずくめ

蛇幾ひき腰の袋の動く暮

用心していても蝮に襲われることはある。

白い指咬まれたとこはここという

指みせてまむしの毒をとる話

ふと覚めた天井まむしの紙袋

話が弾み、水府は翌夜も、ポプラの陰の氷屋の床几に坐らないではいられなかった。

まむし捕る話第二夜第三夜

早や恋になったか床几二人だけ

ささやきはそこの団扇を持った時

セル袴目立つ場末の氷店

明治とはカンカン帽を夜もきて

日参と自分で言って通いつめ

水府はいつか、氷屋の娘に恋していた。毎夜通いつめ、少女のほうも彼を意識しているらしかった。氷の出前にことよせて水府は話しかける。

つき合ってほしい氷の出前箱

橋の話氷の出前とけてくる

涼み床几膝に手をおくだけの恋

ついに水府は三十六日通いつづけたという。やがて短か夜のはかなさ、浴衣の人通りはいつか、名月を待つ町となった。少女は水府に何もいわず姿をかくし、氷屋は当り前のように店を閉めてしまう。所も書かず、〈売られてきました〉という葉書が水府のもとへ届いたのは、それから半年もあとだった。水府の創作句はせつない展開をする。

肩入れはコイツと場末らしい宵

殴られる男ひよわいセル袴

氷かく音もちがった物おもい

鉋《かんな》から氷がすべる途端の血

繃帯に初めて握る冷たい手

短夜《みじかよ》のはかない三十六日目

苦界なり鉛筆がきの手紙来る

繃帯のあれが別れとなった恋

友だちは男に限る昼の酒　――路郎結婚

さて、大正である。

この小稿の初めあたりで、私は、私のうちの男たちが幌《ほろ》なしタクシー（今ではオープンカーと呼ばれるが）でミナミのカフェーへくりこんで遊んだことを少し書いた。それは昭和八年ぐらいから十一、二年、つまり対中国戦争（当時の日支事変）のはじまる昭和十二年（一九三七）ぐらいまでの間だったのではなかろうか。そのころの道頓堀筋、戎橋筋のにぎわい、カフェーの繁昌はたいへんなもの、〈ユニオン〉〈赤玉〉〈丸玉〉〈美人座〉などが妍《けん》を競い、道頓堀川の黒い水に灯が流れ、道ゆく男や女は夢見るように、

〽赤い灯　青い灯　道頓堀の……

と唄っていた。その昭和の前半（前半というより、ごく初期の、ほんの一時代）の大阪の雰囲気は、そのまま大正の、束の間の花やぎに通うところがあったのではなかろうか。私は昭和三年生れで大正はむろん知らないのだが、私のうちは大家内で、若い大正生れの叔父叔母がたくさんいた。

彼らは撞球《たまつき》に凝り、ピンポンに興じ、レコードで流行歌を聴き、「新青年」を愛読し、宝塚少女歌劇の歌を口ずさんだ。大正十二年の関東大震災と昭和二年の財界恐慌を飛び越して、大正と昭和はじめの数年間には通底するものがあったように思われる。水府のあしあとを調べて大正にゆきあたったときの感懐は、そのまま、私の幼児期の時代の匂いを思い出させるのであった。

それは大正デモクラシーの匂い、というべきであろうか。

文学界では自然主義が破綻して、「白樺派」が抬頭する。芥川龍之介が、「文壇の天窓を開け放って、爽やかな空気を入れた」と讃えた武者小路実篤。雑誌「白樺」が口絵で紹介した、ロダンやゴッホ、ルーベンスら、西洋近代美術。みずからの農場を小作人に解放した有島武郎。美術の分野では文展アカデミズムを批判して、二科会が創立される。硲《はざま》伊之助、鍋井克之、石井鶴三、小出楢重らの若き画家たち（鍋井も小出も大阪出身で、ユニークな味のある画家だ）。文学界の白樺派やパンの会に共鳴したフューザン会のことも忘れてはならないだろう（木村荘八や高村光太郎、萬鉄五郎《よろず》ら）。

庶民の暮しがバタ臭くなった。生活難は緩和されなかったものの、享楽的な風潮が社会に瀰漫《びまん》して、人々は、あやふやながら、

（生きるというのも、おもろいことやおまへんか、何ンや、ようわかりまへんけど……）

という気になりはじめたのではないか。

世の中がさうしてもよいやうになり（昭和8）

大正文化というのは昭和ファッシズムの嵐に捲かれるまでの、ごく短期間に咲いた市民文化の花である。見果てぬ、夢の爛熟である。

――物価は上ったといい条《じょう》、〈かしや〉はどこにもあった。水府も路郎も半文銭も、度々、宿替をしている。いい時代である。

金もなく朝日まばゆき家に住み（昭和2）

路郎は落語好きだし、半文銭は謡の手ほどきぐらいは知り、蚊象は絵を楽しんだという。みなそれぞれ、浄瑠璃や、長唄やと、趣味も持っていた。

閑人《ひまじん》もいれば、講義録で勉強する丁稚もいた。幇間《たいこもち》もいれば大尽《だいじん》もいた。花鳥風月の風雅を愛する俳人も、人事に風懐を托す川柳家もいる。女優にバスガール（大正八年に私営の青バスが大阪市には走っている）、ぼんちに巡査、

「わしとこを知ってゐるかとぼんち言ひ」は半文銭

「うちのことおもひ巡査は歩いてゐ」　水府

女工に、婦人記者もあらわれはじめていた。

「飯《めし》炊いて出たとはみえぬ婦人記者」　路郎

——「元始、女性は実に太陽であった」と「青鞜《せいとう》」創刊号に書いた平塚雷鳥《らいちょう》は、婦人解放にめざめ、「私は新しい女である」と宣言して旧来の世俗に挑戦する。中央公論社の「婦人公論」創刊は、大正五年一月である。平塚が結婚したのちの「青鞜」は伊藤野枝《のえ》に引きつがれる。

大正八年には宝塚少女歌劇団が結成された。

大阪の父と慕われたのは第七代市長、関一《はじめ》。大正十二年大阪市長となるや、御堂筋《みどうすじ》を作り地下鉄・市バスを走らせ、電灯をつけ、商科大学をつくり、天守閣を再興した。〈知るも知らぬも大阪の関〉とうたわれ、昭和十年、その死は市葬とされて数万の市民が送った。

将棋の坂田三吉が苦節二十六年、ついに東京の宿敵、関根金次郎を破ったのは大正六年

十月九日。八日午前十時からはじまったが午後十時を過ぎてなお勝負はつかず、翌九日午前十時再開、それでも戦況は混沌、ついに午後六時半にいたり、坂田三吉が勝つ。ともに八段、このとき坂田四十八歳。新世界の通天閣に〈ライオン歯磨〉の広告電飾がついたのは大正九年であったが、建ったのは明治四十五年だった。パリのエッフェル塔を模して七十五メートルの高さ、大阪の子供は尻取り歌をうたう。

〽ダイヤモンド高い、高いは通天閣、通天閣こわい、こわいは幽霊《ゆうれい》、幽れんは青い、青いは坊ンさん……

中之島の中央公会堂の落成は大正七年であった。株屋の岩本栄之助が私財百万円を寄附して建立されたが、岩本はその後、事業の失敗から落成を見ずにピストル自殺した。落成式には四歳の遺児が振袖を着て、公会堂の鍵を大阪市長に手渡し、市民を泣かせた。

大阪城の午砲《どん》は正午に鳴りわたり、森永のミルクチョコレートも、江崎製菓のグリコも売り出された。宝塚を追いかけて大阪松竹少女歌劇団ができたのは大正十一年。春団治もいた、鴈治郎もいた、要するに、大阪っ子にとっては、

「大阪は轢《ひ》かれかけてもいいところ」　高橋かほる

であったのである。

もっとも川柳家はどんなご時世でも諷刺を忘れない。大正四年の、大正天皇即位大礼では、これを機として大倉喜八郎、古河虎之助、三井高保らの財閥実業家に男爵が授けられ

たが、なかんずくこの大倉は戦争のたびに太った「死の商人」、世界大戦のどさくさの好景気では、石の缶詰まで売ったたと噂されたが、明治四十一年には三井と共同出資して「泰平組合」という会社を作っている。名こそ泰平といいながら、実は陸軍の不用兵器の払い下げを受けて外国に売りこむものである。世界大戦ではそのため巨利を得、それは山県や寺内らの陸軍閥の政治資金とされたという、キナ臭い話、

「泰平組合物騒なものを売り」　當百

「大阪パック」の時事川柳、括弧《かっこ》して「軍用品の卸《おろし》」とある。この大倉喜八郎は時事批判川柳の恰好の標的になっている。やることがあくどかった。東北大飢饉のため、営口《えいこう》に残っている軍用米を払下げて貰うよう、関係者は運動したが、大倉に落札してしまった。「東京パック」のポンチ絵は、がま口のような大倉の口へ、米俵が呑み込まれようとするもの、その米俵には「払下米」「軍用米」「二十万石」などと書かれている、一方に痩せこけた東北の窮民が「陸軍省が恨めしい」と。見出しは「大倉の私腹を肥《こや》す」とて、軍と財閥の結托を諷している。「大阪パック」では更に大倉の華族入り待望を揶揄して、

「授爵《じゅしゃく》説こゝにも一人鶴の首」　當百

大倉の大首絵《おおくびえ》は見ればわかるものだが、括弧に「大倉喜八郎」とある。それでも、揶揄や諷喩が世に行われ、読者の頤《おとがい》を解く、ということがゆるされた時代だった。やがて将来する昭和暗黒時代には、その自由すら、奪われるのであるが。

「番傘」の昭和六十年（一九八五）十二月号に「大正」という課題吟がある（石岡正司氏選）。選者の言として、

「『大正』という題は少し後ろ向きだったかも知れませんが、大正二桁のおじさんも、おばさんも、もう還暦を越されたのですから今一度、大正を振り返ってみるのも満更無意義なことではないと思って出題したのです」とある。ここには、あらゆる大正がつめこまれていて、水府が読めばどう思ったであろうと面白い。選者が「深く胸を打たれた」といわれるのは、大正生れと戦争は切り離せぬものゆえ、として、

「銃剣の番号大正忘れない」　今井胡次郎

という句であった。

笑わせられる大正っ子のスケッチでは、

「大正は茶漬けを旨い音で食べ」　片上明水

「大正は蓋の裏から食いはじめ」　勝盛青章

駅弁にしろ、松花堂弁当にしろ、大正生れ・昭和初年生れは、蓋についた飯粒から食べないと、勿体ないと思う。

「ゴミ捨て場大正生れが立ち止まり」　白水盛雄

大正のかぐわしさといえば、

「ヌウボオとした大正の持つロマン」　田頭良子

「大正は美人大概胸を病み」　遠藤寂庵
「恋文を二重まわしの中に秘め」　斎藤矢人
「青鞜の女が風を騒がせる」　富永紗智子
　そしてやはり、青春を掩いつくした戦争である。
「語りべとして大正は無口すぎ」　長江時子
「大東亜戦に大正燃えつきる」　今井友蔵
「醜《しこ》の御楯大正ばかり散り急ぎ」　高坂照男
「大正の写真はみんな身構える」　中島正次
「大正の母はいつ寝ていたのやら」　長田武司
　――「大正の貌《かお》」が泛んでくるではないか。ところで私は、水府の「大正」を象徴する句としては次の句をあげたい。この句が大正時代の代表句というのではない。大正・昭和初期こそ、水府の句が、「番傘」が、生々潑剌と伸展した時代であった。戦後もそれは復活したが、大正時代こそ「番傘」川柳がその根をおろした時代、と私は思っている。この頃から昭和初年にかけて水府はまるで咳唾《がいだ》、珠《たま》をなす、という感じで佳句を吐きつづけている。
　多数の作家がこの期に輩出し、佳什《かじゅう》はぞくぞく生れた。第一期黄金時代とでもいうべきか。その象徴としての、水府の句。

春の草音譜のやうにのびてくる（大正15）

路郎の、人口に膾炙した好句「君見たまへ菠薐草《ほうれんそう》が伸びてゐる」と好一対だ。「音譜のやうに」というのが、躍りあがり伸びあがる気分を表現して若々しい。私生活でも水府にとっては転変の「大正」であった。

「番傘」は大正二年には創刊号をふくめ四冊発行した。翌大正三年は二冊。

しかしこの年、松竹歌舞伎の座付作者、食満南北《けまなんぼく》が加わり、その縁で役者や絵描きといった人が川柳に興味をもって近付いたため、「番傘」の句会は活気を帯び、句風はヴァラエティに富んできた。町の片隅の同人雑誌といった「番傘」は、一躍、社会的存在となる。

水府は大正三年、数えでは二十三、あいかわらず新聞記者と川柳作家のふた股をかけているが、新米記者だった水府もさすがに少しは物慣れてきており、取材活動のカンも育っている。

警察の発表時間をずらして刑事室を覗くコツも身につけた。あるとき、十人いる刑事が出払って一人もいない。

（むっ……）

大事件の予感がする。ふとみると、畳の上に敷島（当時いちばんよく喫われた口付煙草である）の空《から》袋が落ちている。鉛筆で何やら文字。拾い上げると、
〈千日〉
とだけ、書き捨ててある。しめた、千日前《せんにちまえ》に何かあるに違いないと、すぐさま走ってゆくと、のちの大劇のあたりに交番がある、そこが一ぱいの人だかり。水府は何ごとか分らぬままに弥次馬をかきわけ、
〈エライことだんな〉
と水を向けると、弥次馬たちはそれからそれへと噂を聞かせてくれる。何でも近くの安宿、老松館で女が絞め殺されたが、身もとも犯人も分らないという。
もうこれで書ける、と水府は思う。顔見知りの刑事がいた。水府を新聞記者と知って逃げるようにする。水府は先手を打って、
〈やっぱり痴情でしたな〉
と知ったかぶりにいって刑事の顔色を読む、肯定も否定もしないが、顔色はそうだ、といっている。まちがいない、飛んで帰って記事を書く。こうして翌朝の紙上に特種は飾れる。水府は「自伝」で、「記者の推理の面白さ。捨てたものでもなかった」といっている。
夜こっそり、受持ちの南署へ覗きにいくと、刑事たちに〈ぬけがけの功名あさりか〉と

ひやかされ、〈ええこと教《おせ》たろか、びっくりするような事件があるんやけどな〉などといわれるが、こういうのは可もなく不可もない町の噂、若い記者はベテラン刑事にからかわれているのである。

しかしある夕方、いつものようにそっと南署を覗くと様子が緊迫していた。

果して太夫《たゆう》(当時の隠語で犯人のことである)を三人の私服がとりかこみ、留置場へ曳いてゆくところだった。犯人の顔をみた水府は一驚する。同窓の知友であった。そこへ署長が官舎から私服で現われ、

〈ヤ、ご苦労だった。自殺の恐れがあるから……〉

と刑事の袖をひっぱって耳のそばでいっている。これは大事件だ、何だろう、と水府は衝撃を受けたが、当時、迷宮入りになっていた事件は一つしかない、まさかあの○○が犯人とは……と信じられなかった。だが、スクープとしては、他紙におくれをとっていられない。やがては他紙も書くだろう。いま書けば、自分の大手柄になる。しかしそれは友を売ることになる。

水府は留置場へ曳かれていった友人の、暗い顔と沈んだまなざしを思い、胸は千々に乱れる。しかしやはり、友を売ることはできなかった。

翌日、水府は南署で記者団に頼みこむ。

〈実は、ぼくは昨日、特種をつかみましたんや。××事件の犯人がつかまったのを知った。

しかしわざと書かなんだのは、皆さんに頼みがあるんですわ。これ、ぼくの友人なんですわ。スッパ抜かずに警察発表まで待ったぼくの気持に免じて、どうか犯人の名ァは変名にしてほしい、それが無理やったら出身校の名ァだけでも隠してほしいんですわ。ぜひお願いします〉

大朝、大毎、時事、大阪新報、大阪日報、新日報、通信社二社、みな諾《き》いてくれたような顔をしていたが、フタをあけてみると実名はもとより、大朝大毎には出身校まで麗々と書かれてしまっていた。……それは当然で、記者同士の情実で、報道の真実は曲げられぬ、というところであろう。当然のことである。しかし自分の大手柄と引きかえに頼みこんで諾《き》いてもらえると思った、若き水府の大甘ちゃんぶりが、いかにも情《じょう》の川柳作家の一面を露呈していて好もしい。

大正三年の新年句会は一月十八日、新町橋のだるま亭で、十二、三人寄った。「番傘」の連中のほかに、神戸から紋太《もんた》、青岸《せいがん》、京都から柳舟《りゅうしゅう》ら。それに俳人の游魚《ゆうぎょ》（宗右衛門町のお茶屋の主人）、俳人で俳句にあきたらず、新鮮な風懐を求めて川柳に親しむ人も少くなかった。

「番傘」五号は大正三年の五月に出ているがこの編集後記には、三月十日に路郎の姉さんが亡くなったこと、「川柳もこの悲しみを描くに足らない」と葉書に書き添えてあったこ

とをしるす。ついで、

「よしの君がプール女学校を卒業されました」

「路郎君は四月の中頃當百君の仲人でよしの君と結婚されました。それで一家は芦村君と川柳家の三人暮しです」

とある。

路郎が葭乃の父、芦村に、葭乃を妻に頂きたいと乞うたことは前に述べた。それは手紙で申込んだと、路郎の「妻を語る」（「川柳雑誌」昭和39・4～6）にある。芦村からの返事はすぐきた。〈さし上げないことはないが、条件があるので一度お越し頂きたい〉とある。路郎は、どんな条件かと胸をとどろかせながらも勇敢に出かけていった。

芦村の注文は娘と一緒に住みたいというものだった。

〈私は長い間、この娘一人を力に生きてきた。が、娘さえ承知ならさし上げてもよろしい。しかし一人娘なので、あなたにさし上げると私の家は絶家になる。それも差支えはないが、あなたの方の籍に入れることができるだろうか。

それともう一つは、私はいまもいったようにこの娘一人を力に生きてきたから、今更、女中をおいて独り暮しする淋しさに堪えられない。二人が結婚しても一緒に住ませてもらいたい。

私は現在教職にあるから経済の方は心配かけないが、働けなくなったら面倒をみてほし

い。私のいいたいことはこれだけです〉
路郎はすぐさま諾《だく》した。当時は跡とり娘を他家へ縁付かせるのは戸籍の関係で面倒だったのか、しかしそれはすぐ解決する、と路郎は受け合い、芦村との同居についても、〈若い二人だけで暮すより、世渡りの経験者であるあなたと一緒に暮せるのはいいことだと思います〉と同意した。路郎という人は直情径行で気性が烈しい代り、阿諛《あゆ》や心にもないことをいう男ではなかった。このちょっとあと、大正九年に路郎は川柳と漫画を組み合せた『懐手』という小型本を刊行しているが、その序文に剣花坊が路郎の人となりを紹介している。路郎は自分がこうと思ったら、「誰の前でも平気で」〈あなたは少し馬鹿だ〉とか、〈君は野心があるだろう〉とか、〈先生はヘタですね〉とか、〈僕は自分をエライ人間と信じます〉などという男だそうである。
「知らぬ者は腹も立てるが、知つて仕舞へば好い男だ」
葭乃さんはそんな路郎の男らしいところに惚れたのであろうか。私からみると、〈変人は変人のよさを知る〉というところであろう。もちろんこれも敬愛の念でいうているのである。私は水府・路郎両氏はむろん、葭乃夫人にもこの世ではついに面晤《めんご》の機会を得なかったけれども、調べれば調べるほど魅力的な人たちである。葭乃さんは無口だがこれも真率で嘘のいえない、玲瓏、玉のごとき人格であった。天賦のものもあろうが、路郎は、彼女の通《かよ》ったミッションスクールの校長、ミス・トリストラムの影響が非常に大きかったのではないかといっている。

ついでながらこのミッションスクールは自由な校風であったらしく、葭乃さんの卒業式に路郎は彼女に乞われて、余興として演壇で落語を一席ブッたという。無論外国人の先生方には理解できなかったろうが、「女学生のボーイフレンドに、自由にやらせるものもやらせるものだが、平気でやったものもなかなかの心臓だと言わねばならない」。そのときの路郎はフロックコートを着ており、そんな恰好でまじめくさって落語をやったのであるから、さぞ満場の笑いを誘ったであろう。「今だったらそんな勇気は持ち合さない」と古稀をすぎた路郎は回想している。この卒業式の余興で葭乃さんはシェークスピア劇の主役の長セリフを少しも淀まずにやってのけ、路郎は「さすがだ」と思ったというが、惚れ直したのであろう。しかし葭乃さんの熱も相当なもので、路郎がのちにつくった柳誌「土団《つちだん》子《ご》」（大正7・8）に、川柳作家のアンケートがある、そこで「好きなもの」として、

「路郎氏と小豆《あずき》納豆」

を挙げている。嫌いなものは、というと、

「子供」

とある。路郎との間に四男五女を挙げた葭乃さんであるが、子供に縁なく育ったため、子供は嫌いだったそうだ。そんなことを、けろりと言挙《ことあ》げするところが、普通《なみ》の女ではなく、上質の変人と私のいう所以である。のちにある文章で、葭乃さんは自分の飽きっぽさ

についていい、もしそうなら夫に対する愛情も少し位、飽きっぽいところがあってもいいのに、まださめないと、読み手をたじたじとさせるような、まっとうなのろけを書いている。

そしてまた路郎も、当時の世間の男とは少し異質であった。

路郎はかねて妻を娶らば三条件、と考えていた。一に健康、二に嫉妬心のないこと、三に愛嬌のあること、というのである。若い日の路郎は肺尖を患っていたのに、妻の健康を第一条件にしたのは身勝手なようではあるが、路郎の母が肺結核で、彼が生後一年三ヵ月で亡くなったからである。路郎は厳格なおばあさんに育てられ、姉や、学友の母から可愛がってはもらったが、母のない淋しさは身に沁みていた。もし妻を持ったら、生きる限り、妻の命を護ってやろうと思っていた。

路郎が日車とつくった柳誌「雪」（大正5・5）に（わずか六ページの小冊子であるが）、「男操私議」と題する路郎の一文がある。結婚して二年目の文章である。路郎の「変人」ぶりを示してあまりある（くりかえしていうが、私は変人という言葉をごく上等の意味で使っている）ものなので、左に掲げてみる。

「昔から年頃の娘を持つた母親の心には、一日でも永いこと自分の膝元に置いて、世帯の苦労を知らしめないで華美な娘時代を過さしてやらうと願ふ心と、疵《きず》のつかないうちに一時も早う嫁《かた》づけやうといふ心とが戦つてゐる。そして一旦嫁づけられたが最後男が自分を愛して呉れやうが呉れまいが、そんなことには頓著なしに、操といふ鎖でしつかりと縛られて了ふ。飼犬と名がつけば否でも応でもつながれてゐなければ生きて行くことを許されないのとよく似てゐる。女が男を愛してゐなくても此の操を守らされることには少しも関係を及ぼさないのである。こんな矛盾とこんな屈辱を与へて男は知らぬ顔をしてゐるのだ」

　それでは操は詰らぬものだから打っちゃってもいいかというと、そうではない、と路郎は説く。「何んだか修身の先生の講義の様になつて来たが」品物を所有するのでなく、お互い、相手が生きているのだから操は守らなければならない。ただし、男子も女子に対して操は守るべきである。

「そこで男女が共に霊肉の上の操を守るやうになれば、少なからず社会改善の上に効果があると思ふ。そう《ママ》なると結婚問題が余程六ツケ敷なつて来る。結婚前に必ず交際してみる必要が起つて来る。相愛でなければ両者共に生涯操を守ることは不可能であるから、軽々しく結婚をしないことになる。政略的結婚などは後を断ち、妻帯者などの遊廓足踏問題も自然下火になることと思ふ。男操といふことを非常に尊いものとして考へると同時に、自分は妻帯以来これを実行してゐる」

　路郎は葭乃さんの影響を受けたのかクリスチャンであった（結婚後のことかどうかは不明）。洗礼名はヨハネであったが（葭乃さんのそれはルツ）教会に足を向けるところを見た人はなかった。葭乃さんも未婚の娘のころは教会通いをしたが、結婚後は多忙にまぎれて行けなかったといっている。しかし子供たちがちょっと大きくなると折々には連れていったらしく、「宗教による人づくりは彼女の理想だったのだろう」と路郎はいっている。

路郎の「男の操」という発想はキリスト教の一夫一婦観念を抜きにして考えられない。伝統的な日本男児にとっては、笑止とも奇矯とも受け取られる主張であるが、クリスチャンとしては伴侶に対する献身と純潔は当然のモラルであろう。吉屋信子の『良人の貞操』が東京日日及び大毎紙上に連載されたのは昭和十一年（一九三六）だから、路郎の文章よりちょうど二十年後、それでさえ、良人の貞操というのは清新なテーマであったのに、大正五年当時の日本で、男の守操義務など揚言できる人は稀であったろう。

路郎のそんなところも、ミッション育ちの葭乃さんの意に適《かな》ったのかもしれぬ。しかし、だからといってそれを言挙《ことあ》げもしない。葭乃さんはおどろくべき寡黙の人で、必要以上のことをいわない。喜怒哀楽をあまりあらわさないお嬢さんだった、と路郎はいっている。路郎の結婚条件の三つ目に愛嬌のあること、というのをあげているが、この条件だけははずれた。

さて路郎のプロポーズの話が横道にそれたが、仲人は西田當百に頼もうということになり、縁談はとんとん拍子に進んだ。二人がすでに愛しあっていることは打ちあけなかったが、芦村は気づいていた様子、しかし、

「二人に顔を赤らめさすようなことは言われなかった」

と路郎はいっている。當百は〈ほんまかいな、担ぐのとちがうか〉とびっくりしたが、快く仲人を引き受けてくれ、簡単な式をあげて当夜は當百のお得意の謡で祝ってくれた。

結婚しても路郎は毎日薬餌に親しんで一銭の収入もない。葭乃のほうも金銭に恬淡で、べつに文句をいったりしない。北浜のある商事会社の英文タイピストに就職していたが、路郎は妻を働かせるのが嫌いな男で、三ヵ月くらいでやめさせてしまった。

新聞広告を見て、路郎は中之島の倉庫会社の求人に応募し、二百人余りの応募者中、口頭試問と事業論文で一席になるが、その口がきまる前に、友人の口利きで大阪中央電信局の戦時外国電報の検閲係に雇われる。ここの試験は二、三の外国電報を示してこれが解りますか、といわれ、見ると三井物産や内外綿花のような大会社からロンドンやニューヨークほか世界各地へ発信する商取引の電報、〈エエ解ります〉と路郎がいうと、では明日から来てくださいとなった。一席で採用された倉庫会社の口はことわることにして、やっとこれで新妻を迎えて無職、という状態から脱した。

葭乃父娘に路郎が加わるという三人家族だが、三人が三人とも川柳作家というのは珍しい。水府は「そのころとしては珍らしい幸福な川柳一家が築かれたわけである」と「自伝」でいっている。

「夕食が済むと川柳三句出来」

とは、川柳仲間のひやかしであるが、楽屋落の句のうまい五葉の作だろうか。

新婚の句は甘い。

「つなぐ手の羞かしいほど月が冴え」は葭乃。

「美人でもないのに亭主手をつなぎ」は路郎。

二人の恋愛結婚は川柳仲間に好意と羨望で以て迎えられたようである。

「番傘」の五号、大正三年の一冊目は五月三日に出た。発送は路郎の新居で、水府は三人に手伝ってもらって、宛名書きやら袋入れ、糊つけと忙しいことであったが、一家中三人とも川柳家なればこそ、出来る作業だった。この数日後、路郎一家三人と、當百、半文銭、水府の六人は新緑の奈良吟行を試みている。

路郎と水府が、葭乃をめぐって恋のさや当てがあったというデマの出所はずいぶん古く、この新婚ごろにあったらしい。東野大八氏の「麻生路郎物語」(「川柳雑誌」)によれば、その件につき葭乃夫人にたずねたところ、葭乃さんから返書があった。私は東野氏のご厚意で葭乃さんの返書を見せて頂くことができた。封筒は事務用品といった薄茶のもの、消印がややかすれているが、昭和四十九年であろうか、すると夫人は八十三、四歳であられるのか、コクヨの原稿用紙六枚に青いインキも褪せず、美しい、読みやすい達筆でしたためられてある。

「デマの震源地に就き私の知っている範囲のことを申し上げます。それは遠い遠い昔のことでありますから私もハッキリしていない事もあります。

たしか北方の地方誌『猫柳』だったと思いますが若《も》しまちがっていたら他の柳誌であるかも知れません。調べないとわかりません。その地方誌の消息欄へ二三行程の記事が掲載されたことがありました。何が書いてあったか私はその頃なれぬ家事で忙しくしていましたから読んでいないので、詳しいことはわかりませんけど或日水府さんは、その柳誌を持って私たちの新居へこられました。そして問題の記事のあるページを路郎に見せ、『これ、どう思います。僕これを見て第一、今後ここの家とはどうなるのかと思うと心配でやって来たのです』とさも困ったように前額部の髪の毛を右手の親指と人さし指でつまみました。これは水府さんが困った時に必ずする仕草なんです。『僕どんな冗談を言うたか知らんけど』と言葉をつぎました。

『こっちは教育者の娘だから困る。これは訴えよう』と路郎は発言しました。水府さんは『もうそんなむつかしい事はやめときまひょうや。僕が辛抱しといたらええのやから』と云いました。

私としては、水府さんとは句会の時に顔を合すだけで別に個人的におつきあいをした事がないのです。どんな事がかいてあったのか、路郎が大仰に言う程のことでもあるまいと思うていた位ですのに、今日まで私の知らぬ人達の間にまで、永い間尾を曳いてたのかと不思議に思われます。……」

葭乃夫人の手紙はまだ続くのであるが、ここには、はしなくも路郎と水府の性格が出ていて面白い、路郎は訴えると突っぱり（真実はむろんそんな気はないであろうが）、水府は、ぼくさえ辛抱したらええのや、と八方丸くおさめようとする、路郎は猪突型で、水府は宥和周旋の才に長《た》けているというべきか。「猫柳」は石川県小松市にあった柳誌だが、これは昭和二年の創刊ゆえ、違うようだし、私も数冊古本を所蔵しているが、柳界のやわらかい噂話をのっけるような気分の誌面でもないように思われる。誰かの冗談——水府はん、失恋して泣いてるデ、というような座興を聞き伝え、更に面白おかしく弄筆したのであろう。

それにしても八十何歳のお筆と思えぬ適確な叙述、いったいに川柳をやっておられる老婦人は、老いを知らず頭脳明晰で、いきいきしたかたが多いが、葭乃刀自《とじ》もその例に洩れぬ。——おお、そういえば……この大正はじめ、大正二年の十月には、大阪の南区生玉前町で織田作之助が生魚商の息子として生れている。

戎橋白粉紙《おしろいかみ》を散らす恋　――南北「番傘」へ加わる

「番傘」がにぎやかになったのは食満南北《けまなんぼく》ら芝居関係者が加わったからである。大正三年八月発行の「番傘」六号に早くも南北の句がある。

「脇息の下から舞妓《まいこ》手をとられ」　南北
色まちの匂い濃い句で、南北好み。

水府は南北を「私の恩人」というているが、それは「番傘」を隆盛に向わせた原動力となったことでもあり、粋《すい》とか通《つう》とかいう言葉の意味をさながら体現しているごとき南北に親昵《しんじつ》して、人生の一側面を会得させてもらったからであろう。そんなめぐりあいでもなければ、官吏あがりの堅物《かたぶつ》、武家そだちが自慢の、しっかり者のお袋と二人ぐらし、性本来、真面目で品行方正、などという水府には、「粋」や「通」は到底、窺知《きち》すべからざる世界だったかもしれない。

南北にいわせれば、笑って、

〈そんな大層《たいそ》なもんやあらへん、遊び教《おせ》たっただけやがな〉

というであろうが。

生れは堺の素封家のぼんち、歌舞伎作者であり絵も描き、書をよくし、駄洒落がうまく引っ越し魔〈転居鬼〉と呼ばれ、北斎みたいに百ぺん引っ越しやるのや、といっていたが、生涯に八十回くらい引っ越したんとちがうか、といわれている。二十有余貫という大兵肥満の大男、蜘蛛がきらいで鰒《ふぐ》が好き、みんなに愛され、親しまれ、南北の七十七の喜寿祝いでは（昭和三十一年）、

「大阪は食満南北を生かしとき」　堀口塊人

と無形文化財扱いにされている。南北はよく、〈わいは何でも屋や〉といったそうであるが、戯作者という肩書よりも、風流人というのか通人というのか、遊び人というのか、喜寿の会のパンフレットに（正確には料亭つるやが出していた「奥様嬢さまのお料理新聞」、南北はその編集顧問だった関係で、「南北の喜寿特集号」として発行されたもの）「すぎこしかた」として南北は自分で年譜と感懐の筆をとっている。

それによれば彼の述懐として、

「凡そ遊びごとのように世の中を暮してきた」

といい、

「一生を通じて頗《すこぶ》る『ヨタ』であった」

とも、

「私は私の一代を通じて『苦痛』というものを味わっていない」

などともいう。極道のきわまれるものであるが、しかしご本人はまじめにヨタっていたのであり、まじめに苦痛を避けていたのであり、道楽者ではあるが、悪人ではない。小心

で好人物だがナマケモノではなかった。南北は教養深く学殖ゆたかで、芝居作者らしく物知りであった。多才多趣味、食い道楽で色里の散財が大好き、要するに何やわからん、面白い人であったらしい。こういう人は現代ではもう出ないかもしれない。

はんなりした川柳をつくり、それが「番傘」の句風によく適《あ》った。南北はたのしんで川柳をつくった。人格向上のためとか、文学的精進を重ねるとかのためには川柳をつくらなかった。そして彼の本来の稟質をあらわして、色っぽくも品よかった。あたたかな笑いであった。この南北がおもしろいので、ちょっと書いてみたい。

南北は筆も立つので著書も何冊かあるが、座談風な文章なのでいささか論理的構成に欠ける憾みがあり、話題があちこちにとんで読みづらいところがある。しかしまあ、彼の自伝風エッセーとしては（小説や川柳も入っているが）『南北』（昭和24、新光社刊）、それに先に述べた「すぎこしかた」、また「番傘」昭和十一年の二月号から連載した「南北内緒話」がある。ほかには堀口塊人が「川柳文学」（昭和34・5〜35・12）に二十回にわたって連載した「けまはん」、評伝としてはこの「けまはん」が私の管見によれば唯一のもの、ただし惜しいことに本になっていないので入手しにくい。私は食満南北の研究家でいられる湊薫氏のご好意で「川柳文学」からの抄出を見せて頂くことができた。（ちなみに、この湊氏は塊人さんのお孫さんである）

南北は風流人で極道《ごくどう》（大阪ではやくざ者を極道というが、ここではむろん、そんな意味ではなく、道楽者という雰囲気で南北自身使っている）であったが、気骨のある人であった（塊人は反骨というている）。だから奇行奇癖のエピソードはかぎりなくあるが、私の好きなものを紹介すると、南北のきらいなものは忠臣蔵と楠木正成であるそうな。

現代の話ではない。

戦前の、忠孝や忠君愛国、国粋主義、武士道はなやかなりしころの話なのだ。

南北は道徳や忠孝のお手本がきらいなのである。あるとき南北は赤穂浪士の芝居の脚本を書いた。浅野内匠頭《たくみのかみ》が切腹し、浪士は四散して仇討に苦心している頃。内匠頭未亡人はある日ふと、堺町の芝居を見物する。と、そこでは早くも「殿中刃傷の場」が上演されているではないか。いうまでもなく、幕府《おかみ》をはばかって時代はむかしの足利時代にかえてあるが、その内匠頭に扮した役者のあでやかさ、浅野未亡人はあまりにも亡夫に似たその面影に心ひかれ、つい、その役者とねんごろに……。瑶泉院が役者を買う色模様、現代なら面白いアイデアだが、

〈そんなあほな〉

と観客はいきりたったかどうか、四つ橋文楽座でこの芝居を見た「番傘」同人の木村小太郎は、

〈なんぼ食満はんでも軽蔑する〉

と憤慨したという。小太郎、この人も中々の好作者であったが、大和銀行の貸付課長で

お堅い御仁、代表句が、
「君が代を聞いてるやうな菊の花」　小太郎
というのだから、それは憤慨したであろう。
更に南北は楠木正成につき、
〈敵に肥料《こやし》をかけるような、穢《きた》ない戦争をするやつはきらいや。百姓一揆ならともかく、さむらいの戦争やないか〉
と怒るのである。南北の美意識からすれば戦争にも美があらまほしい、というところであろう。それからして対米英戦争のときにも、
〈この戦争は詩がない。穢ない〉
と嘆いていたという。そのへんも何だかおかしいが、戦争に詩情などあるはずもなく、
「源平は絵になるやうに戦《いくさ》をし」　岡田三面子《さんめんし》
というのはおおどかだった昔のこと。現代の戦争はクラウゼヴィッツのいうように、
「流血をいとう者は、流血をいとわぬ者によって必ず征服される」酷薄残忍なものである。
しかし「けまはん」が〈戦争に詩がない〉と嘆くと、何となく、それもそうかいな、という気にならされてしまうではないか。
『堺市史』の本篇第三巻に食満屋《けまや》藤兵衛の名が出てくる。堺の豪商で、これが南北の祖父

である。（堺は古い文化のまちだけに、與謝野晶子といい、麻生葭乃といい、食満南北、村上浪六、曾我廼家《そがのや》五郎など、よく逸材を出している）

食満屋藤兵衛は財政難に苦しむ明治新政府に、一千両を上納して称誉に与《あずか》ったという。

明治政府は徳川慶喜の大政奉還によって兵馬《へいば》の権は収めたが、まだ金穀《きんこく》の権を掌握しないうちに鳥羽・伏見の戦争がはじまり、諸外国との交渉も繁く、内外の憂患こもごもというところ、財政の逼迫は甚だしかった。この窮境を切り抜けるために太政官札を発行することにしたが、それに先立って会計局の基立金として、三百万両を募ることになった。

近畿の富豪はこのとき十万両を醵出《きょしゅつ》したという。（三百万両の目標には遠いのであるが、これにつき、京都あたりの古老はいう、〈長いことお世話になった天朝はんや思うさかい、京都もんは喜んで御用立てしたんどす、そやのに十万両持って東京へいきはって、そのまどンにゃ。いずれ戻らはる思うてたのに、去《い》にはったきり、いつの間ァやら、東京に居付かはって、ワテら京都もんは、いまだに釈然としまへんのどす〉）。御用金も東京奠都《てんと》もごっちゃになっているところがおかしいが、維新政府は十万両くらいでは身動きとれず、更に調達に奔走しなければならなかった。その結果、上方「町民の勤王によって」四百七十三万千四百八十二両を得たという。うち堺町民の上納は二万三千四十八両であった。これも王化に浴すること早かった堺の人々が〈長いことお世話になった天朝はんや〉と思い、献金を惜しまなかったせい……かと思ったが、やはり町民には難色があったらしい。

このとき食満屋藤兵衛はいちはやく一千両を上納し、町民を刺激して、調達を成功せしめた。『堺市史』は食満屋の美挙、と書いている。同じ時に、やはり堺の豪商河内屋仁兵衛も八百両を上納している。これは葭乃さんの曾祖父である。明治三年に償還されたというが、もちろん正金ではなく太政官札であった。

このほか堺の戎嶋《えびすじま》の妙円寺という本門法華宗のお寺を、藤兵衛は一建立《いちこんりゅう》（個人の私財で建立することを、上方ではそう称する）で建てた。これは『堺市史』第七巻にある。

食満屋の藤兵衛さんも、葭乃さんのひいおじいさん河仁《かわに》と同じく、社会事業に私財を投ずるのを惜しまぬ人であったらしい。

南北にいわせると、この祖父は豪《えら》かったという。「自分の祖父の豪かつた事を話すのは気恥かしいが実際豪かつたに違ひない」と「南北内緒話――祖父藤平の事ども」（「番傘」昭和11・11）でいっている。（明治の世になってから、食満屋藤兵衛改め、食満藤平といった）

もっとも、南北が豪いというのは、上納金千両やお寺の一建立のことではない。「豪さはもっと外にある」

食満屋は大道柳《だいどうやなぎ》の町《ちょう》の酒造家である。角寿《かくじゅ》という酒を造っているが、藤平は山気があって堂島の株式をやっていたらしい。その商いぶりが評判となって、歿後、参考にさせてくれと各所から通帳を借りに来た、と南北は書いている。油相場で失敗し、六百両ばかりの財産を失ったこともあるが、それしきのことでへこたれる藤平ではなく、再び起って「妙運丸」という千石積みの船で北海道との交易をはかり、「角の中に寿」の字の入った酒は、当時北海道を席捲したという。堺人の血、呂宋《るそん》助左衛門や八幡《ばはん》船《せん》の物語が祖父のうちに血肉となって躍動していたような気がする、と南北はいう。

藤平は九代目団十郎に似ていた。剛腹な実業家、天衣無縫なところがあって、七十九銀行の店内で、（頭取や支配人、行員がずらりと並び、お客がカウンターの向うに行列しているというような中で）藤平は、

〈ナア古畑はん（頭取の名である）、三円でテカケおまへんやろか〉

大声でしゃべり、店じゅうの人を驚かせたりした。近所の、子供を抱えて生活に困っている寡婦に毎日、米一升と金二銭を恵んでやったり、人に知られぬ慈善家でもあった。しかし日常生活は質素で汽車は必ず「下等」に乗り、着物は木綿、毎夜、チョネチョネと飲む晩酌の肴は、堺の浜でとれる「にいらぎ」とよぶ小魚、それを南北たち三人の孫に一尾《いっぴき》ずつくれるのであるが、一尾の長さ一寸、以て藤平の地味でつづまやかな日常が推しはかれるというものだ。

南北は明治十三年七月三十一日生れ、水府とはちょうど一廻りの年上。七月三十一日というのは住吉神社の夏祭の宵宮《よみや》、堺の大鳥神社の本祭《ほんまつり》で堺の夏祭では地車《だんじり》が出る。吹貫《ふきぬき》（全円の輪に吹き流しのついたもの）や赤地の旗を押し立て、地車の屋根にのぼった揃い

の浴衣の若い衆が、他の町の地車に出会うとたがいに道をゆずらず喧嘩になる。これが地車を曳く吉例で、祭の景気付けとして見物も期待する。このときも食満屋の前で大喧嘩がはじまり、ついに両三名の血気さかんな若い衆が食満屋の屋根にとび乗って、屋根瓦をめくっては相手方へ投げつけていた。ちょうど芝居のめ組の喧嘩のような大立廻りの最中に南北は産声をあげたのである。南北はそのせいかどうか、喧嘩というものは今日まで一度もやったことがない、と雑誌「上方」(昭和6・7)の「夏祭と私」なる小文でいっている。

本名は貞二、兄の藤吉が「けまやの大坊《おおぼ》ンさん」で、貞二は「けまやの小坊《こぼ》ンさん」と呼ばれていた。けまやの小坊ンさんはなぜか父母のことを筆にしていないので分らないが、両親はじめ係累の縁薄かった人ではないかと思われるふしがある。

祖父の藤平は孫たちをきびしく仕込もうとしたらしく、宿《しゆく》院《いん》尋常小学校に通うひまに、漢学の樋口塾へも通わせ、〈子《し》ノタマハク〉を学ばせた。——これは與謝野晶子と同じケースで、明治十一年生れの晶子も同じ小学校、同じ塾へやられている。この樋口塾というのは樋口朱陽という漢学者の開いていた「知新塾」のことであろう。堺の名あるうちの子は、たいていそこで、四書五経の素読から、漢学の手ほどきを受けるようであった。

けまやの小坊ンさんは、その上に五洲閣という習字塾へも通わされた。

「柳樽」を読んだのは十六歳ぐらいの頃、というから、川柳には早くから関心があったらしい。ちょうどその頃、祖父のコネで大阪本町《ほんまち》の七十九銀行へ月給二円五十銭の丁稚にやられる。算盤は巧いので決算期には食満はん食満はんとひっぱりだこであったが、小坊ンさんはまじめに仕事をするよりも道頓堀五座（東から弁天座、朝日座、角座、中座、浪花座）の芝居をかわるがわる見、浪花座の向いにあった前茶屋《まえぢゃや》（芝居茶屋）「大佐《だいさ》」の常客になっていたのである。小学校のころから絵と作文、歴史が好き、小説（露伴や紅葉）、芝居が好き、ミナミのさんざめきが身に沁みて慕わしく、わらべ唄にも、

〽大阪道頓堀《どとんぼり》　竹田の芝居、銭《ぜに》が安うて面白い……

と唄った小坊ンさん、まじめにコツコツ、ということがどうしてもできぬのである。七十九銀行の前は大阪融通会社へこれも丁稚に、その前は家業の修業にと、同業の今津の酒造家長部《おさべ》家（銘酒大関の家である）へ預けられたが、商売を見習うどころか、川海老で酒を飲まされるのが嬉しかったというのだから、どうしようもないのである。そのうち銀行の先輩に連れられて、南、新町《しんまち》、北の新地と、色ざとで飲む酒をおぼえる。まだ十代の若者というのに。……

「紋付のひいやり触《さわ》る置炬燵」　南北

この紋付は芸者の着物、うしろから来て目隠しでもされたか、絹の着物はしっとり重く、ひいやりと冷い。

「好きな紋撰《よ》って舞妓は煽ぐなり」　南北

これは役者の紋の入った団扇である。御贔屓役者の紋の団扇を舞妓は取るわけ、昔は大阪の北新地にも南にも舞妓がいた。

南北はのちに中村鴈治郎のために台本を書くことになるが、日清戦争時代の鴈治郎の舞台を早くも見ていた。まだ十四、五の小坊ンさんだがすでに芝居好きは骨がらみ、道頓堀の弁天座で、鴈治郎演出が斬新だと昂奮していた。その頃は時局便乗の戦争物でも、すべて歌舞伎調であった。花道でノリ紅《べに》になった日本兵が芝居をしている、そこへ、

〈か丶るところへ原田重吉、むらがる敵をものともせず……〉

などとチョボがはいったりする。あるいは敵兵の弁髪を束にからげて、

〈豚尾漢《とんびかん》、よっく聞け、我こそは大日本陸軍歩兵大尉、何のなにがしなり〉

などと大見栄を切って長々とツラネをやっていた時代であった。しかるに鴈治郎の舞台ではシューシューと飛ぶ仕掛けの花火が糸に引かれて舞台を上下へ飛びちがう、その中へ花道から〈進め進め〉と号令をかけて走り出てくる鴈治郎、トノコのこしらえというのだからいつもの白塗りではない、役の松崎大尉になり切った鴈治郎が指揮刀をふるって舞台中央へ、飛びくる弾丸が脚に当ってばったり倒れる。〈アッ〉と叫ぶがなおも屈せず刀を振り、悲愴に、

〈進めっ、進めっ、進めっ〉

と絶叫して幕になる。どっとどよめく観客、

（うわ、何という新しい舞台やろ、ほんまの場面を見てるようや、さすがは鴈治郎はんや）
と、けまやの小坊ンさんは度肝を抜かれて大いに昂奮した。このときの芝居は大一座で、梅玉（当時は福助）も「支那の大官」に扮し、十代目仁左衛門（当時我童）は大島少将で、〈気をつけっ〉などと号令をかけていたという（「上方」昭和12・9〝日清戦争の芝居〟南北）。

何にせよこんな気楽トンボの遊び好きでは祖父の気に入るはずがなく、南北は叱られてばかりで祖父がこわく、しまいに早く死んでくれればよいと罰当りなことを考えていた。そのうち明治三十三年、けまやの小坊ンさんにも徴兵検査のときがくる。体格のいい南北は甲種合格、砲兵第九番というのであった。内心、南北は腐ってしまった。徴兵の係官が、
〈お前は何をしている〉
と訊くので、〝けまはん〟は正直に、
〈遊んでます〉
というと、この頃の係官はまだ鷹揚《おうよう》なもので、
〈そりゃア、いかんね〉
と叱ったそうである。そうして漢文を読ませられた。何でも毛利元就が病篤いとき、枕元に子供をあつめて矢によって教訓したという話だった。南北はそれを読み下し、また名を書けといわれてすらすらと筆を走らせると、〈フム、上手だね〉とほめられた。

甲種合格というものの、当時、四番まで現役で、以下はいわゆる〝くじのがれ〟、兵役をまぬがれたわけである。拾いものと喜んで飛んで返ったハタチの南北は、その足ですぐさま龍神（堺の色町）の馴染みの芸者、十九勇《とくゆう》と相抱いて嬉しがった、さすがに南北は「すぎこしかた」の中で、

「あのここな非国民め」

と反省のポーズをしているが、何しろ、生れてからセッセと働いたことの、いっぺんもないような南北が、なんで〝兵隊サン〟になれよう。採らなんだ日本の軍隊のほうが洞察力があって賢明だったというものであろう。

そのころもうすでに南北は極道の頂上であった。こわく煙たい祖父の藤平は七十で死ぬ。このときの辞世がいい。

「寝ても夢、さめても夢、夢が夢みる夢の世の中」

というのである。自由律であるところが奔放不羈《ふき》だった藤平らしい。

ところが南北の叔父がなまじインテリで、小説家の村上浪六と謀って、この辞世を添削してしまう。

「われ此処《ここ》に七十の春秋に重ねて、西に入るさの月もろとも、ありし昔の山川をみかへれば、

寝ても夢さめても夢や手枕の

　夢に夢みし夢の世の中」

いとも流麗なものにねじまげてしまった。

「これは祖父をスッカリ祖父らしくないものにしてゐる」と南北は不満である。

　さて親類が寄って本家は兄の藤吉に継がせ、小坊ンさんは同じ堺の内原屋という銘酢屋《めいす》のあとを継がせた。部屋住みの小坊ンさんから「新宅さん」に出世したわけで、一時は物珍しさから商人らしく厚司を着て得意先廻りをしたりしたが、これも腰のすわるはずはない。なまじ金が自由になっただけ、南北青年の遊蕩は烈しくなる。芝居好きゆえ、役者を贔屓して、幕を贈るわ、幟を贈るわ、その散財も甚だしい。のちに芝居作者で身をたてたのだから、長い目で見ればすべて人生の肥料《こやし》となり、蓄積となったわけであるが、しかしこの蓄積には金が掛った。食満屋の家産を南北一人が蕩尽したわけではなく、「兄貴は才能があって、いろ〳〵なことに手を出してとう〳〵食満家はオジャンになってしまった」(「すぎこしかた」)。しかし人のよい、いさぎよい南北は親類の前で手をついて、みな私の極道のため、と詫びたので、親類から見放されたというている。

　その、明治三十年代の小坊ンさん全盛時代、いわゆる遊蕩というのはどんなのであったろう。南北は「其昔廓春雨《そのむかしくるわのはるさめ》」という小文を『南北』に書いている。そのころはお米も一升十何銭の時代だったと。大正七年の米騒動のとき一升二十銭が五十銭を突破して、庶民は音をあげ、米屋を襲ったものであるが……。小遣いは十銭もあれば、大黒屋のかやくめし屋で大井に松茸めしが三銭、かす汁一銭、四銭あれば旨いもので腹がふくれたと。堀江の〈はり半〉などという名のある料理屋へいって七十銭で贅沢な酒肴、女中さんに二十銭のチップを与えるとぺこぺこされた。

「溝板《どぶいた》を上げると二銭濡れてゐる」　南北

だからこの頃の二銭も値打ちがある。一銭よりずっと重量感があり、子供二人前以上の駄菓子が買えた。〈大日本〉という字に菊の御紋章〈五十枚換一円〉とあったそう、ともかくそんな時代の遊里である。

お茶屋で朝風呂に入った旦那、丹前にくわえ楊枝で長火鉢の前へ坐る。

〈ハアさんもうおきなはったん？〉というのはお茶屋の女あるじたる〝おかァちゃん〟。

〈ウン、ゆうべだいぶ飲んだなあ〉

〈だいぶどころやおまへんで。今朝はどないしなはる？〉

〈そやな、あっさり湯豆腐どや？〉

〈ソラよろしおまんな、「入舟」にしなはるか、「みどり」でさしまひょか？〉

法善寺境内の小料理屋のことだ。

〈ウン「みどり」にしていな。カラスミとこのわたと一緒に、いうてやっといて〉

〈ハアよろしァす〉

〈若国《わかくに》来やへなんだな？〉

〈姿がおまへなんだんや、今朝、おちょやん、屋形《やかた》へやってみまっさ〉

おちょやんは色町の使い走りの小女《こおんな》で、屋形は芸者の住居、これから今日の遊びの相談、すなわちこのハアさんなる旦那は、土曜日の夜からきて日曜を遊び通そうというのである。

〈ついでに種鶴《たねづる》もそういうたり〉

〈ア、そうそう、種はん忘れてましたな、あの妓《こ》、今度の「二葉の松」、見たいというてましたで。成駒屋はんの復市《またいち》、よろしいのやと〉

〈そうか。皆来たら、三亀《さんかめ》へそういうてやって。おかァちゃんもいくやろ？〉

〈つれていてもらいまっさ〉

若国はんも種鶴はんも芸妓《げいこ》（芸者）であることはいうまでもなく、三亀は中座前の前茶屋、ここを通して芝居の席を予約し、たべものや酒を運ばせるのである。

南北にいわせれば、こんな風に遊んで、この旦那は決してお大尽ではなく、月給百円くらいのサラリーマン、それでもこれくらいの遊蕩ができたと。「ア、世の中はゲンロクの昔と大差なかった」と嘆じている。しかも南北が遊んだ小坊ンさんの頃は、芸妓の「朝迎い」に駕籠がきたと。大阪の古い地唄に、〽恋の重荷の島《しま》の内《うち》、送り迎いにかく駕籠の、誰であろうと棒鼻に、くくりつけたる提灯の、日柄《ひがら》の約束して来たな、高いも低いも色の道、立てる立てんの息杖《いきづえ》も、つきぬ楽しみエイサッサ、さっと押せ押せ夢の通い路……

——この唄の通りに、駕籠をトンとお茶屋の前へおろして、
〈峰鶴さん、朝迎い〉
とよばわると、眠そうなおちょやんが、ハアーと格子をあける、寝乱れ髪の妓がそっと出てくる、駕籠屋がパッと垂れを手際よくあげる、妓は、それは上手に、お臀《いど》のほうからスーッと吸われるように駕籠に身を入れたそうである。さながら文化文政の頃そのまま。
まだ座敷に電灯もなく、百匁の蠟燭を立て、お帳場には線香場があった。けまやの小坊ンさんは身も心もとろけて遊び呆けていたのである、
「太左衛門橋で又もや気が迷ひ」以下、南北
「たいこもち女房といふも持つてゐる」
「二階では今夜は踊りぬくといふ」
正月は芸妓は白襟の紋付、羽子板捨ててうしろから〈寒かったわ〉と抱きつく、それがそれ、南北の句「紋付のひいやり触る置炬燵」の図である、お膳には〈食満《けま》御旦那様〉の箸紙も新しく、カラスミにお雑煮餅、皆が寄ってきて、
〈おめでとうさんだす、三ヵ日のうちに櫓《やぐら》くぐらんと、この年中、ええことおまへんのやと。旦那はん、「大佐《だいさ》」へ電話かけまひょいな〉
新年早々の芝居見物、やがて十日戎の宝恵《ほえ》駕籠、初午のお約束、踊り月の温習会には何かと物入り、そのうち夏ともなれば、

〈蓮《はす》ごはん、生魂《いくたま》はんへ食べにいきまひょいな〉

〈ア、そうそう、涼みにいきまひょ〉

その頃には川に涼み舟が出た。東横堀を漕ぎ出る屋形舟、やがて秋ともなればお月見、肌寒くなれば南北の大好きな鰒《ふぐ》の季節、鰒ばかりではない、二十有余貫の南北は夏が嫌いで、冬が好き、友禅の蒲団をかけた置炬燵も、冷たいビールも湯豆腐も。鰭《ひれ》酒熱うして、白子《しらこ》を鍋に、年中素足の南北は、鰒に目がない。

「月雪の外に鰒あることを知る」　南北
素材の豊かな浪花の地は、魚も肉も美味だ。それにこの頃は、すし屋もうどん屋も料理屋も、夜の二時三時まで営業している。口の肥えた大阪っ子のために、安くて旨い小店がいっぱいあった、蛤汁、どじょう鍋、くじら鍋、うなぎに鯉こく。――戦前の大阪風俗を克明に書きとどめた篠崎昌美の『浪華夜ばなし』(昭和29、朝日新聞社刊)によれば、明治三十年頃の相場として、小鉢物五銭、鱧《はも》や鯛のすき焼一人前三銭、上酒一合六銭、白飯二銭五厘であったと。普通に働いている大衆なら、花につけ月につけ、雪につけ、うまいもんと酒を楽しめたわけである、べつにけまやの小坊ヶさんのように放蕩しなくても。

……

霜も凍る冬の夜、大阪市内の賑やかな川すじには牡蠣《かき》船がつながれる。

「蠣《かき》割つてゐるあたりから船になり」　水府

川面に照り映える牡蠣船の灯、船の明り障子に「お客のシルエットが版画のようであった」と『浪華夜ばなし』にある。橋の上からは、

〽河内瓢簞山、恋の辻うら……

の声が流れるのも哀切であった。

ともあれ、浪花情緒に沈湎《ちんめん》していた小坊ンさん、はっと目覚めてみれば食満家はみごとに身代限りをしていたのである。

小坊ンさんと大坊ンさんは親類に見放され、とうとう兄弟二人、住吉の粉浜《こはま》という庶民の町、月二円という小さい家を借りて生れてはじめての自炊をする。ところが南北は元来器用で多芸多才、若様がはじめておこしらえになったというのに、飯もお菜もうまくつくる。兄の藤吉はさすがに就職先を求めて、毎日一張羅の着物を着て出あるいた。帰ってくるとその着物を今度は小坊ンさんが着て、つとめ口をさがしにいく。——というのは口実、南北はブラブラと歩きまわり、遊んでいた。そうして気になるのは、隣の色っぽい女、あれは芸者らしい、〈兄ちゃん、あれお妾はんやろか〉などといって、兄の藤吉は、〈エエ、やくたいもない、早《は》よ、その着物ぬぎんかい、履歴書とどけにいく先があるのや、それどころかいな〉

兄のほうはえらいもので、さっさと神戸に口をみつけ、一張羅の着物を着て、三円ばかりの当座の小遣いをおき、〈お前も早よ、身ィ立つようにしいや〉と出ていってしまった。

残されたのは三円と南北自身と自炊の行平鍋《ゆきひら》のほか、何もなかったと南北はいっている。南北のへんちきなところは、そうなってもめげない気性で、いつのまにか隣の芸者（やっぱり安いお妾であった）と心安くなり、清元なんか習い、〽姿もいつか乱れ髪……と唄って気楽なもの。

誰一人として、生きているか死んだかというてきてくれる者もない。よく金を散じ、贔屓にし、たてかえたり、心づけを弾んだり、金は貸したまま、奢ったきり、それでも、こんな身の上になれば誰一人、顔をみせない。ところが南北はそれもべつに気にならない。あいかわらず、〽誰《た》がとりあげて結うことも……。

その頃の三円は使いでがあったが、遊んで暮しているからまたたく間になくなる、さすがに窮して、隣の芸者におそるおそる神戸までの汽車賃を借りて兄に会いにいった。あやしい身なりでいったので兄はびっくりして、〈そんな汚い恰好で来られたら困るがな〉と存外多い金を握らせてくれた。金を手にすると南北はすぐ舞いあがるタチ、帰りに元町のレストランへ入って、家へ帰るとまたお隣へいき、〽翼交《かわ》して可愛らし……と唸っていた。

半年ぐらいして兄のところへ引き取られたが、兄は南北にむりに履歴書を書かせ、当時出来たばかりの阪神電車の車掌になれ、と口ききの人のもとへやらせた。

（なんでわいに車掌ができるねん）

南北は堺の食満屋のぼんちや、という、今更もってもしょうがないがプライドがある。

（ぼんちのわいが、「動きます、次は尼崎《あまがさき》」なんていうとれるかい、もし電車にあの妓《こ》やこの妓《こ》が乗っててみい、顔から火ィ出るやないか）と履歴書を握りつぶしてついに行かなかった。

兄の藤吉さんは結局、妻ゑいさんの実家の会社へはいることになった。これが桃谷順天館、有名な化粧品会社で、のちにそこの支配人になっている。元来、才腕のある人で、月給で妻を養い、弟を居候させていたのだから、これは立派、そのうち南北もこうしていられぬように思い、トド、兄夫婦の留守中、箪笥の抽出から「貯蓄債券」二枚を無断拝借して東京へ突っ走った。明治三十七年、南北二十四のとし、東京へ着いて夜中に村上浪六の下根岸の家をたずねたら、浪六は快く置いてくれた。これから南北の居候人生がはじまる。

南北は自身では書いていないが、堀口塊人の「けまはん」によれば、昔、浪六に二百円を貸したことがあったらしい。南北の性格としてそんなことは口にせず（忘れていたかもしれない）、浪六も国士気取りの男なので、そんなことに関係なく南北を置いたのであろう。当時浪六は町奴の任侠を描いた撥鬢《ばちびん》小説で人気抜群の文士だった。居候といっても弟子というではなし、南北は西川という牛肉屋から二百匁の肉をとり、浪六と百匁ずつのビフテキをこしらえてもらって食べるといった風な、ぜいたくな居候であった。

浪六の家には文士・相撲とり・芝居者・新聞記者・政治家など、いろんな来客があったが、浪六は好角家であったゆえ、当時の年寄佐渡ヶ島はよくやってきた。佐渡ヶ島は南北

のりっぱな体つきに惚れ、
〈先生、あんたとこの書生には惜しいもんでごわすネ、一つ弟子にくれませんか、幕内で突き出しますから〉
といった。どうだね、と浪六も口を添えるが、喧嘩のきらいな南北が、なんで相撲とりになれよう、芝居の稲川や濡髪にはあこがれるものの、梅ヶ谷、常陸山は見たこともなかった。好きなのは芝居だけ、
〈なら、一つ、芝居作者になってみないか〉
と浪六の紹介で、歌舞伎座に田村成義をたずねて、脚本を四、五作見せた。何ヵ月か通《かよ》って、やっと入座をゆるされ、作者見習として福地桜痴《おうち》についた。一芝居十五円というささやかな稼業、しかし「自分のやったことで他人からお金を貰ったのはこれがはじめて」と南北はいっている（「すぎこしかた」）。
それから青春時代を芝居の幕内で過し、大阪へ戻って十一代目片岡仁左衛門に気に入られ、中村鴈治郎付きの作者になり……昔の住吉の家はどないなったかしらんといってみたが、
「思ひ出の街思ひ出の家がない」　南北
南北は芝居の世界でところを得、六代目鶴屋南北を襲名した。……水府はこんな、〈けまはん〉に会ったのである。南北の魅力は、純朴な水府にとって強かったろう。

逢状《あいじょう》に角《かど》の芝居の果《はて》太鼓　——花形役者・鴈治郎

もう少し南北の話を。

さきにいった南北の喜寿の会のパンフレットには、珍しい南北の写真がある。若い日、南北、いや、食満貞二青年は早稲田の学生たりしことがあり、制服制帽姿でうつっている。角《かど》の殊更とンがった角帽に金ボタンの学生服、堂々たる偉丈夫（面ざしもなかなか好感のもてる男前である）の南北であるから、書生さんというより軍人のようにみえる。その横に、椅子に坐った筒袖の、眉目清秀な青年はのちの大谷友右衛門、そのころおもちゃといった役者。南北は早稲田で坪内逍遥に学んだのだからアカデミックな教養を身につけられるはずであったのに、学生時代も歌舞伎にうつつをぬかし、おもちゃの家に入り浸り、ついに学成らずして帰郷、何やかや曲折ののち、それでも芝居界に入ったのだから、やはり縁があったのであろう。師匠の福地桜痴は若い南北からみると、白髯のお殿様風で、先生とか師匠とかいうより、「御前《ごぜん》」と呼ぶほうがふさわしかったと。あとで南北は知ったのだが、桜痴居士《こじ》はほんとに「池の端の御前」と芝居関係者に呼ばれていたらしい。小紋縮緬の羽織に古代裂《こだいぎれ》のくけ紐も通人らしく、温容だが見識があった。居士が歌舞伎座の作者部屋にデンと坐っていると、さすが歌舞伎座の重みがちがったという。子役などは作者部屋の板の間に手をつかえて、

〈お早うございます〉

と丁寧に挨拶したものだという。

ところで南北が作者見習として入った明治三十九年当時は、団菊歿後間もないころ、巷間では芝居熱が冷えて、

〈モウ芝居は見られないよ〉

などとささやかれ、歌舞伎の存続も危ぶまれていたのだ。さればこそ、歌舞伎座の作者部屋へ南北もまぎれこめたわけで、作者部屋も小人数だったといっている。すなわち、立《たて》作者に福地桜痴、二枚目に榎本虎彦、竹柴鷹二《たかじ》、助《すけ》に瀬川如皐《じょこう》、ツケ師に浜真砂助《まさすけ》、見習に食満貞二。

しかし作者部屋へはずいぶん多彩な人が訪れてきて賑わしい。江戸下谷生れで、小説や劇評で有名な、根岸派の文人、幸堂得知《こうどうとくち》、「竹の屋《や》劇評」として世評高い饗庭篁村《あえばこうそん》、考証家の大槻如電《にょでん》ら。南北は桜痴居士から〈貞二さん、貞二さん〉とやさしく呼ばれて、よく「天金」のてんぷらをご馳走になった。

この桜痴居士が見識があったということについて、南北は「番傘」の「南北内緒話」に

も、「劇壇三十五年」（南北の劇壇人生三十五年を記念して「夕刊大阪」に連載したものをまとめたパンフレット）にも書いている。

中村吉右衛門が名題《なだい》に昇進した時の興行は、歌舞伎座の中幕「石切梶原」であった。その初日を桜痴居士は上手《かみて》からつくづくと観ていて作者部屋へ戻ると、いましも梶原の扮装《こしらえ》のまま自分の部屋へ急ぐ吉右衛門を、

〈播磨屋さん〉

と呼び止めた。

〈ハイ〉

と吉右衛門は板の間の廊下に膝をつく。

〈あなた、刀の見方が間違っている。教えてあげましょう〉

〈ハイ〉

と吉右衛門はかたわらの男衆に何心もなく、

〈オイ、兼公。部屋へいって刀を取ってこい〉

へえ、と男衆が起ちかけると、とたんに居士の鋭い叱咤が飛んだ。

〈人に物を教わるのに何という無礼だ、自分で取って来なさい〉

吉右衛門は驚いて、はっと答えて部屋へすっ飛んでいったそうである。

「こんにち吾らが、誰に向つてもそんなことを云はうものなら、すぐにエイと首を落され

ることであらう」と、南北はいっている（「番傘」昭和11・4〝南北内緒話〟）。

南北はこんな気風の作者部屋で、生れて初めて真っ四角になって、たどたどしく芝居の初歩から桜痴居士に手ほどきを受けていたのであった。芝居の脚本《ほん》の書き方だけではない、「天金」のてんぷらはじめ、「大和田《おおわだ》」の鰻も居士のおかげで、江戸前のうまさを教えられたという。芝居の幕内では、南北のことを、あれは何者だろう、上方の噺家《はなしか》くずれじゃねえか、といっていたらしい、わりに小器用で筆も相応に立ち、字も絵もちょっといけ、洒落も連発する、まさか堺の分限者のぼんぼん崩れとは思わなかったのであろう。

それでもはじめはのろまでろくに柝《き》もうてず、座頭格の市川八百蔵ににらまれ剣突《けんつく》をくらわされたが、大体がのみこみの早い器用なたち、音羽屋一家に可愛がられたり、重宝な男だという評判も立って切幕《きりまく》の一つも書かせてもらうようになった。木挽町《こびきちょう》で二階借りして小弁慶の茶縞のお召に紺献上《こんけんじょう》の帯、当時の芝居作者の身装《みな》りになって、お身上《しんしょ》（給与）も二十五円になったが、しかしそろそろ大阪恋しくなり、それにちょっとしたもめごともあって（こういうとき南北は粘りがきかない。また我意を殺して、とか、ナアナアですます、ということも致しにくい。あきらめが早く、思いきりが早く、くらっとてのひらを返してしまう）、そのまま稽古場をとび出し、旅装をととのえ、初日の払いもうけとらず、大阪へ戻ってしまった。

大阪は「存外に歓迎してくれた」。むかし贔屓《ひいき》にした役者の片岡我当が南北を引き立ててくれ、そのうち林長三郎と知りあう、長三郎は中村鴈治郎の息子である。長三郎から、うちの親父には親しくついている作者がいない、食満はん、たのまっさ、といわれて鴈治郎に引き合された。このとき明治四十二年八月だった、と南北は「劇壇三十五年」でいっている。南北二十九歳、鴈治郎は五十一歳、当時大阪劇界の巨星であった。この鴈治郎のことも語らなければ、大正の川柳は語れない。歌舞伎《しばい》と鴈治郎《なりこまや》、戎橋を中心にした大阪ミナミの賑わいはまた、当時の川柳の花でもあったのだ。

「白粉を落せば林玉太郎」　馬場蹄二《ていじ》

「鴈治郎あゝして居ればあれでよし」　五葉

「角帯の後姿も成駒屋」　蹄二

——いま写真で見ると、面長に、卵に目鼻というような男、しかしどこか花やかである。実際に舞台を見た人のいうのに、自然にそなわる愛嬌があったと。悪声ながら口跡は人を惹《ひ》きつけ、殊に眼と姿のよさ。——いうまでもなく鴈治郎をいっそう有名ならしめたのは近松物を演《や》らせたら第一人者だったということで、いまだにそれは伝説的に語り伝えられている。紙治や梅忠の鴈治郎の花やかさ、あでやかさは他に比すべくもなかったという。

水府の代表作の一つといわれる、

「頬冠りの中に日本一の顔」

というのは、「心中天網島」の、河庄の場、治兵衛が「魂ぬけてとぼとぼと……」という浄瑠璃につれ、よろよろと花道に出てきた姿なのである。これがまさに和事《わごと》のきわまりといった絶妙のたたずまい、柔媚な遊蕩児を演じて満天下を魅了しつくしたのであった。

このころの芝居小屋の熱っぽさを知らなければ、川柳情緒も解しにくいのではあるまいか。郷土雑誌「上方」の昭和七年十月号は「道頓堀変遷号」であるが、そのころから追々芝居小屋は椅子席に改造されているものの、たった一個所、昔ながら歌舞伎伝統の平場の桝の残っていた中座の写真がある。現代、相撲の桝席がそうであるが、ぎっしり詰った桝席、老若男女相半ば、洋服の男はごくわずか、手にする団扇があちこちで白い。

昭和の初めでもこう満員の観客、明治四十二年の頃はいっそう殷賑《いんしん》をきわめた。その年三月二十五、六日、大阪朝日新聞「中座の大入り風景」の報告では、五等二十五銭で入ったところ立錐《りっすい》の余地もなかったという。詰め込まれて入ったが、とても腰がおちつかず、もう三十銭張込んで四等へ入る。襟足の白い高島田、その母親、大島の羽織の中婆さん、身動きもとれぬ観客がぎっしり、そこへ各々が弁当を開く、白粉と蜜柑の匂いがまざり、折詰の弁当《おべん》には沢庵《おこうこ》の香気《かざ》、火鉢の上のガラスの燗瓶《かんびん》、亭主はちびちび、娘たちはぱっくりとお握りを頬ばる、そこへ囃子場から太鼓、〈それ、開《あ》くで。弁当《おべん》しまいなはれな〉〈えーごめん、もう、ちょっとたのんます、ずっと前へ寄っとくなはれ〉と座蒲団を押しこむお茶子《ちゃこ》、あらたに三人の客を案内してきたのである、〈こらッ馬鹿にさらすなッ〉と大きな声は法被《はっぴ》姿の男、〈この上割り込めるかい、ここまで出てこい、大きな尻《けつ》ひねりつぶすぞ、ド多福〉――収拾つかぬさわぎ。

ともかく、キネマが勃興するまでは、道頓堀五座は芝居小屋として、歌舞伎や新派（高田実、秋月桂太郎、喜多村緑郎、小織桂一郎）でにぎわったものである。新派は日露戦争物や、新聞連載小説の舞台化（「己が罪」や「琵琶歌」「渦巻」）などで当て、いずれも大入りの盛況であった。

そういう観客には組見《くみけん》という団体さんがいる、現代でも団体は多いが、

「組見へ一桝へだてよく喋舌《しゃべ》り」　小太郎

「組見に彼方《あっち》でも挨拶此方《こっち》でも挨拶」　路郎

芝居そっちのけで観覧席は社交場となってしまう賑やかさ。

「芝居茶屋大黒ほどに背負《しょ》つて入り」　水府

「果てたのか庭一杯の芝居茶屋」　南北

座席を予約して食事を用意させる芝居茶屋は、大詰の一幕ほど前に、お茶子が客の外套や荷物を風呂敷に包んで、大黒さまほどに背負ってくる。芝居が果てると、観客は茶屋の庭へ殺到する。

明治大正、そして昭和の初めまで、大阪の芝居につきものは飲食のたのしみ。〈大阪ニンゲンは芝居を見にくるのか、モノ食いにくるのかわからへんな〉と悪口をいわれ、大阪人自身もそういいながら、この悪習は中々止まなんだようである。劇場に食堂や休憩室が

設備されたのはわりに新しいことで、それまでは、ちょっと余裕のある者は芝居茶屋から「タナ」と称する出前を取り寄せる。（現代の相撲席もそうだが）
このタナは三段の棚のある本箱のようなもの、ここに酒肴を入れ、酒はガラスの燗瓶で、角火鉢にかけて燗をした、――と「番傘」同人の上田芝有《しゆう》は、その「上方」の号の「川柳道頓堀風景」で説明している。芝有は大阪毎日新聞の社会部記者だった人。
芝居小屋から取らない観客は持参の弁当を開く。まだその上に中売りの間食をさかんに買った。この中売りの声も観劇のときめきをそそる。
物真似でよくいわれる〈えー、おせんにキャラメル……〉というもの、（現代では煎餅《おせん》の代りにアイスクリームなどを売り歩いているが）――私の子供時分は、〈おせんにキャラメル〉であった。それ以前、もっと古くは、〈岩に番附《ばんづけ》お昆布《こぶ》はよろし〉であったらしい。更に進んで、〈パンに支那栗、コーヒーにアイスクリーム〉と品数が次第にふえたようだ。岩は大阪名物岩おこし、お昆布は酢こんぶ、小さい短冊形何枚かが紙に包まれているもの、私の子供時分も、これはあった。祖母と文楽やお芝居にいくと、きまって祖母は酢こんぶを買った。チューインガム代りであったのか、昔の大阪人に愛された間食である。
「岩に番附人の頭を越えて行き」　五葉
先に述べたごとく、立錐の余地なき満員の中では、中売りは人の頭を越えてとび歩かねばならぬ、中売り人と観客の口喧嘩は絶えなかったと芝有はいうている。

「仲売りのラムネは肩の上で抜き」　蔦雄《つたお》

芝居が盛り上っているのに、おかきやラムネやでまわりのうるさいこと。

「ガタ〱と開《あ》いて臨官席《やくば》へ茶が届き」　水府

戦前、興行や演説会にはきまって巡査が臨監していた。私が祖父に連れられていった昭和十年代初めの大阪・福島の「吉本」でも、いちばん後の壁際に臨官席があり、いつも制服の巡査が詰めていた（それをおぼえているのだから、思えば私も古いものだ）。べつに社会主義者が出演しているのでなくても、もしや政治不穏、皇室不敬、良俗紊乱《びんらん》にわたることがありはせぬかという配慮からであろう、しかし漫才や奇術、落語などを演じている〈福島花月〉などで、臨官席が必要だったかどうか、オトナたちは何の話のついでだったか、

〈あしこに居《お》る巡査は、おもろかったら、やっぱり笑うんやろか〉

などといいあっていた気がする。

〈いや、おもろうても笑いまへんやろ〉

という人、

〈そら、おもろかったら笑いよるやろ〉

という人、しかし実際に小屋へいってみて、後の巡査が笑っていようがいまいが、そんなことを気にかける人間はいなかったであろう。また、中止が出たことも、演説会ならあ

るが興行界ではない。ただ一度、鴈治郎が「藤十郎の恋」を上演したとき、中止命令が出て劇界を驚かしたが、それは官憲のかんちがいからだったそうで、すぐ解決したという。何にせよ大阪では、舞台を臨監しているお巡りもおかしければ笑っていたかもしれないのだ。そういえば、昔の「番傘」（昭和11・3）に、

「よう云はんわなどと巡査同士なり」　長崎柳秀

の句があっておかしいが、この句につき、翌四月号で富士野鞍馬《くらま》は「川柳の明朗さ」と題する句評で紹介している。鞍馬さんはその年、二月二十六日の夜行に静岡から乗った。酒造会社の重役だった鞍馬さんは東京住まいである。たまたま京都の憲兵がいっぱい乗っていたという。二・二六事件のまっさい中だったわけ、憲兵たちは「戒厳のお手伝ひに東上」するところだったのだ。その憲兵連の会話の中に〈よう云わんわ〉が数度出てきたと鞍馬さんはいう、そこへ柳秀の句が目にとまり、おかしかったのであろう、上方のお巡りならば、臨官席で髭をひねりながら、あはあはと笑っていたかもしれぬ。

「果太鼓《はてだいこ》飲む相談が揉《は》まれてゐ」　佳汀《かてい》

果太鼓は芝居の閉ねたのを知らせる太鼓、鼓のように強い皮の「カンカラ太鼓」を細い撥で打ちつづける。「道頓堀情緒の重大な構成要素の一つでもあった」と牧村史陽編の『大阪ことば事典』にある。水府の「逢状に角の芝居の果太鼓」は色っぽい、いい句であるが、水府自身の体験ではあるまい。

逢状は色まちで、他の客席に出ている芸妓や娼妓に、馴染客が自分のところへ来るようにと招く差し紙、上方では半紙四つ切りに天紅《てんべに》、〈誰々さまゆえ、千代《ちよ》と（ちょっと）にても、お越しのほど待ち入り参らせ候　かしく〉などと書き、茶屋の名とあて名を書いた。売れっ妓は、帯の間に三枚も五枚も逢状をはさんでいたものだと。

水府の見聞した果太鼓の実景は、

「火と灰をしきりに分ける果太鼓」　水府

でもあろうか、芝居茶屋《こや》が劇場へ運んだ角火鉢を引きあげる、その残り火を始末している図である。

ともあれ大阪の芝居は大人気、その頂点に鴈治郎がいた、三十年このかた花形役者であった。

南北に『大阪の鴈治郎』（昭和19、輝文館刊）なる本がある。例によって話題があっちへ飛びこっちへ脱線し、饒舌体ではなはだ読みにくいのだが、そこが〈けまはん〉独得の口吻と思えば面白くなくもない。

鴈治郎は万延元年（一八六〇）の生れ、幼名は玉太郎、父は役者の中村翫雀《かんじゃく》で、母は大阪の新町随一の妓楼、扇屋の一人娘であった。新町の扇屋といえば、かの夕霧のいた家で、途方もない大きな屋台骨、太夫が請け出されるたびに記念に建てたという七戸の倉があったという。一人娘のお妙（のち、喜々《きぎ》と改名）はお乳母日傘《んば》で育って、京は伏見の役者、翫雀を夫にした。翫雀（当時は中村珏蔵）は役者を廃業して扇屋に入夫したが、玉太郎が三つのとし、扇屋を去り、再び役者に戻って再婚している。明治三年の遊女廃止令で扇屋は廃業した。お喜々さんは女手一つで何ともできなかった。「上方」大阪今昔図絵号（昭和10・2）の「新町寸情風土記」に、「扇屋の終りは気の毒なものだつた。その一番終りは、木谷蓬吟氏・菅楯彦氏等が非常に骨を折られたさうだが、中頃やはり吉田屋の一棟の蔵に什器をあづけて、売つては生計されてゐた」と大久保恒次氏は記している。七棟ある蔵のもので居食いをしていたのであろうか。

玉太郎はようやく十四歳になっていた。母とおばあちゃんをたすけて、かいがいしく背負い呉服屋をはじめた。天成の麗質である上に、呉服屋では女相手に如才なくお世辞をいう、それが後年の、鴈治郎独得の「八方」（お上手。八方美人からきているが、とくに悪意や阿諛追従ではなく、そういわずにいられぬような、いわば一つの才能であろう。その八方が悪いと責められるなら、彼は天与の才能の犠牲になっているというところだ）の才を磨いた、と南北はいっている。しかしそのうち、山村流の舞の師匠、二代目山村友五郎が〈どや、一つ、坊んを役者にしやへんか〉とお喜々さんにもちかけ、その肝煎《きもいり》で実川延《じつかわえん》若《じゃく》の門に入り、実川鴈治郎を名乗った。芽が出るまでは母とともに辛酸をなめたが、二十歳ごろから頭角をあらわし、二十二、三歳ではもう、京都大阪で花形役者であった。初めて当り狂言の「心中天網島」の治兵衛を勤めたのは明治十八年、二十七歳のとき。

錦絵のような顔、和事《わごと》をするために生れてきたような、やさしげな柔媚な体つき、ねっとりと情ふかいまなざし。それに鴈治郎は努力の人なので、日常坐臥、舞台の工夫ばかり凝らしていた。その半生を大阪島の内の玉屋町に暮し、南地の妓、梅菊さんと結婚し、船場煮（大根と塩魚を煮た惣菜）が好きで、酒は飲まず、口は奢らず、豪邸も建てず、町内の風呂へ気さくにいき、いかにも大阪の役者らしい鴈治郎であった。

しかし雁治郎は新作に挑戦するのにも熱意を持っていた。逍遥の「当世書生気質」それに朝日新聞連載小説を劇化した「塩原多助経済鑑」、桜痴の「春日局」……西洋物も手がける。日清戦争の芝居は先述したが、明治二十六年には福島中佐のシベリア横断を舞台にかけている。福島安正中佐が単騎シベリアを横断して長崎に到着した冒険談、また郡司成忠大尉ら六十三名の千島探険行、オールを立てた大尉一行のボートが隅田川を出発するりりしい光景は、当時の国民の、わけても少年たちの心を躍らせたものであった。

少年の日に鴈治郎の福島中佐に感激した入江来布《らいふ》は「上方」（昭和12・2）の「鴈治郎追悼号」で、忘られぬ思い出を書いている。

「しん〳〵と降りしきる雪のヒマラヤ杉の林中に、愛馬の轡《くつわ》をとつて頭巾まぶかに冠つた福島中佐（田辺註、当時は少佐であったか？）がすつくと立つてゐる凛然たる姿、そしてその颯爽と鶴氅《かくしょう》を被た外套に『イ菱』の大きな紋がついてゐた」――という立看板であったそうな。イ菱は鴈治郎の紋である。

南北は鴈治郎が福島中佐を舞台にかける苦労について、こう語ったと『大阪の鴈治郎』でいうている。

「えらいことだした、福島中佐に扮して、一人芝居で相手は馬だけだつしやろ、第一、軍人さんに扮したことは一遍もおまへんので心配で心配で、妻君もお袋もえらい案じてくれましてな、どうだす、断わりなはつたら、と云ひまんねけど、ほんまの心持になつてやつたらやれんこともないやろ、といふ、えらい頼りない考へだけで、か丶つてみましたんや。舞台一面、花道まで雪綿を一パイやりましてな、其上《その》へ紙をはりましたのや、さうするとグサリ〳〵と深い雪を踏んで行くやうに見えまんね。ちよつと吃驚《びつくり》してもらへました。四師団の兵営から特別の御好意で、軍服軍帽、それから一切のものを借りましたのや。一日《ついたち》初日だしたのやけど、中々稽古がむつかしおましたので二日延ばしてもらひまして、大祭日に初日を出しましたのや。一生懸命だしたので、御見物も泣いてくりやはりました。その翌年の春に京都で、中村楼に滞在してやはつた、福島中佐にお目にか丶つて、シベリア遠征のほんまの話を聞かしてもらひました。馬賊に襲はれたお話や、みな、芝居でやつたらえ丶と思ひました。とりわけて一頭の馬に死なれて悲しい別れをしやはつた時のお話に泣かされました。後に京都の常盤座でやつた時は、この中佐のお話を参考にして今度は自信たつぷりでやりました」

これは名題を、

福島　国乃誉《くにのほまれ》
中佐

といったそうである。鴈治郎は新作狂言に積極的で情熱があった。決して紙治だけの役者ではなかったのである。逍遥の「牧の方」を演《や》り、「はむれっと」まで演った（これは失敗だったよし）。早くから演劇改良の理想に燃え、これに共鳴した当時の名だたる文士や劇通が、鴈治郎と宗十郎のために、「仲国《なかくに》と小督《こごう》」という新しい芝居を提供した。それは宇田川文海や早川衣水らの発案で、衣裳から舞台装置から大がかりな資金を投じたものであったそうな。

舞台は嵯峨の山々を遠見に、一面の芒《すすき》を植えこみ、磨りガラスの中へ灯を入れた大きな満月、その明りだけで芝居しようという、当時としては大胆な演出。

宗十郎の仲国が花道へ出て思い入れをするが、何しろ舞台が暗くって見物にはみえない。その上、本舞台へ出て芒原へ入ると煙をたいて月を曇らせるという仕掛け、いよいよ以て舞台は冥暗《めいあん》、見物はさわいで、

〈何やわからへんがな〉

たまらずに舞台からは楽屋へ、もっと明るくして下さい、といってくる。楽屋に控えた名士のお歴々は、

〈そこが演劇改良やないか、朧月夜が、ぱっと明るいなんてことは断じてない、舞台の気

分を味あわれへん見物なら出てもらえ〉と鼻息があらい、そこへもってきて仲国に扮した宗十郎も、小督の鴈治郎も、口馴れぬセリフなので、おぼえていない、台本を持ってセリフをつけるはずの黒衣も、あまりの暗さに本が読めない。〈どないなってんねん〉〈暗いよってよめまへん〉という声が飛び交う、鳴物は入っていないから穴があく、うろおぼえのセリフを即席でこしらえるが、前後とんちんかんで、見物席からは、

〈面白おまっせ〉

と弥次がとぶ、役者はたまりかねて、

〈手燭もってこい〉

と叫ぶ始末。舞台暗転で、ぱっと明るい紅葉になり、鴈治郎の二役の牛若丸が四人を相手に立ち廻りになるという趣向である。不首尾の舞台をこの場で取りかえそうとしたが、いうべきセリフをろくにしゃべらず芝居がスピードアップしたので、牛若にかかるはずの四人がまだ鬘《かずら》をつけないうちに、もう出《で》のきっかけがきた、仕方なしに鬘なしで四人は飛び出す、見物はげらげら笑い出し、鴈治郎は真っ赤になって怒る、四人は泣き出す、演劇改良の志は高かったが、首尾はさんざんであった。

しかしそれでも新作に賭ける熱はさめなんだようである。芝居作者の先生に向うと、鴈治郎は必ず、

〈先生何ぞわたいの為に書いとくなはれ、先生のもん演《や》ってみとうてたまりまへん〉といった。例の八方やろ、と思う人も二度目に会ったとき、
〈頼んどいたん、まだだっか〉
といわれ、本当やったんか、と書いてきた。それが面白くないと鴈治郎は〈おもろないな、そんな狂言、わい、せえへんで〉と、これはきっぱりいう。
鴈治郎には北の新地の芸者喜代次、本名お駒という二号はんがいた。これが今に残る写真では、何とも臈《ろう》たけた美女である。眉濃く目の涼しい、踊りのうまい佳人、この別宅にいるときは鴈治郎もうちとけて脚本を見、ご機嫌よく、〈そやな、そうしとこ、それでえがな〉ににこにこして引きうける。
それが本宅へ狂言の打合せにいくと、拡大鏡で脚本《ほん》をのぞき、仏頂づらになり、
〈わい、せえへんで〉
ということになりやすかった。
南北が鴈治郎に脚本を提供したころは鴈治郎が白井松次郎と組んだときだから、松竹合名会社のおかげで、南北も脚本の報酬が出るようになったという。それ以前ならば、脚本作者の名も出ず、金ももらえない、
〈脚本におかね払うのか、食満《けま》てうちの人やないかいな〉
というのが芝居世界のしきたりで、平均的発想だったらしい。

このちょっとあとになるが、大阪毎日の紙上で、記者の薄田泣菫がコラムを連載していた。ずいぶん評判のコラムで長く続いたが、そこに南北や鴈治郎の話が出てくる。南北は役者に役をふりあてるのが実に巧かったという。泣菫の文章は大阪弁をうつしてデリケートで（耳と手のセンスがいいらしい）、私は『大阪弁おもしろ草子』（昭和60、講談社刊）に紹介したことがあるのだが、役者たちは新作書きおろしのときは、あらかじめ役どころの見当がつかなくて文句ばかり多い。南北はそういう気むずかしい独り天下の役者どもをうまく捌く才能があると泣菫は書いている。書きおろしができて、主人役《たち》を延若に振ろうと思えば、南北はまず延若をたずね、一通り読みきかせる。聞き手が物足りなそうに欠伸でもするのをみると、「早速の気転で、急に延若の好きさうな長台辞《せりふ》を、口から出任せに附け足して置く」すると延若は持ち前の胡瓜のような長い顎をしゃくり、

「ええなあ。ええ役や。文句言はんと、私《わて》のもんとしときまっさ」

と引きうけてしまう。そのあと作者は雀右衛門を訪ね、女主人公をここに納めようという寸法。脚本に聞き入る女形《おやま》が、腑におちぬ顔で〈ちょっと待っとくなはれや……〉と注文でもつけたそうにすると、南北はいそいで雀右衛門の気に入りそうな台辞を出たらめにつけ加える。女形の顔は明るくなり、〈よろしな、こないやと、わても演《や》り甲斐おまんがな〉という。

本読みにかかると、延若も雀右衛門もたのしみにしていたセリフがないので、てんでに

妙な顔をするが、役者たちは自分のあたまが頼みにならぬことを知っているので、たいていはそのまま聞き逃してしまう。中にはたまに、〈あの、そこのとこで、わてのセリフ、ちょびっと脱けてまへんか〉と突込む者もいるが、場馴れた作者は〈おました。おましたがあまり感心せんよって、今度のように直しましたんや。よろしおまっしゃろ〉と自分であたまを振って感心してみせる。すると役者も、そんなもんかいな、と思う。……という話をコラムで発表したものだから、南北は以後大変だった。多見蔵などは南北が本当に読んでいるかどうか、大きい眼鏡で台本を見、〈ちょっとそこ、まちごうてえへんか〉などというのに気をとられ、〈わいの役は何やった?〉というさわぎ。

南北が鴈治郎と初めて会ったころ、鴈治郎はイギリスで興行する話をもちかけられており、〈けまはん、ロンドンいきまほか〉と鴈治郎はいった。飛行家のスミスを日本に連れてきた櫛引《くしびき》某のすすめである。イギリスは豪勢な国で、金が有り余っており、事によると勲章が貰えるかもしれぬといわれ、鴈治郎は心を動かされて、〈そんなええとこやったら、いきまっさ。わて「紙治」の炬燵が演《や》ってみとうおまんのやが、イギリスにも炬燵はおまっしゃろか〉

〈ほんとにいってくれますか〉と相手がいうと鴈治郎は〈いきま、お仙、あんたもいきなはれ〉と妻にいい、妻も二つ返辞で応じたので、相手は安心して帰った。翌日、鴈治郎は弟子に世界地図を買って来させ、〈おい誰か早う物尺《ものさし》持ってきてんか〉夢中になって、日本とイギリスの距離をはかっていたが、やがて地図と物尺を二つながらそこへ抛り出して叫ぶ。

〈お仙、えらいこっちゃ。イギリスはお前、大阪と東京との二十倍も三十倍も遠方やで〉

〈えっ、そない遠方だっか、そやったら、やめなはらんかいな〉

〈やめるとも。わてな、イギリスいうたら、東京のちょっと向うか、思《おも》てた〉

こういう人々を相手に好きな芝居に打ちこんでいる南北、芝居の一番目を引き受けていたが、時には中幕も大切《おおぎり》も書き、いよいよ忙しかった。

この小稿のはじめに出てきた長谷川幸延が南北の書生になったのは大正七年、このちょっとあと。幸延さんはなぜか師匠南北のことを「不遇」と思いこんでいるらしい。昭和三十一年、南北の喜寿祝いのパンフレットにも「不遇の大通」として南北が才を抱きながら世に酬われること少いのを、かなり熱っぽく惜しんでいる。幸延が師事したころ、南北は新進の延若、福助、魁車《かいしゃ》を思うさま使って脚本を書き演出をした。しかしもう一息という物足りなさが、いつもあった。幸延がそれを直言すると、南北は、

〈そんなこと分ってるわい。お前らにいわれんかて百も承知じゃ。しかし一番目の芝居のほうが、鴈治郎の出る二番目より面白かったら都合が悪いんじゃ〉

といった（二番目を書いていたのは当時、大森痴雪だった）。幸延は「その時の、世にもさびしい先生の顔を忘れない」という。南北が「なぜ百才を一集して、主張すべき自己

を、世間に主張しなかったのかと、私は、涙の出るほど残念でならない。押しの弱さ、正直さが、惜しまれてならない」――それでは幸延さんはどんな業績を南北に期待していたのか。

「もっと劇壇的にも、社会的にも、酬いられる立場にあって然るべき」というところであるらしい。多才多芸に恵まれながら、「その多才を、一事に集中されないところに、というより集中出来ないくらい多才であるという事が、先生に多くの捨石を散発させたのではあるまいか」

――私には幸延さんのこの同情と義憤がやや見当外れに思われ、当惑せずにいられない。蟹は甲羅に似せて穴を掘る。幸延さんの眼には「世にもさびしい」とみえた南北の顔だが、じつは南北は、（これでええのんや）とにんまりしていたであろう。劇壇の御大、有力者になったとて、それがなんの手柄であろう。それにそうなりとうても、（ほんまいうとそれだけの力があれへんのや）「望外に幸福なうちにここまで来てしもうたことは、何としても私の、もし云い得べくんば『ニントク』であったかもしれない」――と南北は喜寿の会のパンフレットにいう。さすがに自分で自分のことをわかっている。このあとに凄い言葉（先に紹介したが）が続くのである。「私は私の一代を通じて『苦痛』というものを味わっていない」――こういえるのこそ、大通である。そして大通には順境も不遇もないのだ。大通生きるところ、みな順境になってしまうが、それは社会的尺度で量れるものではないのだ。なんで南北が「不遇」であろう。

第四章　段梯子で拭いた涙がしまひなり

——大正柳壇の展望

悪友と傘一本で去《い》んだこと　——俊英・青明の夭折

大正四年（一九一五）の「番傘」は三冊発行されている。このころの大阪柳壇は「番傘」一本で他に競争誌もなく、のんびりしたものだった。

南北が川柳に入ったきっかけは當百と会合であい、自分たちもやってみたい、といい出したものらしい。当時水府が受け持って選をしていた朝報柳壇が句会を催すとき、

〈ほんならウチの店の二階でやりなはれ〉

と会場を提供してくれた。そのころ南北は宗右衛門町・相合橋《あいあい》（南北は太左衛門橋と書いているが、ちゃらんぽらんな所のある南北なので、私は水府の記憶にしたがう）北詰に、「歌舞伎店《かぶきだな》」という趣味の店を開いていた。これは歌舞伎に関するグッズを売ったらしく、「番傘」（大正3）には「瀟洒な美術品店」とあり、南北は「人形店」といっている。水府

は南北の名はむろんよく知っていた。すでに鴈治《がんじ》郎《ろう》の座付き作者として有名だったのだが、若輩の水府に少しも威張らず、すぐうちとけて、洒落ばかり連発した。水府はたちまち南北に傾倒してしまった。南北の人のよさと学識に惚れこんだのであろう。

「歌舞伎店」での句会はいつも盛会だった。場所がら、三味線の音《ね》も聞え、花やかな雰囲気だったが、二回目の大正三年六月の例会には参会者二十八人にも達し、部屋に入りきれぬ人々は物干に坐った。披講がはじまると、物干台から、はるかに、〈頂戴〉〈頂戴〉の声が降ってきたという。（〈頂戴〉というのはいうまでもなく披講される句を、いいと思えば「頂戴」の声を入れるのである。頂戴選は寛選になりやすいが、投句者にとって一人でも「頂戴」の声が揚がればどんなにかうれしいであろうし、励みにもなったであろう）

　このころ南北にはすでに妻がいる。南海レストランの少女給仕だったという九十枝《ことえ》夫人、南北より十四年下の、じつによくできた夫人だったという。友人の花木伏兎《ふくと》（これは俳号で、川柳では天平という。大阪の住吉神社《サン》の神職であったと）の媒酌だったが、この九十枝夫人は川柳家たちをつねにこころよくもてなした。

　南北が持っていた「人形店」については（「おもちゃ店」とも彼はいっている）彼が「劇壇三十五年」に書いている。

　この店の門を通って宿から芝居小屋へ通わなければいけない新派の巨頭三人がいた。その三人の反応が三様で面白かったというのである。

喜多村緑郎は店内にはいりこんできて、
〈食満《けま》さん、この人形こっちへ置きなさい、この額はこっちへ懸けなさい、あの箱はあっちへ置きなさい〉
といちいち指図し、自分でも位置を直して出ていく。
次に来た伊井蓉峰《ようほう》は、
〈ア、食満さん、この巻紙《まきがみ》と、この人形と、この箱とを部屋へとどけて下さい〉
とずんずんいってしまう。
折から通りかかった河合武雄は、
〈いいお店ですね〉
とたった一言で通りすごしたというのである。
南北にいわせると、この時分はいちばん忙しい時代だったらしい。それに金廻りもずいぶんよくなっていた。「食満家滅亡以来」、紋服で年賀にいったことのなかった〈けまやの小坊ンさん〉が、その紋服さえ立派にととのうて、各所へ年賀に赴く。大正三年の師走には松竹の白井松次郎の肝煎で、六代目鶴屋南北を襲名し、大正四年正月の歌舞伎興行は、ほとんど南北一人の手で「デッチあげた」という。一番目の「結城秀康」、二番目の「けいせい恋湖水」、切《きり》の「かち〳〵山」「住吉踊」も一切やった。鴈治郎、多見之助、福助、魁車《かいしゃ》、我当《がとう》、延若、梅玉、斎入《さいにゅう》、右団次、市蔵、嘉七、福之助、長三郎ら、この大一座の立作者として、「こゝに見習以来、丁度十年目にこんな春が訪れたわけである」。

それ以来、ずーっと鴈治郎一座についてたいていの場合、一番目や大切《おおぎり》を引き受けて書いた。その一方で、若手一座の新作や、女優のための一幕も書かねばならず、金廻りもよくなったが、多忙はたいへんなものだった。

女優というのは、そのころに南北が「女優養成所」にかかわっていたからだ。

南北は大阪へ戻って芝居役者とかかわっているうち、

「大阪の若手役者が余りにも常識を涵養《かんよう》しない事を歯がゆく思つた」

南北は自分で照れて、「イヤ私にもかうした真面目な一面がある」といっているが、長三郎にすすめて、鴈治郎の玉屋町《たまやまち》の二階を借りて「五明《ごめい》学院」というものを作らせた。生徒は長三郎、璃徳《りとく》、福之助、雁童《がんどう》、三津吉、扇成《せんなり》、荒太郎、幹尾《みきお》といった連中、これにつき、「劇壇三十五年」の中に大阪朝日の記事を転載しているが、月日をつまびらかにしない。

「　五明学院の教場
鴈治郎方の二階借をしてゐる。だん〴〵生徒がふえて来て日水金と毎週三日は開場する。課目は英語、小笠原諸礼《れい》色、院本講義、太平記素読《そどく》、偉人研究で朝の七時半にはきつと集る。俳優どもがこんなに開校当日早く集ることは未曾有のことだと云ふ。朝から喧《やか》ましくてたまらんので家主の鴈治郎は御迷惑院だと云つてゐる。生徒は長三郎、太郎、雁童、璃徳、喜久太郎、幹尾、三津吉、南北、福之助、荒太郎その他にもまだあるげな、この写真は——写真挿入——大供が英語を教はつてゐる処で、白墨と綽名《あだな》のある長三郎が白墨の事を何と云ひますかと訊き、『チョーク』と云はれて当付けがましうござりますな、と云つてゐるが。——そしてことしはこの生徒で芝居をすると云ふ事だ」

南北は自分も教え、そのほかの学科はともに学んでいたらしい。

女優のほうも富士野蔦枝、常磐操子、小坂君子、東愛子、和歌浦糸子などに舞踊、洋楽、義太夫、三味線、芝居の稽古などやらせる。「松竹女優養成所」というのである。ここでは南北が芝居のことは一手に引き受けて教えた。連中がともかく何とかできるようになったので浪花座で舞台にかけてみたが、評判はもひとつ、しかし本当の芝居へ入れて「ツマにつかう」とか、特別の興行に出すとかして、

「マア〳〵この連中の生きてゆく道は拓かれたのである」

——これでみても南北はただの放蕩児や遊冶郎《ゆうやろう》ではなく、根はまじめなのである。

そんな南北に家を借りて行われた句会、水府の句を見てみよう。

水を注《つ》ぐ音に女が眼をあける　（大正4）

大正時代に水府は色けのある句をつくっている。商売をしていた川上日車《ひぐるま》が水府たち

川柳仲間をよく誘って遊びにつれていってくれた。もちろん新聞記者の薄給ではお茶屋遊びなどできない。「私は日車のおかげで南地の一流株と遊ぶようになった」と水府は「自伝」でいうている。色町ではお供で遊ぶのを「お弁慶」といって旦那衆のようにはもてないが、日車は粋人だから、お供で遊ぶ友人の顔をつぶすようなことはさらになかった。日車の遊びは綺麗さっぱりしていて、唄をうたうことはたまにしかない。芸者や舞妓がいるのに川柳論をたたかわすことが多く、芸者たちは、

〈あれでおもしろいんでっしゃろか〉

　とふしぎがった。

　あるときお茶屋の内儀《かみ》が、

〈卯《うー》さん（日車の本名は卯二郎）、話なんかやめて、唄でもうたいまひょいな〉

　としんきくさそうにいったので、水府は茶目っけを出して、内儀に耳打ちし、楽器の総動員をして、三味線、太鼓、鼓に鉦《かね》を女たちにもたせ、川柳仲間の當百や半文銭《はんもんせん》、柳珍《りゅうちん》堂《どう》、水府らの間へ割りこませ、いっせいに、ガンガラガンガンとお囃子を入れた。

　日車は耳を押えながら柳珍堂といっしょに隣座敷へ避難し、まだ川柳の議論をたたかわせていた。これが二時間つづいたというから、お茶屋ではたいへんな話題となり、日車は〈二時間さん〉という愛称をもらった。

　川柳仲間の遊び人では杉村蚊象《かぞう》がいる。この人は大阪の洋反物店をやめて京都の実家へ

帰り、兄の店を手伝っていたが、祇園での遊びっぷりは派手だった。川柳家が京都へくるときっと祇園へ連れていき、たくさんの舞妓を集めて、舞妓らを遊ばせてやるようなやりかた、あるときなどは舞妓十数人を鴨川をどりへ連れていったりして、（そんなことして、ええのんかいな）と気の小さい水府など気遣っていると、果してその豪遊ぶりが新聞だねになり、家にもいられなくなったりした。長田幹彦の小説を地でゆくような遊蕩だった。それにくらべると日車は女っけはあんまりない遊びかたらしい。

水府のほうはしかし、日車の奢りに甘えて宗右衛門町のお茶屋にも馴染みふかくなってゆく。〈もうおそいよって泊ってゆけよ〉ということになる。水府は流連《いつづけ》の句はつくるが、現実では勤勉な労働者なので、朝まだ暗いうちにそっとひとり起き、顔を洗って出ようとすると、柳珍堂が（この人はもともと俳人で、日車や六厘坊《ろくりんぼう》に俳句の手ほどきをした人、俳号鬼史、子規門の重鎮で大阪俳壇の巨星だったが、のち川柳に転じた。本町《ほんまち》の旧家の出で一時銀行へ勤めていた。父親は大阪府会議員だった。寡黙な酒豪だったが、俳句の素養がある川柳なので、芯のある中々いい川柳をつくっている。

「言ひ勝つた女の方も泣いてゐる」

「灯《ひとも》して早く夜にする中二階」

などいい味である）——彼が目をさまして、

〈水府くん、こんな早うからどこいきや〉

〈仕事で桃山御陵へ……〉
〈そんなとこへいくんか、斎戒沐浴していくとこやないか、それより朝から飲もや〉
するとこれも枕を並べていた日車が目をさまして、
〈水府くんは仕事いちずやさかいな〉
といってくれた。それは本当で、水府は仕事は仕事、遊びは遊び、川柳は川柳と、「ちゃんと仕切りをつける性分だった」。あいかわらずカメラを擁して記者とカメラマンの一人二役をこなしていた。新聞記者の仕事にいよいよ興味と生き甲斐を感じている。
しかし色町の風趣が珍しく面白い水府はさかんに情緒纏綿《てんめん》たる句をつくっている。
「友禅は籠をはみ出て長い風呂」（大正12）
「帯留の落ちた音から脱ぎ始め」（大正13）
「ぬいてをく櫛も夜ふけの置きどころ」（大正10）
それらの中で、

かんざしをさす時腕が太くみえ

を私は推したい。的確な描写力に支えられ、女の体臭も匂うばかりだが、すこやかなエロティシズムというのか、俗臭がない。好もしい〝男の好奇心〟が揺蕩《ようとう》してこの句をふく

らませている。この時代の佳句には、ほかに、

行水《ぎょうずい》が三つ四つ見えて駅に入る

ささやかな庶民の小家の並ぶ道、路地の奥や猫の額ほどの庭で、人々はたらいに湯をさして行水する。現代はシャワーなどというものがあるので、たらいの行水という風俗も失われつつあるが、台所の土間などでもさっぱりと汗を流すことができ、夏の夕の庶民のたのしみであった。

「段梯子で拭いた涙がしまひなり」（大正11）

段梯子《だんばしご》は階段のことで、大阪では段梯《だんばし》ともいう。昔の大阪の家には子供や女の個室はない。涙を人にみられぬよう、こっそり段梯子のまん中で拭くのである。子供なら、腰をかけて、手の甲で目をこすっている。

女中《おなごし》さんや若嫁なら、前垂で眼元をおさえる。

暗い段梯子には傘や箒が壁に吊ってある。

二階から仄かに洩れるあかり。物干から日はあたる。――〝しまひなり〟がさびしいユーモアをただよわせる。水府は弱者にやさしい。

涙ぐんだときに箒の手がとまり

この句とともに大正の「番傘」花やかな時代の水府の句で私の好きなのは、

悪い事と知つたか猫もふり返り（大正13）

である。とびおりたかとびついたか、猫が何かを引き倒してどんがらがっちゃん、とひっくりかえす、猫は物音におどろいてふりかえったのであろうが、「悪い事と知つたか」と擬人化するのがやさしいユーモア。水府がよむ動物の句は、川上三太郎のようにするどさはないが、やさしみをたたえる。

「よく〳〵の心配ごとに犬も起き」（大正5）

も、かろくよみすててたのしい。

水府がこの時代に遊んだのは、日車の「お弁慶」としてばかりでなく、自分の金でも遊べるところはあった。

この頃の句会は、すんだらすぐ道頓堀へ出て、五、六人がどこかで簡単に飲むことになっていた。南北の提案で割勘で、〈一人が奢るほどつまらんことはない、人数で割って払《はろ》たら安いよってな〉という南北式哲学は長く「番傘」の慣習になった。

若い水府らの好んだのは「旗の酒場」（キャバレェ・ヅ・パノン）だった。Cabaret De Pannon 現代ならキャバレェ・ド・パノンと表記されるところであろうが、どの本にも「ヅ」となっていて古めかしくていいので、ここでもそれを使おう。篠崎昌美氏の『浪華夜ばなし』によると「キャバレェ・ヅ・パノン」は大阪で二ばん目にできたカフェーだという。

明治の「コーヒ」は、いまのキャラメルほどの大きさで円形、周囲が白糖で固められてあり、中心部に少しばかりの粉末コーヒーが入れてある。これに熱湯をそそいでコーヒーとして飲むのであるが、ガスのないころのこと、簡単に湯がもらえないからそのまま食べた。濃茶色の粉末が出てくると吐き出したものだという。コーヒーを専門的に飲ませた最初の店は川口居留地に近い木津川橋畔の洋館「きさらぎ」、明治四十四年だった。保守的な大阪は西洋料理の普及も遅かったが、この翌年に道頓堀浪花座の東隣に「パウリスタ」というカフェーらしきものがあらわれた。壁面に鏡、テーブルは大理石で籐椅子、コーヒ一杯五銭、角砂糖壺を卓上におき、客が自由に入れるようにした。菓子はプディングをまねたもので一個五銭、そのころの原料のコーヒーは、ブラジル政府が宣伝のため捨値で輸出していたので安かったわけである。評判がよく終夜営業になったので、南地で遊んで終電におくれた人は、十銭を投じてこの店で夜明けを待ったものだと。

そのつぎに溝《みぞ》の側《かわ》に「カフェー・ナンバ」が開業した。ここに集るものはほとんど文士・画家たちで、宇野浩二や竹久夢二など若かりし頃は毎夜ここに腰をすえていた。

そのころとしては若い女性給仕を傭うのは劃期的なことで、それに白エプロンを着けさせ、大阪最初の女給を誕生させた。これが大阪カフェーの嚆矢《こうし》という。

やがてそれに続き、パウリスタの向い、浜側にハイカラな二階建の白堊の洋館ができた。これが大阪の酒場のはじめ、「キャバレェ・ヅ・パノン」略して「パノン」である。「上方」（昭和7・10）の鶴丸梅太郎「道頓堀のカフェー黎明期を語る」によると、「パノン」のインテリアはその当時の洋画家たちによって装飾された、かなり凝ったもので、その頃は珍しかったステンドグラスの窓、ピンクのテーブルに黒い椅子、淡紅色の壁面にはビアズレーの版画がかかっていた。

川沿いの窓のそばには濃緑のソファー。そこから眺めれば宗右衛門町の灯影と、水に垂れる柳が見えた。

「俄雨《にわかあめ》パノンからみる戎橋」　馬場蹄二《ていじ》

「上方」のこの号には幸にも「パノン」の写真が掲載されている。この「パノン」は数年後、取壊されたので貴重な写真である。

美しくて可憐な娘たちを傭い、白エプロンを着けさせ、まだ〝女給〟なる言葉はない頃で、〝女ボーイ〟といった。これも上品に行儀よく清楚で、客たちの間に割りこんで話相手になる、などということはなかった。

「パノン」はレストランを兼ね、当時では珍しく美味な洋食も食べられたし、明治屋あたりの倉庫に何年も埋もれていた洋酒を掘り出してきて棚に並べ、カクテルやポンチを供した。また香りの高いコーヒーを淹《い》れ、コーヒー通の客を歓ばせた。やがて大阪中の文士や俳優、音楽家、画家ばかりでなく、東京から来阪する名士たちも訪れるようになった。

東京でのパンの会、木下杢太郎や北原白秋、高村光太郎ら、詩人・画家・作家たちの首唱する若い芸術至上派が、「プランタン」や「鴻《こう》の巣」などに集って、青春と芸術的昂揚をもてあましている、それらの情報に、大阪の若者は羨望したのである。

フランス帰りの人々も大阪に出はじめていた。彼らはパリのマロニエの木の下のテラスで一碗のコーヒー、一杯のコニャックで長い夕方を楽しんだことを伝える。若かった筆者の鶴丸梅太郎もまだ見ぬパリの景色に「エキゾチックな憧憬をもつてゐた」と書いている。東京にセーヌ川に擬すべき隅田川があれば、大阪にはミナミの道頓堀川がある。「パノン」は芸術家や若者に愛され、毎年クリスマスには、芸術家たちの仮装大会があり、「三越のバンドや、黒人のコーラス団など」が招かれて、一年一度の大はしゃぎだった。毎夜毎夜、文士や詩人や画家がつめかけ、椅子が足らないくらいだった。道頓堀川をセーヌに見たて、東京のパンの会にならおうという浪花の若者たちは「パノン」に群れて芸術家気取りを楽しんだ。

「ナフキンを折つてるうちに国の事」(大正11)客の少いときは少女ボーイはナフキンを折っている。

彼女らは話しかければ答えた。若い画家たちは少女ボーイたちと話も弾む。南北や蚊象や水府はどちらかといえばクラシック派で、お座敷で芸妓《げいこ》と話しているほうが、というタイプであるが、「パノン」は水府には楽しかった。いつか常連となって、東京の久保田万太郎や吉井勇たちがもたらした、東京のカフェーではやっている隠語が、ここ「パノン」でも行われ、〈パノン言葉〉というものができた。客はウカク。客という字を二つに割ったもの、誰もいないことをム。無である。水府は得意になって、

〈二階、ウカク、ムか？〉

ときいたりした。ヒコページ、というのは顔のことであった。惚れることを音《おん》よみにして、〈彼女にコッしている〉などといい、少女ボーイの名も音よみで、セイシ（静子）、カシ（花子）と呼んで喜んでいた。要するに水府は毎日が面白くってたまらない頃であった。「パノン」の川べりのソファーに身を沈め、夕暮れの宗右衛門町に灯がつくのを眺めやる。沖から鷗がのぼってきて白い羽を水面にうちつけては身をひるがえす。そのとき水府のあたまには李太郎の耽美的な詩「該里酒《せりいしゅ》」（「鴻の巣」の主人に）などが浮んだかもしれない。

冬の夜の煖炉《すとおぶ》の
湯のたぎる静けさ

ぽつと、やや顔に出たるほてりの
幻覚か、空耳《そらみみ》かしら、
該里玻璃杯《せりいぐらす》のまだ残る酒を見入れば
ほのかにも人の声する。
ほのかにも人すすり泣く。

「ええ、ま……あ、なあ……にご……と
ぞい、な……あ……」と
さう言ふは呂昇《ろしょう》の声か
此《この》春聴いた京都の寄席《よせ》の……
それをきいて人の泣いたる……。
乃至《ないし》その酒の仕業《しわざ》か。

冬の夜の静けさに
褐《あか》く澄む該里の酒。
さう言ふは呂昇の声か、
乃至その酒の仕業か。

　　幕あけて窓から見れば、
　　星の夜の小網町《こあみちょう》　河岸《がし》
　　舟一つ……かろき水音。
　　　　　　　　　　　　（「食後の唄」）

雑誌「明星」は廃刊されていたが、晶子に親昵《しんじつ》したころを思ったりした。青明《せいめい》や路郎《じろう》、五葉《ごよう》らと明けても暮れても、歌論に柳論に、

「男同士語り明かして舌が荒れ」（昭和5）

という具合だった日々。

いや、それは今もつづいている。

大正四年八月一日、水府は仕事で金剛山へ日帰り登山をした。この登山記を書くのである。白服に靴で山を登ったが、峻険な急坂なので下《くだ》りはえらかった。

しかしその晩は日車の店、北浜の三五商会で「番傘」の八月例会がある。水府はくたびれをいとわず出席した。この日の出席者は當百、五葉、遊二郎、日車、柳珍堂、路郎、源《げん》屈《くつ》、青明、それに水府の九人であった。

路郎はこのころ、上福島で「葵書店」という本屋を開いていたが、「番傘」の会には必ず出席し、かつ、精力的に投句をつづけていた。もっとも「番傘」同人は脱退している。

この夜の句会については日車がのちに「番傘」（昭和32・6）の「大阪川柳小史」の中

にくわしく書いている。路郎は日車と手を携えて「雪」を出したのである。「雪」は新傾向派俳人との合体川柳で、新興川柳の先駆といってもよい。俳人側からは柳珍堂、伊藤観《かん》魚《ぎょ》、兼崎地橙孫《じとうそん》、藤原游魚《ゆうぎょ》ら、川柳側からは路郎と日車。「革新の常習」といわれた日車は、いっときも一つところにとどまっていられないのであった。それは路郎もそうで、

〈川柳も一人一党が本当だろう〉

といって「番傘」を脱退したのである。（といっても當百や水府そのものと親交していたことは日車同様である）

路郎は「雪」創刊号の扉に書いた。

「嘘をほんととも嘘とも思はずに、今日迄は過して来た。それが嘘の面白味に満足出来なくなつたこの頃、ほんとの権威がずしりと頭上を圧して来た。雪はそのほんとのものに接したい望みで生れたのである。（後略）」

しかし八月一日付のこの創刊号を、水府は句会で見なかった、といっているから、その時点ではまだ出来ていなかったのかもしれない。

その日は「雪」側から路郎と日車、柳珍堂と游魚、「番傘」側から當百、水府、五葉、神戸から青明という顔ぶれとなった。各自の立場立場で句をつくり「まことに和やかな句会であった」という。（以下、日車「大阪川柳小史」）

句作を終る頃から、「青明と路郎が川柳の本質について互いに意見の交換をやっていた

迄はよかったが、いつしか激論に昂潮してきた」。「番傘」派と「雪」派の代表対決となったのだ。游魚のとりなしで話題は転じたが、どちらも劣らぬ柳壇の闘士だから火を吹く弁論はけりがつかなかった。「當百にしても、水府にしても人柄から言っても事を荒立てない人で、唯だ五葉だけは青明との関係上、多少虫の納まらぬ点もあったようだが、五葉もまた温厚の君子だったから、自己の主張と立場を守るだけで凡てを聞き流し」た。しかし「番傘」と「雪」の対立は長くあとを曳いた。

ここで、その論戦の趣旨がもっとよくわかればいいのだが、日車はそこまでは書きとめていない。

ただ、――一度は新傾向の川柳を志し、五葉に、〈青明君が日本に於ての短詩創始者であった事を忘れてはならない〉といわしめた青明は、しばらく間をおいてまた、短詩から川柳へ戻ってきた。戻ってきてからの青明の句は、眉が晴れたように明るい。日車が推賞した、

「スーさんと見たは僻目《ひがめ》か戎橋」　以下、青明

スーさん、というのは、好きな人という意味の花柳界用語である。――のほか、

「買ひ喰ひの総大将は妾の子」

「親馬鹿のそも初まりは肩車」

これらを水府は「『轍』の時代より川柳味があり人間味がある事は無論である。本物の

川柳なんだ」とのちに書いている。青明が、短詩から川柳へ戻ってきたことについて日車は、

「五葉にしても青明にしても、人生の分別がつくにつれ、川柳の在り方に見通しがついたものと考えられる。みなそれぞれの過程を経ての安定である。そして川柳そのものを始めて庶民の手に帰した」（「番傘」昭和31・2）

といい、水府は、

「進むといふ事はその人にとつて何の恥も感じないが、一旦新しい試みに入つて、再び元の主義に戻るといふ事は、大なる羞恥を感ずるものである。けれども君は確信のあつた君はそれを何とも思はず、元の川柳に返つた。即ち君の英断であつたと云へる。そこに真の川柳の捨て難い処があるのだらうと思ふ」（「番傘」大正8・4）

そんな青明だから、多分路郎に向い、革新川柳の浮薄な論拠、排大衆性などを衝《つ》いたのであろう。路郎はまた、いまだに柳樽の糟粕《そうはく》をなめていると、「番傘」川柳を攻撃したのかもしれぬ。青明は、

〈きみらの主張では川柳国がまことに迷惑だ〉

とまでいった。

散会後、青明は道を歩きながら當百に話した。それを水府も聞いていた。青明の話では、當百の携っている毎日柳壇に、近頃、日車や緑天《ろくてん》の、川柳としては首肯《しゅこう》しがたい句が往々

掲載されるが、神戸の同人などはあれを見て方向をあやまるから、ぜひ廃《や》めてほしいというのだった。

〈ぼくはこのごろようやく川柳の味がわかってきたんです。川柳はやっぱり「番傘」式がええ、ぼくは今、川柳が非常に好きになったんです〉

當百はそれに対し、毎日柳壇では新傾向の句は普通の川柳とは区別してべつに出してるつもりや、などと弁解したが、それより青明が、川柳を好きになったといったことを、喜ばしく思ったことは、先述した。青明のような才人を再び「番傘」に迎えるのは願わしいことだった。復帰理由には創作上の発見があったのであろう。いずれはそれもくわしく聞けようとたのしみだった。

五葉は青明とは五ヵ月ぶりだった。

〈三月に路郎宅で「番傘」例会をやって以来やな〉

〈うん。大阪は久しぶりや。まあ諸君の顔見て、明日から休暇やよって、一週間、須磨で泳ごか、思《おも》てるんや〉

青明は容姿端正というほうで、肢体はすっきりと、切れ長の目の好男子だった。若くして早熟で、話術にたけていたが、この日はどこか疲れたようだったと、當百はあとになって思った。五葉は青明のうしろ姿をみて、なにごころなく、

〈きみ、少し痩せたなァ〉

といった。

〈そうか〉

青明はかるく答えた。

「夏羽織瘦せたと云へば瘦せました」　青明
もう十一時であった。當百は、土佐堀停留所を北へ、路郎と相携えて帰る青明と、

〈さよなら〉

を言い合った。

その路郎は、阪神電車で神戸へ帰る青明と、梅田停留所で〈さよなら〉〈お。またな〉と別れた。

水府は市岡の家へ帰り、翌日は高野山へ、その翌日は比叡山へ、とあいかわらず「日帰り登山」の取材に走りまわっていた。八月三日、雨の比叡山から下り、坂本で名物の蕎麦を食べ、京阪電車に乗って、さっき買った赤新聞の夕刊に目をあてておどろいた。「藤村青明」の名に黒枠があり、六号活字の記事が載っている。青明は八月二日、須磨の海水浴場で、突然心臓麻痺を起して死んだのだった。

八月一日の句会が最後となった。あれから十数時間後に青明は死んだのだ。

水府らは十月号を「青明追悼号」として出した。表紙には青明の描いた自画像の一ふで書き、そして八月例会の最後の彼の句は全部載せた。

行年二十六。早すぎる死だった。未知数の才能を抱いたまま、青明は逝った。さきに六厘坊、いま青明。大阪柳壇は大輪の花を苔《つぼみ》のうちに散らせた。追悼号に路郎は「喧嘩も随分やつたなあ」と書き「もう少し生きさしてやりたいのが俺の繰言《くりごと》だ。今死んではどんなに贔屓目に見ても凡人以上に出ない」——そして「残象記」としるして青明を哭する。

「若くて死んだ。背景は須磨。白い砂、蒼い海、赤い陽、黒い島。浴衣がけ。ふところ手。丸刈の大頭、ぎらぎら光つた瞳。しほらしい昼顔の花。六厘坊忌。青明忌。穴賢《あなかしこ》、穴賢」

日車は「雪」の二号に「青明の事ども」と題して悼句を捧げた。（先述した句もあるが、前後配列の雰囲気をこわさぬよう再録する。）激情をよく抑制した佳句だ。

　　野心

「時代より先立つなやみさすらひ子」

　　東上を送る

「疾《と》く起きて汁一椀の別れなり」

　　死の前夜

「天才か攫徒《かくと》か瞳の落ちつかず」

死ぬのなら
「思ふさま髪を握つて別れたし」
訃音《ふいん》
「一杯の冷水捧ぐものもなし」

水府はそれからそれへと思い出す。路郎と五葉と青明、この三人と水府はどれだけしばしば会い、語り、飲み、笑いしたことか。

「俺といふ友達仲の春の宵」（大正15）

雨の中を青明ともつれ合って、傘一本で帰ったりしたっけ……。いつだったか、宝塚の汁粉屋で柱掛に川柳を書いたことがあった。青明は「あはれにも哀しきは爪弾の人の心」という句を書いた。新傾向の句に夢中になっていた時代の句だ。水府は「流連《いつづけ》の襟に淋しい爪楊枝」という句を書いた。

あれからその店へいってみると、水府の句はそのままだが、青明の短冊は裏向けされて、その裏に誰かの和歌が書かれていた。水府はすこし不快だったが、いまの青明なら、裏向けた店の主にあながち反対せずに、川柳らしい川柳を書いてやったかもしれぬと思ったりした。

青明の最後の句会の句には、まるで青明自身の運命を予告したような句があって、友人たちの涙を誘った。

「昼顔は打ち揚げられた傍《そば》で咲き」　青明

働いて遊んでズボンまるくなり　――東京の柳界

大正天皇の御即位の大典は大正四年（一九一五）十一月であった。

前年の六月二十八日、ボスニヤの首都サラエヴォの街路にひびいた銃声は欧州動乱の口火となった。オーストリア皇太子とその妃がセルビヤの民族主義者に暗殺されたのだ。ドイツとオーストリアはただちにセルビヤに、つづいてロシア、フランスに宣戦、中立国ベルギーに侵入する。緊張したイギリスがドイツに宣戦布告、ヨーロッパ列強はなだれを打って戦列に加わる。第一次世界大戦の勃発、例によって「大阪パック」の時事川柳は、

「砲声のせぬは西半球ばかり」　當百

「引組《ひっく》んだまゝで欧洲年が暮れ」　〃

この戦争では新兵器が続々とあらわれ、戦は熾烈《しれつ》になってゆくばかりであった。ドイツ飛行船ツェッペリンがロンドン上空に爆弾を投じ、ドイツの潜水艦はイギリスの海上輸送

を封鎖して大きい打撃を与えた。

「コソ泥の独艦《どっかん》南洋暴《あ》れ廻り」　當百
戦車《タンク》も飛行機もこの大戦で初登場した。双方、死闘をくりかえすが、容易に決着はつかず年を重ねる。

そのあいだに日本は大陸進出を企て、中国に二十一カ条をつきつけ、中国側を憤激せしめて、東洋争乱、ひいては第二次大戦の遠因を作るのであるが、日本の国内では泰平そのもの、天皇即位の祝賀に沸いていた。

「聖駕移御」（東京朝日、11・6）として、

「連綿《れんめん》たる宝祚《ほうそ》は天壌無窮《てんじょうむきゅう》の隆を垂れ、宏遠なる皇謨《こうも》は古今有赫《ゆうかく》の烈を仰ぎ……」

と荘重にはじまる新聞の社説は、

「謹みて鄙忠《ひちゅう》を表して、聖駕《せいが》を送り奉る」

とむすばれている。即位の大礼は古都の京都で行われるのであった。十一月十日、各国使臣を古都にあつめて大正天皇は即位される。時の首相は大隈重信、京都御所・紫宸殿《ししんでん》の高御座《たかみくら》につかれた若き聖上の御前、南階に昇ってうやうやしく、七千万臣民を代表して寿詞《じゅし》を奏上し、万歳を三唱する。ときに午後三時三十分、日本中は万歳の声で震撼《しんかん》した。

「一斉《いっせい》万歳　大和島根《しまね》が揺《ゆら》ぐほど」　當百
東京も奉祝門そのほかの飾りもので「華美絢爛《けんらん》の極致」（東朝、11・11）というありさ

ま、夜は提灯行列に花電車、仕かけ花火に五彩の電灯装飾、宮城前広場は奉祝の人波が打ってかえし、万歳万歳の歓声は津波のようだった。

大阪の奉祝気分も東京にまさるとも劣らない。

花電車が出、奉祝の仮装行列があり、熱狂乱舞は三晩に及んだ。

この仮装行列のアイデアがどこから出たのかわからないが、大阪はもともと「おばけ」という奇習があって、節分の夜、女たちは仮装する。といっても山伏や牛若丸になるのではなくて、若い女は老女ふうに、老女は娘のように変装をたのしみ、町へ出て笑いあうのである。そういう遊びごころのある町で、お上からおゆるしが出て、大っぴらに遊べるのだから、いかに羽目をはずしたか、想像できようというもの。

（――これは私にもうっすらと幼い日の記憶があって、といってももちろん、大正四年のそれではなく、どうやら昭和八年の皇太子ご誕生のときのことらしい、花電車が出て仮装の人々が踊っていたように思う。それこそ、牛若丸や山伏が入れかわりたち代り、写真館であった私の生家へやってきて、写真をとっていった。まだ庶民はカメラなんか持たなんだ頃である）

古老にいわせると、大正天皇のご即位より、昭和三年の昭和天皇ご即位式の国民の熱狂ほど凄いものはなかったという。花と提灯で飾られた祝い屋台を紅白だんだらの綱で曳く、屋台には三味線太鼓、疲れも知らず踊り狂う大群衆、そろいの菅笠や花笠に四つ竹《だけ》鳴らし、市民がもう半狂乱のていであったと。数十年に一度のカーニバル、というわけであろう。皇室と国民の親近度も高かったが、それよりも平常は国民を苛酷に羈束《きそく》して〈オイコラ〉式の高圧的な官憲が、このたびばかりは手綱をゆるめて寛大になる、その解放感であったろう。

皇室の慶事にことよせて市民は数十年に一度の解放感をたのしんでいたのかもしれない。

さて、大正四年のご即位式、水府は二十三歳、瘦せても枯れても新聞記者である。大阪朝報は小さな新聞社で、四ページだてのローカル紙ではあるが、中心記事は当時の電通や帝通から取材するものの、やはり〈雑観〉も要り、写真も撮らねばならぬ。水府も、二、三人の硬派（政治経済面）軟派（芸能風俗面）の記者とともに、大礼を取材するべく京都へ派遣されることになった。

御大典新聞記者団の一員となるのである。

ただ困ったことに、その筋からきめられた服装は、フロックコートにシルクハット、白手袋たるべし、というのだ。大新聞の記者ですら、なんでこんな服を持っていよう。「朝報」も、社から方々へ借りにまわってくれた。

借りもののフロックコートはどうやら水府の身に合ったが、シルクハットが大きすぎて目までかぶさってしまうのだ。内側に新聞を巻いてこれなら何とかなると、十一月七日に京都御所へ向った。

この日は天皇が京都へ着かれる日、京都駅から御所までの烏丸《からすま》通《どおり》の沿道は奉迎の人々でいっぱいだった。最前列の人々は筵《むしろ》に坐って土下座のような姿である。憲兵や警官が人々をきびしく整理している。

その前を、身に合わぬフロックコートとシルクハットで、重いカメラを抱え（現代《いま》の軽いカメラではない）靴をひきずって歩くのは見よい恰好ではない。それ以上に困ったのは、借物のシルクハットがだんだん、ずりおちてくることだ。あとで思えばまるでチャップリンだったと水府は書いている。

やっとのことで御所前にたどりつくと、馴染みの記者がたくさんいて、ほっと救われた思いになる。何よりたすかったのは、時事の野村記者、水府と反対にシルクハットが小さすぎてこまっていたこと。勿怪《もっけ》の幸い、ととりかえ、三日後の賢所《かしこどころ》の大前《おおまえ》の儀までそのままだった。（のちに借りた人へ返すとき、とうとうそのまま違ったシルクハットを届けてしまって水府は後悔した）

このあと大阪で行われた仮装行列こそ、たいへんなものであった。全市の凝った趣向はすべてミナミへ向い、心斎橋が花道になり、道頓堀や千日前《せんにちまえ》は舞台と化した。

水府は取材しないといけないのだが、ふつうの恰好ではまわりの人々に水をさすことになるし、連れの記者と組んで新婚旅行というていにした。水府は背広のまま、も一人の記者は丸髷姿に女装して鞄を下げた。

仮装はさまざまで〈忠臣蔵〉の討入姿（これは昭和御大典のときにも赤穂義士の扮装が見られたという報告があり、忠臣蔵は日本人の血肉と化している観がある）、女ばかりの〈鏡山〉、長袴で惜しみなく土を掃いてゆく武士、股にこしらえものの首をつけて逆立ちにみせた人、なかにもめざましいのは歌舞伎役者五十人の行列、鴈治郎・福助・魁車《かいしゃ》らがそろって紋付袴で、あたまに鶴の首をかぶり、粛々と瑞気《ずいき》をただよわせつつ二列縦隊で練ってあるいたこと。ふだん扮装をしなれている人々だから、かえってこのすがたは歌舞伎役者らしい品と祝意にあふれているというべきで、誰の発案かわからないが、嘉《よみ》すべきアイデアであろう。

個人・団体をとわずそれぞれ妍《けん》を競い、鉦・太鼓・喇叭《らっぱ》、はては石油缶を鳴らしたててのどんちゃんさわぎ、水府は、

（阿波踊りやないが、踊らな損々、というとこやな）

と思った。南警察署の保安課長が視察しているのに出あったので、

〈ご感想は〉

といったら、

〈もう取締りどころではありません、赤誠《せきせい》があふれて、こうなったんですから……〉

と、官憲自体が感激して赤誠の子だった。水府は取材の帰り道、戎橋の上で突然、一人の酔っぱらいに抱きつかれた。

〈オイ、めでたいな〉

〈誰や、きみは〉

〈ぼくや、ぼくや〉

五葉だった。酔った五葉はそのまま踊りの列にまきこまれてどこかへいってしまった。水府は微笑を禁じ得ない。いつも寡黙で渋い顔をして変人といわれている五葉が、あんなに酔って、ここまで崩れているのを見たことがなかった。五葉もまた〈赤誠組の一人や〉と思った。


花電車は電光まばゆく夜も走る。運転手まで仮装していた。

「ブレーキを白丁《はくちょう》で取るお芽出度《めでた》さ」當百
翌五年には新帝を奉じて摂・河・泉の大演習がある。水府はこのときもカメラを持って従軍する。演習は何日もつづき最後の決戦は八尾で行われた。はじめて御野立所《のだてしょ》のとなりに、記者団のテントなしの溜りがつくられた。

ここで水府は、いわば（そのころよく使われた言葉だが）〈咫尺《しせき》の間《かん》に〉軍服姿の陛下にまみえたのである。水府はそれを「自伝」に書きとどめているが、戦後だから書けたことであろう。

陛下は煙草の箱をお手に、おそばの山県有朋にすすめられる。山県は左の手をポケットに入れたまま、右手で一本とったという。

「この姿はこの時分の私には割り切れぬ思いだった」

と水府は「自伝」で書いている。当時の（いや、現代でもそう違わぬであろうが）国民感情としては、恐懼《きょうく》感激して拝受するところであろう。それが片手をポケットに入れたまま、片手で取ったというのだ。若い水府は、目を擦《こす》る思いであったろうが、このエピソードはいかにも当時の山県の立場と性格を象徴しているように私には思える。

新帝はお若いといっても宝算《ほうさん》三十七だが、山県はすでに七十七である。喜寿の祝いを去年すませ、「大阪パック」では、

「摺《す》り餌《え》でも生き甲斐はあり喜《き》の祝《いわい》」　當百

と揶揄されているものの、なお権勢欲の権化のような老人で、六年前に伊藤博文がハルビン駅頭で横死して以来、廟堂の第一人者である。いまの山県に怖いものは一人もない。内務官僚と陸軍の大ボスで貴族院・枢密院を意のままに操り、政党が大嫌いで、人脈を駆使して政党の政界進出を阻んでいる。元老中の元老というべく、あるく明治維新といった存在である。維新当時の志士は多く散ってしまったが、長州藩の下級武士、山県小輔《こすけ》の時代から生き延びた山県は、（この国はおれのつくった国だ）という自負があるのだろう。天皇さえ彼の目には、持ち駒の一つのように映っていたに違いない。山県が宮中某重大事件で失脚するのは、まだ五年後の話。

やがて陛下はお馬に乗られ、

というお声、水府は玉音を間近に拝したわけ、現代のようにテレビでお声が聞けるころではないから、水府は、

「身の引きしまる思いだった」

カメラを向けたが緊張しすぎてピンボケで失敗した。

水府の句で風がわりな次の句は、このときの想像句だという。

大根の畑と侍従申しあげ（大正5）

川柳には記録性という一面があってそれも愉しいのだが、右の句もその性質のよき部分が出ている。「番傘」にのせたが、活字になってから水府は、その筋のお咎めがありはしないか、不敬罪に抵触《ていしょく》しまいかと反省して、重苦しい気分になった。戦前の皇室に関するタブーは、現代では考えられぬほど広範囲にわたり、わずらわしいことであった。

私は川柳ワールドを関西に限りすぎたようだ。このころの東京柳壇はどうなっていたろうか。

ちょうど水府はこの少しまえ、はじめて東上した。少年のころ〈東京の親類〉をたずね

て上京したことがあるが、大人になってからはまだ知らない。

貧しく若い新聞記者が東京へ遊びにゆけるようなひまも金もなかったが、編集長の多田はんがあるとき水府に、突然、

〈きみ、鉄道の優待乗車券を貸したるから、東京へ夜行でいって夜行で帰ってこい〉

といって、金も貸してくれた。薄給に甘んじて恪勤《かくごん》している水府へのせめてものボーナスであったろう。〈多田はん〉にはこんなやさしみがあったようだ。

水府は飛びたつばかり嬉しかった。東京へゆける。たとえ一日だけの東京にせよ、見たいところもあり、川柳の大家をたずねることもできる。水府は駆足旅行のプランをたてた。

社で二日間の休暇をもらった。

「大正三年十一月二日の朝、新橋駅に吐出された細い洋服の男がありました。それを私だと思つて下さい」(「番傘」大正4・3)

と水府は書いている。東京駅はまだなかったころだ。

一番に、歩いて二重橋までゆき皇居を遥拝する。その時代の子らしく、水府も赤誠組である。

銀座で昼食の時間になった。雑誌でそのころ、花やかにとりあげられているカフェーというものを見たくてたまらない。大阪のカフェー「パノン」については先述したが、ともかく東京の本場のそれをみたい。それも「プランタン」「鴻の巣」「ライヲン」その三軒だ

けがほんもののカフェーだと聞いている。ほんもののカフェー、というのは、喫茶店でもキャバレーでもレストランでもなく、当時のデカダン種族、文士や画家があつまって俗物大衆を尻目に、気炎をあげて芸術を語るところ……そんなイメージが水府にある、その雰囲気にふれたい、と青年らしいあこがれに弾んでいたのだ。

その有名な銀座の「ライヲン」へ、思いきってとびこんでみた。昼なのでどうも勝手が違うが、旅行者だからしかたがない。

白エプロンの紐を帯の上で蝶むすびにした女ウェーター（大阪では女ボーイだが、東京ではウェートレスでもなく、ウェーターと呼ぶようであった）が二人いた。白い布ナフキンを腕にかけて水府をかこむように立つ。メニューを見てもわからない。水府はビールとライスカレーを命じた。この時代にしても野暮なとり合せ、それよりカレーについてきたガラス皿の福神漬とらっきょうにはおどろいた（大阪ではまだこんな薬味をこの時代、添えることはなかった）。これをどうするのか。ビールのつきだしなのか、皆、自分が食べてしまっていいのか、さっぱりわからず、水府はビールの酔いとともに顔はたちまち上気してまっかになる。ウェーターはどうぞ、という。そのころの女たちはやさしかったのか、物なれぬ水府のようすをみて、「平べったいピンセットのようなもの」で挟んで、カレーの皿へのせてくれた。ホッとした。

更にまた困ったのは勘定のとき。チップを出すべきか、出さざるべきか、結局一円置い

て出たが、「ライヲン」では生きた心地がせず、

(なれんことはするもんやない)

つくづく水府は思った。それより川柳家を早くたずねなければ。

川柳誌や、新聞の柳壇で著名な川柳家の住所を控えていたが、平瀬蔦雄《つたお》、近藤飴《あめ》ン坊《ぼう》は不在だった。蔦雄は読売新聞柳壇派がつくった読売川柳会の雄である。明治末から大正はじめにかけての東京では、阪井久良伎の久良伎社、井上剣花坊の柳樽寺《りゅうそんじ》川柳会とともに、いわゆる「三派鼎立《ていりつ》時代」をつくって、それぞれ拮抗《きっこう》していた。

水府はこの三派の代表者をたずねたかったのだ。飴ン坊は柳樽寺派の長老である。

この三派鼎立については、『川柳総合事典』に簡にして要を得た紹介がある。三派の作品傾向もそれぞれ特色があり、

「久良岐社系の『江戸趣味、渋味、下町風』、柳樽寺系の『滑稽、豪放、書生風』、読売川柳会系の『上品、軽快、山手風』といわれ、その傘下から個性の違った作家を生み出した」

と。

それに作家の柳号にも各派それぞれの傾向があり、

「柳樽寺系には〝坊〟号を、読売川柳会系には〝子〟号を名乗る作家が多く、久良岐社系でこの両字を使った号は殆んどない。

久良岐社系＝水日亭、夜叉郎、文象、春雨など。

柳樽寺系＝飴ン坊、角恋坊《かくれんぼう》、剣珍坊、鯛坊《たいぼう》など。
読売川柳会系＝柳影子、笑倒子、天涯子、半風子など」

水府はこのとき飴ン坊に会えなかったが、のち知己となって親昵している。

この頃川上三太郎は、剣花坊のはじめた「大正川柳」の編集を担当していた。このとき二十三歳だが、失職中。

「人一人産む屋根白く暁《あ》けかかり」　三太郎

「川柳きやり吟社」の創立は大正九年だからその主宰者、村田鯛坊（のち周魚《しゅうぎょ》）はまだ柳樽寺同人の時代、水府より三歳年上である。

「伯父さんの意見二宮金次郎」　鯛坊

水府はなにしろ一日だけの東京なので、同年輩の川柳作家に会うひまはなかったようだ。

近藤飴ン坊は東京毎夕新聞に籍をおいていた。（のち、ここへは三太郎も、のちの吉川英治・雉子郎《きじろう》も、漫画家宮尾しげをも入社する）

「雨蛙い、考への出ない晩」　飴ン坊

「夕立の時に芸者の親と会ひ」　蔦雄

窪田而笑子《じしょうし》をたずねた水府は、折よく紋付袴すがたで読売新聞から帰ってきた而笑子と会うことができた。そもそも水府が少年のころ川柳をはじめたのは「ハガキ文学」の而笑子選に応募したのがはじまりだったのだ。

東京で逢った初めての川柳家が而笑子だったのも感慨ふかい。而笑子は愛想よく水府に接して「番傘」をほめ、

〈私ども東京の者も少し狭い境界を脱して、不偏不党の団結をつくりたいのですがね、どうも困難です〉

といった。三派鼎立の東京柳壇にくらべ、大阪柳界の団結ぶりをうらやましがる口吻であった。(しかし大正四年には路郎・日車らの「雪」が、大正七年には「番傘」編集も手伝ってくれていた好作家の本田渓花坊《けいかぼう》が「絵日傘」を出しているので、大阪柳壇も分裂するのであるが)

而笑子は思いのほか老いていた、というのが水府の印象、しかし而笑子は親切で、久良伎の家を教えてくれた。そのときすでに、かれこれ午後九時に近かったという。

富士見町の阪井久良伎の家をたずねた水府は、夜も遅いことではあるし、またかねがね久良伎は〈若いものと川柳は語れぬ、川柳は江戸趣味、古川柳の味を解してこそのものだ〉という持論を雑誌や新聞で揚言しているので、若者が面会を求めても玄関払いかもしれぬと覚悟した。

黒い塀、大きな門構えの家に「阪井」と記した電灯が出ていた。しかし戸は開かない。残念ながら帰ろうとすると、人がきた。隣家の住人かと思って、水府は、〈阪井さんはもうおやすみですか〉と聞くと、私が阪井だが、という返事。

水府はあわてて、久良伎はとても自分の名など知るまいと名刺を出し、
〈私は大阪の川柳家ですが〉
というと、かるく、
〈おあがんなさい〉
と招じられた。すげなく追い帰されてもしかたがない、というのは、久良伎の文章にあふれる、意気衝天の勢い、万丈の気焔、挑戦的な言辞におそれをなしていたからだが、実際に会ってみると、まことにさっぱりした人ざわりの、気のおけないたたずまい、久良伎は明治二年生れだから、このとき四十五歳である。自分の年齢の半分ほどの若僧が、旅行者とはいえ、夜の九時すぎに訪れた無礼を咎めもせず、こころよく座敷へあげた。久良伎の川柳への情熱がさせたのであろう。
六畳間の明るい電灯のもとで、水府はまるで三面（社会面）記者として名士を訪問したように緊張し、かたくなって、
〈川柳についてお話をうかがいたい、と思いまして〉
といったら、久良伎はフフン、と笑ったそうである。これは憫笑《びんしょう》ではなく、そのあとの久良伎の言動からみると、会心の笑み、というたぐいのものであるらしい。
〈川柳川柳といっても、何より根底から築いていかなくてはだめですよ〉
あとは一瀉千里の柳論となった。川柳家は川柳以前の素養が必要であること、社会をよ

く知った昔の川柳家（久良伎のことだから古川柳、それも天保や弘化あたりではない、宝暦・明和のころの川柳作家を指しているのであろう）と、あまりに物を知らない現代《いま》の川柳家のことから、倦《う》むことなく久良伎は語りつづけた。その称えるところは穏健で正鵠《せいこう》を得ているように思われ、水府は、

「悉く私の共鳴する事ばかりでした」

といっている（「番傘」大正4・3〝久良岐氏の第一印象〟）。話の進むにつれて、参考にとり出された川柳の本がしばらくのあいだに、座敷のまん中にうずたかく積みあげられた、というから、久良伎は若者と対するにも、空疎でおざなりな会話でお茶を濁すようなことはせなんだのであろう。久良伎は気鋭の人ではあったが、篤実な人となりでもあったのだ。

それで私は思い出したことがある。大正七年七月に剣花坊が来阪、それを迎えて大阪柳壇では句会が持たれた。丸に三つ星の紹の羽織、浴衣にセルの袴、茶色の足袋に同じ色のタオル、「いにしへの豪傑」風で、予期に反しなかったと水府は書いている（「番傘」大正7・9〝剣氏来《きたる》〟）。まことに柳壇の猛将という風情であったが、剣花坊の選句はすこぶる早く、十客、五客、三才をまたたく間により分けた。そのころ大阪には水府ひきいる「番傘」と、渓花坊の「絵日傘」、路郎・日車の「土団子《つちだんご》」（「雪」は大正六年十九号で廃刊、七年七月に「土団子」を出している。この誌名は故六厘坊が生前つくった柳誌名の一つで、

路郎と日車はそれを意識して、六厘坊の正嫡出子たらんと志したのであろう、そういえば路郎の営んだ古本屋の「葵」という店名も、六厘坊にちなんでいるらしい。葵は六厘坊の紋で、青明の句に、「南無葵　俗名小島善右衛門」という悼句があった）――つまり、大阪でも三派鼎立の様相を示していたのである。

そこへ剣花坊があらわれたので、派閥に関係なく川柳家は同席して句会をひらいたわけであるが、手練の早わざでさっと選句した剣花坊、抜いた中の三才、天・地・人に「番傘」「絵日傘」「土団子」の三人が入っていたというのである。これを「例の如才なさかといはる、剣氏は甚だ以て損といふべし」（同）

そのときの句は「土団子」（大正7・9）に出ていて、題は「色男」。

（人）「いろ男草の丈《た》けより少し伸び」　日車
（地）「色男八ッ手の蔭へ隠される」　源屈
（天）「色男洋服で来て驚かせ」　水府

なるほど三派からそれぞれ出ている。源屈は渓花坊とともに「絵日傘」を創刊した作家であるが、「番傘」も「絵日傘」も句会には双方が出席しあって仲はよかった。（その上、「土団子」にも「番傘」の広告は載り、「番傘」にも「雪」や「土団子」の広告はある。相互乗入れである）

「土団子」（大正7・7）創刊号のコラムに、

「川柳界で肝玉の太いのは『大正川柳』の井上剣花坊だ。彼は川柳を取扱ふのに政治でもやつてゐるやうにしか見えぬ」

とある。コラムの文体からして路郎の筆であろう。剣花坊は敬愛されてはいたが、一面こういう見かたをされる人でもあった。それで久良伎とのちがいを、私は思い出したというわけだ。

久良伎が水府をねんごろにもてなしたのは、大阪からきた、ということもあるかもしれぬ、久良伎は川柳は都会のものといっていたが、その「都市趣味」という点でも、「札幌や鹿児島が川柳の本位とも云はれはしまいではないか」(「番傘」大正5・6)と、いささか偏見もないではない。東京は「薩長の暴力の為めに江戸趣味は根底から崩された」が、「しかし、京都、大阪は幸ひにして此の兵燹《へいせん》をまぬかれて、尊重すべき歴史と旧家とを其儘《その》に保存された」それゆえ、「大阪が川柳気分に富んで発展する運命を有してゐる」

水府に対して、そんなことも説いたのかもしれぬ。

水府は反駁はしなかったが、それはちょっと首肯しにくかったかもしれない。水府は人間の生きるところ、どこにも川柳は生れ、誰でもよめるはず、と思っていた。

その思いはのちに、食満南北のおかげで交際がひろまって、今までつきあったことのないような人が川柳にしたしみはじめたのをみて、よけい強くなった。南北のおかげで役者たちも川柳に手を染めはじめていた。市川新升は巴流《はりゅう》、片岡愛之助は如柳《じょりゅう》という柳号で、なかなか熱心でもあり、いい句をみせている。

さて、久良伎にそのあとで九段の蕎麦屋へ水府はつれていかれた。久良伎家の飼犬かどうか、乃木大将の愛犬だったという太郎が水府の横に坐る。そこへ久良伎夫人の素梅女史《そばい》と、生花師匠という某女がきて、にわかに座はにぎやかとなる。素梅女も柳人で、女流川柳家の草分けといえる人、芝居の話が弾み、久良伎は興に乗ってお得意の九代目団十郎の「勧進帳」、弁慶の声色を聞かせてくれたりした。いつまでも話したかったがすでに十一時であったので辞した。久良伎の温情と、歯切れのいい言葉を、水府は忘れることができなかった。

翌日は喜音家古蝶《きねやこちょう》を訪ねた。その古蝶のことを水府は「自伝」に「好作家」と書いており、当時は著名だったらしいが、現代は消えた作家で『川柳総合事典』にものっていない。「花山車」（田辺註、はなだんじりとよむのだろうか、はなだしだろうか）という柳誌を出しており、これも江戸趣味で久良伎は好意をもっていたらしい。水府がたずねると江戸の町家といったおもむき、家業は仕立屋だったといっている。大阪の三味線のお師匠さんの家のような、小粋なかんじの家だったと。

二階へ通されてしばらく話した。おとなしい態度で、おとなしい批評をする古蝶はいかにも作品にふさわしかった、と若い水府はいうが、私は古蝶の句をさがそうとして、はたと当惑してしまった。こんな古い作家の句はどこを捜していいかわからないのだ。

俳句にくらべて格段に川柳の資料は乏しい。

それはそのまま、世間の、川柳に対する偏見と差別観に通底しているように思われる。私は最近、あるところへ、「川柳文学館」をいそぎ作ってほしい、と書いたが、「俳句文学館」はあるのに（私は杉田久女を書くとき、大いに裨益《ひえき》された）「川柳文学館」はない。川柳家の風雅も一代限りであることが多く、歿後は遺族が資料を処分する。もっともいいのは古書店に売られることだ。流通して、ほしい人の手に入る。公共図書館への寄贈も、閲覧可能だからいい。大学の図書館へ入ってしまうとオープンに見られる機会は少い。しかしそれでも、ゴミとして処理されるよりはましであろうが。水府が古蝶に会ったのはおおよそ八十年ばかり前のことにすぎぬのに、もはや茫々乎として調べる手がかりもない。私も川柳関係の古書はずいぶん心がけてさがしているつもりでいるが……。まだ蔦雄の句あたりは木村半文銭の『川柳作法』（大正15、湯川明文館刊）でも拾うことはできるのだが、ここにも古蝶の句はない。つまり半文銭は古蝶をみとめていなかった、ということだろう。半文銭のこの本はなかなか情理そなわった名著で、彼が作家としても理論家としても抜群の才子であったことを思わせる（この本の例句に水府の句がたくさん抜かれている）。私はやっとのことで大正七年五月、東京・朝野書店刊の『飴ン坊句集』から、古蝶の句をさがし出した。そこに「花山車は京橋区浜町七、花山車社より出づる雑誌で気の利いた美本である」と紹介までしてある。

「撒水車チト岡焼きもありぬべし」古蝶

水まきの男が、仲よさそうな男女に、偶然のようにして水をかけたのであろう。

「恩人の娘が女房腑に落ちず」〃

たしかにおとなしい句趣、しかも古いようだ。水府がどこに惹かれたのかわからないが、人情風の味が、當百のドラマチックな持味に一抹、通い合うからかもしれない。

ここでも心をのこして水府は蒼惶《そうこう》とたった。

「朝帰りこの日国旗の立つ日なり」水府

この句はこのときのものではないが、その日は十一月三日、旧天長節であった。こうして水府のいそがしい東京旅行は川柳家にあえたのがよき収穫となった。よく働き、よく遊んだことであった。

さて、「番傘」にとって青天の霹靂《へきれき》ともいうべき事件がおきた。當百が「番傘」をやめる、川柳から足を洗う、と宣言したのである。水府はじめ同人たちは声を失った。水府は親から離れるような心細さを感じた。なんでやろ、なんでやろ、というのに、當百は家庭の事情で、とにこにこするのみ。あれこれ考えて水府は夜もねむれない。これからの「番傘」のこと、いままでのこと。温厚な當百が、何か意趣あって、とはとても思えないが。

……柱時計の鳴るのをきくばかり。

「十二時も夜はあんまり鳴りすぎる」　水府

大正六年一月号の「ばん仐」（途中一時、「番傘」はこういう表記になる）は、さながら「當百引退号」の観を呈した。五葉は冒頭に「當百氏の柳檀を退かるゝに際して」として惜別の辞をおくっている。

（五葉の文は句読点を極端に惜しんでいるので甚だ読み辛い。適宜に補った）

「僕は一言書かざるを得ない。何故當百氏が柳檀を去らるゝかといふ疑問は、諸君の多くの頭にも然《そ》う思つてらるゝに違ひない。併しそれは當百氏一個の家事上の都合であるから、何うも致し方がない。吾々の敢て、普通一般の分袖《ぶんしゅう》を惜しむ底《てい》のおべんちゃらは、同氏に呈し得られないのである。

されば、同氏の言を蔭に聞いて、改めて通知を頂いた時に僕はその文面も詳しく読まないで、成程と二遍、頤《おとがい》を下げたのである。別れるのは悲しい、つらい。永遠に訣別をするやうにも思はれて、今でも引止めたいやうにも思ふが、到底取返しがつかない。僕は夢のやうに、未だ當百氏と相竝んでるやうな気がしてならぬ。

莞爾《かんじ》として幾年か少なからぬ年月を、川柳に携はられた當百氏は、莞爾として柳壇を去られた。（僕は引退といふ文字を使用するを好まない）趣味の川柳に、句も心も話も同じやうに相提携して（途中からだが）『番傘』創刊以来種々と意見を交換して来たのであつた。併し當百氏は直接に君の句は何処が悪いとか、何う変えたらい、句になるとも言はれなかつた。終始ニコ〳〵的頂戴、非頂戴で、今日迄何の言葉をも聞かなかつた。それが何だか僕には不思議にも感じられる。総てが斯ういふ風に、強ひて言はれなかつた當百氏の、ニコ〳〵に対しては、広い〳〵余情を残して、ニコ〳〵の當百氏が目に映じるのである。だから、それもよかろ、なる同氏の、強《た》つて不賛成を唱へられぬ譲歩を、さまでに気附かずに対座して来たのである。日本に於て、最も技量の優れたる當百氏が、先生と言はれず、又、自らを先生ともせず、公平に甲乙に交つて来られたのも、実に美しい人だつたといふより外に適当な言葉がない。（中略）

當百氏の句が技巧より成立つてゐるのに反し、僕の句はあまりに単純な写生句であつた。立入つて僕に言はれなかつたが、も少し何とか考へ直せと、思はれたに違ひない。（今でも）

併し當百氏は、皆集つた小集《しょうしゅう》（田辺註、各地域ごとの小さい句会の集りを「番傘」では「小集」と呼ぶ）などの時でも、それは個性発揮（或は自己発現）といふ事も考へねばならぬといふやうな事を、僕は耳にした事があると思ふ。無論、同氏の譲歩的の口吻であつたが、其時分から僕は一層、同氏を恐れた。で、僕は、自らを省みもし、注意もしやうと心懸けたが、未だに僕の句がやりツ放しであるのが直らない。

この、先生ではあらぬ、先輩の兄弟のやうに思つてゐた當百氏と別れるのが、誠につらい。心易かつたそれだけ、離れるのを悲しく思ふのである。が、何うしたつて退かれるのだから仕方がない。趣味は全然捨てられぬのだ、と言ふて居られるのだから、無論、相談相手にはなつて呉れるのである。それで幾らか、胸も撫でられる訳である。

『番傘』を此処迄やり上げられた同氏の後を、今後継承して行く吾々の実力が、あまりに貧弱ではあるが、献身協力を以て、益《ますます》、質実に努力する考《かんがえ》である。

『番傘』は孤児になつても何処かに心強い恃みのある事を信ずるのである。

まだ書く事があつた筈だが、僕の筆は此処で行詰つて了つた。だからこれで筆をおく。

大切に神馬《じんめ》虐待されて居り　當百
明治三十九年六月の『葉柳』で、始めて同氏の名を知つた僕が、忘れ得ぬま、の句を、茲《ここ》に書添へて置く」

五葉は當百の謙虚・温和・公平を、「実に美しい人」と表現している。五葉の文章によっても、いかに「番傘」同人が當百の存在を精神的バックボーンとしていたかがわかろうというものだ。それだけに、「番傘」は孤児になった、という五葉の感懐は、水府はじめ、若き同人たちの実感であったろう。

年歯といい、実力といい、當百はまさに倚るべき大樹だったろうから。

しかし水府あたりは、柳誌編集の現場にいて、當百の繁劇をうすうす察していたらしい。

その少し前、大正五年の三月に出た「番傘」一号の近況報告「小遺帳」に、欧州戦乱の余波をうけて紙価が一時に高騰し、小雑誌の廃刊頻々「さなきだに命短き川柳雑誌の自重を祈るや切」などという文章にまじって、

「當百氏、最も多くの川柳雑誌に関係す。而して其の雑誌の応募句以外、各地方より五句集、十句集の選評を乞ふもの其の後を絶たず。毎日柳壇の堆《うずたか》き応募句と共に多用の氏を悩ましつゝあり」

というのがみられる。

これを裏書きするように、「番傘」創立十周年の、「創刊十周年記念号」（「番傘」大正11・4、3号）で、當百は書いている。

「私が柳界を去ると申出たのは少々唐突であつたので、同人諸君から何故と、左右から厳しく責め立てられた。イヤ何うも身体も忙しく頭も枯れて来たので、位でお茶を濁して、不承不精《ママ》に同人諸君の許しを得たのであつたが、実をいふと、川柳を論ずべく、趣味を解すべく、當百は余りに理智的で理窟つぽくあつたのである。

其頃私の机上は、選句やら五句集やら添削やらで堆く、之を光栄に感ぜぬではないが、之に忙殺されて、迚《とて》も研究も出来ねば、満足に書を読む余裕もない。殆んど川柳の責苦に遭つて居る形だ。今日、水府君なども定めて此《この》責苦に遭つて居られる事と思ふ」

その上、当時の當百の家庭は、親子三人暮しで平穏ではあったが、親族間に何か事情が

あったらしく、身内から招集されたり、縁辺の老人が相談に訪れたりする。ところが當百は職場の毎日新聞社を退《ひ》けても、まっすぐに帰れたためしがない。句会だ、つきあいだと、大酔したり微醺《びくん》を帯びて戻る、待ちくたびれた老人は先に眠ってしまうという始末、當百夫人の心労も、中に立って一通りではなかったという。身内や姻戚から相談や依頼にきても、當百は日限のある選句に目を通さねばならない、要点だけいって下さい、ということになり、それらの人々の失望や不快を買ったことも一再ではなかった。しかし當百はべつにどこからも経済的援助を受けているわけではなし、かくべつ不人情でもなかったつもりであるが、しかし律儀な性分から、「何となく相済まぬ気が去らなかつた」。

つまり、〈理智的で理窟っぽい〉という當百の表現は、律儀、几帳面ということであろう。

それに大毎というバックがあるのに、川柳を飛躍させる器量もアイデアもない、ということを、——誰も非難しないし、使嗾《しそう》したわけでもないのに——當百はそのことを、同人に申しわけない、と思っていたらしい。

それからして、創刊から十年たって回顧すれば、自分は中継の任を果した、と當百はいう。

「振り返つて見ると実に當百は、六厘坊の後を享《う》け、水府君に後を渡すべく、恰《あたか》も中継といふ形であつた。併し今に至つて考へて見ると、其中継といふ役目こそ、丁度當百によく当て嵌《はま》つたものであつたらしい」

　同じ号に、創立同人の蚊象が書いているのをみると、當百引退の報をもたらしたのは最初に半文銭だったという。会《かい》して今後の相談をしたのは、五葉、水府、緑天、南北、源屈、それに蚊象、結局、當百引退後も続行してゆくことに意見はまとまったが、

「當百氏の如き、年長にして経済的なる人を失つた『番傘』はその後、再三再四、経営の上の暗礁に乗り上げた」

　と蚊象は書いているから、當百の経済的援助で「番傘」は続けられていたのかもしれず、それが、當百引退の遠因をなしたとも考えられなくはない。

　しかし真相はそれから二十八年後、昭和十九年六月三十日長逝の直前、三ヵ月前に自身がしるした「當百自伝」により、

「漸く明らかにされた」（水府「自伝」）

　當百はいう。

「一人娘に養子を貰ふに際し、大正五年川柳界第一線から引退を申出で、五葉、水府等に後事を托す」

　當百は旧姓牧野、福井小浜の魚屋の三男で、少年時木綿問屋の丁稚をふり出しに、文選工、背負い呉服商と辛酸を嘗めて、夜学で勉励した人であった。二十六で堺の染物業西田家の養子となった。當百は旧時代の子らしく、養家の相承を大切に考える人であったのだ

ろう。一人娘の歌子さんに婿をとり、やがては婿に家督をゆずるべき身となれば、もう趣味に没頭して、人生のほとんどを川柳で占められるという、たのしくも面白い暮しは、断念しなければならぬと考えたのであろうか。

それで思い出すのであるが、以前、當百が職場から帰宅してみると、路郎が来ており、しかもいつもの當百の席をわが家のごとく占めて、當百夫人や娘さん相手に飲みながら、すでに気焰をあげていたことがある。當百はそれをいかにも愉快そうに書いていた。若者好きの當百にとっては、青年らしい無遠慮も、放埒な親しみぶりも、好ましく可愛かったのであろう。

しかし川柳になんの斟酌《しんしゃく》もない、世間の常識人からみれば、その間の事情は共感しにくいものであろう。當百は律儀細心な人らしく、そのへんをおもんぱかり、まず斉家《せいか》を第一として、川柳から足を洗うと宣言したものらしい。しかし早くも大正六年の三号には、雑記「をちこち」に水府は、

「来阪せる百樹氏、當百氏に復活を勧告す。當百氏最初より、川柳を趣味の上に疎外したるに非ず、復活の日遠からずと見るべきか」

と書いている。

(のち當百は「番傘」顧問に迎えられ、作句もつづけていたが、一派の将としての地位は後進に譲ったということであろう)

當百の、驕らず誇らず、大声叱呼《しっこ》することなく、後進をみちびくのに慈愛と徳望を以てした、というような人格の薫染は、そののち、「番傘」の色をも染めていったように思われる。懇親宥和《こんしんゆうわ》、という気分がつねに「番傘」に揺曳していて、それは切磋《せっさ》琢磨《たくま》のきびしさからやや遠いが、それだけにグループが永続したわけでもあったろう。

當百の告別句会は大正五年十一月二十六日、午後一時から、天王寺公園玉手庵で催された。

「ニコニコの當百、人をそらさぬ、それでいて、いい教えを垂れた父當百に別れる日である」

と水府は「自伝」に死別ほどにも辛そうに書いている。会するもの三十七人、京都から緑天ら、神戸から紋太ら、地もとは五葉、路郎、半文銭、水府、渓花坊、南北、常坊《つねぼう》ら、盛会であった。

當百がいよいよ最終披講をした。兼題（宿題）は「見送り」――題も、柳会を去る當百にふさわしい。そのあと當百から贈られた短冊を一枚ずつ土産にもらって散会した。しかし有志は新町橋の「だるま」で小宴を開き、歓をつくして別れたという。

この兼題「見送り」に、路郎と並んで葭乃《よしの》さんも句を投じているのがほほえましい。

「水菓子を受取る窓の賑やかさ」　葭乃
「見送つて帰り茶漬の朝となる」　路郎

「見送りの中に絹半巾《ハンカチ》もゐる」　紋太
「見送りに今《い》ンまぬくめた手が冷へる」　水府
このついでに、當百の句をながめてみよう。當百の句はドラマ性がつよく、〈真あれど美なし〉などという批評もあるが、人情味と〈浮き世のうらおもて〉（同じ題で村上浪六が川柳エッセイを刊行しているが）という世の中の機微を衝いた味わいは、ほかにちょっと、真似手のないものである。

「旅役者誰の位牌《いはい》か一つ持ち」　以下、當百
當百の代表句は先述した、「上かん屋へイ〳〵とさからはず」であるが、私はこの「旅役者」を挙げたい。私の好きな句だ。

「笈摺《おいずる》で出るは涙も渇《か》れた頃」

浄瑠璃の世界のようだが、苦労人の口吻も慕わしい。

笈摺は着物の上に着る袖なし羽織、これを着て笈を背負い、菅笠を頂き、手甲《てっこう》・脚絆《きゃはん》にわらじで、亡き人の冥福を祈って巡礼に出るのであろう。

「せがむ子へ渡す湯呑の呑加減」

「まだ見えた頃の話で肩を揉み」

「糠袋入れながら直ぐ帰ります」

瑣事がそのまま詩情をもたらしてなつかしい。糠袋《ぬかぶくろ》は昔の女の石鹼がわりで、小さい

袋に糠を入れたのを入浴のときに使う。私の幼時、まだ売っても居り、女たちは顔を洗うのに使っていた。有名な五葉の句に、「糠袋いはくあんたはお妾か」というのがある。

「苦学生母諸共《もろとも》に引き取られ」以下、當百
「聞く父も問ふ兄もなし講義録」

「うどん屋に置忘れたる講義録」

刻苦して学んだ當百はまた、苦学生たちに慈眼を向けており、右の句にはやるせないようなやさしみがある。

當百に去られたあと、否も応もなく水府に「番傘」の責任がかかってきた。當百引退号からすでに発行所は水府の西区市岡町のアドレスとなっている。
ただしこのとき、水府と「番傘」に幸《さいわい》したのは、當百に代って南北という強力な助《すけ》っ人《と》があらわれたことであった。南北はうすっぺらな「番傘」を手にして、
〈こんな雑誌はもっと大きィせんとあかん、それに第一、〝非売品〟とはなんや、本屋で売らなウソや〉
と放言する。水府は當百らと相談して大正五年の一号から十銭の定価をつけた。南北は芝居の楽屋へ持っていってたちまち売り尽くしたばかりでなく、鴈治郎の次男で、当時〈中ぼん〉とよばれていた扇雀や市川新升らの役者などにも川柳をすすめてまわった。

「温泉寺濡れ手拭で拝んでる」巴流（市川新升。道後温泉で）
「首実検氷屋の声よく聞こえ」春虎（中村扇雀。神戸新開地中央劇場「夏祭」で）
南北の家はそのころ島《しま》の内《うち》、玉屋町《まち》にあった。ある日水府は、蚊象とともに、おそるおそる訪れて、
〈次号の表紙を描いて頂けまへんやろか〉
と頼んでみると、南北はすぐさま、
〈よろしあす〉
と墨を磨って、
〈こんなん、どやろかな〉
とその場で、芝居の舞台の、〈樽屋おせん内の場〉という番付の下絵を描いてくれた。何と気軽な人だろうと、水府は感激してしまった。南北の絵は飄々として軽いが、品格があった。菅楯彦《すがたてひこ》画伯が、
〈あんたは玄人みたいに描いたらあきまへん、あくまで素人らしゅう、描きなはれ〉
といったほど、素人ばなれしたものだったらしい（「川柳文学」昭和34・5〝けまはん〟堀口塊人）。塊人は南北の絵を高く評価し、
「耳鳥斎《じちょうさい》のひそみに習い、大津絵をよく消化した、南北独特の飄々たる画風は、俗に在って脱俗の絵を創作したるもの」

といっている。（耳鳥斎は十八世紀の大坂の画人、柔い簡潔な線の戯画で人気があった。大坂・京町堀の資産家だった。よく大津絵にたとえられるが、大津絵とは画風がちがって線がまろやかだ。）南北はちっとも勿体ぶらずに、若い者に描いて与えたというのだ。スピード感のある筆づかいの絵である。このとき水府には若い南北夫人と、大きな机が印象的だった。いくばくもなく、「番傘」連中が、南北の家に押しかけ、九十枝《ことえ》夫人に世話をかけるようになろうとは、そのときはまだ夢にも思わなかった。

句会が派手になった。南北のアイデアで御堂裏の文楽の組見《くみけん》をして作句する会、小西来山《らいざん》の遺蹟、十万堂の句会、それに「番傘」に加わった役者、片岡愛之助（柳号如柳）の愛妓、若久《わかひさ》の屋形《やかた》（芸者の自宅をそういう）での句会など、いままでの物がたい例会では思いもつかぬ、粋な会になり、遊び好きの若いものたちを喜ばせた。

このころは遊びのアイデア百出で、それが「番傘」に活気を与えた。水府の同僚の佐藤鳴皐《めいこう》の発案で、はっぴ会をやった。もともと東京の文士がやったのを真似たのだが、大正五年の一月九日、宵戎《よいえびす》の晩、それぞれが役者や商店、会社などの法被《はっぴ》を（借りるか買いとったのかわからないが）着て、今宮戎へおまいりし、句も作った。

その写真が「自伝」にあるが、二十三、四人の男たちが、日の丸の扇子・「はっぴ会」の旗を吉兆にくくりつけたのをまんなかに、それぞれの法被を着て破顔している。水府は富田屋八千代、蚊象は市村羽左衛門、破笠《はりゅう》は山田九州男の縮緬の法被、當百は伊勢春、五葉までどこやらの法被をまとい、ねじり鉢巻、この人のくせで歯は見せていないが、口辺に笑いをただよわせているのは珍しい。南北は先代市川小団次の革羽織。

催しも多彩になり、句会も全く気分が一新してにぎやかになってきたが、例会場もまた、恰好のところを得た。庭のいいので評判のお多福茶屋である。水府の記者友達の近藤破笠が提供したというが、破笠が間借りしていた座敷なのか、破笠の家なのか、分らない。しかし、のちに、やはりこの家に間借りしていた新日報の編集長、吉本寛汀《かんてい》も、いつか川柳に魅せられ、のちに「番傘」の同人になるほど入れこんだ、というから、破笠もこの家の間借人だったのかもしれぬ。

そのうち、川柳家たちは南北の玉屋町の家に集りはじめた。このころの、「南北居《なんぼくきょ》」での集りが、いかに楽しかったかということは、いろいろな人がなつかしんで書いている。画家の楠瀬《くすせ》日年《にちねん》は南北と親しかったので、そこへ入り浸るうち、「番傘」同人と心安くなり、表紙も描いたりした。南北の家へは昼となく夜となく川柳家や画家がつめかけ、南北は「番傘」(大正6・3)に「騒々しき人々」としてそのことを書いている。人々が騒々しくやってきて、これでは仕事もでけへんがな、と南北はぼやきながら、松竹から帰ってくると、〈水府はまだか。皆まだ来よらんのか、何しとるんや〉といっていたという。これは当時、南北居で書生に住みこんで劇作家の卵であった長谷川幸延の思い出ばなし。幸延は当時十五、紺絣の少年だった。この幸延は六白《ろっぱく》の辰年で、ひとまわり上の九紫《きゅうし》の辰が水府、さらにひとまわり上、三碧《さんぺき》の辰が南北、そのとき三十九だったというから、大正七年である。

長谷川少年は、「生れてはじめて食べた他人の飯はあた、かく、白紙であった私の人生に先生――南北――の影響は大きく反映した」（「南北の喜寿特集号」南北翁の喜寿会編）

少年にとって南北についで印象的だったのは水府であった。〈幸《ゆき》さん、幸さん〉と可愛がってくれた。そのときの水府はまだ独身、「白皙明眸の若紳士」であったと（『川柳全集4岸本水府』〝水府さんのこと〟長谷川幸延、構造社刊）。

毎晩のように水府はじめ、緑天、蚊象、夢路《ゆめじ》、半文銭、蹄二らがやってきて「番傘」の編集会議となる。集れば酒が出る。一時二時までつづくこともある。緑天などは書生の幸延少年の蒲団にもぐりこんで泊り、歯ブラシまで南北居《きょ》に置いているといわれた。書生の幸延さんは毎夜、おそくまで酒を運ばされる。

芸者はくる、役者はくる、船場の番頭、新聞記者、柳壇の話、柳論から、駄洒落、無駄話。

楠瀬日年がこの十五年ほどのちに書いた思い出話「最近の番傘の方々に」（昭和7・5）によると、ここでは「川柳に精進する連中と、川柳気分に浸らうとする連中とが仲よく遊んでゐた」ということになる。「毎日々々ほんたうに飽くことを知らずに遊び興じたものであつた」

南北居の二階の押入れに水府は「番傘」編集の材料を入れ、退社後はすぐやってきて、〈出勤や出勤や〉といいながら、南北の大机をかりて坐りこみ、仕事にかかる。緑天は前夜から泊りこみ、休日であれば、出来て間もない宝塚の少女歌劇を見にゆく。由良道子が好きだといい、「桜大名」の歌を歌いづめに歌う。長唄の師匠・杵屋正一郎について長唄を習う会もできる。このとき、挿画や広告のイラストを描いていた小田富弥も加わった。何とも大さわぎの毎日、南北夫人は押しかける客にいやな顔もせず、よくもてなした。

この頃水府は、新聞社の受持が南署だったから南北居に近く、昼間にもちょっと立ち寄ったり、した。南署長の娘さんと警察の庭でテニスなどやっていると、南北は、

〈きみ、テニスやれるのんか〉

と驚いた。

楠瀬日年は書いている。

「番傘には昔から一種の番傘風の、のんびりとした空気が流れて居た。もの事にこだはらない超世間的な空気があつた。上方風で、しかも島の内風な味な空気が、何時もいつぱいであつた。今日も猶《なお》、さうしたものがあるかしら」

ここでちょっと、「島の内」についていうべきであろう。戦前、それも明治大正の島の内は芸人や役者、水商売の人やお妾さんなどが住む、しっとりと粋な町であった。船場の南、東西を東横堀川・西横堀川に、南北を長堀川・道頓堀川にかこまれ、風雅で瀟洒《しょうしゃ》な

家並みが並ぶ。清水町《しみずまち》、心斎橋筋の一丁東が畳屋町《まち》、美しく磨かれた小ぢんまりした家々が並ぶ。篠崎昌美『続・浪華夜ばなし』（昭和30、朝日新聞社刊）によれば、狐格子のような二階家があるかと思うと、粋な小夜格子の家、今年竹を並べた路地の家——そうした家々からは「夜ごとに艶《なま》めかしい燈火が洩れている」と。船場一帯は夜になるといっせいに表の大戸を閉めるので、道には一点の灯も見られないが、島の内はどの家からも明るい灯が洩れている。

畳屋町の、そのまた一丁東が笠屋町《まち》、数寄屋好みの建て方の宿、小綺麗な小売店が軒をならべる。その東一丁が玉屋町《まち》、中村鴈治郎（初代）の家はここにある。東京の役者とことかわり、大阪の役者は成駒屋でも梅玉でも延若でも、「さびた純大阪式の家に住んでいた」と篠崎さんはいう。このあたりの家は小さいながらに、ちょっとした青竹の駒寄せを工夫したりして粋に建てられてある。

宗右衛門町《そえもんちょう》の花街の灯は赤く夜空に映え、このあたり静かなうちに、はんなり明るんで、夜更けの時間さえわからない。美しい日本髪の女が白い衿足をみせ、派手な浴衣に単帯《ひとえおび》でよく磨かれた金盥《かなだらい》を持って、近所のお風呂屋へ出かけたり、している。もっとも芸妓《げいこ》はんの屋形は一丁東の千年町《せんねんちょう》に多い。男衆に三味線箱を持たせてお座敷へいそぐ芸妓、お茶屋のおちょやんが、芸妓を呼びに小走りにゆく利休下駄の音。静かでいて花やかで色めいた町。「浪華の古風を長く残してきた街」と篠崎さんはいう。こんな街の、狭いながらに粋な南北居、〈町内に鴈治郎はんが住んではる〉というような玉屋町の南北居に、若者たちは魅了されて、つどうのであった。

（こんな家に住みたいなあ）

と思ったのは水府だけではなかった。実をいうと、長谷川少年もそう切望し、やがて、水府が南北からここを譲り受けたときは「嫉妬に近いものさえ感じた」というくらいであった。尤もそれはずっとあとのこと。

ここへは路郎夫妻もくる。「土団子」の壱号（大正7・7）に、葭乃さんは「鶴屋南北さんの二階」という短文を発表している。書いたのは六年晩春とある。葭乃さんはもう子持ちで「番傘」（大正7・7）に発表した句に、

「子沢山四五年夢は見ぬと云ひ」　以下、葭乃

「添乳したまゝだと気附く明《あけ》の鐘」

「眼がさめて寝まきにかへる子沢山」

「子沢山お注連縄《しめなわ》ほど連れて行き」

などがみえる。しかし句もつくり、かつ、お芝居も見たらしいことは路郎の「妻を語る」（「川柳雑誌」昭和39・4～6）にある。芝居へいっても帰りに料理屋へ寄らないと、行った気がしないというのだ。小さい子供を荷物のように横抱きにしてのれんをくぐったという。「私にうってつけのベターハーフだ」と路郎はいっている。葭乃さんはいつまでも世

帯くさくならない、女学生じみた、超俗的な人だった。

だから路郎と折々は夜の散歩もたのしんだらしく、水府の「自伝」に、南北の家で落ち合った水府、小田富弥、馬場緑天、麻生夫妻の五人が道頓堀を散歩してそのころ電気写真といわれた写真をとっている。水府は大正七年頃にまちがいはないという。路郎をのぞき男三人は帽子をかぶっており、葭乃さんは白い丸顔、きりっとして、昔にかわらず美しい。世帯やつれ、育児やつれのあともとどめないのは、生得《しょうとく》のものに加え、川柳家として精進をつづけていたせいであろうか。

葭乃さんは一時「婦女世界」の婦人記者もしており、戯曲を書き、南北に教えを受けたこともある。

二人はある夜、南北の家を訪れる。玉屋町の、扇湯という風呂屋の向い。奥さんに挨拶して玄関にあがる。二階へ通うやや広い段梯子がある。六畳と三畳の二階は南と北にひらき、新しい磨り硝子の障子がはまっている。

階段をのぼりつめたところの、押入れの片側と壁が、直角になっている板の間に、背の低い二枚折《にまいおり》が行儀よく置かれてある。そこには貼りまぜの似顔絵があった、と。

三畳間へ入ると、隅の方で大机を前に、水府が「番傘」の編集をしていた。

〈やあ、ご無沙汰を〉

と水府と路郎は簡単に挨拶を交した。葭乃さんは例の通り、だまってあたまを下げる。

（葭乃さんの無口は有名であった）

水府は「番傘」の原稿を片づけて、大きな机の上にトランプや色々の玩具を出して来たという。珍客をもてなすためであろうか。

何にしても、後年、「番傘」の島の内時代といわれた「番傘」黄金期の一ページが、葭乃さんの女手のこまやかな描写によって、あきらかにされたのは喜ばしい。男たちは南北居での愉楽をなつかしむけれど、それがどういう風な部屋であったかという報告は書き残していない。幸い、葭乃さんの手記によって、雰囲気をうかがうことができる。

この部屋にも貼りまぜの衝立《ついたて》があった。

書棚には葭乃さんの好きな漱石の縮冊が、三、四冊ならんでいる。しかし大部分の本は、能楽辞典や、日本歴史風のものであった、というのも戯作者の本棚らしい。

やがて九十枝夫人が直径一尺もあろうと思われるお盆で、「ぶぶ」を持ってくる。浅くて平たい煎茶茶碗は、かつて「歌舞伎店」の句会でも見たことがある、というのだから、葭乃さんは歌舞伎のおもちゃ店の句会にも出席したのであろう。すべてのものが、南北の巨体とつり合って大きかった、と葭乃さんは書いている。

〈今日は南北くんおるすですか〉

と路郎は夫人に聞く。壁には鴈治郎の書がかかっている。夫人はいう、

〈へえ、芝居からお夏清十郎が好評やよって見に来てくれ、いうて来ましたんで、行きは

りました、もう帰って来はります〉

そういって、白い手で金側の時計の蓋をぱちりと開けた。十時になっていたという。——夜更けをものともしない人々である。このとき葭乃さんは眼にゴミが入っていたので、途中で買ったロート眼薬を出して路郎に点眼をたのんだ。〈安物の眼はよく埃がまいこんで困ります〉といいながら点眼してやる路郎。

〈まあ、赤うおましたよってお眼がお悪いのか思《おも》てましたら〉と九十枝夫人。

〈広告にそんなんありますな〉

と目薬を点じる路郎と、受ける葭乃さんの恰好をひやかす水府。みなどっと笑い、目薬はうまく葭乃さんの眼に落ちない。とうとう夫人に眼医者を教えてもらって赴き、とってもらう。

「歯痛の止まつたのと、眼の塵埃のとれたのと、子供が生れたあとの感じは皆、同じ心持である」

と葭乃さんはいう。この人はときどき異《い》なる発想をして人の意表をつく。ゴミがとれて身も心もかろく南北居へ帰ってみると、まだ南北は帰っていず、水府はなおもトランプをして遊んでいた。奥さんの衿の黒繻子《くろじゅす》や、路郎ののびかけた顎髯などが、こんどははっきりみえる。

水府がトランプを教えてくれたので、葭乃さんも試みるが、二、三度すると飽きてしまった。水府ほど根気はない。葭乃さんは思う。

「私は何故こんなに遊戯に興味がないのかしら、あきつぽいのだらうか。もし私にさういふ性癖が認め得られるならば、良人に対する愛情にも、少し位のあきつぽさがあつてほしいなどと思つて見た」

このへんが、なみの女と、葭乃さんのちがうところであろう。こんなことをいっても、白玉に露がしたたるごとく、なんの濁りのあともとどめない。巧まざるユーモアのある人だ。

ふいに路地の格子がきしんだ。

〈アア、帰りはった〉

夫人ははじかれたように立ち、窓の手摺から思いきり体をつき出して、

〈早うあがっとくなはれ、珍客さんだんね〉

……

ふつくらと土瓶の口を水が出る　――水府・広告マンへ転身

南北は階段をぎしぎしと音立てて上ってくる。二十有余貫の大兵肥満、それでいて憎めぬ可愛げのある面立ち。（この頃よりずっとのちだが、藤澤桓夫氏ははじめて会って、「口辺に一抹の皮肉なかなしみを浮べた、あの独特の福相」と表現する。〈「番傘」昭和32・6〝食満南北先生〟〉）

葭乃さんはこのとき書きとめていないが、南北は暑がりだから、冬でも素足のはずである。外出着は大島のお対《つい》（着物・羽織）ででもあったろうか。

やあ、と南北と路郎は言い合い、男同士の挨拶は一言ですんでしまう。

〈どうでした、芝居は〉

水府はトランプの手を止めてたずねる。

〈まあいっぺん、見にいきなはれ、あしこ（八千代座）は二十分と幕が閉ってたらやかましいとこや、それがしんとしてるんやから、大概わかりまっしゃろ〉

南北はいましがた九十枝《ことえ》夫人にうしろから着せかえられた常着に、ねずみ色の兵児帯を締めて、どっかりと大机の前に坐り、路郎・葭乃と並ぶ。夫人は着物を階下へ持って下りたが、いそいでまたあがり、思い出したように机の上の、二つ折りになっている写真を拾いあげ、

〈ちょっとこれ、見たげとくなはれ、こないになりはりまして〉

と南北に渡す。役者の新升が病床でとった写真であるが、そこは役者らしく凝ったもの

か、痩せ衰えた裸体《はだか》に肩から大布を纏《まと》いつけ、こちらをぐっと睨んでいる。南北の肥った肩越しに葭乃さんたちはそれを見る。

〈こらええ、タゴールのようや。もう役者なんか、止めさそ〉と南北。インドの詩聖タゴールは前年大正五年来日している。長髪・髭髯《しぜん》に掩われた瞑想する聖哲の如き風貌は、日本人の発想になかったものだけに、朝野の人々にいたく印象的だったのである。南北たちももちろん新聞の写真で見た感じでいっている。

タゴールより、理智に富んだキリストのようや、と葭乃さんは思う。

〈清玄みたいや〉と水府。

〈釈迦のようだ〉と路郎。

〈みんなでそういうたろ、オイ、巻紙持っといで。みなで寄せ書きしたろ。——それよか、とにかく水や。ぼくは凡人やさかい、水がほしい〉南北は問題の写真を机に置いて、〈こんど、釈迦か、キリストの脚本、書こか〉

トランプを片づけていた水府が、

〈ハイカラの忠臣蔵はどないです〉

〈それもええな、(と南北は声色になり)与市兵衛君、もう金はそれだけですか〉

と、シャイロックの剣のような、竹のペーパーナイフを無造作に握って、与市兵衛のしぐさをする。

そこへ九十枝夫人がガラスコップになみなみと水をそそいで持ってくる。白砂糖が底に沈んでいる〈砂糖水《みず》〉である。現代ではさまざまな飲料水が出廻っているから〈砂糖水〉など飲む人はいないが、私の幼時（昭和初年頃）までは、まだ人々は〈砂糖水〉に親しんでいた。

「思ひ出したやうに芸者の砂糖水」　水府
「降りてきた芸者の頼み砂糖水」　〃

という句もある。

南北は酒好きではあるけれど、甘い砂糖水も愛飲していたのであろう。コップの中をのぞきこんでいた南北、

〈これ、なンや〉

と箸の先で水に浮いている小さいものを拾いあげ、気味わるそうに皿へのせる。〈虱《しらみ》やが〉とつついている。

〈そんならお砂糖にはいってましたんやわ〉と夫人はじっとそれを見て、〈ゴミだんが〉と笑いながらいう。

〈ま、ええわ、死んでもかまへん〉

南北はやっと安心して、ごくごくと飲み干す。

〈死んだらわてが殺したことになりまんな〉

と夫人はコップをもって下りる。葭乃さんたちはそのあと巻紙へ、新升の病中の姿の気高い風韻《ふういん》を讃嘆する句や文章を思い思いに書いた……。

これが、新しい柳誌「土団子」に書いた葭乃さんの「鶴屋南北さんの二階」なる一文である。葭乃さんの、物珍しそうな、子供のような眼のうごきがよくわかる。この人は、何人の子供の母親になってもなお、潑剌たる好奇心をうしなわぬ。それでいてアクティヴではない。面白がって見ているだけである。

このアクティヴでないことについて、葭乃さんは後年、路郎の古稀の折「川柳雑誌」でいっている。（昭和32・7）――持って生れた性格もあろうが、父一人娘一人の生いたちのなか、もっぱら父にサービスされて生きてきたからだ、と。登校の朝々、おさげ髪を梳《す》いてくれたのも父なら、高等女学校を卒《お》え、更にミッションスクールの英語専修科へ入学の手続きをとってくれたのも、入学式についていってくれたのも父、年中、父にサービスされて生きてきた葭乃さんなのである。路郎と縁あって結ばれて、にわかにハウスワイフの立場におかれ、サービスする立場にたって葭乃さんは狼狽する。

「俄か仕立てのサービスは頗る血のめぐりの悪いサービスであった」

と。

ついでにこの愛すべき女流川柳家、葭乃さんの結婚生活をのぞいてみよう。

「福寿草　松にしたがひそろかしこ」　葭乃

葭乃さんの代表句といわれるものだが、女手紙のむすびことば「……候、かしこ」を拉してきて、男と女のたたずまいを、福寿草と松の鉢植えをモチーフにあしらいつつ描く、才気があってしかも柔媚で面白い。

尤も、そこに良妻賢母の躾ふうな臭味はない。恰好は松の盆栽の根方にあしらわれたような福寿草ではあるけれど、それなりに〈花の占めたる位置のたしかさ〉というようなものがあり、見かたを変えれば福寿草に従うのは松のようでもある。それを示唆するものがこの句にある。

路郎の「妻を語る」（先述）によると、葭乃さんの無口は極端なもので、しかも葭乃さんご自身の説明によると（「川柳雑誌」東野大八〝麻生路郎物語〟中、東野宛葭乃書簡）、

「私は感情を素直に表現できない女なんです。うれしいのやら悲しいのやらさっぱりわからぬ人間に出来ています。だから喧嘩の相手にならないのです。いっぺんでもよい火花の散るようなけんかがしたかっただろうと遅ればせながら路郎の気持を読んでいます」

という、路郎死後の感懐である。

結婚して子供ができても、来客にはただお辞儀するだけ、絶えずやってくる川上日車に対しても、うちとけた冗談をいうでもなし、ただあたまを下げるだけ、路郎が、

〈なんとかいったらどうだい〉

というと、

〈いってます〉

声は口の外へ出ないのである。それでいて筆はたつ。作句もおこたらない。近所の奥さんが噂話をしにやってきても、足袋をつづくりながら葭乃さんは黙々と聞いているのみ、噂を弘めるなんてあり得ない。そういう妻は一面、路郎にはありがたかった。あなた、お茶を淹れました、とか、もうおそいからおやすみなさい、といちいち世話を焼かれないのは、仕事中の路郎にはたすかる。路郎が原稿用紙に向っているあいだは、葭乃さんは一切、干渉しない。食事の時間がきても食事も運んでこない。「私の創作的な仕事には世にもありがたい良妻なのである」と路郎はいっている。

路郎が筆を擱《お》くのをまつあいだ、葭乃さんはハワイ在住の川柳家から送られたアメリカの雑誌を読んだり、脚本を読んだりしている。(葭乃さんは劇作を勉強していた)

そうでなければ机にもたれて眠っている。

彼女の特技はいつなんどきでも、どこでも眠れることである。そしていつでも目をさますことができる。夜ふかしもやれば朝起きもできる。年子を何人も生んだ繁忙の生活がさせた技であろう。

「タイムイズマネー鰯焼いてる間《ま》の読書」　葭乃

というきわどい芸当の子育てをしてきた女、寸暇を惜しんでぐっと熟睡し、さっと目ざめる。「まるで猫のような生活を平気でやってのける手際は一寸真似ができない」と路郎

はいうが、

「女さまざま猫の頭をみなもてり」　葭乃

葭乃さんは金銭に執着をもたない。あればあったで使うが、なければないで平気である。いつだか電車へ乗ったところ、財布にお金がないのに気付いた。そういうと車掌に四つ橋でおろされ、事務所に連れていかれた。幸い車掌の中に川柳家がいて、証明してくれたので、切符を借りて帰った。

「宝石も愚痴も地上に舞ふ塵埃《ほこり》」　葭乃

この執着のなさはすべてに及び、葭乃さんは自分の写真というものにも恬淡《てんたん》としている。古い写真、幼時や女学生時代のものもなく、結婚の記念写真すら撮っていない。世の常の女なら、自分の花嫁姿くらいは記念に残したいと思うであろうが、葭乃さんはそんな気もなかったらしい。

写真嫌いというのでもないが、「無関心なのか物臭《ものぐさ》なのか、そのところはハッキリしないので、一人写しの写真も稀である」と路郎はいう。いまにのこる僅かな写真によれば、若き日の葭乃さんは目鼻立ちのくっきりした、色白の、何より高い精神的水位を感じさせる面輪の女性なので、のこされた写真が少いのは惜しいが、路郎のいう通り、それも「彼女らしい個性」と思うべきであろう。

天上をみつめているような葭乃さんは、だから路郎の身辺にもせんさくの眼を向けない。

世の常の妻のように夫のポケットをさぐって、女性の名刺やバーのマッチなどを咎め立てしない。といって、冷淡なのではない証拠に、

「お帰りにならず刺身も色変はる」　葭乃

という句もよんでいる。これは経済観念から嘆じているのではなく、かるい嫉妬と怨嗟《えんさ》を刺身の色に托しているのである。葭乃さんは葭乃さん流に夫に関心と愛をもっているのであった。

ある夏の暑い日、出勤前の食膳にかき氷だけのっていた。路郎が、

〈飯《めし》は？〉

と訊くと、葭乃さんは静かに、

〈これで〉

と氷をさすではないか。気短かな路郎はたちまちかっときてわめく。

〈おれは出勤するんだぜ。朝っぱらから氷をたべて働けるか〉

〈暑いやろ……思って〉

葭乃さんはうつむく。

〈もういい、おれは今後、よそで飯を食うことにする〉

路郎が宣言すると葭乃さんは顔を伏せたまま、ぱらっと膝にひとしずく、こぼした。路郎の宣言は自炊するとか外食する、とかいう意味ではない。路郎の癖として、お給仕やお

酌というのがなければ、食べたり飲んだりしない、お殿様ふうなところがあり、その生活スタイルを通せるような環境を、ほかに求めるという意思表示である。しかし葭乃さんの涙をみて、路郎はあわてて出勤してしまった。

考えてみると、朝食にかき氷というのは奇矯《ききょう》なようではあるが、葭乃さん流の親切なのである。自分のほしいと思うものを路郎にも供したのである。葭乃さんは暑がりの女《ひと》であった。夏になれば首すじ一面に汗疹《あせも》を出し、家ではほとんど裸にひとしい薄着をしている。自分が暑がりだから夫も、と思い朝食に氷を出して一悶着をひきおこしたのであった。路郎はこれを「自分本位の親切さ」といっている。それでも葭乃さんの路郎への愛と信頼は結婚当初から変っていず、路郎が「商業之大日本」という雑誌の主幹をしていたころ、こんな歌をよんでいる。

「ヘルメットかぶれる君の年少し　老けて見ゆるも頼もしきかな」

路郎は大酒家で、飲んでばかりしてものをたべない。葭乃さんも酒を嗜《たしな》むが、それは食事をよりおいしく摂るため、酒の味が旨いから飲むのである。食べることには若いときから興味があり、料理も巧みだった。路郎と二人で飲みにいっても、そこの味をすぐおぼえて作ってみせた。市場へ出かけても〈ええ海老があった〉と予算外の買物をしてしまう。

「飲んで欲しやめても欲しい酒をつぎ」　葭乃

これも葭乃さんといえば必ず出てくる句である。

それでも葭乃さんは美しいものが好き、面白いことが好き、逸興《いっきょう》に目のない人であった。お芝居へいった帰りは料理屋の暖簾《のれん》をくぐらなければ、お芝居へいった気がしないという。清貧のうちにも好みの帯を夢みる。のちの句だが、

「十合《そごう》大丸帯一本へくたびれる」　葭乃

「デパートを出たら灯もつき雨も降り」〃

無口、非社交的、愚痴をいわない、貧乏・子だくさんの辛労にも強く堪える。

——美しいもの好き、旨いもん好き、芝居好き、川柳好き、路郎心酔者でもあり、人間に尽きない好奇心をもち、……という、さまざまの癖をもったふしぎな女人、葭乃さん。

……

「この癖を捨てたら形見なにもなし」　葭乃

ところでこの大正中頃は路郎夫妻は上福島から常安橋筋《じょうあんばしすじ》へ移り、古本屋「葵書店」を開いていた。通いの子守《こもり》サンを二人傭っていた。年子の女の子三人がいたからである。

「天井の低さも知らず子はうまれ」　路郎

「一つ蚊帳にさかなのやうにならぶ夜ぞ」〃

葭乃さんは古本屋の店番もしなければならぬ。あるじの路郎が仕入れに出かけたり、川柳の仕事（そのころは「番傘」を離れ、「雪」——これは新傾向の句境が最初の思惑より強く出てしまったという感じで、撤収して再び「小さき旗上」として「土団子」を創刊し

ている。「柳界の平和を打破して新しい川柳王国を築くために放たれたるピストルの一弾である」と路郎は「土団子」一ノ一に書く）に奔走しているあいだの留守を、葭乃さんは店を守っていたのである。古本屋というものは他の商売にくらべてお愛想をいう必要はないが、うっかりしていると棚の本が消えていることもあるので、暇なときでも緊張していなければならぬ商売である。しかも売るのはよいが、買うときがむつかしい。留守のときに限って、

〈おばさん、これ買《こ》うてんか〉

と持ちこまれる。路郎から買い方のアバウトな知識は授けられているが、医学書だの法律書だの、ましてわけの分らぬエンジンに関する洋書など持ち込まれては、いくら英語に堪能な葭乃さんでもお手上げである。発行の年月日などを見て値をつけるが、たいていは持って去《い》なれてしまう。こっちが損をするような値でなくては置いていかない。尤も葭乃さんはそのほうがいい。路郎の留守中に高価に買いとって、もしそれが盗品だったりしたら大変な損害である。それより何も買わずに無難な留守番のほうがいい、と思っている。

この葵書店では面白い話がある。

水府が勤め先の新聞社の本棚に置いていた『川柳江戸砂子』（例の今井卯木《うぼく》が赤貧の中で彫心鏤骨《ちょうしんるこつ》、なしとげた江戸名所旧蹟の川柳集、復刻は昭和五年なので、これは旧刊の、明治四十五年、田中蛙骨《あこつ》刊行のものであろう）ほか四、五冊を盗まれたことがある。これ

がほどなく路郎の葵書店へ売りに出た。水府はそれを知って、ぜひ買い戻すから他に売らぬように、と頼んでいたのだが、路郎の知らぬ間に店の者が（というのは葭乃さんしかいないのだが、葭乃さんは何も聞かされていなかったのだろう）医大の学生に売ってしまった。水府はがっかりしたが、これには更に後日談がある。

八年後の大正十一年の一月、水府は「番傘」同人の、南区高津《こうづ》の医師、鈴木昇柳水《しょうりゅうすい》の家へ遊びにいった。昇柳水はインテリ臭のない、足どりかるい句をものする好作家である。

「旧悪は言はぬものさと猪口《ちょこ》をさし」　昇柳水

「温度表今日も八度で灯がともり」〃

なに気なく書棚を見ると『江戸砂子』、しかも自分の本だった。〈さては、きみが買《こ》うていった医学生やったんか〉ということになり、妙なところで名乗りをあげて、めでたく本はもとの持ち主におさまったというのである。

そういう間も葭乃さんは子供を生みつづけ、また死なせ、した。いったいに幼児の死亡率のたかい時代であったけれども、次女三女はいずれも、かぞえ三つで亡くし、生れ代りのように長男、年子で四女、ついで次男、五女が生れる。……

「棄てられるものならといふ子沢山」　以下、路郎

といいながら路郎は子煩悩この上なく、

「子煩悩がったんがったんしてくらし」

「あるときは子をだんばしでくひとめる」

代る代るに病む子、なおりかけの子、葭乃さんは帯とく間もなく看病し、それでも愚痴ひとついわない。しかしついに体をこわしてしまう。

あれこれあって路郎は、どうやら軌道にのりかけていた古本屋を畳み、萩《はぎ》の茶屋《ちゃや》三日路へ移転し、大阪日日新聞社の経済部主任としてサラリーマン生活に入ることになった。そのかたわら著作に没頭し、『川柳漫画　懐手《ふところで》』（大正9、奎文堂刊）を出す。定価一円二十銭とある。

さて、水府にも運命の転変があった。大正六年（一九一七）、大阪朝報社を退き、大阪新報社に入社している。「自伝」にはその理由は書かれていない。水府「自伝」二十五回の冒頭、突如として、

「たのしく勤めていた大阪新報社に大変動があった」

とあり、これは朝報の誤植ではないかと、あわてて前回をひもとく始末、しかし御即位式まではたしかに大阪朝報社員であったのだ。編集長の多田はんと喧嘩したのでもないことは、翌七年の米騒動のときのエピソードでも知れる。なんの理由か分らぬが、ともかく水府は朝報から新報へ入った。阪田寛夫氏の『わが小林一三――清く正しく美しく』によれば大阪新報は北浜銀行の岩下清周《せいしゅう》が後援する新聞で、政友会の原敬の息がかかってお

り、原の秘書官を社長に据えたものだった。岩下の要請で小林一三が一時、経営の面倒を見たこともあり、その縁で岩野泡鳴が勤めていたりした新聞社である。

水府はここでも記者生活に満足していたらしい。というのは、ここの社会部長は行友《ゆきとも》李風《ふう》であった。部員たちは行友を慕っており、さながら朝報社の多田はんのようであった。そして水府はここで柳壇を担当して選者にもなっていたらしい。朝報柳壇はどういう加減か、この頃消滅しており、あるいは水府は新報柳壇のために引き抜かれたのかもしれない。ところが、翌大正七年に新報社に変動があった。政友会系の機関であるのは変らないが、社長重役が変って、首切りが行われ、行友部長も解任となった。

当時の新聞社の慣習で、部長が退けば、十人近い社会部も殉死《じゅんし》して、連袂《れんべい》退社、ということになるのが普通だった。水府もそのつもりでいたが、内情がトップに洩れて先手を打たれ、残る者、辞める者、足なみが揃わなくなった。水府は残されたが、何となく足が地につかず、転職したいという気がはじめて動いた。

行友李風はその後、大阪松竹合名会社文芸部に移り、沢田正二郎らの新国劇結成にともない、専属作者となった。「月形半平太」や「国定忠治」は沢正のあたり芸となる。その後、小説に転じて朝日新聞に『修羅八荒』を発表して、一躍人気作家になるが、それは七年後の話。

水府の新しい就職口はひょんなことからきまった。

南北居の二階で、「番傘」の人々が長唄を習っていたことは前述の通りだが、この川柳家常連のほかに、南北の兄、食満藤吉もいる。

藤吉はいまは、桃谷順天館の支配人になっている。藤吉夫人の実家が桃谷家なのであった。藤吉は長唄の下地が少しあるので、みんなといっしょに稽古をしたいと加わったもの、ほかに新聞の挿画を描き出していた小田富弥もいた。師匠は川柳もつくる杵屋正一郎、まだ二十歳そこそこだから、皆の下手な長唄を叱りながらも、一座の半畳や野次につい釣られて笑ってしまうというにぎやかさ。

水府は酒の席で唄をうたわぬほうなのに、長唄などという大層なものを稽古しているのが、われながら不思議であった。それでも「鶴亀」から「吾妻八景」をあげた。

南北の兄、食満藤吉は「勧進帳」である。

あんまり巧いといわれへんなあ、と思いながら水府が聞いていると、南北がこっそり、

〈あれでもな、巧い巧い、いうてほめたら、奢りよるで〉

とささやく。

〈ははあ〉

〈あの小田富弥もな、うまいこと胡麻擂《ごます》って、桃谷順天館の広告図案係にもぐりこみよったんや〉

〈えっ。桃谷順天館……〉

水府はうらやましかった。図案係というのは新しいところへ目をつけたな、と思った。小田富弥は水府より三つ下、北野恒富に美人画を学んでいて、このごろでは朝報社などにちょいちょい、時代小説の挿画を描いたりしている、新進の画家である。実家は博労町《ばくろうまち》の板問屋、〈板常〉であるが、ここは実母の再婚先であった。本名一太郎の富弥は、まがりなりにも画家の看板をあげてひとりだちしているが、〈板常〉に再婚した母には娘が二人いる。異父妹のあいいと勝江である。

南北が「番傘」にはいったころ、その縁で富弥もいつか「番傘」の若い人々と親しくなっている。色白のやさしい顔立の青年である。

水府は新聞記者あがりが実業界へ転職することなど、とても無理だろうと悲観していたのだが、広告の図案係という言葉にヒントを得た。図案係があるなら文案係もあっていいではないか。文案なら川柳家にはお手のもの、といっていい。

長唄の稽古のどさくさにまぎれ、

〈もし文案係に人が要るような時には入れて下さい〉

と、南北や藤吉、富弥たちに頼みこんで履歴書をあずけた。

この時期、桃谷順天館でも広告という媒体に強い関心があったのか、人材を求めていたらしい。わりに早く採用がきまった。（実はこのとき、路郎も文案家として入店しているが、水府と席を並べたという記録はない。ただ、『桃谷順天館創業百年記念史』の大正七

年の項に、「川柳の岸本水府、麻生路郎、広告部に文案家として入社」とある）

水府は嬉しかった。文案という新しい仕事にも、

（これはやれる。ぼくに向いてるかもしれない）

という予感があった。しかも月給は八十円くれるという。

母は目も鼻もなく喜んだ。長いこと、二十五円という薄給をやりくりしてきたのだ。広告文案というのは何をする仕事か分らないが、暮しが楽になるのを、母のタケはまず嬉しがった。久しい母一人子一人の、つつましい貧しい暮し、やっと少しは日が当り、うるおうであろうか。


待つ母へ急ぐ夜更けの葱畑（「母百句」）


桃谷順天館はいうまでもなく、「にきびとり美顔水」を創製発売した会社で、創業は明治十八年とある。息の長い化粧品会社で実をいうと、母も私も〈明色アストリンゼン〉を使ってきた、というような、大衆に浸透している化粧品、ここへはじめて入った水府は、新聞社とのあまりのちがいに面くらう。

店は靱《うつぼ》（信濃橋西詰）にあった。主人は〈若旦《だ》ンさん〉とよばれていたが四十恰好にみえた、と（これは二代社長、桃谷順一氏であったろうか）。店員は二十人ばかり、ほと

んどは着物、角帯に前垂姿。番頭格の者は姓で呼ばれるが、小店員（丁稚とはもういわない）は昔ながらに、健吉どん、幸吉どん、といっていた。（ついでにいうと、この〈どん〉は、大阪弁では殿のなまりで、呼びすてよりずっとやわらかく親しみある感じであった）南北居の二階で、長唄「勧進帳」、あまり巧くもない〽旅の衣はすずかけの……と唄っている食満支配人が、まじめな顔で机に向っているのはおかしかった。

水府は記者から一転して、お店者《たなもの》になったのだ。しかしそれも若い心には面白い。みんなにならって銘仙に角帯をきゅっと締めた。

前垂をつけるのも生れてはじめてだ。

紺サージに、焦茶の繻子の紐、それを角帯の、貝の口の結び目の上にきつく締めると、にわかに心あらたまって、

（さあ、やるぞ）

という気になるのも面白かった。鴈治郎の紙治や忠兵衛を連想したりもした。——痩せがたで（後年の水府からは想像もできないが）、白皙、面長に眼鏡の好青年の水府は、そういう恰好も、それはそれで似合ったことだろうと思われる。

広告部は、先輩の文案家、長野と、図案家の榊原、小田富弥、その三人だけ、そこへ水府が割りこんだわけである。二畳の畳敷に机をおいて坐った。

お昼の食事は広い台所で、かねて貰ってある箱膳を出してきて、皆と並んで食べる。

桃谷順天館は元来、薬屋さんだけに、

〈道修《どしょう》町《まち》（大阪の薬屋の集ったところ）ふうの風俗なんや〉

と水府は教えられた。

仕事のほうは、これは何もかもはじめてで、感覚をつかむまでが苦労だった。入社の日に主人にいわれた。

〈広告文案は、店の方針に合うまでは中々です。まァ一年は遊ぶ気でやって下さい〉

文章の巧拙は問うところではないのだ。

売るためのものなのだ。

商品と、顧客にピントを合せるほかにもう一つ、ここでは〈若旦那のお気に入るもの〉をつくらなければいけない。文案者の個性と、主人の好みという相性が第一なのであった。

長野先輩のつくった、

「生まれつき、色が白いような白さにつく……美顔白粉」

このフレーズは若旦ンさんの気に入り、月が変っても用いた。水府はしばらく手持無沙汰で、なかなか仕事らしい仕事につけなかった。しかし広告文案という新しい分野の仕事は、従来の商売往来にないだけに、将来に希望をもてた。新聞製作の現場も知っている経歴は、こんどの商売にもプラスするかもしれぬと思うと、水府は明るい前途を感じた。

その一面、

（もう新聞記者やないのや）

と淋しく思うのは、まちなかで野次馬がむらがっていたりするのを見るときである。はっとして駆け出そうとし、

（そやそや、もうぼくは新聞記者やあらへん、化粧品屋の番頭や）

と思う。かくべつ、社会の木鐸《ぼくたく》とか、無冠の帝王とか思ったつもりはないが、それでもいつか、気負いが生れていたとみえる。橋の上の人だかり、水死人は自殺か他殺か、——ついそう考えてしまう心ぐせを、水府は苦笑しながら、あのドタ靴で、メモをズボンにつっこんで走り廻っていた、〈しんどいけど、おもろかった生活〉には、もう戻らへんのやと思うと、いささか淋しい気がしないでもない。

ながいこと「番傘」を出していないので、そろそろ出さなあかんなあ、と水府は南北居の「番傘」編集部へいそぐ。毎月刊行ではないので、水府の都合次第で遅れてしまうのだ。句会は毎月やっているので、句稿はたまっているのだが。——

その夜、南北居へいってみると、若い娘がいた。桃割れに髪を結い、ぽっちゃりした頬の、黒眼の澄んだ、可愛い娘だった。九十枝《ことえ》夫人が、小田富弥はんの妹さん、勝江さんだす、と紹介した。

〈お客さんが多ますよって、お手伝いしてくれはるひと、いやはらしまへんやろか、いう

て、この間うちから誰かれに頼んでましたら、小田さんが、妹が遊んでます、いうて〉

南北は、早くも二階から、

〈勝ちゃん、水持ってきてや〉

と心安く呼びたてている。

（勝ちゃん――）

水府は思わず、ひきいられるように娘を見る。勝江はうす赤くなって、

〈どうぞよろしゅう。小田勝江です〉

〈ぼ、ぼく岸本です。岸本龍郎《たつお》です〉

水府はつい本名をいう。

毎夜、大阪ミナミは島の内の玉屋町一番地、扇湯前の露地《ろうじ》の木の門をくぐり、石畳を踏んで人々は南北居を訪れる。露地の片側はお寺の土塀、片側に四、五軒の家がつづく。南北居の西隣は常盤津《ときわづ》のお師匠《しょ》さんの家で、いつも静かな三味《しゃみ》の音《ね》が聞えている。

露地にならぶ家、といっても、細民の貧屋《ひんおく》を想像してはならない。大阪のまちの風《ふう》として、花崗岩《かこうがん》の石畳を敷いて露地をつくるが、そこに建つのは瀟洒《しょうしゃ》にして清楚な、しっとりした家々なのである。格子戸も細るばかりよく拭きこまれ、家の内は段梯子まで磨きあげられている。

頃合いの大きさの二階建ち、奥まった露地なので、表通りの物音も聞えてこない。いかにも泰平の遊民がそっと逸楽《いつらく》の日々を送っているといった風の、情緒あるおとなのすむまち、そういえば南北居の東隣は市会議員の妾宅、議員さんは昼間来るゆえ、そのときは、

〈静かにしとくなはれな〉

と二号はんに頼まれている。表通りの七軒先には鴈治郎の家もある。

「鴈治郎風呂のかへりをお辞儀され」 南北

「南北の洒落に振向く成駒屋」 水府

格子戸の入口脇には丈《たけ》たかい八ッ手の植木鉢。入ると土間に三畳の玄関、突き当りの階段を上ると二階に三畳と六畳、南と北に窓があり、どちらにもよその倉の白壁がみえるが、三メートルばかりも離れているので、覗く人もない。倉と倉にはさまれているので、南北は、

〈またくらの家や〉

といっている。

ここへ夜訪れる「騒々しき人々」。（南北はこのタイトルの一文を「番傘」〈大正6・3〉に書いているが、自分でもよほど気に入ったとみえて、のちに刊行した自著にもたびたび再録している。これは大正の中頃、南北居を訪れた人々のことを書いたものだが、南北のこの人々に対する愛もさりながら、その時代への郷愁からであろう）

南北は二階三畳の大机の前に、東向きに坐って筆を走らせている。急ぎの脚本である。そこへ、

〈食満《けま》くん、在宅《いえ》ですか〉

といきなり二階へあがってくる男、さっそく金盥《かなだらい》をとりよせ、まず手を洗う。

〈いま向うの煙草屋で釣《つり》銭をとったので手が穢《きた》なくて〉

と潔癖症、そうして自分の用事だけさっさと要領よくすます〈一白先生〉、これは中井浩水のことか。浩水は俳号で、時事新報の演芸記者だったが、南北につきあって川柳に転じ一白の柳号で「番傘」にものせている。

〈こんばんは〉

と頭の生え際の毛をいじくりながらやってくる〈水吉〉——これは水府のことである。

〈忙して困ってまゝね。用事が沢山《よけ》おまゝね、しやけどいっぺん遊びにいきまひょか、いっぺん伊勢詣りもよろしおまんな〉

と仕事で忙しいのか遊ぶのが忙しいのか、あいまいなことをいって、南北の向いの席を占め、背後の押入れの襖を開ける。どっさりととり出したのは「番傘」編集のための原稿、〈さあ出勤や出勤や〉といいながら水府は仕事をはじめ、鉛筆の尻で原稿の行数をコツコツと勘定する。九十枝夫人は、水府のことを〈コツコツ屋さん〉とよんでいる。水府は記者時代は古びたズボンかセル袴であったが、お店者《たなもの》になってからは銘仙に角帯、白足袋と

いう恰好である。

そこへ、〈イヨー〉と威勢よく上ってくるのは、やけに鼻の目立つ男、

〈朝から三千円ほど儲けてきたんや、もう今日は遊んでもエエで〉

と大きなことをいって金口の煙草をスパスパ、「船場の番頭とは思へぬ嘉七」と原文にはあるが、これは「番傘」創立グループの一人、杉村蚊象《かぞう》のことであろう、このころは心斎橋角の洋反物問屋、藤井商店に勤めていた。楽屋落ちの句をつくる五葉が、

「蚊象クン巡査に鼻を眺められ」　五葉

と戯れるほど偉大な鼻の持主、先述したように蚊象は遊び人であったが、それも大きな商店の番頭なら、接待上しかたのないことで、柳暗花明の巷に得意先を案内するうち、おのずと自分のかねやら社用やら、わからぬあんばいになってゆく。

「前借《ぜんしゃく》を教へる友は借りて居り」　以下、蚊象

女と酒と川柳と。若い番頭さんはその人生でいちばん花やかな時代だったのである。

「口紅で封じた嘘をことづかり」

「後ろから知慧をつけてる電話口」

「口答へする程好きになつて居る」

ひところの「番傘」のなかでも佳句をみせている。

〈入《はい》ってもええか〉

とていねいにいうわりにもう長火鉢の前に坐り、懐手のまま、

〈あした宝塚へいくわ。今晩、泊るデ〉

とのんきにいい、少女歌劇の唄を口ずさみながら寝てしまう〈道三〉――というのは、京都に当時住んでいた馬場緑天であろう、大阪朝報の校正係（のち毎日新聞へ移る）、この何年かあとには川柳から離れるが、なかなかいい句があり、「番傘」調の代表句ともいうべきは、

「これほどの腹立ちを女『堪忍え』」　緑天
――これは面白い句である。京都人の緑天は女に京都弁を使わせる。

當百や南北はこの句を激賞している。

私も、これは好句だと思う。男はきりきりと腹を立てているのに、女は一向、こたえていないのである。どれほど（女の言葉か行動かが）男を怒らせたのか推察する能力がない。そういうデリケートな才能に見放されているというべきか、あるいはどっちにしても大したことはないと、高《たか》をくくっているのか、もしくは、ちゃんとわかっていて図太く知らん顔で押し切ろうというのか、ことに〈堪忍え〉という京都弁の、しれしれとした冷酷さ、無情さはあくどいばかりである。うわべはいかにも可憐であどけない言葉つきでありながら。……

「盃を律儀に無口返すなり」　緑天

緑天は無口で有名であった。さんざめきの一座の中でもひとり無口に盃をなめていたのであろう。そういう緑天さんが女に腹を立てる、しかし惚れた弱味で、それでも思い切れぬ。

「忙しい身であることも知つて待ち」　緑天

「番傘」花やかなりし頃の代表作家の一人、といっていい。

役者の「鯛の助」とあるのは片岡愛之助のことであろう。留守の南北居へ上りこんで（夫人のお母さんが留守番していたがかまわずに）台所へ陣取り、マントを着たままトランプの独り占い、〈ふん、やっぱりおなごのほうが惚れてるな〉

とうぬぼれている。本場結城《ゆうき》の粋な柄、如柳という柳号をもつ役者。

ロシヤ語の学校からの帰りだと坐りこみ、いろいろ世間話、しかもバラエティに富む話題、これは「知朗」とあるが、路郎のことであろう。路郎は自分たちで柳誌をつくりながらも、一方「番傘」調にも共感しており、振幅の大きい作家であるから、葭乃夫人、時には葭乃さんの父、芦村もともに「番傘」へさかんに投句し、さすがにピリッと辛味《からみ》の利いた佳句で光っている。

「儲りさうな話ばかりで秋になり」　以下、路郎

「秋はいや水薬さへ寒う見え」

「飯をこぼす子を見てうちが厭になり」

またあるときは、玉勇《たまゆう》、秀奴、八千代、秀吾《しゅうご》などといった当時一流のはやりっ子の姐さんたちを引きつれ、
〈どこぞへいこか〉
悠然と入ってくる「公達《きんだち》の半三郎」というのは、鴈治郎のおん曹司、長男の長三郎のことにちがいない。（のちの林又一郎である）
黙って来て、「クッ〳〵と笑ふだけの〝変屈〟」というのは源屈のことであろうか。岡田源屈、名刺問屋の主人でなかなかの健吟家、本田渓花坊《けいかぼう》とともに柳誌「絵日傘」をやっているが、「番傘」にも精力的に投稿している。もともと水府が「大阪朝報」で選をしていた時代に頭角をあらわした作家だった。それがめきめきとうまくなった。
路郎は「土団子」一ノ二で、渓花坊と源屈について書いている。渓花坊は古い作家だが京都から大阪へ越してきたため、大阪ではなかなかみとめられなかった。京都には無能なくせに「月並の権威を争つてゐ」る作家が多いからである、と。「それが『番傘』へ乗り出して自分が大家でないことが判つたのか、判らないのか、野心はあつても、幹部にはなれず悶々の中に生んだのが、今の『絵日傘』である」
「源屈にも又大阪柳壇に自己の影の淡いのを見て小さな不平があつた。この心を読んだ渓花坊が源屈を拉して『絵日傘』を編んだのも無理はない。『番傘』であつてもい、。『絵日傘』であつてもい、。それは皆一つの舞台にすぎない。い、芝居を見せる見せないは役者

の腕前にあることである」
そういいつつも路郎は認めるべきは認めており、
「金魚売り稽古屋の庭塞《ふさ》ぐなり」 渓花坊
「陽《ひ》をうけてゆつくり帰る薬取り」 源屈
について渓花坊の句は凡ならず、源屈は侮れぬ作家だと評価している。しかし、路郎の筆のむくつけき直截ぶりは、つくらでもよい敵をつくったことであろうと、私には感慨がある。
その源屈が「番傘」へ発表している句には私も好きな句があまたある。
「駕《かご》わきの侍足の白いこと」 源屈
これは「駕」という題での想像句であるが、川柳ならではの面白さがあり、川柳を読むたのしみをそそってくれる。
「旅役者発《た》つて女が一人死に」 源屈
當百のドラマチックな味を思い出す。當百引退後は、こんな句をつくる作家は少なくなった。南北の家にはこのほかにも、
「どこへ行きまんのや、堀江へ皆いっしょに行きまひょか、哥沢《うたざわ》聞かしまひょいな」
という〈為坊〉——これは堀江・阿弥陀池境内の精進料理〈すまんだ〉のあるじ、今場常坊のことであろう。これも古い作家で、同じ堀江の繁栄橋南詰の、せとや旅館のあるじ

篠村力好《りっこう》とは小学校時代からの友人、力好に誘われて明治末から日報柳壇に投書していた。枯淡な風手《ふうぼう》で、天真爛漫なおっさん、川柳をたのしみ、小鳥を飼うのが趣味、その句はさらりとしてすがすがしい。

「長男は掛声だけの人に出来」　常坊

「父親のことで級長涙ぐみ」　〃

常坊は〈かくれた浪花の奇人や〉といわれている。精進料理〈すまんだ〉（大阪弁で、すみっこという意味で、本当の店名は「百々屋《どど》」というのであるが、誰もそんな名で呼ばない。境内のすみくたにあるから、〃すまんだ〃で通っている）は安くて旨いので人々に愛されている店だが、常坊は小鳥や川柳に熱中して、さして大儲けする気もないのであった。

こんな柳人たちだけではない、おしゃべりの芸者、芝居者、お茶屋のあるじ、骨董屋、若旦那《ぼんち》、入れかわりたちかわり、くる。華族も住友さんの親類も来ないし、国家の大問題も話題にのぼることはない。

南北居の人々は川柳をかたり、長唄、常盤津をうたう。惚気《のろけ》をいう人、儲け話の夢を語る人。（いつも夢だけで実行はされない）

相場が上ろうが下ろうが、安治川の倉庫が爆発しようが（大正六年、大阪・安井町の東京倉庫が爆発して三九七名の死傷者を出している）、

「南北の家は永遠にワッ〳〵と騒いでゐる。某日某日の一時間一時間が生きた川柳であある」

南北はみずからを『吾輩は猫である』の苦沙弥先生や『花暦八笑人』の左次郎になぞらえ、ワッワッという騒ぎでやってくる人々を喜んで送り迎えしていたのであった。

まさにそういう南北居で、水府は勝江とめぐりあったのである。

こういう連中が長唄の稽古となると、またたいへんである。このことはリアルタイムで「番傘」(大正7・1号)に中井一白が「長唄の稽古場」として書いている。南北居へ九時頃、(一白にいわせれば)親不孝だの人殺しだのが、ぞろぞろと入れ代り立ち代りやってくる。

六畳上座に坐る長唄師匠は二十歳《はたち》ばかりの若さ、色あくまで白く「ヒンナリとした色男」、鼠色の眼鏡にセルの袴、小粋な縞の小袖、羽織、三味線を構えてさァこれから稽古という杵屋正一郎。(のちの平井正一郎。南北に釣られて芝居者となり脚色演出の世界に入った。南北の影響で舞台に関係したのは花木天平もそうで、のちには楽天地の作者になった。——この杵屋正一郎は、高田浩吉の「大江戸出世小唄」の作曲者である)

杵屋正一郎はのち南北の喜寿祝いのパンフレットに「南北往来」と題して、若い日の思い出を綴っているが、南北は芝居方面では飛ぶ鳥おとす勢いの御大《おんたい》であったけれども、さてみずから唄を唄うとなると、南北の兄の藤吉も、汗たらたら、絶対にうまくならない人、と師匠が受け合っている。南北の兄の藤吉も、汗たらたら、大車輪になると舌が縺《もつ》れて、「勧進帳」の「唵阿毘羅吽欠《おんあびらうんけん》と数珠さらさらと押し揉んだり」というところを、

〈おんあぼきゃァうんけんと、じゅるさらさらとォ……〉

といってしまい、われながらおかしかったか吹き出す、師匠も笑ってしまう、大火鉢を囲んで稽古を待つ人々もたまらずどっと笑う。九十枝夫人が口に袖をあてて二階から階下《した》へ逃げていく。

まして若い娘の勝江はなんで辛抱できよう、身をよじって笑ってしまう。

快活な勝江はよく笑い、身ごなしかるく動き、たちまちのうちに、南北居の常連から、

〈勝ちゃん〉

〈勝ちゃん〉

と親しまれ、可愛がられるようになっていた。

これも長唄を習いにきている兄の小田富弥が、ふと口をすべらせて、

〈勝江も、少しはかじってまんねん〉

といったことから、〈ほたら、やってみなはれ〉といわれ、

〈滅相《めっそ》もない、とても、わてなんか〉

と勝江は尻ごみする。南北は下手ながら「娘道成寺」、役者の市川新升は「小鍛冶」、

〽稲荷山　三つのともしび、あきらかに、こころをみがく鍛冶の道……

などとやっているのに、勝江は、

〈習いたての、ほん、いろはだす、いややわ、はずかし。兄ちゃん要《い》らんこと、いいなはるよって……〉

と富弥をにらむ風情で怨じながら、みるみる白い頬をあかくする。水色の絞りの半衿に、紫の大きな矢絣の銘仙、帯は薄黄色の羽二重《はぶたえ》の腹合せ帯、どこにも赤い色はないけれど、袖の紅絹裏《もみうら》が、どうかした身ごなしの拍子にちらっとこぼれて、若い娘らしい清潔な色気だった。

〈へたら、お復習《さらい》したげまひょ。なに、みんな、初心《いろは》の人ばっかりやよって、恥かしいこと、おまへんがな〉

と若い師匠はとりなし、皆も熱心にすすめる。九十枝夫人も口を添えるので、勝江もその気になったらしかった。元来、明るくて、はっさいな（お茶っぴい、というような意味の大阪弁である）勝江は、悪尻ごみしないところが、ある。笑わんといとくれやす、と袂を握って、

〈ほな、〝末広がり〟をお願いします〉

〈待ってました〉とたちまち弥次がはいる。

勝江は張りのある声でうたい出す。

音曲に昏い水府には批評はできないが、唄い手自身たのしんで唄っているようなところが快かった。それに、一生けんめいになっているらしいのがわかり、その純真さに心打たれ、好もしかった。今まで芸者の美にばかり心ひかれていた水府だが、素人娘の好もしさに、はじめて開眼する思いであった。

〈おだてたら、ほんまに唄いよった〉

と小田富弥が半畳を入れ、

〈いやっ。もう、きらい！〉

と勝江ははにかむ。

〈巧い巧い、いちばん巧いのん、勝ちゃんやで〉と南北。

〈ええ筋だす、音《おと》よう取ってはる、おんあびらうんけんとえらい違いや〉

と師匠がいい、一座大笑い、なんでこんなに笑うことがこの世には多いのやろう、というう、紐のほどけた顔々、あまり笑って腹をすかせたところに、すかさず九十枝夫人はお茶と茶菓子を運んでくる、勝江はすぐそれを手伝う。

（この九十枝夫人がよくできた人であったというのは十人中、十人がいうことで、「南北に過ぎたるものが二つあり　妻の九十枝に絵筆とること」と評されたぐらいであった。九十枝夫人がいればこそ、人々も心をゆるして南北居に集ったのである）

しかしながら、顔ぶれがこう揃いすぎると、一同は、稽古より外へ出たがる。御大の南北が真っ先に立って外へ出たいほうだ。

いきまひょ、とすぐ気がそろう。

しかし九十枝夫人は面白くない顔つき、南北は人一倍の恐妻家ゆえ、しぶしぶあとへのこる。

一同はいつものことで慣れているので、ミナミの「キャバレェ・ヅ・パノン」へどやどやと押しかけ、その頃流行《はや》った五色の酒など嘗《な》めて待っていると、やがて南北が、どうけいりをつけたのか、にこにことやってくる。南北を擁して一同は、ぞろぞろとにぎやかな盛り場へ。

「おごるのがいちはなに行く法善寺」　小川舟人《しゅうじん》

「わが党の土曜の夜の面白さ」　水府

南北はグルメであって、いきつけのお茶屋のいたるところに、ジョニーウォーカーの黒と、チェスターフィールドの煙草を置いている。大正六・七・八年頃の話である。酒のアテはスモークタンだの、コールビーフ、ソーダークラッカー、ことに「旗のバー」パノンのスモークタンの厚切りがお気に入りだった。南北の造語に〈みまい〉というのがある。うまいまずい、甘い、からいの範疇に入らない、一種不思議な味わいを〈みまい〉といったらしい。旗のバーのスモークタンは〈みまい〉味の最たるもので御意に叶った。それか

ら先は新町《しんまち》か堀江か、
「あの人と出たら帰つて来ますまい」　南北
という句の通りであった。
しかしそういう連中に、水府は同行しないときもある、酒があまり飲めぬ水府はせいぜいメドックの白葡萄酒ぐらい、それよりは甘いもののほうがよかった。
博労町《ばくろまち》へかえる勝江を送りがてら、汁粉屋へ寄るのもそういうときである。
「汁粉屋に一人不精な箸をとり」　水府
という句をまえに作ったことがあるが、〈勝ちゃん〉と差し向いのいまは、箸使いまで弾んでくる。そういえば――
「汁粉屋で可愛い恋を打明ける」　六好《ろっこう》
といった句もあったっけ――と思うだけで水府は目まで赤くなって、思わずそれが癖の、拇指と人差し指で、生え際の髪をひっぱってしまうのであった。
勝江はおいしそうに汁粉をすすって、
〈岸本さんは桃谷の美顔水の広告部にいやはりますのやてなあ。どんな広告、作らはりますの？〉
〈〃よく売れる品　にきびとり美顔水〃――まだ、下手でんねん、ぼく〉
〈それ、広告でっか？〉

〈……そのつもりやけど。なんで？〉

〈あんまり、フツーの言葉やもん〉

と勝江はおかしがる。

〈キリンビールのもつくってます。これはたのまれたわけやおまへんけど〉

水府はむきになる。

〈〝若旦那キリンのほかは気に入らず〟〝キリンビールがいゝと舞妓《まいこ》も知つてゐる〟〉

平野町の洋酒洋食料品店、明治屋に広告を「番傘」のためにたのみにいき〝明治屋へ電話を掛ける夏祭〟などの広告文案を示して、いささかの広告費を得てくる。同人たちの年二円の会費もなかなか集らず、川柳誌などは貰うものと思っている連中も多いから、発行の会計の手許はいつも火の車だった。それでも「番傘」の名も次第に売れて、読者にも学校出のサラリーマンや大店《おおだな》のぼんち、役者に商店主、番頭など上流中流階層の人々の多いことが知れわたり、このころようやく、広告を〈のせてもエエな〉という企業も出はじめた。広告料は甲種二十円、乙種十円、丙種七円。心斎橋の蓄音機屋・酒井公声堂、谷町のカメラ店・井上商会なども一ページを買ってくれた。

〝公声堂人ごみ抜けて買うて出る〟

〝蓄音機公声堂と聞いて褒め〟

この蓄音機（大阪弁ではチコンキとなる。手廻しの、ラッパ型のものである）の広告川

柳をはじめ、高級カメラの井上商会の、

〝井上で見てから趣味が一つ殖《ふ》え〟

〝井上で揃へて来たと若旦那〟

などみな、水府の句であった。同人雑誌のような川柳誌でも、マスメディアとして利用できるということに、早くから水府は気付いている。

これらの広告川柳はまだコピーともキャッチフレーズともいえない。川柳の形式を拉した単なる言語表現にすぎないが、後年、福助足袋やグリコで名コピーライターと謳われる萌芽《ほうが》はすでにある。しかし若い水府がそんな将来《さき》のことなど、なんで知ろう。ただ初歩的な広告外交の経験は、この時代にすでに積んでいたといってよい。

勝江ははっさいもんだけあって、話題も豊富な娘だった。勝江の好きなのは一六《いちろく》の夜店と、去年、大正六年にできた高麗《こうらい》橋の三越デパート新館をひやかすことだという。

夜店は水府も少年時代からのたのしみだったから、そうと聞くと心が和み、いっそう勝江に親しみをおぼえた。一六というのは毎月一の日と六の日に出るのである。水府が少年時代に通った夜店は九条や松島であったが、勝江は博労町そだちで船場の子ゆえ、平野町の御霊《ごりょう》神社《ハン》の夜店だという。堺筋、難波橋筋、三休橋《さんきゅうばし》筋、丼池《どぶいけ》筋、心斎橋筋……人波うってごったがえす通り、タングステンの灯の列、石油ランプ、アセチレンガスのあかり。

……

日用雑貨から荒物、たべものに古本、植木、漢方薬に台所道具、玩具に絵葉書。……公設市場さえまだないこの時代の生活には、夜店は便利で必要なマーケットであった。大人も子供も、富者も貧者もともにくり出してたのしんだ。少年時代の水府は、乏しい小遣いのうちから、いつも夜店で月おくれの雑誌を買ったものだった。

〈わては子供時分からチョボ焼きだい好き、いまもこっそり買いまんねんわ〉

と勝江は首をすくめていう。チョボ焼きというのは、たこ焼きをごく小さくしたもの、たこのかわりに蒟蒻《こんにゃく》や竹輪《ちくわ》をこまかく刻んだのや豌豆《えんどう》などが入っている。だしで溶いたメリケン粉をくぼみの幾つもある鉄板に流しこみ、醬油をたらして味つけする、大阪の女の子の好むなる駄菓子、水府はドラ焼きが楽しみやった、といった。ことに冬の寒い夜の、夜店のかえりにふところに抱いたドラ焼きのあったかかったこと。……

ふたりで笑い合い、

〈ほたら、いつか夜店、連れていっておくなはる?〉

勝江はあっさりいい、水府は動悸が早くなるほど嬉しかった。水府が今まで町の娘たちと交際もできなかったのは、彼女らがやたらうじうじして閉鎖的だったせいもある。それに世の中もうるさかった。若い男と娘が連れ立っているだけで好奇とせんさくの種になる。

水府自身も、自分で自分を縛る気持が強かった。律儀で小心で誠実な両親に育てられ、埒外なことはできないようになっている。(それだけに空想をほしいままにできる題詠川

柳では、放胆に自分を解放できたが）
　ところが勝江はあっさりして、こだわらない明るい性格のようであった。それでいて、情《じょう》の深そうな、ゆたかな表情だった。
　三越はもと二階建ての昔風な呉服屋だったが、大阪最初の百貨店として、八階建てのビルを建てた。（これを皮切りに白木屋が、高島屋が、松坂屋が、やがて銀行群が、と、堺筋はビルラッシュになる）
　入口に下足番がいて下駄を預かり、下足札をくれる（靴の人には黒カバーをかけてくれた、と、これは香村菊雄氏の『船場ものがたり』にある）。日用品や食料品はなく高級品ばかりであった。
　赤い絨毯を敷きつめ、子供たちが走りまわると守衛が叱った。エレベーターもあり、屋上からは全市の景色が見渡せた。それまで天王寺の五重塔や、新世界の通天閣しか高いてものを見たことのなかった大阪っ子はおどろいたものだ。東に生駒山、目の下には一面に黒い家々の瓦屋根。
「大阪の家を三越黒く見せ」　南北
　女店員は二百三高地（当時はやったヘアスタイル。髪をふっくらとかきあげ、頭頂で髷《まげ》をつくる）に髪を結い、縞の着物にフリルのついたエプロンであったと。（香村菊雄氏の同書による）

水府もさっそく行ってみたが、男のこととてそんなに欲しいものもなく、何より高価《たか》すぎて手が出なかった。それでも、女なら、なるほど心惹かれる場所だろうと、勝江の、三越にあこがれるらしいのも可愛かった。東京の新聞には〈今日は帝劇、明日は三越〉の広告も出ているそうな。

そんな話を若い娘としゃべり合えるのも、水府の人生では破天荒なできごとだった。嬉しさと昂奮で咽喉がかわき、胸すかし（ラムネ）の玉をころころいわせて飲んだ。

勝江のほうも水府のようなタイプの青年は珍しかった。兄の友達の絵描き仲間でもない、板問屋のわが家に働いている職人たちのようでもない、一風かわった感触の若者。誠実そうだが、融通の利かぬカチカチあたまでもなさそう、それに物腰もおちついて大人びている。インテリ——という言葉は勝江には思いつけなかったが、学がありそうで物知りなのにそれを鼻にかけもせず、よく気がついてやさしげなのに、女を見くびる風はなかった。

勝江はわが家——〈板常〉の男たちの誰かれを思い出してみる。父は勝江たち娘には甘いばかり、よく働いて気っ風《きぷ》のいい元気者だった。五、六人の職人を使い、商いは繁昌しているが、職人あがりのことだから、飲む打つ買うの道楽もさかんで、男とはそんなものだと、店の職人たちも母も、父自身もそう思っているらしい。

父の小田常次郎は、姉娘のあいに養子をとって店を継がせる心づもりだが、ほんとうをいえば、あいよりも、妹娘の勝江のほうが、この稼業には向いている、と思っていた。〈板常の勝ちゃん〉といえば、ハキハキ言いの、きりきりしゃんとした気立てがこのへんでは有名で、将来、荒っぽい職人たちを捌いたり、立てたり、していくのは、おとなしいあいよりも、勝江のほうが、――と思うのだったが、もう、あいの婿になる養子もきめてしまっていたので、しかたなかった。

みな、人はええのやけど、がらっぱち――と勝江は思う。……そこへくると、岸本龍郎《たつお》という青年は、なんておっとりとしていることだろう。温順らしい気立て、勝江を見るときの、まばゆそうなはにかみ、初心《うぶ》で内気そうな、――と、まだ十七の勝江であるけれど、店の男たちや取引先の商人を見なれて、かなり男にはカンがはたらくようになっていた。

（わるい人やないみたい……）

と思いながら女中衆《おなごし》さんの寝ている店の板敷の間を横切り、そっと二階へあがろうとすると、奥の間から、眠っていたらしい母のはるが気付いたとみえ、

〈勝江か〉

〈へえ〉

〈えらいおそかったやおまへんか〉

〈へえ、……けど送ってもらいましたよって〉

〈兄ちゃんにか。もっと早う帰んなはれや〉

と富弥のことをいい、自分でいって安心したらしく、また静かに寝入った。父の鼾もきこえる。仕事場に残る杉板の匂い。

勝江は二階へあがってすぐの三畳間の、天井からさがった電燈をぱちんとつける。隣には襖一つへだてて姉が眠っているので、忍びやかにしなければならない。

船場のまちまちは日が暮れて大戸をおろすと真ッ暗になり、町内は物音もしない。さっき水府と過した島の内界隈とはえらい違い、あそこは終夜、人通りがあって灯の色が町じゅうにあふれ、たべもの店は深夜二時ぐらいまで開《あ》いている。そんな花やいだ、うきうきする町から、早うまっすぐに真ッ暗なところへ帰るなんて、

（黒犬のおいどで、おもしろうないやんか）

蓮っ葉に勝江は胸でつぶやき、友禅の鏡掛をはねあげて鏡台のなかの自分を見る。おいどというのはお尻で、尾も白うない、を、面白うない、にひっかけた洒落。落語好きの父に連れられていった寄席で、聞きおぼえた洒落を、家じゅうでよく使ってよろこんでいる、明るい気分の一家なのであった。

鏡台のなかの勝江は、黒眼がいよいよ強い輝きを放って、挑むようだ。何となく気持が火照《ほて》るままに、勝江は机の上の本立から『恋衣』を抜き出し、そっとひらく。このあたりの町娘と同じように尋常（小学校）を出て、お稽古ごと、お花・お茶・裁縫、それに三味

線、お習字など習いにいかされているが、勝江は本を読むのが好きだった。新聞のつづきものの小説なども、縫いものをしている母に声を高めに張って読んでやる。店の職人たちも鉋《かんな》を使いながら聞いていることがある。ちぬの浦浪六の髷物《まげもの》小説などを職人たちはよろこび、渡辺霞亭の『渦巻』などという家庭小説は、母や女中衆《おなごし》さんたちがよろこぶのであった。

『恋衣』は與謝野晶子・山川登美子・増田雅子の共著の詩歌集で、裁縫塾の若い娘たちのなかにも読んでいる子はあった。勝江は晶子の『みだれ髪』も持っているが、『恋衣』の歌のほうがわかりやすくて好きであった。これも一六の夜店の古本屋で買ったのだ。水府が月おくれの雑誌を古本屋で買ったといっていたが、わても、といいかけて『恋衣』という言葉が、いくらハキハキ言いの勝江にも恥かしくて口に出来なんだのであった。

「髪ながき少女《おとめ》とうまれしろ百合に額《ぬか》は伏せつつ君をこそ思へ」

という登美子の歌が冒頭、大胆に据えられる。細長い本である。一ページに三首ずつ並んでいる。勝江は晶子の、

「海恋し潮《しお》の遠鳴りかぞへては少女となりし父母《ちちはは》の家」

という歌が好きであった。晶子の家は堺と聞くが……勝江の家では毎朝、荷馬車が二、三台着く。荷の積みおろし、男たちの怒号にちかい応酬、馬たちが店先に落していくおびただしい糞、その臭い、鉋の音、鋸《のこぎり》の音、鉋屑の山……。この「少女となりし父母の家」

を出てどこかへ嫁入りする日がくるであろうか。

「夕粧《ゆうげは》ひて暖簾《のれん》くぐれば大阪の風簪《かざし》ふく街にも生《お》ひぬ」

という晶子の歌は、まるで、わてのこと、歌うてはるようや、と勝江は思う。

それにしても、南北先生が〈岸本くん〉と呼び、九十枝夫人が〈水府さん〉と呼んで親しむあの青年は、どんな句をよむのやろう、川柳というのはどんなものやろう、と勝江はいきいきした好奇心をかきたてられた。それは水府青年に対して関心をもちはじめたことにほかならない。


……

〈勝ちゃん〉はその句会で、新しい水府の一面を知らされることになる。

第五章　ことさらに雪は女の髪へくる

――新興川柳の抬頭

戎橋で寒かつたこと長火鉢　──勝ちゃん

のちに妻となった小田勝江について水府はくわしく書き残していない。「自伝」には、二十七回の項に、

「小田富弥の妹勝江を知って、富弥に話し込んできめてもらった」

とあるのみ。水府は息子（吟一氏）にも、妻（勝江）について話したことはなかったという。


男親と息子という関係は、女親と娘の結びつきのように粘稠《ねんちゅうど》度は高くないのが普通だから、あるいはさもあろうことであるが、水府が勝江の思い出を書き残さなかったというのは、再婚した夫人への斟酌《しんしゃく》もあったのではないかと思われる。水府は感受性の強い、きめこまかな配慮のゆきとどく人であったから、現夫人の思惑を無視できなんだのであろ

う。だいぶあとのことになるが、水府は勝江と自分の写った写真を小田富弥に送って、これは手もとに置いておくのは具合わるい、というニュアンスの手紙を添えている。富弥はその手紙ごと、写真を甥の吟一氏に送った。それが唯一残った勝江の写真である。(『川柳全集4岸本水府』構造社刊に掲載されているもの)

それからして想像を逞しくすれば、あるいは新夫人が勝手に勝江の写真やそのほかを処分したのかもしれず、水府としてもそれについて面と向って難詰しにくかったのでは……とも思われる。(家庭生活には面と向って糾弾《きゅうだん》しにくいことが往々あり、だからこそ、家庭だともいえるが、そのへんが赤の他人との人間関係と違うところで、また一層むずかしいところでもあろう。そのむずかしさが家庭を成立させている要因でもある。家庭経営というのは馬鹿ではできないと私はつくづくこの年になって思うが、それは人生の綱渡りをほぼ渡り切った年輩の人間が思うこと、若いときに家庭経営のむずかしさを悟ってしまったりしたら、誰一人、家庭をもとうなどとは思わなくなってしまうであろう)

ともあれ、水府が緊急避難という感じで、いそぎ小田富弥に、勝江といっしょに写った若い日の写真を送ったのは事実である。

吟一氏は唯一枚、母の形見として残されたその写真、それから縁辺の人々から聞いたわずかばかりの思い出を綴り合せ、『父百句母百句』を刊行した。和綴の美しい本で、柏原幻四郎編、番傘九州人間座刊。

その「母百句」に描かれた勝江のイメージは可憐に哀切である。

『板常』の露地はかぎの手博労町《ばくろまち》」以下、吟一
「繁昌の店に荷馬車が三つ着く」

「軽やかに仕事場を掃くかんな屑」

という店の情景描写にはじまって、

「銘仙が勝江に似合う夢二の絵」

「西瓜切ることのうまさよ気の強さ」

「船場娘の物干しに茜雲」

「世は流れ大正娘目覚めゆく」

「十六燭光勝江『らいてう』読みいたり」

……


私もそのイメージにたすけられて、大正の青春を辿ってみようと思う。

この頃の句会は、同じ扇湯前の、歌沢稽古所芝勢津《しばせつ》方の「蓬萊《ほうらい》」か、南区清水町停留所西入る、島《しま》の内《うち》署の前の、「端坊《はしのぼう》」（興正寺派真宗の一末寺。このお寺を川柳会場としてはじめて交渉に行ったのは、「絵日傘」川柳会の本田渓花坊《けいかぼう》で、以来、南地に近い地の利を喜ばれて「番傘」も「川柳雑誌」もさかんに利用した。そのいきさつは「大大阪」へ大

正13・6〉にくわしい)。時によると北新地の永楽館(寄席である)を借りて会場とした らしく、会費十五銭とある。大正七年頃の「番傘」も一冊十五銭であった。
　この頃に、のちの「番傘」の中堅作家や有力作家がかなり入ってきた。大正十一年四月発行の「番傘」十周年記念号にある「句会の第一印象」というアンケートを手がかりに、当時の若手有力作家らを一瞥《いちべつ》してみよう。
　新聞の柳壇に投句している人、本屋で「番傘」を見た人、仲間に誘われた人、などが、おずおずと句会をのぞいた。大正五年頃のお多福茶屋の例会時代に割りこんだのは「新日報」の編集長・吉本寛汀《かんてい》、「嫌味のない、洒脱な、気易い人々の集りだ」と感じて川柳に惚れこみ、熱心に作句しはじめる。
「捨鉢になれないだけが弱味なり」　寛汀
　小川舟人《しゅうじん》は中央市場の鶏卵問屋だったが、大正七年頃は兵役で、八連隊の砲兵さんとして朝鮮にいた。しかし「番傘」への句は欠かさず、生涯「番傘」に拠った。（一時「絵日傘」にも関係したが）
「啄木が好きな息子の薬瓶」　以下、舟人
「雑魚寝《ざこね》するみんなの足へ陽が届き」
「外出する女に紐がたんといり」
　ちょっと粗いが目鼻立ちのくっきりした作品。舟人さんがはじめて出た句会は渓花坊の渓花荘だった。ちょうど安治川倉庫爆発の夜だったというから大正六年の五月五日である。爆発の話で座はもちきりだったが、そこへ水府がおくれて出席、このときが水府との初対面、題の一つに「燐寸《マッチ》」というのがあり、路郎《じろう》が披講したが、その中の水府の句、

「炭ついだあとに燐寸が一つ燃え」

をおぼえているといっている。

生駒竹人《ちくじん》は枚方《ひらかた》（大阪府北東の町。京街道の宿駅だった。淀川に沿う大阪の衛星都市の一つ）に住んでいた。「番傘」句会へ木村小太郎を誘ったのは竹人だというから同じ銀行マンだったのか。竹人が初めて「番傘」句会へ出たのは大正七年初夏、会場は「蓬莱」だった。それより以前に「番傘」は手にしており、消息欄や同人の楽屋落ちなども愛読していたから、出席者を見て、ははん、この人が誰それやな、これがあの人か、などと頷かれるのもたのしかった。南北、蚊象《かぞう》などは一目見て直感できた。

ただ水府の若かったのには一驚した。大先輩だから白髪の老人だろうと思っていたのだ。達者な句といい、評論、エッセー、批評、埋め草、八面六臂《はちめんろっぴ》の活躍の編集ぶりといい、「番傘」の編集発行人はずうっと岸本龍郎になっていることといい、高齢の大宗匠と思い込んでいたのであった。また互選になって諸方から〈頂戴〉〈頂戴〉の声がかかるのが、まるで競売のようで珍しかったが、竹人さんはそれがたいそう気に入ったといっている。

「誰れにも面識がなかつたにも拘らず、きまりの悪い思ひもせず、寧ろ人々に親しみを覚

えるやうな愉快な気持になつて、その夜の散会を惜しんだ」（「番傘」大正11・4）

竹人さんは無口なほうだったのか、「番傘」新春号（大正11・1）の楽屋落ちに、

「竹人ものを言つてる三ヶ日」

とからかわれている。また、

「笑はせておいて竹人知らぬ顔」

などというのもあるから（いずれも作者は五葉《ごよう》らしい。いつも渋い顔をして謹厳狷介《けんかい》な五葉であるが、心の内は川柳仲間に対して、熱い友情と共感を抱いていたらしい）、無口でも暗い性格ではなく、諧謔《かいぎゃく》を弄して皆に愛されたのであろう。

この竹人さんの句も私は好もしい。

「おとなしいぼんち年増が肩をもち」　竹人
のふんわかしたユーモア、

「気の弱い子で写し絵が巧みなり」　〃

写し絵は子供のもてあそびもので、私なども幼時にはよく遊んだものであった。印刷した絵を水に濡らして手の甲などへ貼りつける。とんとんと叩いたりしてめくると、絵が紙から剝がれ、手の甲へ写っている。現代ではペーパータトウなどといって、より精巧なものになっているが、どんな絵だったのか、私は忘れてしまった。これも気短かな子、乱暴な子がやると、絵がちぎれたり欠けたりする。

「気の弱い子で……」というところ、観察のやさしみが添うていて、いい。

木村小太郎が初めて句会に出たのは大正七年七月六日。「番傘」終ページの案内に「一般の来会を希望す」とあるのをたよりに、竹人に勧められたこともあり、思い切ってチンチン電車で玉屋町《たまやまち》の「蓬莱」へいった。夕方ひどい夕立があったので、来会者も多くないだろうと思っていたが案外多かった。水府はこの時の例会報告に、新顔がたくさんあって愉快だったと書いている。その中に、小太郎もいたわけである。この人も「番傘」一本で通して、温和な性格から後輩をよく指導した。浄瑠璃の好きな人でお茶お花と趣味も広い。野村銀行に勤めていて、水府より二歳上、この夜、小太郎はまっさきに水府に紹介してもらった。

文台を控えた正面の南北。その隣に色眼鏡の杵屋(例の長唄師匠である)。左右へずらりと二十何人、綺羅星《きらぼし》のごとく柳壇の諸大家が並ぶ(小太郎さんにはそうみえたのである)。その中に挟まって小太郎さんは小さくなっていた。しかし、「皆人ざはりよき好感の人ばかりなり」と感じ、小太郎さんはその夜の日記にそうしるしている。

南北の描いた祭提灯の絵が、文台にぶらさがっている。もう来ていた竹人さんが、

〈〝祭〟という題やねん〉

と教えてくれる。その間も小太郎は水府のまめまめしいのにおどろく。お茶を運んだり紙を配ったり、「番傘」創刊からの大幹部だというのに、ちっとも大家ぶっていない。南

北は洒落を連発して一座を笑わせていた。小太郎さんの日記によれば、南北を見て、

「此の人が鴈治郎を自由に動かす脚本家かと思へば敬慕の念深し」

南北はみんながしんとして作句しているうちにも、冗談ばかりいっている。アンケートの中には、

「脇目もふらず作句中、先輩諸氏のやかましさが邪魔になつてかなはなかつた」

などと書かれたりしているぐらいである。諸氏とあるが、これは南北一人にきまっている。

〈新富座の舞台裏でな、鴈治郎の治兵衛と、歌右衛門のおさんが立っていたんや、そこへいき合わすと、歌が鴈に、もう孫があるんだね、ずいぶんの年だな、と、あのふくみ声でいうてるわけや。それでぼくは、それじゃもう治兵衛や無《の》うて爺《じじ》兵衛ですね、いうたらな、鴈も負けてえへん、山本（歌右衛門）かてもうええ年や、児太坊があないに大きゅうなってるのやもん、と一矢報いよる。ハハァ、それではおさんや無《の》うて、おばんですな、と、市《いち》が栄えた〉（盛り上った、というほどの意味だろう）

わっわっというさわぎ、その笑いも消えぬうち、南北はまた、

〈けど何やな、大阪の川柳雑誌はよっぽど傘が好きやな、〝番傘〟に〝絵日傘〟やて。傘ばっかしや〉

〈〝土団子《つちだんご》〟は関係おまへんがな〉

と誰かがまぜかえす。

〈いやいや、土団子いうたら昔から笠森お仙ときまったもの、みてみ、やっぱり、カサやろがい〉

またもや満場、笑いに包まれ、これでは「先輩諸氏のやかましさが邪魔になつて」といわれても仕方ないであろう。

この夜の兼題（宿題）は「贔屓《ひいき》」であった。

「左団次の贔屓脚本書きたがり」　小太郎
の句が読みあげられたとき、

〈頂戴〉

〈頂戴〉

の声が起り、それだけでも小太郎は嬉しかったのに、どこからか、

〈左団次を理解した句やな〉

という声が聞え、小太郎は「鬼の首でもとつた様な気になつた」という。あとでその声は路郎だったと知った。

小太郎は川柳は大いに多作せなあかん、と痛感して初句会の席を辞した。左右の人々がどんどん早吟多作し、片端から抜かれていくのに、遅吟の小太郎は瞠目《どうもく》したのであった。温容で慕われた小太郎の老成したおとなぶりの句。

「火の上へ涙が落ちてをかしがり」　小太郎
「太い〳〵パッチを屑屋がはいてゐる」　〃
竹見一絃《いちげん》も大正中頃から達者な句をさかんにつくった人、この人の句の、
「小児科で泣かぬ子供の憫《あわれ》なり」　一絃
「蠣《かき》舟へ呼んで示談を勧めて見」　〃
など、いかにも「番傘」調で円滑だ。一絃は大阪新報柳壇の常連だった。「番傘」を注文して取り寄せ愛読していると、例会への通知状が来、一絃は商店住み込みの番頭さんなので帰宅時間が気になるのだが、会場の「蓬莱」へはじめていってみた。大正七年八月だったという。こんなところへ来たのははじめてで、まごついてびくびくものだった。誰を見ても粋にみえ、野暮は自分ばかりと恥かしかった。兼題の「涙」は自信があったのに全没で悲観したが、席上吟「丁稚《でっち》」の披講に移ると、劈頭《へきとう》、自分の句が読み上げられ、それだけでも上気するのに、〈頂戴〉〈頂戴〉の声が降った。
「丁稚もう楽天地では物足らず」　一絃
ふふふふ、と四、五人の笑い声が聞える。楽天地は大正三年、ミナミの千日前《せんにちまえ》（大阪の盛り場）に造られた歓楽街で、安くて遊べる大衆娯楽の殿堂であった。劇場やキネマ館があり、いちばん安い二等は三十銭の入場料、鳥打帽の丁稚や小僧の愛好するところであったが、大阪馴れして早熟《ませ》てくると、イルミネーションやメリーゴーランドやドームのてっ

ぺんの見晴し場、自由軒のライスカレーでは物足らなくなる、そのおかしみの共感が、席上のふ、ふ、ふ……であったのだが、一紘さんは顔が真っ赤になって、本当に冷汗が出た、という。

一紘さんがやはりびっくりしたのは水府の若さであった。水府は髯のある人だとばかり思っていた。白皙《はくせき》の若旦那ふうな人だとは思いも寄らなかった。その豪《えら》い人だと思う水府を、〈水府くん、水府くん〉とえらそうに呼びつける半文銭《はんもんせん》を、「又ない恐ろしい人」だと思った。

横に坐ったのが源屈《げんくつ》、この人も新人にやさしく、

〈私が源屈です。お遊びにいらっしゃい〉

と名刺代りに千切った短冊に名を書いてくれた。以来、一紘は句会には必ずいく。帰宅時間を気にしつつ。……

その半文銭の、例会での句に感嘆したのは片山雲雀《ひばり》。水府より一歳年下で（『川柳総合事典』に明治三十六年生れとあるのは誤り、二十六年生れ）京大出の弁護士、大学在学中から川柳をはじめていたが、やはり「番傘」初出席の句会は大正七年八月だった。二十人ばかり並んでいたが、予期した開会の辞も挨拶もなく、

「頗《すこぶ》るザックバランにみえた」

やがて披講がはじまると大兵肥満の南北氏が読みあげるたび、諸方から〈頂戴〉の声が

かかる、雲雀は何が何だかわからず度肝をぬかれたが、やがてその意味が解けて、（面白い）と思った。披講をする南北が非常に偉い人のように思われたが、とりわけ印象的だったのは（この人も）やはり水府だったという。

「同氏が茶を運んだり、紙を配つたりしてチッとも席にゐないのに、披講では盛んに抜かれてゐるのも感心させられた一つであつた」

と雲雀さんはいっている。自分の句が読まれる時は「首を締められるやうに息が詰つたが」たまに〈頂戴〉の声が出て〈雲雀〉という名を呼ばれるときは、

「形容のできない種類の嬉しさがあつた」

と若い弁護士（尤も大正七年頃はまだ商船会社の社員だった。雲雀さんが「片山法律事務所」を大同ビルに構えたのは大正十年二月である）はいう。この日、雲雀さんの抜かれた句を大正七年の八月例会報告で調べてみると、この日八月十日、「蓬莱」で開かれた句会は、「蒸暑い晩ながら定刻の午後六時より集る者遂に四十人を数へ、出席数において大阪における川柳会の記録を破り、頗る盛会を極む」とある。久しぶりの古い顔ぶれ、鳴皐《めいこう》や、木谷ひさごもいた。ひさごは六厘坊《ろくりんぼう》の学友で、早くから川柳に手を染め、好作家であった。京大を出て静岡中学に教鞭をとっていたが、夏休みで帰省している。いまは柳名を寒三郎としていた。文楽研究家の木谷蓬吟《ほうぎん》の弟である。若いインテリが続々集ってくるのも水府にはどんなに心強く嬉しかったことであろう。この日の兼題「涙」では雲雀さんの

句は抜かれず、半文銭の、
「とろ〳〵としたは涙の乾く頃」
にすっかり感心したという。半文銭だけではない、どの人のもたいそううまいように思われた。水府の「涙ぐむときに箒の手が止り」もこのときの作、
「涙ぐんでからは電話の聞き取れず」　路郎
「小説を涙のとこで折つておき」　南北
雲雀さんの句が読みあげられたのは「終電車」である。
「終電を幹事心配してるなり」　雲雀
つづいて「教科書」という題では、
「教科書を隣に借りる新学期」　〃
このときの句会は数も多いが秀句も多い。「丁稚」という題では、
「売出しの荷物と丁稚寝かされる」　寒三郎
「店で寝る丁稚片足庭へ落ち」　緑天《ろくてん》
などが秀逸。
雲雀さんは初の句会に昂奮した。
「帰り道は芝居の果のやうな明るい嬉しさの心持を包んで、もうどの家も閉め切つた玉屋《たまや》町《まち》の通りをひとりで北へ歩いた。そして番傘例会は以後決して欠かすまいと思つた」

散会十一時、という報告がある。五時間、作句と披講で四十人の人々は熱狂していたのであった。この頃の会で人々に強い印象を与えたのは、失明した若い川柳家浅井四洋《しよう》が、妹の津禰女《つねじょ》にたすけられて参加していたことであるという。まだ二十歳に満たぬ若さ、自作を口誦するのを十四、五の津禰女さんが、かいがいしく聞き取って書き、投じていたと。「番傘」常連の作家、浅井花楽《からく》の息子であった。披講のときには一句洩らさじと傾聴していた真摯《しんし》な黒眼鏡の姿が、人々に感銘を与え、身の引きしまる思いにさせた。この八月例会にも出席していて、「涙」の題で、

「別れ際女将《おかみ》もそつと拭いたやう」　四洋

が抜かれている。

「名探偵地下室の壁フト気づき」　〃

は、いかにも青年川柳家らしい作。(のち、四洋も寒三郎も、若くして死んだ)

やはり大正七年に「番傘」へ集うた作家の中に、加賀佳汀《かてい》と馬場蹄二《ていじ》がいる。佳汀は水府と同じ年の証券会社のサラリーマン(生涯証券マンであった、そして生涯「番傘」を離れず、よく水府を扶けた)、はじめ初心者ばかりで緑会という川柳句会をやっていたが、水府に誘われ、大正七年師走の寒い夜、端午《たんご》倶楽部《くらぶ》の例会へいったと。調べると十二月十八日の句会である。「女工」「掛取」「壁」などの席題、佳汀さんは一句抜けた。

「世帯して女工少うし腕が落ち」　佳汀

　このとき五葉の、
「メリンスに女工の年も十九なり」　五葉
に感心したという。この夜、一緒に出席した初心者同士の馬場蹄二も、
「壁のすみ雑巾がけのあとがつき」　蹄二
が読みあげられた。後年、秀れた句を多作する蹄二も、このときは「おそる〳〵出席した」、それでも二、三句読まれたのでますます作句に脂が乗り、「ともかく一生けんめい」だったという。蹄二も同じような年頃、兵庫県三田《さんだ》の農家出身だったが成績優秀で近衛兵に選ばれ東京にいた。この人は一種、箍《たが》のはずれたような無軌道なところがあったらしく、早くから遊蕩児で、現役の近衛兵の頃から、隊長の宮《みや》殿下に、〈ゆうべは吉原か〉とお声をかけられたという逸話がある。除隊後のこの頃は大阪の株屋（北浜の伊藤銀証券）の店員で（のち新聞記者になる）、そんな関係から佳汀と知り合った。滅茶をやる男だがふしぎに男には憎まれず、女にはもてたという。
「お色気もなく後備輜《し》重《ちょう》輸《ゆ》卒《そつ》殿」　蹄二
「様々のお惚気《のろけ》が出て席《みせ》はひま」　〃
　佳汀の句で私の好きなのは、
「伏兵は真つ直《すぐ》立つて叱られる」　佳汀
「糶売《せりうり》の襯衣《シャツ》へブンブンとんでくる」　〃

このほか、

「三つばんを知つてゐるかと足袋を脱ぎ」　雲雀

の句も大正の川柳らしく人情味たっぷりでいい。三つばん、というのは、三つ半鐘の略、出火は巡査派出所の裏手にある火の見櫓の半鐘を打って知らせることになっている。江戸時代からのしきたりが大正までまだ続いていた。連打する「すりばん」が近火、「三つばん」が区内、「二つばん」は区外、「一つばん」は一ばん遠い郡部だったという（『大阪ことば事典』にくわしい）。消防自動車のサイレンが一般化したのは大正も末のことだ。

このほか、このころの「番傘」誌上にようやく句が出はじめた小田夢路《ゆめじ》も見落すわけにいかない。夢路は水府より一歳下の明治二十六年生れ、広島出身だが大阪の夜間工業学校を出て住友伸鋼所に勤めていた。早婚だったので、この頃もう二女があった。映画雑誌から川柳を知ったという。仕事には勤勉有能（住友から国内の大学へ派遣留学させられたりしている）であったが、趣味もまた多い人で、駘蕩《たいとう》たる人柄はよく人望をあつめた。『川柳　夢路集』（昭和12刊）には、

「大正七年、同窓生と青二会を創立。『漁火』を発行して柳壇を設く。これより夢路と号す」

とある。「番傘」への投句は私の管見では、大正八年の四号が最初である。「不平」の募集吟、選は蚊象、三百十三句の中、とある。（「番傘」への応募句は年々増え、権威も生じ

はじめていたが、それだけに主宰者たる水府は編集業務も繁忙の度を加えていた。その上、例会案内、印刷所との交渉、配達、発送、売上げ集金、……同人の協力も大きいとはいえ、勤めをもっている水府の負担はたいへんなものだった。大正七年十二月号の「ばん傘日誌」には、「三度の飯を完全に食べたるは今年に入つて二度目なり」という字がみえる。ついでにいうと、「番傘」会計を担当していたのは緑天であったが、会費が集らず、売上げは伸びず、ついに悲鳴をあげて投げ出した。水府があとを引き受けざるを得なくなった。印刷屋は〈今月から現金引換主義だ〉という、水府は「金を工面して印刷屋に支払ふ」と書いている〈「番傘」大正8・1〉。経済的にもこの時期、水府が「番傘」を支えていたとおぼしい)

「職長は年中不平づらで居る」　以下、夢路

はじめて夢路が句会へ出たのは八年の七月二十二日、「端坊」の例会のようである。「番傘」八年の五号に「大掃除」という題、

「大掃除たたみを出して出勤し」

が見える。同号の、

「返盃にトゝゝゝといける口」

というのは、酒好きでのちに「番傘」第一の酒豪といわれた夢路らしい。ただし奢ってもらった酒では酔えないといっている。このへんから毎月出句は欠かさぬようであるが、

さすがに初めの頃は一句掲載のその他大勢欄、強豪新鋭がひしめいて舷々相摩《げんげんあいま》す、というようなこの時代の「番傘」ではなかなかぬきんでることはむつかしい（この頃、水府や五葉は二ページ五十六句を発表したりして、旺盛な創作力を誇っている）。しかし夢路は「番傘」の水が合ったものか、番傘調を体得して、みるみる佳吟を発表し、重きを成すようになってくる。

「宵寝して子供に鼻をつままれる」　夢路

のちに「夢路風」といわれた、ふんわりしたやさしみが添えられはじめた。

この頃から大連の大嶋濤明《とうめい》が句をよせ始める。濤明は大連の川柳家を糾合して、柳誌「娘々廟《にゃんにゃんみょう》」を出した（大正9・1）。満州らしい風土色を、というので真っ赤な唐紙を表紙に用いている。濤明は剣門の人なので内容的には剣花坊《けんかぼう》系であるが、濤明個人は番傘風の句にも泥《なず》んでいたらしい。

そうそう、そういえば、大石文久《ぶんきゅう》のこともいわねばならない。

文久は水府より六歳下の明治三十一年生れの江戸っ子、しかし志をたてて大阪へ移り住んだ。文久さんはコックさんであった。庖丁一本で各所を渡って腕を磨き、後には住友製鋼所のレストランのコックになった。この人も大正六年の新聞柳壇投句がきっかけで「番傘」の下へ集ることになった。

小田夢路は几帳面な整理屋で、柳人の写真をきちんと蒐めているのが今に遺されている。

今になってみれば川柳文学史上、実に貴重な資料である（夢路長女、石井文子氏所蔵）。そこに「一九三〇年写」とある文久さんの若き日の写真はまことにヴァレンチノばりの美貌、これでは、艶聞が絶えず夫人に心労をかけたという「番傘」の噂もうなずかれるのである。文久さんはよく後輩を指導し、「番傘」の若手をあつめ、リーダーとして活躍する。やがてその中から加賀破竹《はちく》、小川百雷《ひゃくらい》、近江砂人《さじん》、松本波郎《はろう》ら次代の若手が澎湃《ほうはい》として起ってくるのである。つぎつぎに若手を迎えられたのは「番傘」の幸せ、時代の幸せであった。

「泣いた子の鼻に奇応丸《きおうがん》こびりつき」以下、文久

奇応丸は子供の薬である。明るいさわやかなユーモア、骨格正しい句風である。

「流れ星あした白状する日なり」

「湖に近く鮒焼く小商《こあきな》ひ」

大正七年ごろは文久は四つ橋食堂で働いていた。水府は、勤務に、「番傘」業務に、疲れるとここへ来て、メドックの白葡萄酒を飲んだり、ビールをあおったりして、男前でさっぱりして明朗快活な文久と、冗談を言い合って楽しんでいる。

この大正七年（一九一八）ごろでは、例会のほかに小集も各人の宅でしばしば催されており、南北居でもよく句会があった。九十枝《ことえ》夫人や勝江が会の世話をした。

そういうとき、勝江は水府のたたずまいに、初心の来会者同様、おどろかないではいられなかった。腰かるく起って、来会者の間を斡旋《あっせん》しながら、自身もさっさと句作し、しかもその句が片端から抜かれ、〈頂戴〉の声に迎えられる、本人はというとそれこそ〈ヒンナリした色男〉、着物に白足袋、老舗《しにせ》のぼんちのようにおっとりした風采。しかしその句にはうごきがあり、力もあり、光沢《つや》も艶色《てりはえ》もあり、才気煥発、機智縦横、というのか、水府の若い覇気《はき》がみなぎっていた。

川柳のことは何も知らぬ〈勝ちゃん〉で、兄のひねくる川柳を見ても、一向心を動かされなかったが、南北居での活潑な句会には、川柳の面白さに開眼させられた。一句一句、披講される句に感心したり、笑いころげたりしているうち、おのずと、好みや優劣もおぼろげながら嗅ぎ分けられるようになってくる。

その面白さは、九十枝夫人までが、

〈わても一句、出してもよろしおまっしゃろか〉

といたずらっぽく言い出すくらいだった。

一同、歓迎したのはいうまでもない。「裸」という題のときで、

「肥えた子を母は裸にさせたがり」　九十枝

〈へー、えらいもんだんな、ちゃあんと、番傘調になってまんがな〉

と誰かが讃めそやし、一座は興に入る。南北は愛妻のこととて、横向きながらも、

〈しゃ、しゃ。番傘調や、門前の小僧やな〉

と大満悦であった。勝ちゃんもどないや、と誘われ、勝江はあわてて、

〈長唄みたいなわけにいかしまへん、それだけは堪忍しとくれやす〉

と皆にお茶を配って逃げてしまったが、川柳の面白さを知るにつれ、水府の才能が魅力的に思えてくるのも事実であった。

この時期の水府の句、任意に「番傘」から抜いてみよう。

お妾の守る食前食後なり

飛んできた鱗をはぢく小姑

流れ矢の夕日をさして一文字

若旦那褞袍《どてら》に細い腕を出し

大阪へきて錆臭い一儲け

下駄はいてきた兵隊に値切られる

離縁して二階このごろ昼もゐる

これらは句集には拾われていないが、水府の年齢の若さを思わせない自在なよみくちに驚かされる。コレラのはやったときの、

「妾宅も読めるコレラの注意がき」　水府

もいいが、「お妾の守る食前食後なり」には薬を服《の》むお妾の哀れさが漂っていい。「大阪へきて錆臭い一儲け」はむろん「錆臭い」で生きた句。「大阪でだまされたのも修《しゅう》業《ぎょう》や」という福田山雨楼《さんうろう》の句があるが、もはや儲ける余地のない大阪で一儲けするとすれば、どこか「かんこくさい」(きなくさい、の大阪弁)ものにならざるを得ない。きなくさいよりは錆臭いのほうが詩趣があろう。

この大正七年の一号、七月号は長いこと休刊していたので(ほとんど一年間)、復刊の意気込みで、番傘四十七人の会員の名を麗々しく載せている。創立グループ五人の名はもとより(當百も、時折つくるから入ってもいい、と消極的に認めた)、路郎、葭乃《よしの》、芦村《ろそん》の一家、南北に杵屋、天平、富弥、それに如柳《じょりゅう》、巴流《はりゅう》、扇雀《せんじゃく》の歌舞伎役者グループまで、渓花坊、源屈、舟人なども入っている。むろん本人の承諾を得た上でのことであったが、

南北が、

〈にぎやかなほうがええがな、それエエ、それいこ〉

と四十七人、オールスターキャストにしたのであった。(のちやはりこれを解散して大正十年に新同人を発表している)

冒頭、無署名で水府は復刊の挨拶を戯文調で書いた。戯文ながら再生の意気込みを主宰者として示した。

「拝啓、空模様怪しく候処、早速ばん傘を貼り替へ申候。実は昨秋の水害以来、如何相成りしや不明の折柄、此の程骨ばかりとなつて、あすこの棚より現はれしを、五月雨に間に合ふやう、此度、大勢して傘屋へ担ぎ込みし次第、骨を折つて叱られる小僧もなく、無事此の通り、はじき金《がね》の音も心地よく、しるしの文字鮮やかに出来上り申候。斯くして片袖濡らす睦じさも見るべく、聽《やが》ては、夜目遠目にも人目を惹くなど、我がものと思へばうれしき限りに御座候。

居ならぶ面々、助六、道風の弱虫はこれなく、いずれも五人男ならぬ四十七士の男と女、五七五調の割台詞《わりぜりふ》が、廻り廻つて果てしの尽きぬまで、道は一筋、花道を真ッ直に進み申す可く候。先は右ばん傘貼り替への御挨拶これにて雫《しずく》を切り申候。頓首。

番傘川柳会　会員一同」

このころの「番傘」は議論よりも「愉快に川柳を楽しむという主義にしたい」(大正

8・5〝あれから〟）という姿勢である。この復刊号に「灯のともるまで」傘下堂の署名で水府が書いているが、会話形式で「番傘」の立場を表明する。一は芸術派、一は享楽派。「『僕は、川柳が都会詩、人情詩である以上あく迄も突込む処は突込んで、然る後に真実の叫びを求める。それが真の川柳だ』
『僕はそんな頭の痛い事はいやだ。人間には一つの苦しい職業がある。職業の外のものは一切楽しみであらねばならぬ。昔の川柳は今の川柳より遥に優れて遥に超越してゐる。羽織の短い町人達が打ち寄つてこれを風流と呼びながら楽に面白く生み出された懐しい川柳、僕はこの時代になりたい』（中略）
『それは慰みだ。僕らのは慰みとは違ふ。君らの考へでは、川柳は芸術とは云へないものだ』
『又、云ひたくはないさ。しかし出来たその物が芸術になつてゐれば幸だ』」
これは水府の理想であったが、後年、この理念は誤解を招きやすいことを発見している。組織のスケールの問題もある。水府らの〈楽しむ川柳〉は大衆の共感を得て川柳人口の獲得に資したが、しかしそこには大衆参加による文学的品性の稀釈《きしゃく》という陥穽《かんせい》があった。水府はのち昭和の初めに「本格川柳」を唱道し、次いで戦争を超えて昭和二十九年、「川柳第四運動」を提唱する。川柳は文学であって娯楽ではない、と従来の月並臭を一掃する運動に乗り出す。水府の根本理念に変りはないことは、彼の作品の文学性が証明しているけれども、時代の曲りかどごとに旗幟《きし》を鮮明にし、表現をあらたにしなければならなかった。しかし右の「灯のともるまで」を読むと、五葉の、「芸術といはれて困る鴈治郎」の句を思い出してしまうではないか。

それよりも、「番傘」を復刊して水府がまず志したのは、これからは毎号出したい、という目標だ。忙しいけれども、水府が牽引しなくては実現しない。大正七年八月十三日の夜、例によって南北居で編集のペンを走らせていた。例会の三日あとだ。「あれから」という柳壇往来や同人の消息欄であるが、こんな露地にまで表通りを走る人々の喚き声が聞えてくる。米が高いとどなっているのだ。八月の三日に富山で米騒動が起っていた。今年、大正七年初頭には一升三十銭前後だった白米が、六月には三十五銭、八月にはいると下等米でも一升五十銭を上廻るようになっていた。水府も以前のままのサラリーであればとてもやっていけなかったところである。なんでこない米が高うなったのや、と人々は悲鳴をあげはじめる。物価は暴騰し細民は生活難に喘ぐ。

「炎天に米買ふといふ一仕事」　以下、水府

――「大阪パック」の時事川柳から。

「言論も米も圧《おさ》へた序《つい》でなり」

ビリケンあたまの寺内正毅《まさたけ》首相が右手で足もとの孱を、左手で米俵を圧えているマンガ、

藩閥最後の切札といわれた寺内は、富裕な政商や地主階級の意を迎えた政策に偏り、民衆の深刻な生活難や社会不安を救済せず、かえって「警察力を増強して社会不安を抑えようとした」(『日本の歴史23』今井清一、中央公論社刊)

「農相へ米の鼾が聞こえて来」

日本の米は底をついていた。世界大戦で外米の輸入は減っている上、内地米が輸出されており、農村は人手を都会へ取られて労働力不足であった。

大正五、六年は気候も不順で、これまでにない減収となった。

地主や米の相場師は米価騰貴を見越して、買い占め・売り惜しみに狂奔する。右の句には〈貯蔵官米〉という注が入っている(『明治大正時事川柳』大正15、輝文館刊)。

新聞は連日、政府の無策を攻撃し、市民の窮迫を報道する。

八月はじめの「越中女一揆」は、米が高くなるのは米を県外へ移出するからだと、百七、八十名の漁師の女房たちが集って、荷主に、米を積み出さず廉売《れんばい》してほしいと哀訴するものであった。しかしその気勢が町民たちを刺激し、米の値下げを町当局に強要した。これから米騒動は各地に飛び火し、京都・名古屋、大阪・神戸とまきこまれていく。やがて全国に騒擾《そうじょう》は及んで、参加人員は七十万から百万という。

哀訴から強要へ、やがて打ちこわしへ、となだれてゆく群衆は、もはや警官も軍隊もおそれない。

大阪の騒動は十一日からはじまっている。そんなこととも知らず「番傘」例会は八月十日にいつものように「蓬萊」で開いたのだが。……

気のせいか、人々の怒号はいよいよ大きくなる気がする。水府は気が気ではないが、「番傘」発行を遅らせることはできぬので、震えながらも仕事をしていた。この夜、二、三日前からの騒ぎに用心して〈勝ちゃん〉は来ていない、南北夫妻のことも書いていないところをみると、南北たちもどこかへ避難したのか。

ついに水府もたまりかねて筆を抛って南北居の外へ出てみると、南北の脚本の弟子、松島香水《こうすい》（「番傘」四十七人の中に名を連ねていて川柳も作る）が駆けつけてきた。

〈暴漢がこっちへやってくるそうです。日本橋《にっぽんばし》筋を焼き打ちして道頓堀からこっちへくるらしい。鴈治郎と福助のうちへも来るという噂がたってます〉

とガタガタ震えている。水府ははじめて歯の根も合わぬほど震える、という形容の人を見た。釣られて水府の軀にも戦慄が走った。

同時に、この間までの職業意識がむらむらと湧いてきた。取材を手伝いたくなったのだ。「大阪朝報」の多田はん、多田編集長の顔が浮ぶ。電話にとびつき、

〈手がなかったらお手伝いしましょうか〉

というと、待っていたように、

〈たのむワ〉

という返事。（水府が朝報と喧嘩別れしたのではない、というのはこういういきさつから察したわけである）

水府は人の噂によって清水町《しみずまち》を堺筋に出た。着物に前垂がけの取材活動だ。南の空に火の手があがる。日本橋三丁目の米屋が焼き打ちされてる、という。水府は走った。交叉点から南は群衆で埋まっていた。何万という数、全部が暴徒ではないが、この大群衆はすさまじい。顎紐・銃剣の兵隊を乗せたトラックが走る、騎兵隊が走る、堺筋の南から北へ電話線を架ける兵士たち、生れてはじめて見る軍隊の出動。内乱勃発となるか。心がひきしまる思いで恐怖をおぼえる。

水府は南署へ引返す。小使いが庭で何かやっている。見ると日本刀を研《と》いでいるのだ。サーベルでは役に立たないというのだ。そばに二十本ほどの刀の束があり、松竹から舞台用のを借りてきたという。

〈銀紙の竹光とちがうんか〉

〈ちがいます。研いだら切れるもんばっかりダ、もう大分、持っていきましたデ〉

えらいことだと思った。

「大正の町人腰のものがあり」　水府

この「大阪パック」の時事吟には、〈七年米騒動自身番〉とある。大阪の米騒動の報道写真などを見ると、刀剣を携えた武装在郷軍人たちが、尻端折《しりばしょ》りのステテコ姿でたたずむ物騒なのがあるから、刀を研いでいたという水府の証言に呼応する。

水府は署から朝報へ電話した。多田編集長が出てきて、

〈きみの電話待ってたんや。差止めや、差止めや、書かれへん、せっかくやけどあかん、みなガッカリしてる、帰って来て〉

大正七年八月十五日の大阪朝日はページの下半分空白、寺内内閣は「各地の米騒擾に関する一切の記事掲載を禁止せり」。

しかし東京朝日は「大阪大暴動、群衆頻りに放火す　鈴木商店（田辺註、米の買占めで巨利を得た。神戸本店は襲われ焼き払われている）大阪支店襲撃」などと書いている。

当時、朝日新聞記者だった篠崎昌美さんの実見談はなまなましい（『続・浪華夜ばなし』昭和30、朝日新聞社刊）。大阪の米騒動は十一日夕、釜ヶ崎（細民の多い町、ホームレスも集る）一帯ではじまったという。急報を聞いて篠崎記者がかけつけると、夏の宵のこととて四辺はまだ薄明るい、最初に目撃したのは入舟町《いりふねちょう》の米屋、表口に腰巻一枚の半裸の女性群が（「下層民の主婦連」と篠崎さんは判断している）二十余名、手に手にイカキをもって殺到してきた。イカキというのは大阪弁でザルのことである。店員があわてて表戸を閉めるがすでに遅く、大きい桶に入れてある白米をイカキいっぱい掬い上げて、若干の銅銭を土間へ投げつけて立ち去ったという。

そのころの大阪の米屋は、店先に半畳ほどの大きさの円い浅い木桶に白米を盛り上げ、

その上に値段を大書した札をつきさしてある、これが四、五個並べてあるというあんばい、そこへ暴徒がくれば大戸を閉ざすより以外、防禦の方法はない。

ワァッと喚声をあげて女群が立ち去る、その先頭と後尾に二、三名の若い男が食いついていた、と篠崎さんはいう、米を奪取する時間は五、六分という早業、店の大桶の白米はあっという間にみな空っぽ、嵐の掠奪ぶり、店主も店員も、記者も車夫（これは朝日新聞お抱えの人力車夫で、米屋襲撃の急報で篠崎記者をここまで運んできた者）も、ただ呆然と掠奪隊を見送るばかり。一体警察はどうしているのかと篠崎さんは急ぎ今宮署へ赴く。途中の米屋はいずれも店の間は荒され、大戸を閉ざし、家族は避難していた。

今宮署では大方の警官をその夕方（八月十一日）天王寺公会堂で催される「米価引下げ・政府打倒の市民大会」のために非常呼集して投入していた。大会の主催者は硬骨を以て鳴る、在野法曹界の重鎮、森下亀太郎だから集会を理由なしに不許可にすることはできない。しぶしぶ許可したが、その代り警官を十重二十重に取り巻かせていた。定刻七時に開会、森下弁護士が二、三分演説しかけたところで、立会の戎《えびす》署の署長が、言辞不穏として即時解散の令を発する。このとき篠崎さんは取材中だったが米屋襲撃の報を受け、あとを同行の同僚に托して飛び出したというわけである。だから警官の手薄な今宮署は大騒ぎ、夜に入って暴徒はますます増加し、天下茶屋《てんがちゃや》方面から救援依頼の電話がひっきりなしにかかってくる、事態はいよいよ急だと、篠崎さんも本社への連絡、応援記者の出動を求めるなど、忙しくなった。午後九時ごろ一応本社へ戻って記事を書こうと人力車で引き上げかけたが、恵美須町《えびすちょう》から日本橋筋五丁目にさしかかったとき、その角の米屋に数千人の群衆が喚声をあげていた。この光景を見過すことは記者としてできない。車を下りてや や手前で見ていると、どこから持ってきたのか二本の丸太ん棒で、米屋の閉められた大戸を突き破っている（一説に荷車の梶棒《かじぼう》だったという証言もある）、またたく中に表戸が壊され、家の中がまる見え、そこへ、荒縄の先端に一升徳利（昔の一升瓶はガラス瓶ではなく陶器製である）を結びつけ、それを宙に振りつつ家の中をめがけて投げこむ奴がいる。一個、二個、三個、……徳利の中には石油が仕込んであって、投げられた徳利が割れると石油が周囲に飛散する。そこへ藁束に火をつけたものを投げ入れる奴がいる。たちまち家の中がパッと火焰で赤く燃え上る。近所の家の人々がびっくりしてバケツで水を運ぼうとするとそのバケツが掠奪される、火の手を見て消防のポンプがくるがホースの先から放水しない、どのホースも途中で鋭利な刃物で切られていたという。騒ぎはいよいよ大きくなる。

篠崎さんは戦後、火焰瓶《かえんびん》のニュースをみて、こんな戦術は三十年前の米騒動のときの石油徳利で見たわいと思いつつ、それでも「同じような古い手がいつまでも残るものだと感心した」——東京朝日の記事によると、傘に石油をそそいだものを抛り投げ、それにマッチを投げた、という報告もあり、石油傘という方法もあったらしい。

天《あめ》が下にあたらしきものなし、である。

なおまた東京朝日の記事によれば、「十四日午前二時大阪電話」として、群衆は南地《なんち》・坂本町《まち》のお茶屋の軒灯を破壊し、道頓堀に出て附近を荒し廻り、恵比須筋から心斎橋筋に出、白木屋、高島屋、大丸などのショーウインドーの厚ガラスを石や鉄棒で滅茶滅茶に破壊したという。鴈治郎の家も襲われるといって、「歯の根も合わぬ」ほど震えていた、という人の話もまんざらの流言蜚語《ひご》でもなかったわけだ。

この十一日夜の日本橋の米屋襲撃を皮切りに、十二日は朝から全大阪市が騒ぎにまきこまれる。流血の惨事となり、掠奪、焼打ち、ぶっ壊しが各所で頻発する。各町内では抜刀の自警団を組織して町内を自衛した。出動軍隊の負傷者も多くなる。篠崎さんの話によれば最も緊張度の高かったのは湊町の深里橋北詰にあった住友倉庫前の血戦だった、と。

この倉庫内に何十万石の米が入れてあるという情報が流れ、群衆が押しかけたのである。その数は数万に達し、ジリジリと倉庫へ押し寄せる。警備しているのは西署の決死隊五十余名、手に手に日本刀やピストルを持っていたが、そのピストルもすでに各所に出払っていて、やっとかきあつめてきたらしい「頗る骨董的なもの、長さ一尺もある昔のふところ鉄砲という奴」、かかる緊急の場合だが、篠崎さんはふき出しそうになった。もちろん事態は緊迫していて笑いごとではない、正門に群衆が接近すると、五十人の決死隊が押し出して追い払う。救援の軍隊が出動して来た。群衆が迫ってくると一斉射撃、しかし銃口はすべて空に向けられ空砲である。

空砲と知って群衆は恐れず包囲の輪を狭め、なかには荷車の棒で兵士のあたまを撲ったりする奴もいる。群衆の中からアジ演説が飛ぶ。

〈諸君の両親兄弟姉妹が食なく飢えに迫っているのに、諸君は銃剣で肉親を殺傷するのか〉

八連隊の兵士はすべて市内に実家のあるものばかりだから鋒先《ほこさき》は鈍らざるを得ない（私の幼時の手まり唄、〽またも敗けたか八連隊……を思い合わされたい）。そこで師団当局はいそぎ市内の警備を三十七連隊の兵士に交替させるなど「軍部もてんやわんや」だった。幸いこの倉庫は死守されたが、もはや軍隊も警察も恐れぬという「戦慄すべき思想の存在すること」を知り、政府も軍部も恐怖した。

この米騒動は一面、寺内内閣と朝日新聞の確執を明るみへ出したと篠崎さんはいう。朝日はかねて寺内の藩閥政治を攻撃し、民権を拡充せねばならぬと主張していた。寺内は朝日報復の機をねらい、子分の林を大阪府知事に据えた。米騒動に際し、林府知事は事態収拾のため「緊急大阪府令」を発して、夜間外出禁止、集団歩行禁止を決定したが、これを瞬時も早く周知徹底せしめるには新聞社の号外に頼るほか、ない。現代のようにラジオもテレビもない頃だ。

林は内心不満だったが、仕方なく朝日新聞に懇請する。朝日新聞はただちに承諾して号外を府下全戸に配達、十四日夕刻までに配達し終えた。同時に市電も全線にわたって運転を休止し、これで米騒動はぴたりと止まった。

この経過を見て林府知事の側近の成山兵六なる男が、「今回の米騒動の原因は新聞屋どもが愚民を煽動したもので政治の欠陥ではない」と公言したことから問題は大きくなった。記者団は、成山暴言を記者団の前で取り消し、知事立ち会いのもとで陳謝することを要求した。もし実行されぬときは、在阪言論機関はあげて府政に協力しないという強硬な態度だった。

知事側は立ち会い人を知事代理・上田内務部長としてこの要求を受諾し、成山は不平満満だったが陳謝した。成山は漢学の大家だったといい、林の祐筆兼秘書格だった。

米騒動のあと新聞は一せいに起《た》って内閣の無能を責め、「寺内内閣打倒関西新聞記者大会」を開催した。それを報道した朝日の記事中に、「白虹《はっこう》日を貫けり」という一文があった。それにいちゃもんをつけたのが漢学の大家の成山ではなかったか、と篠崎さんは示唆する（この詩句は中国の古書にあり、君主に対する反乱・暗殺の予兆とされているもの、朝日新聞弾圧の恰好の口実に利用された）。陳謝させられ、不平満々の成山が、朝日新聞に事あれかしとねらっていたのであろう。表面では大阪府の特高課の新聞検閲係が発見したということになっているが、そのころの検閲係は巡査部長クラスで、「この人々によってこの難解の文字がたちどころに解読されるということは至難のことであろうと思われる」と篠崎さんはいう。いわゆる〈白虹日事件〉である。朝日側は謝罪したが、寺内内閣も倒れた。代って生れたのが、政友会の原敬内閣である。

騒がしい夏で、しかも悪い風邪がはやり出した。スペイン風邪が世界中を席捲していた。

「咳一ツ電車の席をあけさせる」　水府

「大阪パック」時事吟。

しかしこのころ、水府は勝江に傾斜を深めてゆく。次第に〈勝ちゃん〉が忘れられなくなってゆくのであった。

逢ひにゆくぬかるみ深くなつてくる

辻うらをうそにしてゐる心まち　――水府・新世帯

この句は大正九年の作品で、水府はこれが好きだったらしく、あちこちに揮毫《きごう》している。しかしこの句趣は、勝江とつきあい出したころの弾む気分を捉えているもののごとくである。

大正七年の後半、水府はもうはっきり、勝江を妻にしたいと思うようになっていた。二人きりで逢うことも多くなり、逢うほどに話すほどにうちとけて気が合うのだった。本が好きで川柳の面白みもわかりはじめ、いろんなことに興味が尽きず、人づきあいをたのしがるいきいきした娘。媚態はないのに人なつこい。町娘らしくおきゃんだけれど、はねっかえりというでもなく、正直無垢だけれども依固地な固さはない。……などと、それからそれへと思いつづけ、水府はあの娘を他人《ひと》に奪《と》られたくない、と思うのである。

勝江もどうやらその気になってくれているようだ。

勝江の異父兄《あに》の小田富弥にもちかけて縁談《はなし》をすすめてもらおうか、母は昔人間だから、惚れた腫れたを忌むだろう、ここはしかるべき人に仲に立ってもらって……などと水府の思いは果てもなく、そのむかし、恋を恋した頃のとりとめもない、はかない憧れの句――「恋せよとうす桃いろの花が咲く」が今更のように身に沁みるのであった。

――〈水府先生はお汁粉屋でデートしたはりましたそうな〉と、古老の川柳家にうかがったが、酒のあまりいけぬ水府は、たとえば牡蠣《かき》船なんかで、温《ぬく》い牡蠣めしやどて鍋を勝江と楽しむことはなかったろうか、と私は楽しく想像する。霜の凍る夜、橋の下に繋がれた牡蠣船。橋詰の柳の木影には白提灯に〈かき〉と記され、水際の石段から一枚の舟板が船に渡されている。早やそのへんには牡蠣割りの娘たちが数人いる。紺絣の着物に赤いたすき、漁村育ちらしい頑健な体つきの娘らがたむろして坐り、次から次へと牡蠣を割って、あたりに強い磯の香をただよわせている。水府の句、「蠣割つてゐるあたりから船になり」はこのこと。

舟板を、勝江は、

〈おお、怖《こわ》〉

とおずおず渡って、〈気ィつけや……〉と水府に手をとられ、船の中にしつらえた座敷に入れば、内部《なか》はぼうっと暖かく明るい。一釜十五銭の牡蠣めしに吸物、酢牡蠣と牡蠣づくし、給仕はたくましい船頭たちで、紺の筒袖に小倉の角帯、それが窮屈そうに膝を折って料理を運んでくる、そのぶこつなさまも野趣があってよかった。そういうときは飲めぬ水府も、お銚子の一本もとり、一つ二つ盃を重ねたであろうか。心安だてな店だが猥雑な雰囲気ではなく、座敷の中は衝立で間仕切りされていて、子供づれの客もいる。大川を棹《さお》してゆく往来の舟のあふりで、牡蠣船もゆらりとかしぐときもあり、それもなかなかいい風情で、大阪ものに愛された庶民的な、〈冬のうまいもん屋〉であった。

〈温《ぬく》まったこと……。御馳走《ごっつお》はんでした〉

い、い、

ほこほこ牡蠣めしを食べ、盃いっぱいの酒で目もとを染めた勝江は道頓堀川で、びろうどのショールに顎をうずめ、桃割《ももわれ》のあたまを傾けて水府を待つ。

「今飲んだ蠣船橋でふり返り」　佳汀

牡蠣船の料理は廉《やす》いので、水府のような若僧も散財できるのであった。折から夜空に響く芝居の果《はて》太鼓。

五十銭で飲んだ時分の鴈治郎

ちりめんに附いた白粉忘られず

勝江は水色縮緬に小菊の刺繡のある半衿、着物は紫紺色の荒い縞の銘仙だった。その水色の半衿に、首の白粉がちょっとついているのを勝江自身は気付かぬまま、可憐な色気があった。水府は勝江と下駄を鳴らして道頓堀をゆきもどりし、話に夢中になり、またも戎橋筋へ、人の波のなかをあるく。

〈お父さんお母さん、〝うん〟いうてくれはるやろか？　くれはりそうか？〉

〈へえ、有望だす〉

と勝江の答えるのもおかしく、

〈何をいうてるのや〉

勝江は本好きだけあって、ときどき学生ふうなコトバが出てくる。その癖も可愛い。戎橋を渡り、太左衛門橋を渡り、いつまでたっても、どちらからも帰ろうといわない。

（のちに水府は、昭和二十年の、アメリカ機による大阪大空襲でミナミの橋も焼けたとき、「これやこのわがロマンスの橋も落ち」と詠んでいる。）市岡《いちおか》の小さな寒い家には老母が犬のピンとともに待っているというのに、水府はまだ帰らない。帰りたくない。

孝行の子が帰らない雪もよひ

そしてまた、ふたりは堀江の今場常坊《つねぼう》の店、〈すまんだ〉などへお昼を食べにいくか、朝詣りと称して朝御飯を食べにいったりしたこともあるのではないかと、私は思い描く。先述のように常坊は「番傘」の古い常連であるが、本業は堀江阿弥陀池の和光寺境内にある精進料理屋の亭主である。古い名所図会にも載っているほど、数代つづいた老舗《しにせ》、古風なままのくすぶった平屋建ての店、あるじの気風そのままにのんびりした店で、雅俗の客によろこばれていた。ただし四季とも早朝五時から正午ごろまでしか営業しない。お客は長堀の材木市に出かける商人か、堀江の色町からの朝帰り客が多かった。〈すまんだ〉では雪の朝、雪見酒をたのしむ客も多かったという。水府は勝江と白髪《しらが》橋の市電停留所で待ち合せたかもしれない。チンチン電車を下りれば、勝江はもう寒風の中で待っている。

吹く風は女を待たす寒さなり

〈すまんだ〉の表構えは黒光りした荒い格子、縄のれんをくぐって店へ入れば三尺ばかりの中庭が通り、腰をかけて食べられるようになっているが、店の間はみな畳敷なので座敷へあがって料理を楽しむこともできる。

部屋に貼られた値段表も「舌代」と勘亭流《かんてい》、精進物が安くて旨い。「小鉢物は二銭均一、名物とろろ汁も二銭、汁かけ麦めし三銭、漬物五厘」（『続・浪華夜ばなし』篠崎昌美）、

雪の朝は境内一面、真っ白の雪景色、堀江からの朝帰りらしい客が、とろろ汁でしずかに一ぱい飲《や》っているほかは客はなく、ただ、あるじの常坊の飼っている三、四十羽のカナリアや山がらが囀りかわす声ばかり。そのほかにごろごろと擂鉢を擂る音がするのは、常坊が商売のとろろを擂っているのではなく、小鳥の擂り餌をこしらえているのである。小鳥の世話に夢中で、〈おーい、酒、沸いてるでェ〉と客に呼ばれ、にやにやしてかけこんでくるというのんびりぶり。歌沢が得意で、常坊は酒は嗜まないが、サイダーを飲んでは、〽重ね扇はよい辻占よ、二人しっぽり抱き柏……と、句会のあとの一座でよく唄った。水府に、にこにこして〈お越しやす〉といい、〈寒《さぶ》おまんな〉……

雪に来てさて割箸も悪からず

そのうちに、朝飯をたべにきた働《はたら》き人《ど》の植木屋、大工、近所の隠居、雪景色の写真を撮りにきた記者、などなどで、ひとしきり店は立てこむ。そのにぎわいに釣られるように勝江は、ゆうべ辻占《つじうら》を買ったら〈待ち人きたらず〉——明日の逢いびきに、岸本はんは来やはらへんのやろか、そんなことあらへん、こんな辻占、うそやうそや、と思い、定《き》めてあった時間より早めにいって待っていた、といった。寒かったけれども気になって。……

〈阿呆《あほ》やなあ、風邪ひくやないか〉

といいながら水府は嬉しさで目まで赤くなる。「辻うらをうそにしてゐる心まち」——はじめて女の心をこめた作品ができた、と思った。今までにも「帯留の落ちた音から脱ぎ始め」とか「友禅は籠をはみ出て長い風呂」などとなまめかしい色里の嘱目句《しょくもくく》をつくったが、女心はよめなかった。「辻うら……」の句は、婀娜《あだ》っぽいだけでない、女心の真実が詠めた気がして、われながら佳句のように思った。が、勝江の真実を知らされたことは、いい句ができた以上に喜ばしかった。（いそいで、家を探さな、あかん）

水府はもう実際的行動にうつす心組になっている。あの市岡の貧弱な家には嫁を迎えられない。それまでにも年頃になった水府に、嫁取りの話は出はじめていたのだが、具体的に考えられないので聞き流していたのだった。

「親類が泊つたときに嫁のこと」　水府

何といっても家だった。十二月十二日、水府は「番傘」八年の一号、新春号の「これから」に書いている。

「復活以来、親しくいろ〳〵お話を承りたい方も御座いますのですが、私は忙しい上に私の宅が皆様をお迎へするやうな家でもありませんので差控へてをりました。家を探してをりますが、そのうち宿替しますれば、これから盛に来て頂かうと思つてをります」

埋め草の「傘下堂より」にも書いた。

「父を喪ひて七年、ぽぷら散る市岡の仮寓には鉢植の桐の木ばかりずん〳〵伸びて、侘しさ一入《ひとしお》に御座《ござ》候《そうろう》。愛犬『ぴん』は母と共に健在、数回の野犬撲殺励行に生き残り、齢十年を保ち居候《おりそうろう》。郵便物は安治川局区内の個人の家として注意人物と相成候程多く配達致され候へ共、別に金持にもならず、相変らず頭髪をひねつて考へ居候。目下家を探し居候」

桃谷順天館に勤める今は、よほど贅沢をしなければ頃合の家も探せるはずだった。

〈庭があって花が植えられるようやと嬉しいわあ。……わて、孔雀草《くじゃくそう》好きでんねん〉

と勝江はいう。孔雀草？

〈知らはれへん？　菊みたいやけど、色があざやかで、わての見たんは、外まわりが濃い黄色で中心が緋色という、それはそれは鮮かな色の花。わて好きでんねん。あんなん、庭に咲かせてみたいわあ。孔雀草、いうだけあって、孔雀の拡げた羽根みたい。孔雀の羽根、ほら、目玉みたいな飾りがついてて……〉

〈うんうん、ぼくな、三年前に天王寺動物園が出来《でけ》たとき行ったらな、孔雀がすごい羽根ひろげて悠々と向き変えててな。あれ、孔雀自身、自分でもビックリしとるの、違《ちゃ》うか、思《おも》てつくった句、あんねん。

「孔雀思ふにこれは自分の尾ではない」

いうのや〉

勝江は笑い出すととまらない。水府はまた、勝江の欲しがる孔雀草を、植えられるような家があれば、と痛切に思った。

しかし運《まん》のいいことに、木村半文銭から、萩の茶屋（天王寺の西である）へ来え《け》へんか、という誘いがあった。近所に新築の家があるというのだ。同じく半文銭に誘われて移った路郎からも〈来い〉といわれた。水府は母と相談して移ることにした。今度の家は二階もあり、新婚の家となるにもふさわしかった。以前の市岡はそれこそ大阪の町はずれだったが、今度はかなり都心に近くなった。大正八年一月十四日に転居する。正しい地名は「大阪府西成郡今宮村三日路」、現在は無論大阪市内で人家が櫛比《しっぴ》するが、そのころは新開地の郊外である。水府は「番傘」八年の二号に、

「萩の茶屋は難波から往復七銭、この時間僅に五分間で市内も同様です。お遊びにお越し下さい」

と書いている。このときから三年ほど「番傘」の「萩の茶屋時代」がつづく。

何より水府を喜ばせたのは、半文銭、路郎と町内になったことだった。半文銭の家とは

線路を中に挟んでいたが、小走りにゆけば一分半ぐらいで行ける。路郎の家は三軒先、表も座敷も同じ造作で、

（これは川柳村ができるぞ）

と水府は喜んだのだが、路郎と半文銭は「土団子」を廃して、川上日車《ひぐるま》とともに「後《のち》の葉柳《はやなぎ》」を創刊し、革新川柳へ走っていたので、案外に水府は淋しい思いを強いられた。「後の葉柳」の誌名は、六厘坊《ろくりんぼう》の創刊した「葉柳」に呼応しているのであろうけれど、縦横十五センチの大きさ、表紙を入れて四ページという小冊子である。宿命的革新家というべき川上日車は、「番傘」へ「結晶」という新しい柳名で句を寄せながらも、自分のあたらしい道を模索しつづけて已《や》まないのである。そうして路郎・半文銭がこれに同調したということは「番傘」と主義主張を異にするという以上に、「番傘」の並び大名になりたくないという、雄心勃々《ぼつぼつ》たるものがあったのだろうと思われる。日車・路郎・半文銭、それぞれ一国一城のあるじとなる器量は充分であった。「番傘」作家群の中で粒立っているのは明白であった。しばしば彼らの句には一ページ、二ページを割かれている。気力充溢、才気縦横、まさに脂の乗りきった実力派、しかしそのままでは「番傘」の有力作家、というにとどまる。また、新境地の挑戦を対外的に評価してもらえぬおそれもある。

かくて、ひとくせある連中が相寄ってあたらしい幟《のぼり》をあげることになったのであるが、それにしても四ページのパンフレットが、三号まで出たのみというのは淋しい。

（これでみても、柳誌に限らないが、結社や雑誌を長く続けるというのは至難のわざで、やはり核になる人間の情熱や人柄が、組織の求心力になるのであろう。水府は當百のように、はじめから象徴的な看板ではなかったが、彼の情熱と温かみが人々を惹きつけたとしか、思えない）

この革新派に、なぜか明治十三年生れの、はるか年上の松村柳珍堂《りゅうちんどう》が加わったのも、水府には淋しいことであったが、俳句から川柳に転じた柳珍堂としては、期するところがあったのであろう。尤もこのごろ、柳珍堂は池田の家で肺を病んでいた。日車に「鬼史氏を訪ねて」（鬼史は柳珍堂の俳号）という見舞句がある。（「後の葉柳」一ノ一）

「盆に盛られた枇杷の実の蔭の命」以下、日車

「疚《やま》しきところなき顔を昵《じっ》と見られ」

「神も仏も信ぜられない私どもの命」

破調である。元来、日車は自分の創ってきたものを破壊し抹殺することに異常な関心を有し、その瓦礫《がれき》と灰燼《かいじん》の中からつねに新しく立ち上ることに情熱をもつ作家である。彼はその情熱で以て路郎と半文銭を両手に擁《よう》し、死出の道づれにしようとする（現代の私からみればそう印象される）。まるで『平家物語』の猛将、能登守教経《のりつね》が源氏方の郎党二人を左右の脇にはさみこみ、「いざうれ、さらば、おのれら死出の山の供せよ」と海へ飛びこんだように。

犀利《さいり》で洞察力ある路郎は、日車と「後の葉柳」までは行を共にしたが、のち大正十二年日車が革新派柳誌「小康《しょうこう》」を出すときには参加を拒んだ。

「私は日車の強制を断じてしりぞけ、これには参加しなかつた」(「川柳雑誌」昭和18・12〝苦闘四十年〟)——それはのちのことであるが「後の葉柳」に日車は、短いながら革新を志す立場の主張をしるす。それによれば、革新という主義に縛られ、動きがとれなくなってはいけないが、「けれども主義のない行動は往々動かされ易い欠陥が生じる」。

「元来川柳に主義はない筈だと思ふ、川柳そのものが既に大なる主義である。和歌俳諧の踏み込めぬ領地を全部川柳が拓いてゆけばよい。それを川柳であるのないのと、自ら狭くする必要は更にないのである。自覚して新しい道に進む者も認めてやれば、江戸趣味を研究してその道に止まつて居る者も認めてやるがよい。所詮は皆川柳のために力を尽してゐるのである。邪道だからと言つて新しい道を塞いで了《しま》へば、残る水の中には屹度《きっと》孑孑《ぼうふら》が湧くに違ひない」

こののち日車の句はいよいよ抽象性の度を深め、晦渋さを増す。

私は半文銭の句に執着がある。後々まで半文銭は日車と連袂《れんべい》して革新川柳へなだれこんでゆくが、まだこのころまでは半文銭の句のいいところ、魅力をたっぷり持っていた。

半文銭はどうやらこの時代から経済的に不如意だったものの如くである。日車の店へ勤めたり、また辞したり、している。困窮の中で社会主義に目ざめ接近していったともいわれるが、半文銭のくわしい自伝も評伝も伝えられていないので、つまびらかにし得ない。しかし明治の剣花坊・久良伎の川柳改革運動につづき、第二期の改革の気運は大正十年代からはじまる。これを新興川柳運動と呼んでいる。

この一派に与《くみ》した革新柳人たちにつき、剣花坊は「論は五呂八《ごろはち》、句は半文銭」と評した。五呂八は田中五呂八、新興川柳の雄である。五呂八については後述するが、私たちはそもその大阪の川柳勃興期、まだ紅顔可憐の少年だった六厘坊、日車、半文銭、水府、路郎、青明《せいめい》らをずーっと見守りつづけてきた。才華繚乱といっていい。

これについて連想するのに、子規が大阪の若い俳人たちについていった言葉が、明治三十五年の「病牀六尺」にある。(『子規全集11』講談社刊)

「大阪は昔から商売の地であつて文学の地では無い。たまには蒹葭堂《けんかどう》、無腸子《むちょうし》(田辺註、上田秋成)のやうな篤志家も出なんだでは無いが、此地に帷《とばり》を下した学者といふても多くは他国から入りこんで来た者であつた。(中略)近時新派の俳句なる者行はるゝに至つて青々(田辺註、松瀬青々)の如き真面目に俳句を研究する者が出たのも、大阪に取つては異数のやうに思はれる。しかのみならず更に一団の少年俳家が多く出て俳句といひ写実的小品文といひ敏捷に軽妙に作りこなす処は天下敵無しといふ勢ひで、何地より出る俳句雑誌にも必ず大阪人の文章俳句が跋扈《ばっこ》して居るのを見る毎に大阪のためにその全盛を賀して居る。其文章に現れたる所に因つて察するに生意気、ハイカラ、軽躁浮薄、傍若無人、きいた風、半可通、等あらゆる此種の形容詞を用ゐても猶足らざる程の厭味を備へて居つて見る者をして嘔吐を催さしむるやうな挙動をやつて居るらしいのは当人に取つても甚だ善くない事でこれがために折角発達しつつある才の進路を止めてしまふ事になる、又大阪に取つても前古未曾有の盛運に向はんとするのをこれきりで挫折してしまふのは惜《おし》い事ではあるまいか。畢竟《ひっきょう》、之を率ゐて行く先輩が無いのと少年に学問含蓄が無いのとに基因するのであらう。幾多の少年に勧告する所は、成るべく謙遜に奥ゆかしく、真面目に勉強せよといふ事である」

この中の俳句を川柳と置き換えれば、全く明治末の大阪の若手川柳家たちの気分に該当するではないか。なかんずく、自負心つよかった小島六厘坊その人を髣髴《ほうふつ》させる。幸い大阪川柳界では當百のような、年歯においても人格においても「之を率ゐて行く先輩」たる人があらわれ、〈大阪において大《おおい》に大阪を咏《うた》わんとする〉名乗りをあげて「番傘」は成った。そのゆくたてと、年少気鋭の作家たちの運命にこれまでつきあってきた目からみると、いままた分裂しようとする日車・半文銭の将来に無関心ではいられない。ともあれ、半文銭のこの時代の句は読者を搏《う》つ。大正八年一月の「番傘」は二ページを半文銭に割いている。「生活の裏」というタイトル。このページの句を中心に、「後の葉柳」からも拾ってみる。

「十四貫五百の身体《からだ》もちきれず」　以下、半文銭

「細々《ほそぼそ》の世帯棚から紐が垂れ」

「グーの音も出ぬ人間が子を拵《こしら》へ」

「太刀魚に生活難の箸を入れ」

「十二月ゆるい鼻緒の下駄を穿き」

「目にものを見せんと年が迫るなり」

「往来を眺めてゐると五分たち」

水府の句の、抜けるような明るさにくらべると、半文銭はいつも屈托、憂愁の吐息がまつわりついており、それがきわまるところ、捨鉢のような明るみが、一抹、なすりつけられる。

「用談に店の自転車転倒《こけ》かかり」

「可笑しさは六十すぎて社会主義」

この半文銭が「番傘」から離れるのは、水府とともに、私も淋しい思いがする。

さて新居移転の次は結婚問題であった。小田富弥はもうそのころ、挿絵画家として時めいている。その妹、ということで母に話した。水府「自伝」には、

「この時分は恋愛結婚は好まれていず、旧弊な母はどういうかと心配していたが、案外楽に聞いてくれた」

あるいは、母は勝江を見て、気に入ったのかもしれない。孔雀草の花言葉は〈常に機嫌がよい〉だというが、可愛い町娘の勝江は、女の子を持たなんだ母の目に珍しく、意に叶ったのかもしれぬ。

これは麻生葭乃さんもいっている。南北さんの家に可愛い娘さんがいて、この人がのちに水府さんの奥さんになった方、おふたりはとても仲がよかった、とどこやらに書いていた。

仲人は南北に頼んだが、この時期南北は「番傘」を離れており、もちろん個人的には水府と何のわだかまりもなくつき合っていたのだが、仲人はことわられた。ついで「大阪新報」時代の上司、行友李風《ゆきともりふう》にもことわられ、何となく心が落ち着かなかったが、やっと當百が引き受けてくれた。（『川柳全集4岸本水府』の年譜に、「仲人は行友李風」とあるのは誤りらしい）

「結婚の支度は万事母のいうがまま、結納金もこの時分の最低のものではずかしかった。母と扇箱や何かを買いにいった。私はその店の辻で待ち、母が買いに入ってくれた」（「自伝」）

「婚礼の買物母と鍵をかけ」（「母百句」）

「火種吹く母も大分年がより」（〃）

薄給の世帯をやりくりして老いた母に、これからは楽をさせてやりたい。しかしそれはまた、今までの母と二人の人生スタイルを失うことである。結婚のうれしさと共に不安もあった。

結婚式は二月二十七日を選んだ。水府は二十九日生れだが、閏年のため、誕生日は仮に二十八日にしていたから、その前日というわけである。花嫁の一行は多分、倅を連ねて萩の茶屋まで来たことであろう。葭乃さんは、

「水府さんの結婚式の日は花嫁さんの中宿《なかやど》を私方でいたしました位で」（東野大八宛葭乃書簡）「お互に住居は近かったものですから絶えず往き来をしていました。水府さんのお母様もまだ御健在でしたから私はご近所づきあいをしていました」

花嫁さんの中宿、というのは花嫁が婚家へ着くまでにちょっと寄って休息するところである。現代《いま》のように結婚式のためのたてものなどない頃、たいてい婚家で式を挙げるので、道中は長かったりする、そこで一旦、休息する場所をつくる。麻生家がそれを引き受けたのである。勝江はそこで着崩れを直したり、化粧した顔を、葭乃さんの鏡台で覗かせてもらったり、したのであろう。

そして三軒先の、〈岸本〉という標札のかかった家へ入ったのであった。

「綿帽子とればわが家の初めなり」　柳珍堂

という句の通りだった。

二階でささやかな祝言《しゅうげん》となった。當百の謡、「高砂」だけが、お手のものだけに、さす

がに朗々と立派であった。気のやさしい當百は、〈「仲人があとから出来る面白さ」——という句の通りやないか、おめでとう〉と仲人を快諾してくれたのであった。

披露宴というような花々しいものではなく、親類の顔つなぎ程度の平凡な宴、しかしこれが大正八年当時の中流以下の人々の普通の婚礼である。

この上のめでたさ母が飲んでさし

そのころは新婚旅行など庶民は考えもつかず、翌日から花嫁はもう、たすきがけで働いた。知己友人の祝いの品々も新居に届いていたのであろう。

水引のこぼれた金を二人吹き

も、新夫婦らしく微笑ましい。舟人の句にも「水引の金に汚れる目出度い日」というのがある。このころの句には、新しい生活の躍動感が滲んでいる。

「女房はコーヒーに匙をよく使ひ」　以下、水府

「小遣帳亭主の笑ふ仮名づかひ」

「米の飯一家そろうて湯気を吹き」

「手伝つて形のちがふ握りめし」

「干瓢と高野豆腐に春がくる」

「飯の湯気の中で女房になつて行き」

「新世帯日向で飯も食つてみる」

とりわけ、水府は女の立ち居振舞いが物珍しく、目を奪われる。

簪《かんざし》の鶴がふるへて針仕事

縫物へ爪をとばせて叱られる

寝る段になつて女に用がふえ

美しき指みな動く酒の燗

鏡台のうつむく癖をもてあまし

昔の鏡台は、どうかするとこの句の通りうつむく癖が多くて女たちは困ったものだった。水府は新妻の一挙手一投足に陶酔している。このころ南北の家には十五歳の劇作家志望の書生、長谷川幸延がいたことは先述した。ほんの少しの間、勝江と一緒に南北の家で働いたことになるが、幸延少年が勝江に思いを寄せ、

〈水府さんに奪《と》られた……〉

と悲観しているという話が、南北から面白おかしく語り伝えられ、「番傘」同人たちを笑わせた。しかし水府は、才気があって情《じょう》の濃そうな幸延少年を、〈ゆきさん、ゆきさん〉と可愛がり、少年も、ほんとの兄のように慕っていたのだった。

勝江は水府の家へきて、水府の忙しさを目のあたりに見、驚くやら感じ入るやら、であったろう。勤めを終えてから帰宅すれば、「番傘」編集の仕事、自分の句作の時間、合間に読書、選句、食事がそそくさと早いはずだと勝江は目をみはった。これでも、あんたと話し合う時間はつくってるねや、と新婚の夫らしい甘やかな笑顔で水府はいうが、

「この部屋にふる、べからず原稿紙」　水府

「まだ書くのですかと炭をあてがはれ」　〃

雑誌を出すのはえらいことらしい、と勝江にもおぼろげながら、川柳の舞台裏の辛苦がみえてきた。

さきの構造社の本に、大正八年四月の「婦女世界」に載った新夫婦の写真がある。私はこの雑誌を見ていないのだが、大阪の雑誌であるらしく、名士が結婚すると写真を掲載さ

れるらしい（片山雲雀も載ったという）。右の説明に、
「川柳家にて桃谷順天館広告部員岸本水府氏と新婦小田富弥画伯の令妹勝栄（十八）の君」
とある。（ここでは勝栄になっている）
白々した障子を背に、長火鉢を間に置き、二人は坐っている。水府は照れたように斜め横顔をみせて長火鉢に両手を置き、着物に羽織すがた、眼鏡に白皙の面立ち、どちらも写真を撮られるのに馴れていないような固い表情である。
勝江は荒い縞の羽織、彼女だけはカメラをみつめている。ぱっちりした黒眼に、ふっくらした頰、まだあどけないような顔だが、髪は不鮮明ながら丸髷らしい。ちょっと緊張した面持ちなのが、いかにも若々しい。
何もかもごたごたのうちに一ヵ月たち、三月二十八日に〈水府結婚披露川柳会〉が、傘《さん》下堂《かどう》と名付けた水府の宅で開かれた。當百をはじめ、路郎、五葉、日車、緑天、雲雀に竹人、文久、渓花坊に亜人《あじん》、蹄二らが集ってくれた。その題も「新世帯」であった。一同、和気靄々とささめきあって作句に時を過した。水府と〈勝ちゃん〉が結ばれたことを、川柳仲間は祝福してくれた。（この句会のことは大正八年三号の「番傘」にある）
「賑やかな友達の来る新世帯」　當百
「決心をして呼捨てる新世帯」　五葉
「新世帯雑巾がまだ知れぬなり」　緑天

「顔色がもう読めて来る新世帯」　雲雀
「日曜の度にと、のふ新世帯」　蹄二
「新世帯チト仰山な洗ひ物」　路郎
「新世帯一つは母の塗枕」　日車
水府は、「天鵞絨《びろうど》の庭履《ばき》がある新世帯」であった。
席上、かねて渓花坊から貰ってあった朱塗の行燈に寄せ書きした。誰かが赤い絵の具で手形を描いた。血染めの手形のようで、一瞬、水府はいやな気がした。もう一つ、誰かが「もう三年とあきらめる」と書いた。これはひどいと思い、何のことですか、と水府が聞くと、私の家内のことだという返事（誰かは不明。水府は書いていない）。縁起でもない、と水府は気になった。

敗軍の心、病室明け渡し　――勝江の死

勝江の句は今までのところ、「番傘」誌上に三句のっている（私の見過したのもまだあるかもしれないが）。そのうち雑吟一、傘下堂での小集句会二、――つまり主婦だから端坊《はしのぼう》や蓬莱の句会に家をあけて出かけることはできない、投句して雑吟欄に抜かれるか（選は編集部である）、たまたま自宅での句会に出るか、――というところであろう。

「昼休み巡査の服のまぶいこと」　勝栄女（「番傘」大正8・3号）

夏、巡査は純白の制服である。交叉点で笛を吹いて交通整理をしたりしているのを、昔はよく見かけた。詰衿に長袖だからさぞ暑かったことであろうが、そこはお巡りさんだから、いやしくも自堕落な身じまいはできない。みな、きちんとしていたものであった。私の祖父などは夏、町内くらいなら、ステテコに縮みの甚平《じんべ》で、カンカン帽をかぶって外へ出たが、そんな恰好で市電に乗るおっさんもいた時代、長いサーベルを提げて白服を端正に着たお巡りさんは、見た目には町の一服の清涼剤、「まぶいこと」にはそんな心持もあったであろう。「勝栄女」という柳号の、勝江の句、「雑吟」欄の最後尾《べた》に載っている。

初心者らしい句だ。

「三越の出しなは買ふた顔になり」　勝栄女（同）

〝団扇《うちわ》会〟という小規模な例会が持たれたらしく、これはそのときのもの、傘下堂で、とあるから、勝江も冷い麦茶と団扇を配って、前垂で手を拭き拭き、一座の隅に坐り、句作の筆を把ったのであろうか。題は「三越」だったらしい。三越をひやかすのが好きな勝江は勇んで作ったものとおぼしい。女らしい心持の句である。その時の句会には、

「三越へ絵を見に来たといふひがみ」　小太郎

「三越で今日の相場を考へる」　蹄二

などにまじって、

「買はぬ気の三越に足袋辷《すべ》る事」　水府

さすがに一呼吸うまい。

この頃は三越にまだ下足番がいた。水府と連れ立って歩く三越は、まるで勝江には新婚旅行ほどにもうれしかったであろう。その気持を汲んで、吟一氏の『父百句母百句』には、

「三越へ夫と旅をするように」　吟一

新婚の旅はついに実現しなかったらしいけれど、日常生活から触発された勝江の句、

「旅立に亭主大きい方を持ち」　勝栄女（「番傘」大正8・6号）

このころの「番傘」表紙は森田久《ひさし》、岡本一平などが画き、あるいは表紙に柄井川柳《からい》の画像（九月二十三日の柳扇忌のため）、芝居の番付などを使っている。私はこの大正八年の「番傘」（八年は七冊発行）にことに感慨がある。勝江がくりかえし眺め、いろんな人の川柳を読み、会得《えとく》したり啓発されたりしたのではないかと思うからであった。水府もまた、路郎の家族のように川柳一家が出来るのではないかと、妻をわが趣味に同調させる喜びを期待したかもしれない。

新婚生活は「人なみにたのしかった」と水府は「自伝」に書く。今まではあんなに遅かった帰宅が現金に早くなり、夕食は必ず自宅で摂るようになって、「われながら母に対し

て気はずかしくもあった」。

その母であるが——路郎一家と違うところは、勝江と母のタケは嫁・姑の関係なのだ。葭乃さんと芦村さんがほんとの父娘であるのとはかなり事情が違ってくる。

それに阿波弁を終生使ったタケは徳島の慣習を守りぬき、大阪生れ大阪育ちの勝江のやりかたが、ことごとく気になるのであった。

また、つましいやりくりの明け暮れ、勤倹力行というような生きざまが身についたタケからみれば、商家育ちで気前よく、贅沢の味が身に沁みてすべてに鷹揚な勝江は、野放図な、締りのない人間にみえたかもしれぬ。

勝江が水府と知り合い、また妻になって、水が低きにつくように、自然に川柳に泥《なず》んでいったのは、文学趣味のせいというより、浪花の商家の子の、血に濃く流れる人生享楽志向のせいではなかったかと、私は思う。「番傘」（大正8・3号）の後記の寄せ書にも誰かが書いている。

「俺は貧乏な癖に世間が面白いやうな気がする。矢張り川柳のおかげかも知れぬ」

葭乃さんがどんなに貧しくて怱忙のときでも、子供を横抱きにしてでも芝居を見にいかずにいられなかった心意気とあそびごころ、また芝居を見たあとは料理屋の暖簾《のれん》をくぐらないと、芝居を見た気がしないという道楽な奢り、それは大阪という土地に沁みついた逸楽の瘴《しょう》気《き》であった。骨の髄《ずい》まで浪花町人は遊蕩の毒に浸されている。人生に感興尽きず、どんなことからでも明るさを生もうとする。笑いはそんな人生から滴り落ちる漿液《しょうえき》であり、旨いもんを（ただし、安くて）たべるたのしみ、芝居や落語、音曲を愛する道楽は、浪花の素《す》っ町人の血を粘っこくしている。それが大阪の川柳に特異な風を添えるのである。勝江も商家の子であるから、生活感覚は、徳島の武家育ちのタケと、かなり、かけはなれていただろう。勝江から見ればタケは融通の利かぬ、頑迷で吝嗇《りんしょく》で陰気な老婆だったかもしれない。

こまったことになった。嫁・姑、「さざなみが立ちはじめた」と水府は「自伝」に書く。「たのしさに早く帰るだけでなく、留守が気になる帰り方にかわって行った。母は苦労させた私の母であり、どちらをどちらともはっきり考え方をのべられない」

いさかひに亭主そのへん片付ける

それはきっと、ごく些細な慣習の違いからだろう。この時代の嫁である勝江が、姑に口答えしたり、楯突《たてつ》いたりしたとは思えない。現代の嫁とは時代感覚が違う。しかし御飯の炊きかた、大根の切りかた一つから違い、それについての処理のしようが拙いと鬱屈《うっくつ》は双方に溜まっていったであろう。

「ありがちの事では姑すまされず」以下、水府

「庭はきの合間合間の母の愚痴」

「若い者にいつか目だるい母となり」

世に多い苦労を、水府も負わされることになった。母と妻の、どちらも愛していながらどちらの味方になるということもできない。

ただし、さすがに川柳家たる水府は、一方で、こんな窮地に立たされた自分、母、妻の三すくみの状態を、おかしがって批判する。

姑もおのが理屈に気くたぶれ

妻のたたずまいも無邪気でおかしい。少しは芝居っ気もあればいいものを、正直であけっぴろげな勝江のこと、

たたんだことないと袴をたたみかけ

このあたりの齟齬《そご》は吟一氏の『父百句母百句』によれば、
「一つ違えば百違う嫁姑」以下、吟一
「袖だたみ勝江に想うこと多し」

「叱られて歩く夜道は葱畑」

「人絶えた夜道に泣けば下駄の音」

とうら悲しく沈痛になるが、水府はそっちのほうへいかず、川柳的諧謔を以て、あたまをかきかき、詠んだ句は、こうなるのである。

姑はわが母親と別な人

大発見だ。

ちょうど折よく、というのか、勝江が妊娠する。里方で生む相談がまとまって、博労町《ばくろまち》の実家へ勝江はしばらく帰ることになった。

下駄箱へ土を残して嫁は去《い》に

再び水府は家へ帰るのがおそくなった。帰っても妻のいない家はうつろで面白くない。萩の茶屋駅を下りてからの暗い葱畑の道もひとしお淋しく、帰れば母もまた淋しげだった。

勝江はいつごろ里帰りしたのか、最初の子は実家で生むという大阪のしきたりであれば、せいぜい生み月か、一、二ヵ月前に戻るものだが、「事のほとぼりをさますかのように」と「自伝」にあるから、かなり早く里帰りしていたのかもしれない。その年、大正八年の大晦日には水府は南北居で緑天や蹄二らとともに新年を迎えている。勝江がいたら、結婚以来はじめての正月なのだから家を空けることはないであろう。

八年後半から九年はじめにかけて水府は精力的にあちこちの句会へ出かけ、句作し、「番傘」編集に力をそそいでいる。大正九年一号の「番傘」新年号は「宝恵駕《ほえかご》」号として九十六ページの堂々たる雑誌である。作品集あり評論ありエッセーあり、他誌評ありとい う盛り沢山のページ。宝恵駕（これも大阪弁では、ほいかご、という）とは十日戎の日に南地五花街の芸妓衆が今宮戎サンへ参詣するのに乗る駕である。美しく飾りたて、〈ほいかご、ホイ〉のかけ声で威勢よく乗りこむ。元禄頃からあった風習という。（現代でもせっかくの風をのこそうと、上方文化芸能協会の努力で続けられ、大阪の年初のたのしい行事になっているが、現場では物入りもかさむし、遺風を維持するのはたいへんなようだ）

「飲んでると『宝恵駕ホイ』が聞えて来」　舟人

「宝恵駕にわが小遣ひは五十銭」　水府

この九年の一号に、「番傘」同人が名を連ねている。

「生駒竹人・今場常坊・馬場緑天・馬場蹄二・岡田源屈・加賀佳汀・片山雲雀・吉本寛汀・竹見一絃・浅井五葉・浅井花楽・木村小太郎・岸本水府・杉村蚊象」の十四名。

すでに路郎・日車・半文銭の名はない。半文銭が革新派へ走ったのを惜しむ声はあちこちからあった。前述したように、半文銭が「番傘」にのこした句はみな、実にいいのだが、中に一句、書き洩らしたのを記す。

「天に星　地にお手は何お手は何」　半文銭

この句は桂米朝師匠もほめられていた。縁台将棋である。夜の涼み台。昔の浪花の空は星かげもしるく、大阪名物の夕凪《ゆうなぎ》も去れば、涼しい風がわたる。お手は何、と訊く素人のへぼ将棋。……すっきりと、しかも人恋しい情のある好句だ。

もっとも半文銭去ってののちの「番傘」にも好作家はひしめいている。

「入《い》知《れ》恵の通りを娘よう言はず」　寛汀

「白足袋の日の昏の締りやう」　一紘

「兄さんというてたいこは使はれる」　南北

いつのまにか南北は復帰している。

南北が一時「番傘」を離れていたについてはおかしい話がある。

もともと水府は南北が「番傘」へ肩入れしてくれるのを大歓迎して、當百引退後の杖とも柱とも頼っていたのだった。

ところが南北は當百のように温厚なバランス感覚をそなえた人間ではなく、天才肌の奔放な男だから、「番傘」の句会の雰囲気をがらりと変えてしまった。非売品だった「番傘」

に定価をつけて売る、表紙を色刷にする、句会では駄洒落を連発して笑わせる、会がすむと一同を引き連れて飲みにゆく、たしかに句会に色気が出て、たのしくなったには違いないが、しかし昔のように黙々と句作に耽る、真剣で静粛《せいしゅく》な気合いの醍醐味《だいごみ》は失われたわけである。

それを最も嫌忌《けんき》したのは五葉だった。五葉は黙々派、コツコツ主義なので、南北のように派手に川柳を弄ぶのは許せなかったようだ。あるとき、一座で無地の絵馬に寄せ書きしようということになり、順番で南北が書き、それが五葉にまわってきた。五葉はちらと見てフンという顔でそのまま次へ廻す。誰も気付かなかったらしいが、水府は、(五葉らしくない態度だ。何か含むところがあるらしい)と思った。あれこれ思いめぐらすと、「五葉の潔癖は『南北が番傘の気持をこわすのが気に入らない』というところにおちつく」(「自伝」)

水府は岐路《きろ》に立たされた。主宰者というより、事務長といった感じで、當百なきあとの「番傘」を束ねてきたが、これからのことを思い、右するか左するか、は、やはり水府の胸三寸にあるのであった。

「番傘」の舵はわが手でとらなければならない。はっきり水府は思った。主宰者の覚悟をきめたといってよい。

五葉を支持するとすれば、今までのように川柳界の狭い世界で、純粋に芸術的に川柳をたのしむことであり、南北に与《くみ》するとなれば、さまざまな職業や階層の人を包含《ほうがん》して、ひろく社会に打って出ることになる。南北が開けてくれたドアの向うへ一歩、足を踏み出すことだ。川柳が新しい生命を得て社会に飛翔するためにはその路線を執ることだ。五葉と南北に挟まれて、水府は川柳発展のため、敢て旧い仲間の五葉を立てず、南北を支持したのである。「ハラをきめた」と「自伝」にある。水府には川柳の青写真、「番傘」への期待があったのだ。好事家のあそびとして川柳を終らせたくない、庶民文芸として川柳を世間に打って出させようと決心する。

このとき、名実ともに、水府は「番傘」の主宰者となったといえるかもしれない。

尤も、南北が句会の空気をかきまわすのが気に入らぬ者は五葉のほかにも居り、「番傘」誌上で「初めて句会に出席して」というアンケートで、「先輩がやかましかつた」と書いていた。南北の傍若無人な駄洒落や無駄話のやかましさは水府も気付いてはいたが、みな句会を楽しめばこそ、なのだし、親しい仲間だから……と思っていたのだった。

しかし今度はそのアンケートを読んだ南北が憤然として、それなら「番傘」をやめる、といい出した。洒脱《しゃだつ》で磊落《らいらく》にみえながら、南北には案外、癇癖の強い、一徹なところがある。いったん旋毛《つむじ》を曲げると梃子《てこ》でもきかない。水府は言葉をつくしてなだめたが、

〈やかましいのがあかんのやったら、俺《わい》、もう、いかへんわい〉

の一点張りである。どうしようもない。南北につづいて、中井一白や楠瀬日年などとい

う、南北が連れてきた川柳好きたちも誘って出てしまった。

しかし個人として水府と紛糾《ふんきゅう》したのではないので、南北居にはあいかわらず遊びにゆき、やがてまた南北居での句会の作品が「番傘」誌上に載るようになった。南北が「番傘」をやめたことは亡くなるまで五、六回あったと水府はいっている。ということは南北が、我《が》を折って五、六回、舞い戻っている証拠である。そのへんも南北らしい面白さだ。


ところで九年三号の「番傘」では発行所が「大阪市西区靫《うつぼ》南通三丁目十二」となっていて、これは蹄二のアドレスであるという。あとがきによれば「勤め先の桃谷に広告研究を盛にせなければならぬ事となりましたので」とある。大正十一年の三月の「番傘」に「番傘十年史」を水府は執筆しているが、そこには、

「私の勤め先で川柳が問題となつたので、番傘川柳社の標札を蹄二庵に貼る」

とある。新年号の「宝恵駕」が立派なものだっただけに、二足の草鞋をはいているのが勤め先の目に立ったのであろう。この時期の編集や発送は、蹄二、小太郎、竹人、雲雀、そして水府の五人で当った。表紙はずっと森田久、俳画に川柳味を加え、雅致がある。谷脇素文《そぶん》ふうな川柳マンガではないところが水府の気に入ったのであろう。水府は谷脇素文の川柳マンガを、川柳を誤解させるという理由で、あまり歓迎していない。

大正九年の一月に、愛犬ピンがどこかへいってしまった。十二年間飼っていた犬なので

ピンの行方不明は水府を悲しませた。この犬は川柳家をたくさん知っている。いつか折を見て「ピン物語」を書こうと思った。

「どこからかピンが出さうな簀戸《すど》をあけ」　水府

「市岡の溝の黒さとピンの事」　水府

（しかしこれには後日談があって、ピンは迷い犬になり、ほど遠からぬ家に拾われ、飼われていたことがわかった）

同人の佳汀や寛汀が次々に結婚し、また子供のできた人もあり、若い集団であった。水府のところでも産み月が迫っている。

そういう折、母は徳島へいくことになったので、水府は十日あまり、一人ぐらしとなった。あまりの淋しさに、水府は連夜、小集を催すことにした。およその人数をきめ案内を出す。出欠は心々に任せたが、若手の作家たちが喜んでやってきて、川柳十夜と名づけた小集は毎夜、盛会だった。二夜、三夜とつづくうちには、ふだんあまり話したことのない人々もやって来、作句よりも充実した話ができてたのしかった。川柳をはじめて一年にもならぬという初心者も、水府居で、水府と膝を交えて句作する機会に刺激を受けたのか、いい句を作って水府を喜ばせた。

四夜目は南北、天平、源屈、一絃、蹄二、などの大人数となる。五夜目などは帰ってみると蹄二たちが掃除するやら茶を沸かすやら、この夜も大にぎわいの句会、六夜、七夜も川柳ひとすじというところ、第八夜は、かねて當百を迎えて古い仲間が集ろうという宿願があったが、はからずもこの機会に、ということになり、旧交会と称して當百、五葉、緑天、半文銭、路郎、水府の六人が集った。蚊象が所用で欠席したのは残念だったが「久々に當百氏の謦咳《けいがい》に接し得た事は、川柳十夜に一段の光彩を添へたやうな気」がし、「充分の歓を尽して晩春の一夜を過した」。一同の集った頭上の鴨居《かもい》に額が掛っている。九年前、明治四十五年七月二十一日の夜、當百庵に集った人々、五葉・半文銭・緑天・水府らが、酔余の筆を揮った寄せ書であった。その夜は一際、その額も面白い。

〈おお、もう十年がくる、早いなあ〉

と當百も感慨深げであった。水府は思う、（「趣味一つ十年夢の如くなり」……というところやなあ。「川柳を作ってるうち年が寄り」——か……）

当夜の題は「矢」「碇《いかり》」など。

「箙《えびら》には一本もなし大童《おおわらわ》」　當百

「搦手《からめて》の一矢二矢は妾《わらわ》なり」　半文銭

翌四月二十九日の払暁三時、男の子が生れたと勝江の実家から知らせがあった。「うれしかつた」と水府はひとこと、しるす。

その夜の第九夜に集るもの雲雀、群星《ぐんせい》、蹄二、竹人、小太郎、共に誕生を喜んでくれ、句題は「初産《ういざん》」と「初産は男」の二題とする。

「初産に亭主東天紅《とうてんこう》を見る」　小太郎
「初産に頁を繰つてゐるばかり」　竹人
「初産は男で電話切れるなり」　雲雀
「初産は男で今朝の賑やかさ」　群星
「初産は男で五月近い空」　小太郎

第十夜は来るはずの渓花坊や鳴皐《めいこう》の顔が見えず、水府は結局一人机に向って、近状を句にしてみた。

「庭中の下駄に亭主のうれしい日」　以下、水府
「平凡の其の平凡の親となり」
「戸を閉めに立つと通天閣が消え」
「僕一人留守だとお茶の葉を零《こぼ》し」

水府はしみじみした満足のうちにその夜、早寝した。當百との旧交会もたのしかったが、若い柳友たちが毎夜、入れかわりたちかわりやってきてくれたこと。彼らの成長いちじるしく、「番傘」の将来の洋々たる展望が期待できること、

（〝川柳好き〟が寄ってくる。ぼくのまわりにきてくれる。「番傘」の財産、ぼくの財産や）

――川柳十夜の若い柳人の作品群、

「紹介所大阪地図が目立つなり」　芳翠《ほうすい》

「勘当をされた枕の冷たくて」　幽香《ゆうこう》
芳翠は舟人の兄であり、幽香は関西大学法科の学生であった。
「勉強へ夜店が出たといふてくる」　夢路
「先妻の名がついてある薬瓶」　天平
「饂飩《うどん》屋で出逢つて離縁したと聞き」　竹人
……
このみんなの情熱を雲散霧消《うんさんむしょう》せしめないよう、「番傘」は守り続けな、あかんなあ、こんなおもろいもんあらへん、と世の中に広う示すためにも……などと水府は思うのであった。
そして当然、今日かけつけて見てきた勝江と、赤ん坊のことを考える。徳島へ帰郷した母には電報を打った。明日帰ってくる母も喜んでくれることだろう。赤ん坊も勝江も元気そうにみえた。赤ん坊がくしゃみをしたので、産室の人々、小田の両親をはじめみな笑った。
「初産にそのくッしやみを可笑《おかし》がり」　水府
水府は勝江にささやく。
〈もう名前はな、考えたァるんや〉
勝江は、前髪をひねりひねり考えている水府の姿を思い浮べ、おかしかったが、吟一という名を教えられ、たちまち瞳の色を明るくする。

〈いやァ、ほんまにええ名ァだすな〉

〈な。字ィもええやろ〉

〈吟一ちゃん……〉

勝江は眠っている赤ん坊に呼びかける。……

勝江と吟一がこの家に戻ってくれば、赤ん坊を仲にして母と勝江のいざこざも好転するのではないか。どれもこれもうまいこと、いく……と水府は思い、寝入った。

母も初孫の誕生を喜んだ。

これはずっとのち、戦後昭和二十四年の句だが、水府に、

「楽しかったたらいに名前書いた頃」　水府
というのがある。

たらいに書く、というのだからおめでたいことに使うたらいであろう（べつにめでたくなくとも所有主の名を書きこむけれども）。私にはこの句は、初子《ういご》の産湯《うぶゆ》を使わせるためのたらいのように思われるのである。

勝江が赤ん坊を抱いて家に戻ってくる日を水府は待ちこがれていた。「番傘」大正九年五号の「地下室」という同人消息に、木村小太郎が水府のことを書いている。「番傘」を書店へ五人で配本に出かける途中、水府は、

〈ぼくちょっと、夏帽、買いまっさ〉

と自分の持った分を人にあずけて買物し、またふと、味噌屋の前を通りかかると、

〈ちょっと母親に鯛味噌《たいみそ》買うて去《い》んでやりまっさ〉

〈ちょっと、家内の下駄を……〉

〈ちょっと、子供のよだれ掛けを……〉

といたるところで買物をするあいだ、「重い〳〵『番傘』」の包みを一同に持たせ、そのうち、

〈ぼく、急に子供の顔が見となりましたさかい、失敬しまっさ〉

とふりむきもせずスタスタといってしまった、というのだ。あとで一同顔見合せ、〈まるで詐欺にかかったようなもんや、あほらしい〉といったというのである。いかにも水府の心はずみが現われて微笑ましく、はじめてのわが子の顔は、いくら見ても見飽きなんだのであろう。そして母親に鯛味噌、赤ん坊によだれ掛けという買物も、情が濃くてよく気のつく水府らしいが、ことにも愛妻への下駄は、私たちの胸を搏《う》つ。

勝江は産褥《さんじょく》からなかなか起てないのである。

産後の肥立《ひだ》ちがわるいというのか、（どないなってるねや）と水府は胸さわぎする。母子ともに健全といいたいが、勝江はすっきりせず、水府は、（早う元気になって戻ってきてや）と、下駄を土産にしたのであろう。

勝江は下駄を抱いて涙ぐんだかもしれない。やがて腹膜炎と診断され、中之島の大学病院へ入院する。六月下旬校正の、「番傘」九年六号に、（水府の妻は）「産後間もなく腹膜炎のために重い病の床に就きました」とある。

「勝江ひとり聴く病院の蟬しぐれ」　吟一（『父百句母百句』）

赤ん坊は母の乳を求めて泣きわめく。板常の爺さんは、

「刃物研ぐ手で不器用に溶くミルク」　以下、吟一

「大正の頃は溶けない粉ミルク」

「乳呑み子は見舞に来ても泣きわめく」

水府は運命の転回にただおろおろととまどうばかり。病院へいく足も重かった。

〈勝江。早《は》よ、快《よ》うなってや。きっと帰ってこな、あかんで〉

〈わて、帰ります。吟一がいるんやもの。わて、快《よ》うなりたい。早う、元気になりたい〉

勝江は気丈に笑ってみせる。顎《おとがい》もほそくなり、眼に、あの元気なころの力はなかったが、

「流れ星勝江意地でも生きんとす」　吟一

〈このあいだの下駄、好きやったわ。それに、この浴衣も。——おおきに〉

水府が見たてて買った藍地に朝顔の浴衣を、母のタケは嫁のために縫いあげたのだった。

勝江の病いと、吟一の誕生は、嫁と姑のいざこざを洗い流してしまった。小田の家の婆さ

んはると、タケは交代で看病したり、赤ん坊の世話をした。

「癒してみせると板常が言い切った」吟一
水府はまだ楽観していた。何といってもこの若さ、まさか、と思うのであった。

〈去年は孔雀草が咲かなんだが、今年は一つ二つ咲きはじめてるデ。そや、鉢植をさがしてきて持って来《こ》う〉

水府がいうと、勝江はきれぎれに、

〈庭の孔雀草が見たいわ〉

夢見るようにいった。ものをいうのが辛く、まだ筆談のほうがいい、といい、紙と鉛筆を渡すと、

〈気分頗《すこぶ》る良好〉

と書き、自分でもおかしいのか、笑う。それを見る水府はほっとして、いつまでも書生っぽいコトバを操る勝江の癖をいとしんだ。

〈なあ。早よ、快《よ》うなりや……〉

シーツの中の勝江の手を探ると、勝江の閉じた瞼《まぶた》に涙があふれ、耳へ伝わる。唇がわずかに動き、横からはるが、このごろ勝江にお大師さんを念じるようにすすめているという。勝江は朝に晩に〈南無大師遍照金剛《へんじょうこんごう》〉を唱えているらしかった。どうにかして生きたいという執着が、いまは必死の〈お大師さんたのみ〉になるのであろう、水府は不覚に

も涙をこぼしてしまった。

時折、病室へ連れてこられる赤ん坊は、水府がいつ見ても泣きやまなかった。〈お父ちゃんやで〉とはるにいわれて赤ん坊を水府は抱くが、

「受取つてそり返る子をもてあまし」　水府

暑い日だった。

危い、ということを聞き、水府は目もくらむ思いで病院へいそいだ。七月の三日だった。

回診は後ろ姿を見せにくる

無雑作に耳を外れる聴診器

寂寞《せきばく》の中へ氷を割りに出る

体温表丸々とした奴が附け

まだ生きる気の無理となる水枕

今死ぬるドアを看護婦間違へず

——大学病院にて六句（「番傘」大正9・7号）

〈お気の毒です〉

医師の一群が出ていったあと、水府は見舞に貰ってあった赤玉ポートワインを一本、一気に飲んだ。勝江の死顔はまだ睡っているようだ。

——「誰にも聴けぬ声吟一をたのみます」吟一

〈早よ、快《よ》うなってや。きっと帰ってこな、あかんで〉と水府がいうと、〈わて、帰ります。吟一がいるんやもの〉と勝江はいったではないか。まだかぞえの十九、あまりに若い死。

子守唄里のみやげは嘘ばかり

水府は病室の二十一号室を見廻す。〈南無大師遍照金剛〉の勝江の祈りも空しかった。

「敗軍の心、病室明け渡し」　水府

勝江が手を通さぬまま、足にはかぬままの浴衣や下駄を荷造りせねばならなかった。水府は「番傘」巻頭に「その前後」として、「大学病院にて六句」と、「噫《ああ》二十一号室」に

「敗軍の心……」の句、そのあとの句を載せる。

「　今日からは又
　火吹竹吹いてゐるのは矢張り母
　　一七日《ひとなぬか》
　我が事を云はれるやうな和讃《わさん》なり
　　見るもの皆空し
　眉刷毛《はけ》はその頃の粉をまだ含み
　　傘下堂の裏は畑にてかれは生前留守居の母を気遣ひたり
　はねつるべ淋しきもの、一つにて
　　二七日《ふたなぬか》の頃大掃除来る
　かなしみの塵を掃へといふ日なり
　忘れたき黒の箪笥を拭き切つて
　　かれは孔雀草を好みしが、去年植ゑたるは咲かず、今年は病室にその咲けるを見たり
　孔雀草咲かぬ去年のおもしろさ」

葬式の日も暑かった。水府はそれしかおぼえていない。赤ん坊は小田の家であずかるこ

とになった。

「板常の意地で子供は返さない」　吟一

――勝江はまだ入籍しておらず、吟一は庶子として届けられる。大体がこの頃は戸籍についての庶民感覚は、よくいえば鷹揚《おうよう》だが、ルーズな点もたしかにあって、子供の出生届けとともに、などと考えていたのかもしれないのだ。

この七号の「番傘」には関係川柳家の悼句が一ページを埋めている。

「勝ちゃんの『末広がり』が名残にて」　南北

南北は、自分のことのように悲しんでくれた。〈悲劇やなあ〉――このしみじみした短い言葉が、いちばん水府を慰めた。九十枝夫人はもとより、若すぎる〈勝ちゃん〉の死に泣いてくれた。

「長唄の調子に逝きし人の事」　蹄二

「端居《はしい》して蚊遣《かやり》淋しい夏ならん」　雲雀

「しつけ糸取つて淋しい事ばかり」　源屈

「思ひ出は蚊帳《かや》の吊手を外すごと」　常坊

「それぎりになつた日記の花が褪せ」　三巴《さんぱ》

ことにも剣花坊は、「われも昔此の悲しき経験あり」として（先妻を死なせている）、

「寝返りをどつちへしても物足らず」　剣花坊

久良伎は、「お気の毒一句どころの沙汰でなし」であった。

木村小太郎は、勝江の筆談の話を聞き、

「鉛筆のあと笑つてはみんな泣き」以下、小太郎

「短夜《みじかよ》のうらみとなつた南無大師」

「　このごろの水府子《し》を

悲しみと大暑にぢつと浸るなり」

水府はこの号のエッセー「散漫語」に書く。

「大きな悲しみに遭つた私は、川柳に対する宗教的な考《かんがえ》が一層濃厚になつて来ました。死を前に控へた人生の意義を専ら川柳に求めやうとしてゐます。嫌味《いやみ》な事を云ふやうですが、別に作品がどうかなるといふのではないのです。川柳に浸つて川柳に酔ふ心――新しく柳界に生れた人のやうな清々しい気になつて、川柳といふ恋人の手を執つて、さうしてゐればい丶のです」

やがて天神祭だった。大阪中がにぎわいに沸きかえる日。水府にはそれも侘《わび》しい。

水の都のその夏のひとり者

中公文庫

道頓堀《どうとんぼり》の雨《あめ》に別《わか》れて以来《いらい》なり
——川柳作家《せんりゅうさっか》・岸本水府《きしもとすいふ》とその時代《じだい》（上《じょう》）

2000年9月25日　初版発行
2019年6月25日　3刷発行

著　者　田《た》辺《なべ》聖《せい》子《こ》

発行者　松田陽三

発行所　中央公論新社
〒100-8152　東京都千代田区大手町1-7-1
電話　販売 03-5299-1730　編集 03-5299-1890
URL http://www.chuko.co.jp/

印　刷　大日本印刷（本文）
三晃印刷（カバー）

製　本　大日本印刷

Published by CHUOKORON-SHINSHA, INC.
Printed in Japan　ISBN978-4-12-203709-0 C1193

中公文庫既刊より

各書目の下段の数字はＩＳＢＮコードです。978－4－12が省略してあります。

た-28-13
道頓堀の雨に別れて以来なり　川柳作家・岸本水府とその時代(中)
田辺聖子
川柳への深い造詣と敬愛で、その豊醇・肥沃な文学的魅力を描き尽す伝記巨篇。中巻は、革新川柳の台頭、水府の広告マンとしての活躍、「番傘」作家銘々伝。
203727-4

た-28-14
道頓堀の雨に別れて以来なり　川柳作家・岸本水府とその時代(下)
田辺聖子
川柳を通して描く、明治・大正・昭和のひとびとの足跡。川柳への深い造詣と敬愛でその豊醇、肥沃な文学的魅力を描く、著者渾身のライフワーク完結。
203741-0

た-28-15
ひよこのひとりごと　残るたのしみ
田辺聖子
他人はエライが自分もエライ。人生はその日その日の出来心――七十を迎えた「人生の達人」おせいさんが、年を重ねる愉しさ、味わい深さを綴るエッセイ集。
205174-4

た-28-17
夜の一ぱい
田辺聖子
浦西和彦編
友と、夫と、重ねた杯の数々……。四十余年の長きに亘る酒とのつき合いを綴った、五十五本のエッセイを収録、酩酊必至のオリジナル文庫。〈解説〉浦西和彦
205890-3

た-28-18
隼《はやぶさ》別《わけ》王子の叛乱
田辺聖子
ヤマトの大王の想われびと女鳥姫と恋におちた隼別王子は大王の宮殿を襲う。「古事記」を舞台に描く恋と陰謀と幻想渦巻く濃密な物語。〈解説〉永田　萠
206362-4

さ-18-7
男の背中、女のお尻
佐藤愛子
田辺聖子
女の浮気に男の嫉妬、人のかわいげなどを自在に語り合い、男の本質、女の本音を鋭く突いた抱腹絶倒の対談集。中山あい子、野坂昭如との鼎談も収録する。
206573-4

あ-32-5
真《ま》砂《なご》屋《や》お峰
有吉佐和子
ひっそりと家訓を守って育った材木問屋の娘お峰はある日炎の女に変貌する。享楽と頽廃の渦巻く文化文政期の江戸を舞台に、鮮烈な愛の姿を描く長篇。
200366-8

あ-32-10
ふるあめりかに袖はぬらさじ　有吉佐和子
世は文久から慶応。場所は横浜の遊里岩亀楼。尊皇攘夷の風が吹きあれた幕末にあって、女性たちはどう生き抜いたか。ドラマの面白さを満喫させる傑作。
205692-3

あ-32-11
出雲の阿国《おくに》（上）　有吉佐和子
歌舞伎の創始者として不滅の名を謳われる出雲の阿国《おくに》だが、その一生は謎に包まれている。日本芸能史の一頁を活写し、阿国に躍動する生命を与えた渾身の大河巨篇。
205966-5

あ-32-12
出雲の阿国（下）　有吉佐和子
数奇な運命の綾に身もだえながらも、阿国は踊り続ける。歓喜も悲哀も慟哭もすべてをこめて。桃山の大輪の華を描き、息もつかせぬ感動のうちに完結する長篇ロマン。
205967-2

あ-60-1
トゲトゲの気持　阿川佐和子
襲いくる加齢現象を嘆き、世の不条理に物申し、女友達と笑って泣いて、時には深ーく自己反省。アガワの真実は女の本音。笑いジワ必至の痛快エッセイ。
204760-0

あ-60-2
空耳アワワ　阿川佐和子
喜喜怒楽楽、ときどき哀。オンナの現実胸に秘め、懲りないアガワが今日も行く！　読めば吹き出す痛快無比の「ごめんあそばせ」エッセイ。
205003-7

あ-13-4
お早く御乗車ねがいます　阿川　弘之
にせ車掌体験記、日米汽車くらべなど、日本のみならず世界中の鉄道に詳しい著者が昭和三三年に刊行した鉄道エッセイ集が初の文庫化。〈解説〉関川夏央
205537-7

あ-13-5
空旅・船旅・汽車の旅　阿川　弘之
鉄道のみならず、自動車・飛行機・船と、乗り物全般に並々ならぬ好奇心を燃やす著者。高度成長期前夜の交通文化が生き生きとした筆致で甦る。〈解説〉関川夏央
206053-1

あ-13-6
食味風々録　阿川　弘之
生まれて初めて食べたチーズ、向田邦子との美味談義、海軍時代の食事話など、多彩な料理と交友を綴る、自叙伝的食随筆。〈巻末対談〉阿川佐和子〈解説〉奥本大三郎
206156-9

各書目の下段の数字はISBNコードです。978－4－12が省略してあります。

あ-13-7　乗りもの紳士録　阿川弘之

鉄道・自動車・飛行機・船。乗りもの博愛主義の著者が、車内で船上で、作家たちとの楽しい旅のエピソードを、ユーモアたっぷりに綴る。〈解説〉関川夏央

206396-9

あ-13-8　完全版　南蛮阿房列車（上）　阿川弘之

北杜夫ら珍友・奇人を道連れに、異国の鉄道を乗りまくる。ユーモアと臨場感が満載の鉄道紀行。上巻は「欧州畸人特急」から「最終オリエント急行」までの十篇。

206519-2

あ-13-9　完全版　南蛮阿房列車（下）　阿川弘之

ただ汽車に乗るためだけに、世界の隅々まで出かけた紀行文学の名作。下巻は「カンガルー阿房列車」から「ピラミッド阿房列車」までの十篇。〈解説〉関川夏央

206520-8

う-3-7　生きて行く私　宇野千代

〝私は自分でも意識せずに、自分の生きたいと思うように生きて来た〟ひたむきに恋をし、ひたすらに前を見つめて歩んだ歳月を率直に綴った鮮烈な自伝。

201867-9

う-3-16　私の文学的回想記　宇野千代

波乱の人生を送った宇野千代。ときに穏やかな友情を結び、またあるときは激しい情念を燃やした文壇人との交流のあり方が生き生きと綴られた一冊。〈解説〉斎藤美奈子

205972-6

か-57-1　物語が、始まる　川上弘美

砂場で拾った〈雛型〉との不思議なラブ・ストーリーを描く表題作ほか、奇妙で、ユーモラスで、どこか哀しい四つの幻想譚。芥川賞作家の処女短篇集。

203495-2

か-57-2　神様　川上弘美

四季おりおりに現れる不思議な生き物たちとのふれあいと別れを描く、うららでせつない九つの物語。ドゥ・マゴ文学賞、女流文学賞受賞。

203905-6

か-57-3　あるようなないような　川上弘美

うつろいゆく季節の匂いが呼びさます懐かしい情景、ゆるやかに紡がれるうつつと幻のあわいの世界。じんわりとおかしみ漂う味わい深い第一エッセイ集。

204105-9

か-57-4
光ってみえるもの、あれは
川上弘美
いつだって〈ふつう〉なのに、なんだか不自由……。生きることへの小さな違和感を抱えた、江戸翠、十六歳の夏。みずみずしい青春と家族の物語。
204759-4

か-57-5
夜の公園
川上弘美
わたしいま、しあわせなのかな。寄り添っているのに、届かないのはなぜ。たゆたい、変わりゆく男女の関係をそれぞれの視点で描き、恋愛の現実に深く分け入る長篇。
205137-9

か-57-6
これでよろしくて？
川上弘美
主婦の菜月は女たちの奇妙な会合に誘われて……夫婦、嫁姑、同僚。人との関わりに戸惑いを覚える貴女に好適。コミカルで奥深いガールズトーク小説。
205703-6

し-6-32
空海の風景（上）
司馬遼太郎
平安の巨人空海の思想と生涯、その時代風景を照射し、日本が生んだ人類普遍の天才の実像に迫る。構想十余年、司馬文学の記念碑的大作。芸術院恩賜賞受賞。
202076-4

し-6-33
空海の風景（下）
司馬遼太郎
大陸文明と日本文明の結びつきを達成した空海は哲学宗教文学教育、医療施薬、土木灌漑建築と八面六臂の活躍を続ける。その死の秘密もふくめ描く完結篇。
202077-1

し-6-40
一夜官女
司馬遼太郎
「私のつきあっている歴史の精霊たちのなかでもいちばん気サクな連中に出てもらった」（「あとがき」より）。愛らしく豪気な戦国の男女が躍動する傑作集。
202311-6

し-6-51
十六の話
司馬遼太郎
二十一世紀に生きる人びとに愛と思いをこめて遺す「歴史から学んだ人間の生き方の基本的なことども」。井筒俊彦氏との対談「二十世紀末の闇と光」を収録。
202775-6

し-6-55
花咲ける上方武士道
司馬遼太郎
風雲急を告げる幕末、公家密偵使・少将高野則近の東海道東下り。大坂侍・百済ノ門兵衛と伊賀忍者を従えて、恋と冒険の傑作長篇。〈解説〉出久根達郎
203324-5

各書目の下段の数字はISBNコードです。978-4-12が省略してあります。

な-12-3 氷輪（上） 永井路子

波濤を越えて渡来した鑑真と権謀術策に生きた藤原仲麻呂、孝謙女帝、道鏡たち——奈良の都の政争渦巻く狂瀾の日々を綴る歴史大作。女流文学賞受賞作。

201159-5

な-12-4 氷輪（下） 永井路子

藤原仲麻呂と孝謙女帝の抗争が続くうち女帝は病に。その平癒に心魂かたむける道鏡の愛に溺れる女帝。奈良の都の狂瀾の日々を綴る。〈解説〉佐伯彰一

201160-1

な-12-5 波のかたみ 清盛の妻 永井路子

政争と陰謀の渦中に栄華をきわめ、西海に消えた平家一門を、頭領の妻を軸に綴る。公家・乳母制度の側面から捉え直す新平家物語。〈解説〉清原康正

201585-2

は-45-1 白蓮れんれん 林真理子

天皇の従妹にして炭鉱王に再嫁した歌人柳原白蓮。彼女の運命を変えた帝大生宮崎龍介との往復書簡七百余通から甦る、大正の恋物語。〈解説〉瀬戸内寂聴

203255-2

は-45-2 強運な女になる 林真理子

大人になってモテる強い女になる。そんな人生ってカッコいいではないか。強くなることの犠牲を払ってきた女だけがオーラを持てる。応援エッセイ。

203609-3

は-45-3 花 林真理子

芸者だった祖母と母、二人に心を閉ざしキャリアウーマンとして多忙な日々を送る知華子。大正から現代へ、哀しい運命を背負った美貌の女三代の血脈の物語。

204530-9

は-45-4 ファニーフェイスの死 林真理子

ファッションという虚飾の世界で短い青春を燃やし尽くすように生きた女たち——去りゆく六〇年代の神話的熱狂とその果ての悲劇を鮮烈に描く傑作長篇。

204610-8

は-45-5 もっと塩味を！ 林真理子

美佐子は裕福だが平凡な主婦の座を捨てて、天性の味覚だけを頼りにめくるめくフランス料理の世界に身を投じるが……。ミシュランに賭けた女の人生を描く。

205530-8

み-18-4
陽《よう》暉《き》楼《ろう》
宮尾登美子
土佐随一の芸妓房子が初めて知った恋心ゆえに、華やかな人生舞台から倖薄い、哀れな末路をたどる悲愴な若き生涯を描く感動の長篇。〈解説〉磯田光一
200666-9

み-18-6
序の舞（全）
宮尾登美子
幼い頃から画才を発揮した島村津也は、きびしい修業生活ののち、新進画家となる。一流の画家として女として、愛と芸術に身を捧げた津也の生涯を描く。
201184-7

み-18-8
櫂（全）
宮尾登美子
大正から昭和にかけての高知を舞台に、芸妓紹介業の岩伍の許に十五歳で嫁いだ喜和が意地と忍苦に生きた波瀾と感動の半生を描く。〈解説〉宇野千代
201699-6

み-18-9
寒椿
宮尾登美子
戦争という苛酷な運命を背景に、金と男と意地が相手の稼業に身を投じた四人の女がたどる哀しくも勁い愛の生涯を描く傑作長篇小説。〈解説〉梅原稜子
202112-9

み-18-11
蔵（上）
宮尾登美子
雪国新潟の蔵元に生まれた娘・烈。家族の愛情を受け成長した烈には、失明という苛酷な運命が待っていた。烈と家族の苦悩と愛憎の軌跡を刻む渾身の長篇。
202359-8

み-18-12
蔵（下）
宮尾登美子
打ち続く不幸に酒造りへの意欲を失った父にかわり、女ながらに蔵元を継いだ烈。蔵元再興に賭けた彼女の波瀾に満ちた半生を描く。〈解説〉林　真理子
202360-4

み-18-13
伽羅《きゃら》の香
宮尾登美子
山林王の娘として育った葵は幸福な結婚生活も束の間、次々と不幸に襲われた。失意の葵は、香道の復興という大事業に一身を献げる。〈解説〉阿井景子
202641-4

み-18-14
鬼龍院花子の生涯
宮尾登美子
鬼政こと鬼龍院政五郎は高知に男稼業の看板を掲げ、相撲興行や労働争議で男をうる。鬼政をめぐる女たちと男達の世界を描いた傑作。〈解説〉安宅夏夫
203034-3

各書目の下段の数字はISBNコードです。978-4-12が省略してあります。

み-18-16
菊亭八百善の人びと（上）　宮尾登美子
江戸料理の老舗・八百善に戦後まもなく嫁いだ深川育ちの汀子は江戸風流の味を蘇らせるべく店の再興に奮闘する。相次ぐ困難に立ち向う姿を描く前篇。
204175-2

み-18-17
菊亭八百善の人びと（下）　宮尾登美子
再興なった老舗・八百善の経営は苦しく、店で働く人々との関わり合いに悩みつつ汀子は明るく努めるが。消えゆく江戸文化への哀惜をこめて描く後篇。
204176-9

み-18-18
錦　宮尾登美子
西陣の呉服商・菱村吉蔵は斬新な織物を開発し高い評価を得る。さらに法隆寺の錦の復元に成功し、織物を芸術へと昇華させるが……絢爛たる錦に魅入られた男の生涯を描く。
205558-2

よ-13-9
黒船　吉村昭
ペリー艦隊来航時に主席通詞としての重責を果し、のち日本初の本格的英和辞書を編纂した堀達之助の劇的な生涯をたどった歴史長篇。〈解説〉川西政明
202102-0

よ-13-8
蟹の縦ばい　吉村昭
小説家にとっての憩いとは何だろう。時には横ばいしない蟹のように仕事の日常を逸脱してみたい。真摯な作家の静謐でユーモラスなエッセイ集。
202014-6

よ-13-10
碇星　吉村昭
葬儀に欠かせぬ男に、かつての上司から特別な頼みごとが……。表題作ほか全八篇。暮れゆく人生を静かに見つめ、生と死を慈しみをこめて描く作品集。
204120-2

よ-13-13
少女架刑　吉村昭自選初期短篇集Ⅰ　吉村昭
歴史小説で知られる著者の文学的原点を示す初期作品集（全二巻）。「鉄橋」「星と葬礼」等一九五二年から六〇年までの七編とエッセイ「遠い道程」を収録。
206654-0

よ-13-14
透明標本　吉村昭自選初期短篇集Ⅱ　吉村昭
死の影が色濃い初期作品から芥川賞候補となった表題作、太宰治賞受賞作「星への旅」ほか一九六一年から六六年の七編を収める。〈解説〉荒川洋治
206655-7